BÖSE

AUCH NACH DEM TOD

Anmerkung des Autors:
Die Geschichte und alle handelnden Personen sind frei erfunden. Ähnlich-
keiten oder Übereinstimmungen mit realen Personen sind rein zufällig und
nicht gewollt. Alle Texte und Bilder des Buches sind urheberrechtlich ge-
schütztes Material und ohne explizite Erlaubnis des Urhebers, Rechteinha-
bers und Herausgebers für Dritte nicht nutzbar.

STEPHAN-HARALD VOIGT

BÖSE

AUCH NACH DEM TOD

Psychothriller

Über den Autor:

Der 1959 in Offenbach am Main geborene Voigt lebt seit seiner Geburt in Hessen, ist ein ehemaliger Polizeibeamter, der fünfundzwanzig Jahre für die Europäische Union gearbeitet hat. Voigt legt viel Wert auf sachliche Recherche zu den Plots und schöpft bei täglichen Spaziergängen in der heimischen Natur Kraft die Akkus aufzuladen und erlangt kreative Ideen, die seine fiktiven Protagonisten handeln lassen.

Bibliografische Information der Deutschen Nationalbibliothek:
Die Deutsche Nationalbibliothek verzeichnet diese Publikation in der Deutschen Nationalbibliografie; detaillierte bibliografische Daten sind im Internet über dnb.dnb.de abrufbar.

Covermotive: unsplash.com:
© Stefano Pollio © Bangsal Nam und freepik.com: ©rawpixel.com
Satz, Umschlaggestaltung, Herstellung und Verlag:
BoD – Books on Demand, Norderstedt
ISBN: 978-3-7562-9991-1

Inhalt

Prolog

Das Böse löst Unbehagen und Angst aus. Zielstrebigkeit und Courage machen Hoffnung, das Böse zu besiegen! Gerald Winter leidet an einer schweren psychiatrischen Erkrankung. Die grausamen Morde lassen dem Täter keine Ruhe. Der Psychopath nimmt die Leserinnen und Leser mit auf eine Reise in die Dunkelheit und die Abgründe der menschlichen Psyche. Geräusche, wo keine sind, Stimmen, Wahnvorstellungen und hässliche Albträume. Er ist schizophren, das führt zu Veränderungen in seiner Wahrnehmung und macht es ihm nicht möglich, rational zu denken.

Fünfundzwanzig Jahre nachdem er zwei junge Frauen brutal ermordet hat, geht es wieder los. Die Stimme in seinem Kopf hat ihm gesagt: DU BIST DER BLUTIGE METZGER!

Realität, Wahn, Halluzination, Albträume und Normalität vermischen sich in seinem Kopf.

Im Juli 2018 ermordet er einen Dämon in Gestalt seiner Oma und lebt in der ausweglosen Endlosschleife.

Begünstigt durch die Coronapandemie entwickelt Winter gewaltbereite Fantasien und erschlägt im Offenbacher Stadtwald einen Jäger, trennt die rechte Hand des Opfers ab und nimmt das Souvenir mit nach Hause.

Dort geistert die tote Oma herum und formt ihn geschickt zum radikalen Impfgegner.

Gerald verliebt sich auf Anhieb in die junge Kriminalpolizistin, wie sie ihn auf einer Pressekonferenz aus dem Fernseher anlächelt und als er sie aus einem Versteck im Wald beobachtet. Er will die Puppe heimholen und Spaß haben!

Das Böse ist nicht greifbar, bis die junge Kriminalbeamtin und Fallanalytikerin Alice Stech vom Landeskriminalamt Hessen ermittelt und wie in einem Puzzlespiel ein Teil mit dem anderen zusammenfügt.

Die symphatische Kriminalpolizistin begibt sich auf die Jagd nach dem Mörder. Das führt sie siebenundzwanzig Jahre in die Vergangenheit zurück.

Die Ermittlerin sieht in dem grauenvollen Mordfall im Offenbacher Wald Parallelen zu zwei unaufgeklärten Kriminalfällen. Cold Cases, die mehr als ein Vierteljahrhundert zurückliegen. Der Mord an der Prostituierten Danuta Kaminski in Frankfurt und der Vermisstenfall der Studentin Gerda Schuler in Offenbach. Wie im aktuellen Mordfall gibt es Hinweise auf einen »Mann mit Hund- und Wolfsmaske auf dem Kopf!« Bei ihrem Ermittlungsansatz stößt sie bisweilen auch auf Kritik und Unverständnis bei der Polizei. Doch sie gibt nicht auf und arbeitet beharrlich daran, dass sich der Mörder nicht sicher fühlen kann.

Wann schlägt der brutale Mörder wieder zu?

Dabei gerät sie selbst in den Fokus und die Begierde des psychopatischen Mörders.

Die Jägerin, die telepathisches und übernatürliches Verständnis aufweist, wird selbst zur Gejagten, nicht nur in ihren Albträumen!

»Diejenigen, die der Hölle
irgendwie entkommen sind,
sprechen nie
darüber
und danach
berührt sie
kaum noch etwas.«

Charles Bukowski

Teil 1 – Die Endlosschleife

Ende Januar spricht man in Deutschland von einem Himmels-spektakel. »Super-, Blau- und Blut-Mond« bringen Mondsüch-tige, Hexen, Werwölfe und eben Menschen wie Gerald Winter in Wallung. Gerald sitzt nachts im Garten und starrt den Mond an. Sonne, Erde und Mond stehen in einer Konstellation zuein-ander, die Erde schiebt sich in eine gerade Linie zwischen dem Mond und der Sonne. Aufgrund des fehlenden Sonnenlichts verdunkelt sich der Blick auf den Mond. Der Mond scheint roter als sonst, da das Sonnenlicht gebrochen wird. Gerald mag die Dunkelheit, manchmal hat er Wahnvorstellungen und halluzi-niert. Und er hat einen fürchterlichen Plan!

DEINE OMA IST EIN DÄMON. TÖTE IHN!, sagt die Stimme in seinem Kopf und redet pausenlos auf ihn ein. Gerald kriegt sie nicht los. »Lass mich doch endlich in Ruhe.«

»Mit wem redest du?«, fragt Erika Winter ihren Enkel. »Mit niemand!«

Er nickt unaufhaltsam mit dem Kopf zum Fernseher und die Stimme erklärt ihm, dass die Alte ein gefährlicher Dämon ist und sich nur als Oma verkleidet hat.

Oma hält ihrem betrunkenen Enkel eine Standpauke. Er soll mit dem Saufen aufhören, arbeiten und ihr zu Hause mehr zur Hand gehen. »Ich bin alt,« sagt sie und wischt sich den Schweiß mit einem Handtuch vom Kopf.

Gerald schüttet sich den Wodka ins Glas. Er guckt einen Hor-rorfilm auf einem Streaming- Dienst. Seit Wochen trägt er die-selbe Kleidung, das weiße Unterhemd ist gelb durchgeschwitzt.

Oma schaut ihn mahnend an, aber er furzt auf sie und auf die Ledercouch. Erika geht in ihr Zimmer im ersten Stock.

Einige Stunden später hört sie undeutliches Gemurmel aus dem Wohnzimmer und Erika schleicht zum Flur.

»Das tue ich nicht!« Sie lauscht am Treppenabsatz und schüttelt den Kopf. Das nimmt ein schlimmes Ende mit dem dummen Buben, denkt sie, als sie sich ihren schmutzigen Enkel anschaut.

DER DÄMON WIRD DICH INS LOCH STECKEN. Gerald schreit:»Geh weg, lasse mich in Ruhe!« ABER DU WILLST DOCH NICHT INS LOCH! Erika Winter ist verunsichert.»Mit wem redest du?« Sie ist entsetzt, dass er wieder so betrunken ist, nimmt ihm die Flasche Wodka aus der Hand und geht in die Küche. Er folgt ihr missmutig.»Du stinkst!«, und er rülpst in ihre Richtung.»Du bist so dreckig, Gerald.«

Gut, weil du Alte meine Unterhose nicht mehr wäschst, und er lacht. Der Brathering und das Bier dünsten in einer kleinen Wolke aus seinem Mund und überlagern den süßlich-schweißigen Körpergeruch für einen Moment.

»Ich stecke dich ins Loch. Oder besser, ich schmeiß dich aus meinem Haus!«

Gerald grinst, rülpst und furzt sie an. *Diese alte Bitch.* Oma nervt und stört unentwegt. *Deshalb hat sich bestimmt der Opa aus der Welt geschafft.* Sie lässt ihm keine Zeit, diese Überlegung näher zu beleuchten und fragt ihn, ob er die Medizin von der Frau Doktor regelmäßig einnimmt. Er lacht nur gehässig. Richtig eingestellt ist die Medizin schon lange nicht mehr, seine Krankheit gewinnt die Oberhand und die Stimme in seinem Kopf kichert und hat Redefreiheit.

»Hast du verstanden, was ich dir gesagt habe?«

Und ob er das hat, auch die Frage nach den Psychopharmaka.

»Und diesen stinkenden Hund schaffst du gleich morgen früh weg!« Dann knallt es in seinem Kopf.»Ins Tierheim!« Jetzt knallt es ganz laut und er hört die Explosionen näherkommen.

WEHR DICH ENDLICH, LOSER!, sagt die Stimme in seinem Kopf. Er nickt. DU SCHMEISST DAS ALTE DRECKSTÜCK EINFACH WEG!

Angeleitet durch die Stimme, den Wahn im Kopf, die nervende Oma, benebelt vom Alkohol und dem schwülen heißen

Wetter packt er die gebrechliche Frau an den Schultern und rüttelt sie durch, dass Omas Gebiss im Mund verrutscht. *Was für ein jammervoller Anblick, und vor der habe ich Angst?* In seinem Kopf ertönt ein hämisches Lachen. WIE DAS LUDER AUSSIEHT, GUCK SIE DIR DOCH MAL AN, DIE ALTE! SO EIN HÄSSLICHER ZWERG. Gerald lacht. *Die sieht echt komisch aus!* UND MACH ES DIESES MAL RICHTIG, DU NICHTSNUTZ! fordert ihn die Stimme auf. Da schüttelt er die Alte noch gewalttätiger, als wollte er sich einen Cocktail mixen. Als die hölzerne Haarspange von ihrem Kopf springt, lässt er los. Dann sieht er sein Werk und ungläubig nickt er mit dem Kopf hin und her. *Es ist doch Oma!* Gerald ist in der Realität angekommen.

Voller Wut hebt er die Fliederholzhaarspange auf und legt den Haarschmuck widerwillig auf den Tisch.

»Du stinkender fauler Sack, hast mir wehgetan!« DAS IST EIN DÄMON MIT STRAHLENAUGEN, DER SICH ALS OMA VERKLEIDET! Gerald traut sich nicht mehr, der Oma in die Augen zu gucken.

»Schau mich an, du Hurensohn, genauso eine Ratte, wie deine Mutter eine gewesen ist!« brüllt Erika und die Granaten treffen seinen Kopf, dass selbst seine Halluzination für einen Augenblick verfliegt und die böse Stimme ihre Klappe hält.

Die alte Frau landet unsanft auf dem Fliesenboden.

»Tut mir leid, Hexe. Und der Hund bleibt!«

Oma erklärt ihm, dass er auf sie hören soll, sonst schmeißt sie ihn raus. »Ich habe dich doch großgezogen!«

HÖR DER ALTEN GAR NICHT ZU!

Oma redet weiter und fragt ihn: »Willst du mich erschlagen, wie du das junge Ding totgeschlagen hast?« DAS WAR EINE PARTY, lästert die Stimme in Geralds Kopf, der verwirrt auf die Oma schaut. Die Stimme bläst wie ein Blasebalg. Die ersten Mordfunken erstarken in seinem Kopf.

DIE ALTE HAT DIR DABEI ZUGESCHAUT, WIE DU DIE LEICHE IM GARTEN VERGRABEN HAST! Gerald schwitzt. *Wahrscheinlich hat sie deswegen nie von den Tomaten gegessen, die er im Gemüsehochbeet auf dem Ding gezogen hat!* GUTEN TAG, HERR WINTER, WIR SIND VON DER KRIMINALPOLIZEI UND NEHMEN SIE FEST. Die Stimme will ihn aufheitern und endet mit einem boshaften Lachen. Er lächelt, *nein in den Knast gehe ich nicht.* Die Albträume reichen ihm vollends. WEHR DICH UND SEI EIN MANN. STOPF DER HEXE DAS MAUL, DANN KOMMST DU AUCH NICHT IN DEN KNAST! *Diese böse alte Hexe hat mich beim Vergraben der Gerda beobachtet!* Gerald hasst Oma umso mehr. BEENDE DAS HIER UND JETZT!, sagt die Stimme in seinem Kopf. »Jetzt!«, sagt Gerald.

Erika Winter grinst den betrunkenen und wütenden Enkel an, nicht ahnend, dass der sich mit den wahnsinnigen Befehlen in seinem Kopf auseinandersetzt und kurz davorsteht, seine Mordgedanken in die Tat umzusetzen. Den Blick in seinen Augen erkennt sie nicht.

Die heißen Funken haben das Anmachhölzchen befeuert. HAU DIE ALTE WEG UND DANN IST ES VORBEI! Gehässiges Lachen in seinem Kopf. Das kleine Mord-Feuerchen knistert unaufhaltsam.

Er wischt sich mit dem Unterarm den Schweiß aus dem Gesicht. »Morgen gehe ich zur Polizei und sage aus!« Sie erinnert ihn daran, dass er die junge Frau am 6. Juli 1993 getötet hat.

»An meinem Geburtstag hast du die junge Frau ermordet!« *Und der Alten habe ich noch einen Strauß Blumen zum Geburtstag auf den Tisch gestellt, bevor ich in den Wald gefahren bin.* Er nickt und Oma sagt zu ihm: »Ich bin doch nicht vergesslich!«

ODER REIF FÜRS JENSEITS, flüstert die Stimme.

»Geh weg, verschwinde!« Gerald läuft ziellos im Zimmer auf und ab, bleibt dann ruckartig stehen und bewegt den Kopf hin und her. Erst langsam und dann ganz schnell, damit der Speicherplatz in seinem Gedächtnis aktiviert wird.

Diese hübsche Blonde macht mich im Wald an, fährt mit mir nach Hause und dann kreischt die blöde Kuh einfach los! Ja, irgendwie hat er das verdrängt, von den Tomaten hat er oft eine gepflückt und mit einem Butterbrot gegessen.

Oma wiederholt indes ihre Drohung. »Morgen melde ich das!« Gerald schüttelt den Kopf.

DANN SPERREN DIE DICH WEG. RATSCH, SITZT DIE HANDSCHELLE FEST!« Die Stimme in seinem Kopf spornt ihn an. *Das tut die Alte nicht, die geht nicht zu den Bullen!* MUSST SCHNELLER SEIN!

Gerald weint und sieht für einen langen Moment Dinge, die nicht real sind. Die Wand bewegt sich nach innen, aus den Fenstern quillt Blut und läuft über die Fensterbank herunter, im Tierheim kriegt der Hund eine Giftspritze, denn er frisst zu viel, aus der Küchendecke bröckelt der Putz und die Wurzeln des Gummibaumes ragen in die Luft. Danuta und Gerda, die er 1993 ermordet hat, sitzen am Küchentisch, riechen vermodert und faulig und sehen überhaupt nicht mehr hübsch aus. Angewidert schüttelt er den Kopf.

ERSCHLAG SIE, UND DIE IST NICHT DEINE OMA, DAS IST EIN BÖSER DÄMON!

Gerald summt wie eine Biene, eigentlich wie ein ganzer Bienenschwarm, der sich sammelt, er und die Stimme, immer lauter.

»Du Versager, ich weiß alles über dich! Aufgepasst, Fräulein. Ich weiß alles über dein verpfuschtes Leben, du Mörder!« sagt Oma zu ihm.

Er versucht, sich zu beherrschen.

Doch das Feuer in seinem Kopf brennt lichterloh und sein Geisteszustand ist auf dem Tiefpunkt.

DU MUSST IHN VERNICHTEN. UMBRINGEN – TÖTE IHN!

Gerald schaut in die leuchtenden roten Augen. Das Böse vor ihm hüpft mit einem Gegenstand in der Hand wild hin und her. Er fixiert den Dämon und sieht nicht seine Oma, die mit der Flasche in der Hand vor ihm steht. Oma weint jetzt und hat Angst, denn sie sieht den finsteren Blick in den Augen ihres Enkels. Die Wodkaflasche rollt unter den Tisch. Ein beklemmendes und eiskaltes Gefühl. Hellwach, sein Kopf arbeitet auf Hochtouren. Ein Gewitter im Gehirn, es blitzt, kracht und donnert. Er will die Situation kontrollieren und der Oma entfliehen, um endlich frei zu sein. »Du kleiner Hurensohn! Du tust mir doch nichts.« Oma liest seine Gedanken! Aber nun will er sie loswerden!

Gleichzeitig schreit die Stimme: ELENDER VERSAGER, TUE ES ENDLICH! Das Kribbeln in seinen Gliedmaßen und das Brennen auf der Haut nimmt zu. In den Ohren piept es. Als würden tausende Ameisen ihr Gift auf ihn spritzen, schreit Gerald immer lauter. Er ist im Panikmodus und der Killerbienenschwarm dreht aggressiv brummend die letzte warnende Runde vor dem Angriff. »Hurensohn, deine Mutter war eine Schlampe! Genauso eine wie die kleine Hure, die du aus Frankfurt umgebracht hast!

Und dann ist der Bub, reumütig und verlaust, wieder ins Kinderzimmer eingezogen!«, erklärt ihm die Oma.

Dass ich die Hure ermordet habe, weiß sie also auch!

DER DÄMON WILL DICH INS LOCH SPERREN!, sagt die Stimme in seinem Kopf.

Wie die Oma wohl aussieht, wenn ich ihr den Kopf einschlage?

Gerald blickt auf den Dämon *oder ist das die Oma,* und das Gedankenkarussell dreht sich in seinem Kopf. Die Oma ein Dämon, seine Mutter eine Hure, wie wohl sein Vater ausgesehen hat?

»Hast der Nutte einen Finger abgeschnitten und versteckt!«, sind Omas letzte Worte. »Ja!« sagt Gerald.

Dich verstecke ich auch, denkt er. ENDLICH!, lobt ihn die Stimme.

Er zittert vor Erregung, sein Stolz ist gekränkt und er hat das Böse im Kopf. Sein Blick streift den gusseisernen Fleischklopfer, der an der Wand neben der Spüle hängt.

DER TOD IST BEI DIR, GANZ NAH. HIER!, sagt die Stimme und lacht. TÖTE DEN HÄSSLICHEN KLEINEN DÄMON, DIESEN ZWERG, SONST SPERREN DIE DICH WEG. GUTEN TAG, WIR SIND VON DER KRIPO UND NEHMEN SIE VORLÄUFIG FEST. Die Stimme lacht fies.

Gerald will nicht ins Gefängnis eingesperrt werden und hat Angst. *Schau ihm nicht in die Augen, das sind Laserstrahlen!* Er zittert, schwitzt vor Angst und weiß, dass nur Omas Tod verhindert, dass er nicht durch die Leuchtkraft der Augen verletzt wird. BEFREIE DICH! In Gedanken sitzt er auf einem Kinderkarussell auf dem Motorrad. Das beruhigt ihn. Beim Rundendrehen weiß er nun, was zu tun ist. *Die Schlussrunde!*

Das Feuer brennt jetzt lichterloh, und die Oma mit den bösen Strahlenaugen glotzt ihn an. Jetzt übernimmt die Stimme in seinem Kopf das Kommando. DER WILL DICH VERGLÜHEN!

Gerald fürchtet sich noch mehr, und Angst macht Menschen gefährlich. Hätte er sich im Spiegel betrachten können, würde er einen durchgeknallten Krawallmacher im bittergelb durchgeschwitzten Unterhemd sehen, der schreit und tobt.

Ein Mordgeschrei. Angriffsschweißgeruch liegt in der Luft und Erika Winter weiß nicht, dass sie bald nichts mehr weiß.

Der Bienenschwarm formiert sich, steht in einer dunklen Wolke und geht zum Angriff über. Gerald greift selbstsüchtig nach dem gusseisernen Fleischklopfer, der an der Wand hängt, und schaut auf die Oma, die vor Angst zitternd auf dem Küchenboden hockt und weint. Doch er sieht nur den hässlichen bösen Dämon mit den gefährlichen Leuchtaugen.

Ein Windhauch lässt das Feuer springen und der Bienenschwarm sticht unaufhaltsam zu. Wie in Ektase, einmal, zweimal und noch einmal schlägt er schreiend mit dem Fleischklopfer auf Omas Kopf.

Ein Geräusch, als würde eine Melone auf den Boden fallen und zerplatzen. Die Stimme singt: THE KILLER AWOKE BEFORE DAWN AND GRANDMOTHER I WANT TO KILL YOU AT THE POINT OF DEATH. THE PAIN IS OVER! Gerald ist nassgeschwitzt und trinkt Wodka aus der Flasche, während sein Blick auf dem zertrümmerten Kopf seiner Oma ruht. Der Schnaps schmeckt. Aus Omas Kopf quillt blutige Gehirnmasse hervor und es sprudelt ein kleines Rinnsal Blut. Das gefällt ihm. Das Böse hat gewonnen. Hämisches Gelächter in seinem Kopf. PLATSCH, PLUMPS, PLATSCH und GLÜCKWUNSCH sagt die Stimme. DU HAST DAS UNGEHEUER GETÖTET, SIEHST DU, DIE BÖSEN AUGEN SIND JETZT KEINE GEFAHR MEHR! *Das Leuchten ist weg!* Das furchterregende Summen der Bienen verhalt und die Killerbienen fliegen als schwarzer Fleck davon. Die filterlose Zigarette aus der blauen Packung schmeckt trotz der Schweinerei auf dem Küchenboden. Es riecht nach Eisen und Kupfer. Erika Winter liegt mit eingeschlagenem Schädel auf den Fliesen und Geralds Adrenalinspiegel sinkt langsam wieder. Er braucht einen Moment, um zu realisieren, was er gerade getan hat.

Alles voller Blut und Hirn, wie das aussieht!

Eine Fliege landet auf der toten Oma.

Jetzt bist du endlich ruhig, lässt mich in Ruhe und schlägst mich nicht mehr mit dem Lederriemen und sperrst mich nicht mehr ins Loch! Ein verwegenes Lächeln huscht über seine Lippen. *Endlich weniger müssen – müssen!* In seinem Kopf dröhnt es vor Lachen und er lacht einfach mit. *Das passt schon!*

Der Mörder ist froh, dass er es der Alten so richtig gezeigt und wie ein Mann gehandelt hat. Ein Leben lang hat sie ihn drangsaliert, aber das ist jetzt vorbei!

Nicht mehr mit dem Rücken an der Wand.

Dafür ist ihr Blut auf seiner Kleidung. Er drückt die Zigarette im Aschenbecher aus, geht in den Garten. Der Hund darf heute in den Garten kacken.

Die Küche macht er morgen sauber.

HAST DU GUT GEMACHT, GERALD!, sagt die Stimme. DAS MÜSSEN WIR FEIERN, WIR BESAUFEN UNS! ES IST VORBEI.

Noch eine Fliege landet auf Omas Kopf. »Surr, surr, summ, die Fliege brummt herum!«, amüsiert sich die singende Stimme.

Oma liegt tot auf dem Boden und der Fleischklopfer hängt wieder ordentlich an den Wandfliesen am Haken neben den restlichen antiquierten Küchenwerkzeugen.

Du hast die Oma mit dem Schalter ausgeschaltet, denkt er und geht in den Garten.

Der große irische Wolfshund hockt bei ihm unter der Veranda und Gerald streichelt das gehorsame Tier.

Hier unter dem Pflanzendach ist die Luft angenehm kühl und hier hat er vor fünfundzwanzig Jahren mit der jungen Frau getrunken und Joints geraucht. *Die Hübsche hatte ich längst im Visier!*

Oft hat er das Mädchen auf dem Fahrrad im Wald aus seinem Versteck heraus beobachtet.

Immer dann, wenn die kleine Studentin auf ihrem Fahrrad von der Waldgaststätte »Zum Auerhahn« nach Hause geradelt ist.

Am 6. Juli 1993, Omas Geburtstag, setzte er sich auf eine Bank am Waldweg und Gerda Schuler stoppte, der Hund, dieser schöne große pechschwarze Dobermann, gefiel ihr. *»Monster« war ein geiles Vieh!*

Die hat mich doch angemacht und wollte mit zu mir.

Unter der Veranda haben sie geknutscht, Wein getrunken und einen Joint geraucht. *Die hat sogar vor mir auf den Rasen gepinkelt*, doch als er sie im Schritt angefasst hat, da hat die blöde Kuh ganz laut gebrüllt. *Mitten in der Nacht herumgebrüllt, obwohl ihr Höschen ganz nass war! Ich wollte nicht, dass die Meiers etwas von dem Geschrei hören! Ja, das war meine Schuld!* Mit dem Kristallaschenbecher hat er zugeschlagen, dass die Zähne von dem Mädchen abgebrochen sind. Klick, klick und klack, so hat sich das angehört. Gerda hat dann einen Zahn rausgeholt, mit aufgerissenen Augen den blutigen Zahn angeguckt und noch lauter gebrüllt.

Er erinnert sich, dass ihn die Angst in ihren Augen angemacht und erregt hat. *So ein geiles machtvolles Gefühl*, denkt er. Ihr stand eine unmittelbare Todesangst ins Gesicht geschrieben und sie sabberte und in seinen Lenden hat es gekitzelt! Dann ist die dumme Kuh aufgestanden und wollte verschwinden. *Was sollte ich denn tun?* DANN KONNTEST DU NICHT ANDERS, sagt die Stimme in einem anerkennenden Ton. DIE SCHLAMPE WAR DOCH HEISS WIE FRITTENFETT! Gerald Winter stieß sie auf die Brust. Ja, vielleicht war das zu heftig, denn die junge Frau ist mit dem Kopf auf die Tischkante geknallt und auf den Boden gerutscht. Sie hat sich nicht mehr bewegt. Er sieht es genau vor sich. *Gerda, sag doch etwas.* Sie sagt nichts und ist einfach tot.

Das war vor fünfundzwanzig Jahren, der alte Meier hat noch gelebt. Es knistert und rauscht in seinem Kopf, dann hört er, wie sie weinen, die Toten! WIR KOMMEN DICH BESUCHEN! rufen plötzlich die ermordeten Frauen. WIR ZIEHEN DEINER OMA DAS TOTENHEMD AN UND BACKEN EINEN KUCHEN. Gerald zittert, denn die haben, nachdem er sie ermordet hat, noch nie mit ihm gesprochen. DAS WAREN DOCH NUR NUTTEN UND SCHMUTZIGE SCHLAMPEN, sagt die Stimme. *Es ist so, wie es ist*, denkt Gerald, und der Hund knurrt und brummt leise.

Gerald Winter denkt an die kleine Obdachlose aus Frankfurt. *Die war so hübsch, wohl schon von den Drogen gezeichnet, aber immer noch sexy und so geil, Danuta!*

Dann sollen die Weiber eben kommen!

DANN FEIERN WIR EIN FEST MIT DEN NUTTEN! Die Stimme hört sich orgastisch an, als würden sie bald kommen. Gerald lacht, trinkt Wodka aus dem Flachmann und denkt an Gerda Schuler. PROST AUF DIE WEIBER!, sagt die Stimme.

Im Wald gab es eine Suchaktion mit der Bereitschaftspolizei aus Mühlheim am Main und Hanau, auch waren Suchhunde der Offenbacher Polizei im Einsatz, aber von Gerda Schuler und ihrem Fahrrad keine Spur. Wie vom Erdboden verschluckt. Niemand konnte wissen, dass die junge Frau einige Kilometer weit entfernt in einem Garten unterm Gemüsehochbeet ohne Kopf begraben und ihr Fahrrad auseinandergebaut an der Grundstücksgrenze der Winters versteckt liegt. Ein Freund der jungen Frau geriet ins Visier der Ermittler, doch aufgrund fehlender Indizien konnte man den Frankfurter Soziologiestudenten aus dem Kreis der Verdächtigen streichen. Nach zwei Jahren wird die Suche und Fahndung durch die Polizei eingestellt. *Mich trifft keine Schuld.* Er lacht. *Ich habe nur den Befehl ausgeführt!* Gerald holt sich noch eine Bombe aus dem Kühlschrank.

In all den Jahren hat sie kein Wort darüber verloren.

Vielleicht hat Oma auch gesehen, wie er der Toten den Kopf abgetrennt, in Formaldehyd konserviert und im Schuppen in einem großen Eimer versteckt hat. Die blonden Locken des Mädchens hat er abgeschnitten. Die stecken in einem Schuhkarton mit Comics und einer Streichholzschachtel mit ihren ausgeschlagenen Zähnen. An Omas Geburtstag hat er den Karton manchmal geöffnet und die Haare gestreichelt. Dann hat er den Plastikeimer geöffnet und sich den Kopf angeschaut. Nach einer Weile wurde es ihm zu eklig, deshalb hat er den Eimer im Kellerboden vergraben. Es schüttelt ihn, wenn er an Gerdas Kopf denkt. *Eklige faulige, fleischerne Fratze!* Aufgeregt, Kribbeln im Bauch. Oft kommt es dann raus und ihm geht es gut. Die ganze Zeit, seit fünfundzwanzig Jahren ist er verliebt, wenn er an die Gerda Schuler denkt. Manchmal guckt er sich auch die anderen Souvenirs an. Vor dem Coronavirus ist er häufig im »Auerhahn« eingekehrt und hat die jungen Dinger beobachtet, die in kurzen Röcken, Hotpants und mit ihren bunt lackierten Fußnägeln dort saßen.

Wie sie ihn in ihren Bann gezogen haben. Nur geguckt und

abends und morgens regelmäßig die Psychopharmaka geschluckt!

Ein Bild von der Gerda Schuler hing dort neben dem Zigarettenautomaten, bis er es abgehangen und mitgenommen hat. Auf den Fleck haben die ein Poster geklebt. Gerdas Foto hängt jetzt im Wohnzimmer. Oma wollte, dass er das Bild von dieser Schlampe abhängt. Das hat er nicht erlaubt und Oma hat sich nicht getraut, es abzuhängen.

Sich zu verrennen mit bösen Perspektiven und Gedanken geht nur mit der richtigen Blickrichtung, das weiß er.

Als er aus dem Tagtraum erwacht, kniet er sich mit dem Messer und der alten Knochensäge neben die tote Oma in der Küche. *Ich möchte möglichst wenig Veränderungen haben,* denkt er und schneidet mit dem scharfen Jagdmesser durch ihre Haut, Fleisch, Sehnen und Muskeln, dann nimmt er die kleine Säge und zerteilt den Knochen. Ihm überkommt dieses orgastische Gefühl.

»Jetzt kannst du mich nicht mehr schlagen, weißt du, Oma!«

Erika Winter liegt in einer Blutlache, die ausgetretene Hirnmasse ist bereits angetrocknet, und ohne ihre rechte Hand auf dem gefliesten Küchenboden. Dafür hat sie neue Freunde. Die Fliegen summen und brummen auf der Leiche herum.

»Oder soll ich es anders machen?«, fragt er sie und lacht hämisch. Die abgetrennte Hand legt er auf den Küchentisch. MACHTLOSES STÜCK FLEISCH!, amüsiert sich die Stimme in seinem Kopf.

Oma sagt nichts. Gerald setzt sich neben sie und tut nichts, sitzt einfach nur da und hört dem höhnischen Lachen der Stimme und den summenden Schmeißfliegen zu.

Am nächsten Morgen trinkt er eine Tasse Kaffee und blickt auf die mit Fliegen besetzte totenblasse Hand, die noch immer auf dem Küchentisch liegt. *Das ist schön anzugucken! Nur der Gestank.* Jetzt muss er die Oma wegschaffen. Sein Kopf ist stimmenfrei und er genießt die Ruhe, sieht man vom Brummen der betriebsamen großen schwarzen Fliegen ab. Die Hand vor die Nase. *Oma, du stinkst*, dann lacht er! *Jeder stinkt*. »Sieh nur Oma Erika«, sagt Gerald verächtlich. »Du faules Stück tust nichts außer stinken!«

Gerald holt den eiskalten Wodka aus dem Kühlschrank und betrinkt sich als Maßnahme gegen den Verwesungsgestank und die aufkommende Übelkeit. So viele Fliegen warten auf ihre Arbeit. Auf Omas eingeschlagenem Schädel haben sich die Biester schon vermehrt. Die fetten Maden faszinieren ihn. Omas süß- fauliger Geruch ekelt ihn an, deshalb trinkt er noch mehr Wodka. Dabei kommt ihm der Augenblick in den Kopf, wo der Willi Bauer wutentbrannt nach Hause geradelt ist. *Warum eigentlich?* Dann ist es wieder präsent. Der Willi wollte keine Zeitrafferfotoaufnahmen von den Schmeißfliegen auf einem Toten machen. So etwas ist pervers, hat er gesagt!

»Willst du jemand umbringen, du bist ein Arschloch und eine kranke Sau!«

Die dicken Fliegen legen völlig selbstlos ihre Eier ab und die weißen und gelben Maden laben sich auf dem toten Fleisch und krabbeln wie in einem Horrorfilm herum. Dasselbe Experiment haben sie mit einem toten Tier gemacht.

Willis Fotos waren erste Klasse! Gerald sonnt sich an dem Gedanken. Dann schüttelt er angewidert den Kopf. *Es ist doch Oma.*

Die Flasche Wodka ist leer und Gerald Winter geht an die Arbeit. »Los geht's«, sagt er zum Hund, der böse die tote Oma anbrummt. DEN DÄMON, wie ihn die diabolische Stimme berichtigt. Er packt die Oma an, ihre Glieder sind steif. Auf dem Fußboden ist es feucht, es klebt, Blut und andere Flüssigkeit sind aus der Oma gelaufen. Die Fliesen sind schwarz vor Fliegen. Die Müllsäcke liegen auf dem Küchentisch, neben dem Glas Leberwurst, der Butterdose und der Hand.

Irgendwann kriegt man auch mal Hunger! Gerald grinst.

Die kalte Oma fühlt sich an wie das Miststück, die Schaufensterpuppe, die im Schuppen herumliegt. Dann lacht er. *In den Apfelbaum kann er die Oma ja schlecht hängen. Die läuft dann aus.* Gerald wickelt die Oma vom Kopf an in Plastikfolie ein. Die Schmeißfliegen wollen nicht von ihrer Beute ablassen und summen geschäftig. Als er die Leiche untenherum einwickelt, entweicht der Oma ein Furz. »Das ist eklig, benimm dich!« Oma gibt ihm keine Antwort. Gerald braucht Wodka, um seinen Stimmungsbarometer ins Schöne zu balancieren. Dann wickelt er die Tote in zwei starke blaue Müllsäcke. Mit Klebeband wird sie fest zugeschnürt und an die Wand gelehnt. *Könnte so direkt von DHL abgeholt werden.* Der hungrige Oma-Mörder schmiert sich zwei Leberwurstbrote. Der faulig, nach Verwesung riechender Duft steht wie eine Wolke in der Küche. Gerald transportiert die Leiche in den Keller.

Kurz darauf liegt Oma auf dem Kellerboden und wird von ihrem Enkel in das blaue Metallfass bugsiert. Mit einem hämischen Grinsen schraubt er den Deckel fest auf das Fass. »Schlaf gut, Erika,« sagt Gerald. *Es war einfach der richtige Zeitpunkt!* Als er die Kellertür schließt, lässt er die Oma in ihrer Kittelschürze und eingewickelt in Plastikfolie im Fass zurück. *Da kann sie vor sich hin müffeln.* »War da noch etwas?«, fragt er den Hund, der leise in den Keller geschlichen ist. Gerald schaltet den Lichtschalter aus und bringt Eimer und Putzlappen in den Schuppen zurück. Dort, wo der Opa noch die Hausschlachtung gemacht und die Sau ihr Blut verspritzt hat, liegt auch die Schaufensterpuppe in der Ecke. »Die ist ja auch eine Sau!«, sagt er zum Hund. Wissend, dass er mit dem Mord an seiner Oma, genau wie mit den Morden an den beiden jungen Frauen vor fünfundzwanzig Jahren, davonkommen wird, lacht er mit der Stimme in seinem Kopf. Die Alte hockt im Fass im Keller, die Nutte kam von der Gerichtsmedizin ins Krematorium und Gerda Schuler liegt verrottet unterm Gemüsehochbeet. Voll motiviert geht er in sich, die Augen geschlossen, und der Puls rast immer noch. Schwitzen wie nach einem Marathonlauf, eine Entlastung überwunder Gefahren! Die Contenance bewahren, denn unerschütterlich hat er eine große Aufgabe gelöst. *Vielleicht verliere ich den Verstand, denn Oma in der Tüte sieht aus wie eine große Dauerwurst!* Gehässiges Gelächter. COOL, DU HAST ES ENDLICH GETAN! Gerald freut sich über das Lob. WAS MACHST DU MIT OMAS HAND? »Die hänge ich hoch oben im Apfelbaum auf, für die Maden und die Leichenhacker!« *Die wird blitzblank.*

Gerald Winter, das Böse im alten Haus, der Efeu und wilde Wein halten es bedeckt, fast unsichtbar sein Leben. Er lebt phasenweise in einer anderen Welt und nimmt die Realität verschwommen wie im Nebel wahr.

Wenn er halluziniert, hört er Geräusche und oft fühlt er sich verfolgt und kriegt die Stimmungsschwankungen und motorischen Störungen nicht unter Kontrolle, ist emotionslos und kalt. Seit längerer Zeit nimmt er diese Psychopharmaka nicht mehr. Als Betäubungsmittel dienen Wodka und Bier. Einmal wollte er mit seinem Spiegelbild Kontakt aufnehmen! Gerald lacht und denkt darüber nach, dass ein Leichnam sich selbst verzehrt, dann bläht er auf, die Gase lassen ihn anschwellen. Dann zersetzt und verflüssigt er sich und dann bleiben nur noch die Knochen.

Geht das auch mit der Dauerwurst im Fass?

Der Oma-Mörder starrt an die Zimmerwand und hat eine Vision –eine blonde junge Frau, die er im Wald kennenlernt und mit ins Haus bringt. ENDLICH!, sagt die Stimme in seinem Kopf.

Hommage an Oma, die ihrem Enkel bereits als Kind gesagt hat, dass er böse ist! »Du bist bereits schlecht auf die Welt gekommen. Weißt du, als du aus dieser Hure geschlüpft bist, hat die das Böse in die Wiege gelegt!«

Tief im Inneren verbirgt sich eine dunkle Seite und die kratzt sich unaufhaltsam ihren Weg ins Licht. Die böse Stimme in seinem Kopf. Auf andere Menschen wirkt er geradezu abstoßend. Während der Ausbildung zum Metzger hat der Ausbilder hinter seinem Rücken gesagt, dass selbst die geschlachteten Tiere in Angststarre fallen und das Fleisch zäh wird.

Gerald rastet oft schon bei Kleinigkeiten aus, wird aggressiv, bewegt sich unkontrolliert hin und her oder zappelt mit den Armen und Beinen herum. Seit frühester Kindheit macht er komische Geräusche, die angsteinflößend sind, schmatzt und knurrt.

Dann heult er wie ein Wolf und malt Lippenstift auf den Mund der beim Sperrmüll aufgelesenen Schaufensterpuppe, peitscht sie aus, lässt den Hund an ihrer Kehle zappeln, um schließlich auf das Miststück zu urinieren. *Zur Bestrafung!* Das erleichtert ihn und er sperrt die Puppe in den Schuppen ein. Im Wohnzimmer unter der Ledercouch bewahrt er die Gummipuppe auf, die fast alles macht! Die »Ingrid« steckt er dann immer in die Badewanne und wäscht sie mit eiskaltem Wasser.

Gerda Schuler darf aus dem Foto im Holzbilderrahmen zuschauen, wenn die Ingrid mit ihm auf der Ledercouch herummacht. Das erregt ihn, und wenn er die Selbstkontrolle verliert, knurrt er wie ein Wolf auf der Wölfin hängend. Inspiriert vom Geschlechtsakt heulen die Stimmen in seinem Kopf wie ein Wolfsrudel.

Manchmal träumt er von Mama.

»Ich kann nicht schlafen!«, flüstert sie in sein Ohr.

Als er aufwacht, steht eine Schüssel Vanillepudding auf dem Tisch und auf der Couch liegt ihr Totenhemd, in dem sie begraben worden ist. »Damit du mich riechst!«

Gerald rennt die knarrende Holztreppe hoch und runter und summt wie eine Honigbiene. Das Summen beruhigt.

Es gibt auch den Moment, wo Gerald ohne Wahnvorstellungen und Halluzination in den Spiegel schaut und sich fragt, wie ein ganz normales beschissenes Leben aussieht. Dann überlegt er, ob Bosheit ansteckend ist oder ob man die Dämonen der Vergangenheit abschütteln kann. Er hat oft Schübe. Schon als Kind durchlebt der kleine Gerald diese Gewaltfantasien in seinem Kopf.

Um seinen Gedanken freien Lauf zu lassen, fängt er Mäuse und Frösche und schaut den auf ein Brett genagelten Tierchen oder den Nacktschnecken, die er mit einer Wäscheklammer an die Leine pinnt, beim Sterben zu.

Gerald sitzt auf der alten Holzbank hinterm Haus. Der Efeu hat die Veranda zugewachsen und der wilde Wein das Haus. Obstbäume auf der Wiese, an der Grundstücksgrenze, Thuja, Kirschlorbeer, Brombeergeranke und zur Stirnseite ein uralter Holunderbaum. Der Bach schließt das Grundstück zur Stirnseite ab, dort hat er ein Rohr zum Teich verlegt. Ein tief gebohrter Brunnen mit Grundwasserzulauf befindet sich in der Mitte des Grundstücks, dort sind Steigeisen ins Rohr montiert.

Im Haus und Garten hat er nicht nur Steine umgedreht, die Alte konnte ja überhaupt nichts mehr selbst erledigen. Jetzt ist er der Mann auf dem uneinsehbaren Anwesen, von einem geschlossenen natürlichen Wall umgeben.

Das anno 1901 gebaute und stark renovierungsbedürftige Haus steht auf Lehmboden und gehört ihm. *Oder muss ich da noch zu einem Notar wegen des Erbes?* DU IDIOT, und die böse Stimme lacht. Der sich selbst überlassene große Garten ist sein Reich. Ein Märchenschlossgarten, es fehlen nur das Einhorn und der böse Zwerg. Er taucht ein in eine andere Welt. Der dunkle Garten wirkt wie ein Ort, an dem man sich nicht so gerne aufhalten möchte. »*Wie es wohl im Dunkeln dort ist?*« Gerald fühlt sich im Garten geborgen. Er liebt die mystische Atmosphäre.

Oma wollte zu Lebzeiten eine Firma zur Gartenpflege bestellen, und er konnte gerade noch einige Blumenkübel platzieren. Die fleißigen Lieschen, Männertreu und die Geranien haben die Oma besänftigt. Weiter konnte die Alte mit ihrem Rollator auch gar nicht mehr in den Garten laufen.

Im Haus herrscht diese stille und kalte Atmosphäre. Es ist dunkel, die Möbel sind alt, die altmodischen und vom Zigarettenrauch vergilbten Tapeten kleben wie die Holzpaneele an den

Decken, die Eichenholztreppe knarrt und es riecht nach alter abgestandener Luft. *So ein säuerlicher Geruch!* Man könnte annehmen, als stünden Geister bereit, um ihn zu schrecken, sieht man von der herumgeisternden Oma ab! Wie dieses neue Gespenst, ein böser Geist das Coronavirus, dass die Menschen vergiftet und voneinander isoliert. Ein schleichender Prozess der Veränderungen, hinter einer Maske verborgen! Das Phantom. Das Bier, die eiskalte Bombe, schmeckt Gerald auch ohne Willi Bauer. Trotz Einhaltung der AHA-Regeln – Schutzmaske tragen, die Hände waschen und immer den notwendigen Abstand halten – ist der Willi ganz elendig an der Lungenmaschine im Stadtkrankenhaus gestorben. *Was hatten wir für eine tolle Zeit zusammen, Willi!* »Nur deinen Bruder konnte ich nie leiden!«, sagt er zum toten Freund, der ihn früher bei seinen Schreckaktionen im Wald begleitet und die Opfer fotografiert hat. Einmal hat der Willi so laut im Gebüsch gelacht, dass das Opfer sich in die Hose gemacht hat. Abends haben sie abgehangen, gesoffen und dreckige Filme geguckt. Nach Geralds Schreckaktionen im Wald hat der Freund die Angstfotos zu Hause entwickelt. *Die Fotografie, ja, das war sein Hobby.* Ein eingerahmtes Foto hängt im Wohnzimmer an die Wand genagelt. Eine Mutter steht mit angstverzerrtem Gesicht hinter der weinenden Göre! Willis Bruder wollte, dass er sich nicht mehr mit Gerald trifft. *Ich sei krank, ein Psycho, hat er behauptet.* AUF DAS BÖSE!, sagt die Stimme in seinem Kopf. Gerald trinkt die Flasche Wodka leer.

Das Coronavirus verunsichert das ganze Land. Vorschriften, Kontrollen, Impfungen, Maskentragen und Korruption, Desinfizieren, Hände blutig waschen, soziale Ausgrenzung, Spaltung der Gesellschaft und der Tod, das alles steht für das Coronavirus. Omas angsteinflößendes Kichern im Haus kommt noch dazu. Mittlerweile hat Omas Stimme die andere Stimme in seinem Kopf nahezu abgelöst. *Die Alte hat Macht,* denkt er. *Der böse Dämon passt auf mich auf!*

Manchmal muss er gar nicht mehr aufblicken, um zu wissen, dass die Tote auf der Ledercouch sitzt.

»Ich weiß alles über dich, Fräulein!«, sagt sie und er bekommt eine Gänsehaut. Oma sagt: »Ich dachte, wir seien nicht mehr zusammen. Ist das so?«

Covid-19 wirkt wie ein Brandbeschleuniger, nicht nur auf das Nervenkostüm aller geplagten Menschen, mehr noch auf die Intensität und die Empfindsamkeit von Geralds Krankheit. Stundenlang sitzt er im Zimmer und starrt die Tapete an. Alles nervt, er hört die Stimme und Geräusche.

Wie im Loch, als die Oma ihn mit dem Riemen schlägt, ihn im Keller des Hauses am Haken anbindet und einsperrt, wenn sie mit ihm nicht mehr klarkommt. *Im Loch in Einzelhaft.* Das macht Angst. Die Kette reichte bis zu einem alten Holzstuhl und zum Eimer, »damit du nicht auf dem Boden hocken musst und einpökelst«. Stundenlang allein im dunklen und feuchten Keller, sieht man einmal von den Ratten, Käfern und Asseln ab.

Mit der Zeit lernt er, dass die Dunkelheit auch guttut. Sie nährt seine Fantasien, hilft ihm, Pläne zu schmieden! Dann steigt sein Adrenalinspiegel steil an. Im Loch reifte auch der Gedanke an Omas Tod. *Lebendig in ein Fass stopfen und im Keller verrecken lassen!* Dem Hund hat Gerald Winter erzählt, dass er das Coronavirus ab sofort »Loch« nennt, und dann lächelt der Mörder, dass er so gnädig war und die Alte nicht lebendig ins Fass gesteckt hat.

Im Getränkemarkt beim Kistenschleppen muss er sogar diese Maske aufsetzen. Der Chef hat ihn ermahnt. »Sonst muss ich dich entlassen, Gerald!«, und er sticht dem Chef mit einem Schraubenzieher in Gedanken die Augen aus, damit der nicht mehr sieht, ob er eine Maske trägt!

Da kannst du lange gucken! Und in echt sticht er dem Scheißkerl drei Reifen an seinem Auto platt.

Dieser Gedanke motiviert zum Kistenstapeln und Palettensortieren.

Die Arbeit als kartoffelputzende, zwiebelschneidende Küchenhilfe in einer Speisegaststätte wurde wegen der Pandemie immer weniger, auf Kurzarbeit gesetzt und dann ordentlich gekündigt. Die tägliche Routine und der warme Mittagstisch sind ins Loch gefallen. »Das Essen hat so gut geschmeckt«, klagt er zum Hund. Jetzt isst er Omas eingekochte Speisen aus den Einmachgläsern auf, das geschmacklose Gemüse und die matschigen Kartoffeln, ganz ohne Vitamine. Und boshaft, wie die Alte eben mal so ist, flüstert sie ihm ins Ohr: »Schmeckts?« Dann rülpst er nur. Oma lässt nicht locker. »Knall mal wieder und vergrab die Miezekatze im Garten. Die kann auch lebendig sein!« Das lässt er sich nicht zweimal sagen und geht mit dem Gewehr im Garten auf Katzenjagd. *Na ja, die flicke ich nur an!* Gerald ist ein exzellenter Kleinkalibergewehrschütze. *Ins Rückgrat schießen, dann liegen die am Boden. Danach hänge ich die Biester lebendig im Apfelbaum auf, damit der Hund mit der Katze spielen kann!* Gerald lacht gehässig. Das Tier klagt und bald erlischt ihr Katzenleben. AUS DIE MAUS!, sagt die Stimme.

Gerald mag es, beim Sterben zuzuschauen. Die geschundene Kreatur legt er dann auf ein sauberes Handtuch und beobachtet den Fliegenbefall. Die fetten Schmeißfliegen kommen zuerst. Dann legen die Eier aufs Fleisch und nach nur einem Tag schlüpfen die Maden. Die weißen und gelben ekligen Biester fressen sich durchs weiche Fleisch, bis sie fett sind.

Er raucht die Filterlosen in Kette, die vertreiben sogar die Stechmücken, die auf ihrem Beutezug im Garten unterwegs sind. Es spielt keine Rolle, ob der Tabak aus Frankreich oder Deutschland stammt. In der Tankstelle hält der »Toni« immer eine Stange für ihn bereit.

Als junger Mann hat Gerald gerne Joints geraucht, nach dem Vorfall mit der Gerda im Garten nicht mehr. *Damit ich nicht so oft an sie denken muss.* DU ARMER KERL!, lästert die Stimme. Oft sitzt er gedankenversunken unter der Veranda oder auf der alten Ledercouch. Gewaltorgien rauschen durch seinen Kopf, das rüttelt ihm das Adrenalin in die Blutbahn. Zitternd kommt er zur Ruhe, nachdem er einem Menschen beim Sterben zugeschaut hat.

Die Stimme lacht boshaft in seinem Kopf.

Eine wilde Sau soll einen Menschen im Wald auffressen! Die Stimme in seinem Kopf spornt ihn geradezu dazu an. LASS EINEN MENSCHEN LEBENDIG AUFFRESSEN UND VERGISS NICHT, IHN VORHER AN EINEN BAUM ZU BINDEN! *Einen Jäger vielleicht? Und wie hört sich das dann an, wenn die wilden Schweine die Knochen knacken?* Gehässiges Lachen in seinem Kopf und irgendwann lacht er dann selbst mit, bis ihm der Hals weh tut.

Ein Selbstbewusstsein, das zur Selbstunterschätzung wird, lastet schwer, Schulabschluss an einer Offenbacher Hauptschule, die Lehre als Metzger abgebrochen, ein zur Hand gehender Niedriglohnverdiener, der beim Schlachter für ein Taschengeld aushilft. Das ist Gerald. Eine Sau ausweiden, zerlegen, ausbeinen, das letzte Stück Fleisch von den Knochen schaben und die Arbeitsplatte, *früher Metzelbank genannt,* säubern.

Oft hat er sich heimlich einen Knochen mit nach Hause genommen und Knochenmehl daraus gemacht oder mit der Knochensäge kleine Skulpturen heraus modelliert und mit Bleichmittel schön weiß gemacht. Kleine Geschenke für jeden Anlass. *Man kann jemanden komplett verschwinden lassen und in den Garten streuen.* Geralds Kopf arbeitet angestrengt und er überlegt, dass er in Zukunft vielleicht nicht mehr so viel Schnaps trinkt. Doch die Stimme will, dass er trinkt. In unregelmäßigen Abständen schluckt er auch Amphetamine und Antidepressiva. *Das ist Adrenalin pur!* Diese Ruhelosigkeit treibt an, er zittert, brüllt, weint, schaut sich unanständige Filme im Internet an. Der Mörder leidet, die dunklen Gedanken, existenzielle Sorgen, Ängste und die Einsamkeit.

Die Schübe werden immer häufiger, sein geistiger Zustand verschlechtert sich zunehmend. Geräusche und Stimmen in seinem Kopf, er befolgt Anweisungen, schlüpft in Omas Haut, nimmt ihre Identität an.

Oma kann seine Gedanken lesen.

»Du schizophrenes Monster. Wenn du könntest, dann würdest du mich noch einmal erschlagen und dann verbrennen!«

Da hast du recht!, denkt er.

Dann kreischt sie und lacht ganz boshaft aus dem Keller. »Du Mörder! Und das Ordnungsamt ist blind und weiß nicht, dass der Psychopath eine Waffenbesitzkarte und legale Waffen im Schrank hat!«

Ruhe findet er in der Natur. Gerald kennt die Tiere im Wald. Die Blätter und Nadeln der Bäume filtern und aromatisieren die Luft, der Waldboden verströmt diesen Duft. Balsam für seine angespannten Nerven. Gerald atmet tief durch. Es riecht erdig, blumig, modrig und würzig, zu jeder Jahreszeit ein anderer Charakter. Die Spur von Gerüchen beseelt ihn, auch wenn er seine Seele oft nicht wahrnimmt.

Der Anblick eines alten Baumes, das Rauschen der Baumkronen im Wind, die sich durch den Lichteinfall der Sonne und des Mondes verändernden Konturen und Farben der Umgebung im Wald, das alles verzaubert ihn. Er nimmt sich die Zeit mit dem Hund im Wald und kommt runter. Dann fliegen die bösen Gedanken für einen Moment dahin. Kein Psychoschub und die üblichen Symptome.

»Die Welt verändert sich so schnell, dass wir laufen müssen, um nicht zurückzubleiben!« Aber er läuft nirgendwo hin! Wenn er trinkt, beruhigt ihn der Alkohol, spornt ihn aber auch an, und er beschimpft die tote Oma Erika. Schluckt er zum Alkohol hin und wieder auch noch diese Tabletten, dann reitet er raketengleich in den Himmel und landet unsanft auf dem Boden.

Er hat einmal ernsthaft überlegt, ob er ein Maulwurf ist. Ständig im Dunkeln, unter Tage – die Fensterläden im Haus sind geschlossen –, fast ohne Sauerstoff. Und er jagt als Maulwurf mehr Beute als eine Raubkatze!

DU BIST EIN GRAUSAMER JÄGER AUS DER DUNKEL-
HEIT, hört er die Stimme sagen. Im Getränkemarkt nimmt ihn der Chef zur Seite und fragt, ob er nicht diese ungelenken, schnellen Bewegungen mit den Armen lassen kann, die Kunden hätten Angst. Ausgerechnet in diesem Moment pfeift es in seinem linken Ohr und er macht eine Grimasse. Er hat diesen Tic. »Bist du denn blöd?«

Gerald Winter akzeptiert, dass er die Abläufe in seinem Kopf und Körper nicht so gut kontrollieren kann. Als Mutter kurz vor seinem sechsten Geburtstag stirbt, kriegt er einen Nervenzusammenbruch. Das Verlassenwerden bestimmt sein ganzes Leben. Als kleiner Junge wächst er bei Oma Erika im Haus auf. Oma scheitert bald mit der Erziehung des schwierigen Jungen. Das war die Zeit, in der er in der Schule versagt. Das Bettnässen und die Konzentrationsschwäche lähmen ihn.

Er kriegt nichts hin und fühlt sich schlecht. »Halt mal deine Gedanken zusammen, du Zappelphilipp!«, sagt die Klassenlehrerin zu ihm. Da hat er sich entschlossen, zu brüllen und nicht mehr damit aufzuhören.

Als Frau Wüstenroth ihn dann beruhigen will, spuckt, schlägt und tritt Gerald auf sie ein. Die Kinder rennen in die Nachbarklasse und die Lehrerin ruft den Hausmeister zur Hilfe. Ein Jammergeschrei hallt durch den Flur. Es hörte sich teuflisch an, hat der Hausmeister später zur Polizei gesagt. Gerald hat sich an seiner Lehrerin festgekrallt und nicht mehr losgelassen. Der Junge wird von einem Rettungswagen ins Krankenhaus gebracht. Untersuchung für Untersuchung, er kriegt Beruhigungsmittel, doch in die Klapse stecken sie ihn noch nicht. Er malt ein Bild von Frau Wüstenrot, wie die hinter dem Pult auf dem Boden liegt, er auf ihr sitzt und mit dem großen Messer ihren Kopf abschneidet. Auf einem anderen Kunstwerk hält der kleine Gerald den Kopf in die Luft und lacht.

Hätte Künstler werden sollen und nicht Metzger!

Die Stimme lacht herzlich in seinem Kopf. Die Psychologin

stellt die Bilder in einer Dokumentation über paranoide Geisteskrankheiten von Minderjährigen ein. Dafür und zum Lohn kommt er in eine Klinik für kinder- und jugendpsychiatrische Erkrankungen. Später haben die ihn dann ins Kinderheim, in die psychologische Betreuung, gesteckt. Mobbing ist an der Tagesordnung, die anderen Insassen stehlen ihm sogar das Schnitzel vom Teller weg. Er wird nur Idiot und Zappelphilipp gerufen und denkt an Selbstmord. Gerald versucht, sich unsichtbar zu machen, und träumt von Dämonen und Toten –Herzsammlern–, die aus der Wand herauskommen, um den Kindern das Herz rauszureißen und sie dann lebendig aufzufressen!

Er fühlt sich ständig beobachtet, und manchmal sieht er diese schrecklichen Fratzen, die ihn aus der Wand heraus anglotzen. Ärgert oder belehrt man ihn zu viel, hyperventiliert er, wenn er das braucht. Pflegeeltern, die bald mit der Erziehung des schwierigen Jungen überfordert sind, wollen nicht aufgeben. Er zündelt auf dem Grundstück, legt die Bibel auf den gelben Kanarienvogel, schlägt und rasiert die Katze, und am besten hat ihm gefallen, dass er dort zweimal auf die Wohnzimmercouch gemacht hat. Das hat gestunken, einfach widerwärtig eklig. Da haben ihn die Knieriems dann auch mal angeschrien. Er beachtet sie aber nicht, unterhält sich mit der Stimme und lacht. Manchmal lachen sie so viel, dass sein Hals wehtut und die Stiefmutter weint. Stiefmutter lobt ihn auch mal, aber das lässt er nicht an sich heran. Die Stimme in seinem Kopf warnt: DIE WILL DICH NUR UNTERWERFEN UND DANN LECKST DU IHR AUS DEN FINGERN! Gerald versteht, aber die Stimme liegt falsch. Die Knieriem sieht ziemlich gut aus und da kribbelt es ihn. Oft kann er seine Erregung kaum verbergen und denkt dann auf der Toilette an die Stiefmutter. *Die hatte so schöne lackierte Fingernägel und er hätte gerne daran herumgelutscht.* DU PERVERSER LÜSTLING!, sagt die Stimme zu ihm.

Und die Stimme lacht ihn aus und betont, dass man Zuckerpuppen vernaschen soll, solange die noch nicht kalt sind! Das gehässige Lachen der Stimme in seinem Kopf bestraft er und spricht für mehrere Tage nicht mehr mit der Stimme. *Mit wem spreche ich denn überhaupt?* Manchmal versucht er, sich das Aussehen der Stimme vorzustellen, der ruhige Tonfall und dann wieder dieses emotionslose Geschwätz oder das entsetzlich Böse. Gerald versteht die Stimme und ihre Befehlsgewalt, so wie er sich sein Leben lang meist gut aufs Verstehen verstanden hat.

Mit siebzehn Jahren ist er einfach aus der Doppelhaushälfte der Knieriems verschwunden und hat das in einer Schublade deponierte Haushaltsgeld mitgenommen.

Gerald Winter schlägt sich im Frankfurter Bahnhofsviertel herum. Auf der Straße verliert er beinah sein Leben bei einer Messerstecherei auf der Zeil, nicht weit entfernt von der Parkanlage, wo er später das erste Mal mordet. In Sichtweite der Hochhaus-Glastürme der Deutschen Bank AG, an der Mainzer Landstraße, will er von der kleinen Nutte Sex. Danuta sieht so sexy aus und kann so schön ordinär reden und für fünfzehn Mark ist man sich einig. Gerald ist von ihren rot lackierten Fingernägeln beeindruckt. Die Nutte betört ihn damit und er küsst gierig ihre Hand. Sie spricht so richtig versaut, darauf steht er. Es kommt zum Versuch, aber die junge Frau gibt ihm das Geld zurück.

»Hey, ich kann das nicht. Du musst dich mal waschen!«

»Jetzt stell dich doch nicht so an! Du hast das doch bestimmt schon oft gemacht!« Sie sieht ihn nur an. *So ein Dreckstück, unverschämtes Miststück*, denkt er. Die Stimme fordert ihn auf, das Miststück zu bestrafen. Er bedrängt die junge Frau mit bösen Worten, sie weicht einige Schritte zurück und zeigt ihm ihren hochgestreckten Mittelfinger.

»Monster, pack die Drogentante«, und der gehorsame schwarze Dobermann stellt sich drohend vor die Frau.

Der Hund bleckt die Zähne und knurrt böse, dann beißt er

in ihr Bein und grummelt. *Was für ein böses Grummeln, das gefällt dem sexlustigen Freier.* Vor Angst steht die junge Frau wie paralysiert und kann nichts machen. *Er fühlt ein Kribbeln in seinen Lenden und erwidert ihren Blick. Na, jetzt hat die Nutte Angst!* Ihre Augen vor Angst weit aufgerissen. Gerald spürt, dass sich jetzt etwas bei ihm regt, denn die arme junge Frau kann vor Schock nicht einmal um Hilfe schreien. Er lacht gehässig und schneidet mit dem Messer den Mittelfinger ihrer rechten Hand ab. Danuta zittert.

»Gut gemacht, Monster!« *Jetzt benimmt sich die Hure nicht mehr so schlecht!* Und die Stimme lacht gehässig mit dem Metzger zusammen. Ein boshaft-hysterischen Lachen im Park. Die Frau hat nur auf ihre Hand geschaut und zum knurrenden Hund. *Entweder die Alte hat Sex mit mir oder die stirbt!*

Der Hund steht zähnefletschend und knurrend vor der Frau. Er hat den Stein in der Hand und nachdem er genug vom schmerzverzerrten Gesicht, den aufgerissenen großen Augen und dem Blut gesehen hat, schlägt er den Stein auf ihren Kopf. Einmal mitten aufs Dach und dann auf die Nase. Danuta spürt einen Luftzug, es kribbelt. Dann ist es dunkel. Ein Geräusch, als die Schädeldecke eingedrückt wird, bringt ihn zum Lachen. *Als würdest du eine dicke Walnuss knacken!* Kurz darauf versucht er ohne Erfolg, die sterbende junge Frau auf dem Rasen zu vergewaltigen, nicht weit entfernt von der Mainzer Landstraße. *Scheiße, das geht nicht!* Verärgert wendet sich Gerald Winter von der jungen Frau ab. Das blutige Souvenir stopft er in den Parka.

Danuta Kaminski liegt ohne Leuchten in ihren Augen tot und entwürdigt auf dem Rasen. Aber unter ihrem hochgezogenen T-Shirt klemmt ein Haar vom narzisstischen Mörder, der keine Zurückweisung duldet. Gerald schaut sich die Tote an. WIE DAS DING AUSSIEHT? Die Stimme lacht über seine Herzlosigkeit. DU HAST KEIN GEWISSEN! Gehirnmasse quillt aus ihrem Kopf und die Nase zwischen ihren Augen beleuchtet die brutale Tat, dazu ein frischer tiefer Hundebiss. *Jetzt riecht die Schlampe nichts mehr und sieht auch nicht mehr sexy aus!* Mit Brunnenwasser das Blut abgewaschen und vom geraubten Geld der Schlampe kauft er sich in der S-Bahn-Haltestelle »Taunusanlage« ein Ticket nach Offenbach. Während der Bahnfahrt lachen sie sich fast tot. Und immer wieder betrachtet er den Finger mit dem roten Nagellack. Ein Zugbegleiter fragt ihn, ob alles in Ordnung sei? Dabei hat er doch nur mit der Stimme in seinem Kopf geredet. Den Mann fixiert Gerald böse, dass der lieber schnell weiterläuft. Die Trophäe bleibt in der Parka-Tasche.

»Gerald Winter ist ein dissozialer Narzisst und erträgt keine Zurückweisung«, plappert er gehässig nach. Frau Dr. Nass, die Psychologin, konnte er nie leiden. Dieses Miststück! *Glücklicherweise hatte die keinen Nagellack aufgetragen*, denkt er. Zu seinem achtzehnten Geburtstag ist er zurück ins Oma- Haus nach Offenbach- Bieber. *Das ist besser, als verlaust und mit Krätze auf der Straße in Frankfurt zu leben,* denkt er. Und er liebt den großen Garten. Und noch bevor er an der Haustür klingelte, versteckt er das kleine Souvenir mit dem roten Nagellack im Schuppen. Die Oma hat ihn nur angeguckt, ins Badezimmer geschickt und dann seine blutige, stinkende Kleidung im Garten verbrannt. Außer dem abgeschnittenen Mittelfinger von Danuta Kaminski hat er aus Frankfurt nur seine Alkoholsucht und einen Tripper mitgebracht. Das gefällt Oma nicht und ihr Gesichtsausdruck verrät, dass sie »Hölle und Himmel« zugleich gesehen hat.

Zum Glück hat die Oma Erika sein Kinderzimmer noch nicht ausgeräumt, und die Kindertapete mit den weißen Wölkchen mit Smiley-Gesicht klebt noch an der Wand. Gerald ist wieder da!

Du versäufst meine ganze Rente, du Dieb!, hat Oma zu ihm gesagt. Gerald feixt vor sich hin und denkt ans Fass. *Da hockt die Alte jetzt drin und hat ihre Schauernacht!*

Oma konnte ihren Enkel nie leiden, den Sprössling ihrer Tochter, die als Prostituierte in Frankfurt ihr Geld verdient und für Drogen ausgegeben hat. Doris Winter ist an einer Überdosis

Heroin gestorben und hatte Aids. Deshalb nennt sie ihn gern »Hurensohn!«

Gerald erinnert sich an das Gespräch zwischen Oma und dem Nachbarn, dem alten Meier am Zaun, damals war noch nicht alles mit Thuja befriedet und der kleine Gerald hat sich angeschlichen. »Du bist attraktiv und eine gute Sängerin im Kirchenchor. So ein Leben hast du nicht verdient, Erika. Aber es ist so, wie es ist, und jetzt, wo die Doris tot ist, musst du dich um den Gerald sorgen. Du musst den Jungen streng erziehen, damit er nicht vom Weg abkommt. Er soll dir zur Hand gehen.« *Wie recht der Alte hatte.* Gerald schmunzelt. *Nur welche Hand hat er gemeint? Die rechte oder die linke?* DIE KNOCHENHAND IM APFELBAUM und die Stimme im Kopf lachen sich fast tot, bis sein Hals kratzt.

»Prost Opa, auf dich!« Den Opa hätte er gerne persönlich kennengelernt, ging aber nicht, denn die Feuerwehr kratzte seine Überreste von einem Straßenbaum an der Landstraße nach Heusenstamm. Opas Auto hat sich ganz in der Nähe der Zufahrtsstraße zum heutigen Impfzentrum für den Kreis Offenbach um den Baum gewickelt. *Es gab keine Bremsspur!* Gerald glaubt, dass der Opa aus seinem Scheißleben abgehauen und in die Hölle gefahren ist. *Kirchenlieder hat er nie gemocht!* DU BIST WIE DEIN OPA!

Lieber hat er die anderen geschreckt, als sie ihn in kleinen Stücken vom Eichenbaum abkratzten.

Die affektiven Aussetzer und der Verlust der normalen Körpermotorik belasten Gerald, er rennt die Treppe im Haus hoch und runter, schreit und brüllt böse Worte.

Letzten Endes hockt er im abgedunkelten Zimmer, hört auf die Stimme in seinem Kopf und guckt auf die Wand, bis sie nicht mehr mit ihm redet, dann sieht er die Wölkchen mit dem Smiley-Gesicht auf der Tapete.

Die Oma liegt derweil in Plastiktüten eingewickelt und mit drei Rollen Paketklebeband fest zugeklebt im Fass.

Oma die überdimensionale Dauerwurst!, denkt der gerissene Gauner. Die ersten Tage kontrolliert er, ob der Deckel glatt sitzt und fest zugeschraubt ist. Später verschweißt Gerald den Deckel zur Sicherheit und klebt zur Kontrolle Klebestreifen als Diebstahlfalle über die Schweißnaht. Und obwohl alles idiotensicher verschraubt, verschweißt und beklebt ist, hat er dieses beängstigende Gefühl, dass die Sicherheit trügt. Obwohl die Oma tot ist, hegt er Misstrauen gegen sie. *Sie war dann wohl doch nicht weg!* DIESES ALTE MISTSTÜCK!, sagt die Stimme.

Als Bub wurde er oft grundlos geschlagen, mit dem Lederriemen hat er eins übergezogen bekommen und wurde im dunklen Keller eingesperrt. »Damit du Schwein lernst, nicht ins Bett zu pinkeln!« Oma hat Angst verbreitet, das war ihre Macht.

Ich habe die Alte entmachtet, denkt er und lacht. Der blanke Wahnsinn blickt aus seinen Augen und er spürt, dass die tote Oma im Haus herumgeistert.

Eines Abends erschrickt er und blickt zur Seite. In der Ecke lehnt die Oma an der Wand, als hätte sie ihm die ganze Zeit zugehört. »Scheiß Oma!« Der irische Wolfshund knurrt böse. Das Wort »Oma« verbindet »Wolf« mit einem Feind. Er mag den großen Hund wie einen guten Freund, trotzdem denkt er oft an den schwarzen Dobermann, der die kleine Nutte in Frankfurt ins Bein gebissen hat und mit dem er vor langer Zeit im Wald unterwegs war, zurück. »Monster« war ein echter Schrecken, und wenn das Vieh mit dem schneeweißen Zähnen gebleckt hat. KEINE GNADE!, sagt die Stimme in seinem Kopf. Der irische Wolfshund jagt dagegen halt das Wild im Wald. DER ZERREIST DIE ARMEN TIERE!

Gegen die tote Oma, die im Haus und in seinem Kopf herumwerkelt, schützt er sich mit noch mehr Wodka und Biertrinken. Trotz des Selbstschutzes taucht das Biest immer wieder auf. Ohrenkribbeln, dann piept es, die Gliedmaßen schmerzen und es juckt überall, so einen Schub gibt es nicht nur kurz vorm Albtraum. *Und sie sieht so eklig aus, abgrundtief horrormäßig.* Oma, die

Wachsleiche, hat eine helle glatte Haut, als würde ihr Körper sich eine Wachsschicht zulegen. Dazu der eingeschlagene Schädel und die fehlende Hand. Er hört sie kichern und manchmal bimmeln die Glöckchen im Apfelbaum. Gerald schüttelt den Kopf. *Diese alte Fettleiche plagt mich noch aus dem Grab heraus!* Anstelle von Wodka kocht er einen starken Kaffee, googelt und erschrickt. »Eine Wachsleiche ist ein menschlicher Leichnam, der nicht oder nur wenig verwest ist. Er konserviert, die Ursache für die ausbleibende Verwesung eines Toten ist fehlende Luft.« *So eine Scheiße, das Fass ist luftdicht!* Er liest weiter. »Zum Verwesungsprozess wird Sauerstoff benötigt. Ohne Sauerstoff können keine Mikroorganismen arbeiten.« *Deshalb sieht Oma so eklig aus!* Bei fehlender Luft werden die Hautfette chemisch in Lipide umgewandelt, kleine krümelartiges Wachsfett. BIST ZU BLÖD, UM ALS KÜCHENHILFE ZU ARBEITEN UND DEN DÄMON VERSCHWINDEN ZU LASSEN!

Gerald hält den Mund, während sich die Stimme totlacht und sagt: ES GIBT MENSCHEN, DEREN ALBTRÄUME BEGINNEN, WENN SIE EINSCHLAFEN, UND ES GIBT MENSCHEN, DEREN ALBTRÄUME BEGINNEN, WENN SIE AUFWACHEN! UND DU GEHÖRST DAZU! Gerald schäumt vor Wut und zittert. Einmal ist er bis zum Apfelbaum gelaufen, und obwohl es windstill war, haben die Glöckchen an Omas skelettierter Hand gebimmelt. Das schüttelt ihn heute noch, wenn er nur daran denkt. Kränkungen und Beleidigungen, nur noch schonungsloser als früher, als Omas Hand noch Körperverbindung hatte, dazu das mit dem Coronavirus!

Erika Winter leugnet das Corona Virus einfach weg und sagt: »Stell dich nicht so an, Fräulein, gehustet und geschnupft wird immer!« Gerald hasst es Fräulein genannt zu werden, und verbindet das damit, dass er nicht als Kerl gesehen wird! *Ich bin der Mann im Haus!*

Die Holzfensterläden im Haus hält er meistens geschlossen,

sodass sie ihn nicht ständig beobachten und kontrollieren kann. Er will sich selbst kontrollieren.

Streit gibt es noch beim Thema Corona. Oma ist der Ansicht, dass man den Menschen hier nur etwas vorgaukelt. Gerald erklärt ihr dagegen, wie gefährlich das Coronavirus ist, und sagt zur Oma, dass dort, wo der Opa Horst an den Baum geknallt ist, jetzt die Zufahrt zum großen Impfzentrum gebaut wurde. Oma ist mit seinem Hinweis aufs Impfen nicht sein Freund, und sie herrscht ihn an. »Das ist eben der Dank dafür, dass man das verlauste Fräulein durchgefüttert hat!« Ich bin kein Fräulein! sagt er zur Wachsleiche und die Stimme in seinem Kopf lacht boshaft!

Die von den Toten auferstandene Oma lockt Gerald ins Spinnennetz, setzt ihn unter Druck, macht ihn gefügig. Er träumt von Gewalt.

Manchmal setzt sich Gerald seinen Aluminiumhut auf den Kopf – gegen das ständige Abhören und Gedankenlesen. Wenn er dann noch das Kleinkalibergewehr einölt, sieht er aus, als würde er in die Schlacht ziehen.

Der Hund ist sein bester Freund. Für »Wolf«, den irischen Wolfshund, macht er alles. Der Hund ist immer für ihn da und enttäuscht seinen Herrn nie. *Der frisst halt wie ein Löwe. Dafür sauf ich wie eine Kuh!* Und Gerald lacht, bis er sich nicht mehr einkriegt und ein paar Tropfen in die Hose gehen. Die Unterhose, die mittlerweile auf dem Tisch stehen könnte. *Steht die Unterbuchs auf dem Küchentisch!* Irgendwann lacht die tote Oma mit, dann tut seine Kehle weh. Gerald Winter lebt in den Tag, macht sein Ding und besäuft sich.

Er fantasiert von Gewalt und träumt vom Sex mit einer Frau, die auf weißen Socken durch den Garten tanzt und schwarze Sohlen hat. Oma nennt ihn einen perversen Schwachsinnigen. »Nur Schlampen laufen in dreckigen Socken herum!« Oma lässt ihn auf der Ledercouch beim Wodkatrinken zurück. Seit langer Zeit dringen Geräusche, die nicht von ihm stammen, durch

Haus und Garten. Die Glöckchen an Omas Hand klappern, im Geschirrschrank klappert es, Stühle in der Küche rücken, Fensterläden werden geöffnet und geschlossen. Er fühlt die beklemmende Angst beim Gedanken daran, dass die Oma im Haus spukt.

Von ihr hat er Gewalt gelernt. Prügel und Streit waren an der Tagesordnung. Gewalt war stets die Lösung. Er erinnert sich daran, wie sie ihm vor lauter Frust ein ganzes Haarbüschel vom Kopf gerissen hat, nur weil er die Zeitung nicht aus dem Briefkasten geholt hat, und noch schlimmer, als die Alte ihn an den Ohrläppchen vom Boden gezogen hat, dass seine Beine in der Luft hingen, und das nur, weil er ein Glas Milch verschüttete. *Die Ohren haben ganz lange wehgetan!* In der Schule hat die Lehrerin sogar gefragt, was mit den Ohrläppchen los sei. *Die waren rot und blau!*

Aber irgendwann hat die Alte es aufgegeben, den Enkel körperlich zu züchtigen, und er konnte so viel kleckern, faul sein, Alkohol trinken und seine dreckigen Filme gucken, wie er nur wollte. *Die hat mich in Ruhe gelassen!* Und die Stimme in seinem Kopf sagt: PROST!

Darauf trinkt er die Flasche Wodka leer.

Als die Oma tot war, hat er ihr gesagt, dass Alkohol keine Probleme löst, wohl aber Flecken beseitigt. Dann lachte die Stimme in seinem Kopf hysterisch, denn er hat die Küchenfliesen nach dem Mord mit Wodka gereinigt. BIS DIE FLIEGEN BESOFFEN GESTORBEN SIND! Und die Stimme lacht sich fast tot!

Gerald liegt betrunken auf der Couch und grübelt.

Im Kinderheim hat der Sebastian, dieser Scheißerzieher, einmal zu ihm gesagt: »Weißt du Hosenpinkler eigentlich, dass alle denken, dass du blöd bist, wenn du schweigst? Und wenn du redest, sind sich alle sicher! Also hältst das Maul, Gerald!«

Gerald träumt von Sebastian und schneidet ihm mit dem Taschenmesser die Hoden ab und legt sie in den Kühlschrank. Nach der Gewalttat an dem Sebastian schläft Gerald bis in die Frühe tief und fest.

Wir suchen den schönsten Garten in der Region! Nehmen Sie an unserem Wettbewerb teil. Dem Sieger winkt als Hauptgewinn ein Schaukelstuhl im Wert von 439 Euro. Senden Sie Ihre Fotos an die Redaktion des Lokalteils.

Gerald überlegt, ob er sich bewerben soll. Der Garten verströmt diese Aura und die Pflanzen gedeihen prächtig. Oma wäre bestimmt stolz auf ihren Enkel. *Einen Schaukelstuhl hat sich die Alte zu Lebzeiten immer gewünscht.* Vom Gedanken lässt er ab und denkt, dass er ja im Keller das Fass hin und herschaukeln kann.

Ein Blick durchs Küchenfenster, die Äste der Bäume sind schräg gewachsen, der Efeu rankt empor und es mutet an, als würden sich die Pflanzen umarmen. Gerald liebt den Garten.

Nachmittags kommt Regen auf und er schläft auf der Couch ein. Regentropfen prasseln beruhigend nieder. Gerald fühlt sich relaxt und schläft ein. Die Stimme besucht ihn im Traum und lacht. AUFGEPASST, GERALD, SIE KOMMT! Gerald wacht auf.

Aber was ist das? Ein Geräusch. Er hört das Kichern aus einer Ecke, vor ihm, hinter ihm und aus dem Fernsehapparat. Er zittert und schwitzt im Fieberwahn. *Versuche, dich kleinzumachen.* Aber das hilft nichts. Der Oma-Mörder starrt in die Dunkelheit seines Traums.

»Ich bin hier!«, ruft Erika Winter. »Wollen wir spielen?« Gerald reagiert nicht. »Wenn ich gewinne, stecke ich dich ins Fass, doch vorher gibst du mir meine Hand zurück!«

Dann verstummt Oma. Der große Fußzeh am linken Fuß kribbelt und er schläft unruhig wieder ein.

Ein Gewitter ist aufgezogen, es blitzt und donnert und es regnet in Strömen. Ein schwindelndes Gefühl überkommt ihn, er taumelt durch den Wald und träumt von Gerda Schuler.

Es wird dunkel, trotzdem läuft er tiefer und tiefer in den Wald hinein, setzt sich auf die Bank und wartet. Und tatsächlich, die junge Frau auf dem Fahrrad stoppt und setzt sich zu ihm. Es kitzelt in seiner Nase, sie riecht erdig und faulig, dann blickt er auf die verweste Leiche ohne Kopf!

Nach einer Weile zieht das Gewitter weiter und reißt den bösen Albtraum und Gestank mit sich. Gerald lacht. Denn nur er weiß, wo er die Leiche der jungen Frau vergraben hat. Das beruhigt, hilft aber nicht gegen die wiederkehrenden Albträume. Wie in einer Endlosschleife geistern sie in seinem Kopf hin und her. Körperteile, die er in der Metzgerküche abtrennt und mit nach Hause nimmt und einschweißt, Leichenteile, die er in Formalin konserviert, Mistkäfer, die aus dem Fernsehapparat krabbeln und ihn auffressen, er beißt beim Essen auf etwas Hartes und holt den roten Fingernagel von Danuta aus dem Mund, die Ratten sind aus dem Fass im Garten verschwunden, haben sich im Haus versteckt und wollen ihn beißen und infizieren! Der schlimmste aller Albträume ist jedoch der Blick in die Schülerzeitung. Unter seinem Bild steht anstelle seines Namens: »Hier ist der Hosenpinkler und Sohn einer Nutte.« Dann legt er Feuer in der Schule und die Mitschüler und Lehrer verbrennen.

Als er aufwacht, ist ihm übel. Er riecht den Duft des verbrannten Menschenfleisches.

Oft liegt Gerald nassgeschwitzt und wach auf der Couch, beide Ohren stechen und dann piept es.

Als wäre das alles noch nicht genug, bimmelt im Apfelbaum das Glöckchen an Omas Knochenhand. *Nein, nein, nein!* »Bin ich nicht tot?«, fragt Oma. »Hast du mich nicht mit dem Fleischklopfer in der Küche erschlagen?«

Gerald beantwortet diese Frage nicht. Dann kreischt Erika Winter ganz laut um Hilfe, gefolgt von einem Angstgeschrei. »Mörder, der Bub ist ein Mörder!« Gerald geht im Keller nachsehen, und wie immer ist das Fass fest verschlossen, die Schweißnaht zu und die Kontrollstreifen sind unberührt.

Er zweifelt an seinem Verstand, denn die Oma besucht ihn, wann immer sie will. Manchmal verhält sie sich ruhig und er bemerkt sie kaum, dann wieder spricht sie mit einer tiefen Stimme, ein anderes Mal hysterisch. Manchmal beobachtet sie ihn durchs Fensterglas, den Spiegel, durch die Wand oder glotzt von der Decke herab. Dann wieder schreit sie ihn an, beschimpft und beleidigt ihn oder kuschelt mit ihm auf der Ledercouch. Das ekelt ihn und er vermeidet, auf Omas eingeschlagenen Schädel und auf den Stumpf an ihrem Arm zu schauen. Er zieht an der filterlosen Zigarette und sieht aus dem Küchenfenster in die Dunkelheit. *Wie begegnet man dem Wahnsinn in seinem Kopf?* Das ist sein Leben, und er hinterfragt es nur noch selten. Trotzdem überkommt ihn manchmal ein Gefühl von Freiheit und Sicherheit. Dann geht es Gerald Winter gut. Omas Rente wird auf das Sparkassenkonto überwiesen, für das er seit 2017 eine Vollmacht hat.»Es könnte ja der Oma mal etwas passieren und Oma kann nicht eigenhändig unterschreiben«, hat der nette Herr Schmidt gesagt.

Wie konnte der wohl ahnen, dass er Recht haben sollte? *Hat der das Winterhaus von der Sparkasse aus beobachtet? Der hat nur einen Spaß gemacht!* MANN, BIST DU DOOF!, kritisiert ihn die Stimme und lacht.

Die Briefe an Oma legt Gerald in die Schublade. Die Einladung zum Singkreis in der Kirche hat er ihr auf den Nachttisch gelegt, vielleicht will sie ja mitsingen. Beim Gedanken daran lacht und summt Gerald wie eine Honigbiene. Bis auf Omas Bett im Schlafzimmer glattstreichen, den Gummibaum einmal pro Woche wässern, Staub wischen und lüften macht die tote Oma keine Arbeit. Essen will sie auch nie, wundert er sich.

Omas knochige Hand weht im Apfelbaum. Nachdem die Schmeißfliegen und die gefiederten Leichenhacker, die Meisen, das ganze Fleisch und Fett vertilgt haben, hat er drei kleine Glöckchen an die Finger mit einem dünnen Bindedraht gebunden. Bei Wind bimmelt das dann ganz anheimelnd, wenn er auf der Veranda sitzt.

Viele Monate der bleiernen Zeit, Sorgen, Ängste, Einsamkeit

und Unabwägbarkeit ziehen an ihm vorüber. Er überlegt sich, was er eigentlich aus den Augen verloren hat und was außer Wodka- und Biertrinken überhaupt noch wichtig ist. *Was habe ich zu verlieren?* Der Mord an Oma stört ihn nicht, er lebt heute ungezwungener als je zuvor. Als er mit dem alten Fass nach Hause kommt, schimpft die Oma ihn aus. »Das kommt auf den Müll und nicht auf meinen Hof!« Das Fass hat er beim Sperrmüll aufgelesen. *Jetzt weiß ich auch, warum,* dann lacht er. *Ich konnte sie ja nicht ins Bett legen.* Erna Meier vom Nachbarhaus war zu dieser Zeit in Kanada zu Besuch. Niemand weiß etwas von dem Bösen. Keiner hat die Bluttat mitgekriegt. Wenn dann doch einmal einer nach der Oma fragt, sagt er: »Die Oma ist nicht gut bei Fuß!« Da lügt er nicht, denn zu Lebzeiten ist die Alte nur langsam mit dem Rollator ein paar Schritte vorm Haus gegangen. Auf das Fass legt er immer mal eine rote Rose aus dem Garten. Die schneidet er ganz frisch vom Rosenbusch. *Das hat die Oma verdient!*

Seit das Coronavirus die Gastronomie zum Erliegen gebracht hat, arbeitet er nicht mehr in der Küche der Speisegaststätte. Jetzt ist auch noch das Kurzarbeitergeld gestrichen, und er lebt von Omas kleiner Witwenrente, dem Minijob im Getränkemarkt und gelegentlichen Aushilfsjobs beim Schlachter.

Im Garten hört er »Wolf« bellen. Er hat den Hund als Welpen von einem fahrenden Händler gekauft. Angemeldet ist Wolf nicht. *Das ist doch nur ein Hund, der wie ein übergroßer zotteliger Wolf aussieht, ein irischer Wolfshund aus Rumänien eben!* Das Tier wiegt fast siebzig Kilo, hat einen Widerrist von nahezu einem Meter und unendlich viel Hunger. Früher wurden die Hunde zur Wolfs- und Bärenjagd genutzt, heute jagt das Vieh eben Rehe und Wildschweine im Wald zwischen Hanau-Steinheim und Offenbach.

»Hund hetzt Ricke zu Tode.«
Ein Spaziergänger hat es entdeckt im Unterholz des Waldes.

Das qualvoll verendete Tier wies Biss- und Würgemerkmale sowie Kratzwunden auf. Zudem sei es eine führende Rehgeiß, also ein säugendes Muttertier gewesen. Daher sei davon auszugehen, dass die Hetzjagd eines Hundes ein weiteres Opfer gefordert hat: ein Rehkitz, das irgendwo vergeblich auf seine Mutter gewartet hat. Der Jagdpächter sagt, dass dieser Vorfall im Revier nicht das erste Mal passiert sei und er und sein Mitjäger immer wieder Spaziergänger mit Hund(en) ansprechen und diese darum bitten, ihre freilaufenden Hunde entweder anzuleinen oder bei sich zu behalten, um noch eingreifen zu können. Doch leider müsse man mit Bedauern zur Kenntnis nehmen, dass einige Hundebesitzer auch mit einer freundlichen Ansprache unbelehrbar seien und sogar den Jäger bedrohen würden. Die Jäger stellen fest, dass sich nicht alle Hundebesitzer trotz Hinweisschildern und persönlicher Ansprachen an geltendes Recht halten, betont Hubertus Heil, der Jagdpächter. Läuft ein Hund unbeaufsichtigt im Wald oder Feld herum, stöbert ein Hund dem Wild nach, hetzt oder reißt es, ist dies eine Ordnungswidrigkeit, für die ein Bußgeld verhängt werden kann. Im Wiederholungsfall oder wenn der Hundebesitzer mit Vorsatz handelt, kann sogar unter bestimmten Umständen eine Freiheitsstrafe verhängt werden. Werden Wildtiere verletzt oder getötet, muss Schadensersatz geleistet werden. Und als letztes Mittel sind die Jäger befugt, Hunde, die sich im Jagdrevier außerhalb der Einwirkung von Begleitpersonen wildern, zu töten!«

Gerald Winter haut mit der Faust auf den Küchentisch und Oma besucht ihn.

»Den bestrafst du und schneidest ihm die rechte Hand ab, dann kann der keine Hunde mehr totschießen!« Gerald nickt. Genau das wird er tun. Omas Gedanken könnten auch von ihm sein! *Der riesige Hund will sich bewegen, und wenn dann so ein Reh oder Schwein unterwegs ist, kann ich Wolf überhaupt nicht halten.* Die Tiefkühltruhen im Haus sind mit Wildfleisch zugestellt, kostenloses Hundefutter.

Ab und zu entsorgt er das Fleisch irgendwo in einer Mülltonne. Darüber schreibt sogar die Tageszeitung: »Selbst hartgesottene Stadtpolizisten sind geschockt und rätseln. Am Freitagmittag wurde in einer Mülltonne in Offenbach, Stadtteil Rote Warte, ein totes Reh gefunden. Ein Anwohner wunderte sich über das Gewicht der Mülltonne, die entleert wurde und schwerer als üblich war. Es roch übel und der Mann informierte die Polizei. ›Das Reh war professionell ausgeweidet, die Innereien fehlten, ansonsten war das Tier, bis auf den Kehlbiss, unversehrt‹, stellte ein Mitarbeiter des Ordnungsamtes fest. Es wurde Anzeige gegen Unbekannt wegen Jagdwilderei gestellt.«

Gerald lacht, dass schon wieder etwas über ihn und den Hund in der Zeitung steht. Das gerissene Reh hat er nach dem Frühstück entsorgt, damit sich jemand erschreckt. Er sammelt die Zeitungsartikel und legt sie in eine Schublade. Gegen Mittag liegt er angetrunken auf der Ledercouch und guckt die Nachrichten im Fernsehen. Es nervt. »Scheiß-SARS-CoV2-Virus!«, schreit er ins Wohnzimmer.

Er verbirgt sein Gesicht vor anderen Menschen, niemand erkennt seine Mimik, die schnellen Lippenbewegungen, wenn so ein Schub kommt. Eigentlich hat er jetzt vor vielen Dingen Angst, nicht nur vor dem Coronavirus. Er lebt schon immer hinter einer Maske. Spätabends liegt er betrunken auf der Couch und in den Ohren piept es. Oma geistert durchs Haus, er hört die knarrende Treppe und die Kellertür ins Schloss fallen. Sie setzt sich in den Sessel und plaudert in belehrendem Ton: »Du bist doch ein Mann, hör nicht auf diese Lügengeschichten. Es gibt kein Coronavirus!« Sie spricht von Lügenpresse und bösen Menschen, die andere manipulieren. Das Coronavirus ist eine böswillige Erfindung, mächtige Mächte stecken dahinter, in Wahrheit existiert es überhaupt nicht.

Gerald kann sich nicht konzentrieren, der Wodka und das viele Bier machen ihn schläfrig.

»Weißt du, diese Impfzentren sind Giftzentren. Da mixen die Giftcocktails zusammen, dagegen musst du vorgehen. Gegen das Unrecht. Die Giftmischer bewahren da gefährliche Sachen auf, um den Menschen in den Kopf zu schauen!« *In den Kopf schauen.* Gerald zittert. Als sie ihm erklärt, dass er die Lügner ignorieren muss, damit die nicht in seinen Kopf hineingucken, nickt er nervös mit dem Kopf hin und her. Zuviel ist bereits eingesickert.

Die Stimme, Geräusche im Haus, Besuche eines Gespensts und jetzt auch noch die Coronalügner! Er ist unschlüssig darüber, ob er ihr nicht doch die Wahrheit sagen soll, dass es das Coronavirus tatsächlich gibt und dass das sehr gefährlich ist. Als würde Oma gerade aus seinem Mund sprechen, sagt er: »Dummer Bub!«, und trinkt den Rest aus der Wodkaflasche leer. Oma fragt, ob er alles verstanden hat. Er versucht, die Stimme zu ignorieren, die gibt nicht auf. Ihre Meinung zur Coronapandemie gilt. Das Coronavirus ist nur ausgedacht, um andere zu kontrollieren, Macht auszuüben und Unsummen von Geld zu verdienen.

Gerald hat Angst, dass er gegen diese Giftmischer kämpfen soll. »Die wollen dir nur in den Kopf schauen und dich manipulieren. Genau dagegen musst du dich zur Wehr setzen!« Ein Gedankenkarussell saust durch seinen Kopf. »Weißt du, Verfall liegt in der Luft, die Zeiten werden schlimmer!«, sagt Oma. *Ich will mich nicht von diesen Corona-Vasallen töten lassen.* Oma lobt ihn für seinen Mut.

Dann kommt sie zur Braut-Sache. »Weißt du, Gerald, ein fünfundvierzig Jahre alter Mann, der keine Frau im Haus hat, ist kein richtiger Mann. Der ist ein Fräulein und das ist ein bedauerlicher Zustand! Mit einer Braut hast du Spaß und die geht uns zur Hand!« Gerald versteht das, und immer mit den Puppen spielen ist auf Dauer kein Ersatz. *Ich bin doch ein Kerl!*

»Ganz warm in so einer Kreatur, sobald du das Vieh aufschneidest!« Er bittet sie darum, ihn in Ruhe zu lassen!

»Ruhe, die hast du nur auf dem Friedhof!« Oma geht davon aus, dass sie dann auch mehr Zeit miteinander haben. »Leider kannst du meine Hand nicht halten!« Gerald lächelt. »Ich erinnere mich noch gut daran, wie du die Maus im Keller lebendig an die Wand genagelt hast!«, sagt Oma. Er schmunzelt, dann überkommt ihn dieses berauschende Gefühl. Frösche und Mäuse, gefangen, gequält und ihnen beim Sterben zugeschaut. »Und dann Meiers Samtpfötchen, so hieß das Vieh doch?« »Ja!«, antwortet Gerald. *Meiers Katze habe ich lebendig im Garten begraben.* »Die hat ja immer diese stinkenden Haufen auf der Wiese hinterlassen und du hast das Vieh bestraft!«, sagt die Oma lachend. »Und das hat gestunken.« Jetzt muss er auch lachen. *Das Vieh habe ich bestraft!* »Nach einer Stunde hast du nachgeschaut, ob die Katze noch lebt.« Jetzt ist Gerald erregt. »Du kannst ja die alte Meier neben ihrem Samtpfötchen begraben! Musst halt nur ein größeres Loch graben!« Ein gehässiges Lachen. *Lebendig!* In Geralds Körper kribbelt es und er spürt die Macht, wenn er anderen keine Chance gibt und sie einfach so sterben lässt. »Weißt du, Gerald, manche Menschen sind entweder liebe Menschen oder böse Menschen! Du bist böse!«

Als er ein Kind war, war Oma mit der Erziehung des kleinen Gerald überfordert gewesen. Genauso wie bei seiner Mutter. »Die Doris ist auch böse!«, hat sie dem Kleinen immer wieder gesagt. »Mama stirbt an einer Überdosis Heroin und hat dieses Virus gehabt.« AIDS. Der Portier eines Stundenhotels alarmiert die Polizei. In einem Zimmer liegt eine Frau. Die Polizeistreife findet eine leblose Person mit einer Spritze in der Hand vor. Ein alarmierter Notarzt kann nur noch ihren Tod feststellen. Zeugen gibt es keine. Der Tod durch die Spritze herrscht zu dieser Zeit im Frankfurter Bahnhofsviertel vor und fordert ständig neue Opfer.

Einige Stunden später überbringt eine Polizeistreife der Offenbacher Polizei die traurige Nachricht. Die Habseligkeiten seiner Mutter in einer Plastiktüte verpackt.

Oma schüttet die Tüte auf dem Tisch aus. Eine Haarbürste, Doris Winters Personalausweis, eine Zehn-DM-Banknote und ein Foto vom kleinen Gerald zu seinem vierten Geburtstag in Lederhose. Die einzige Person, die er mag, ist nicht mehr da. Irgendetwas lag an diesem Tag in der Luft. Das Böse! Gerald erinnert sich, als Oma ihm kurz und knapp mitteilt, dass seine Mutter tot ist. Sie hat sie nicht einmal in den Arm genommen. Er steigert sich vor Wut und Trauer und Oma lacht nur blöd! Dann spricht er diese ungezogenen bösen Worte immer wieder vor sich hin und beschimpft seine Oma. Er verändert sich, tickt immer öfter aus, schwänzt die Schule, legt sich mit anderen Kindern an und sucht sich oft schwache Opfer.

In unbemerkten Momenten stiehlt er die Pausenbrote und Süßigkeiten aus den Schulranzen der anderen Kinder. Darauf angesprochen, hat er nur wie eine Biene gesummt. Dann wiederum zerknittert er die Hausaufgabenhefte, die er heimlich aus den Schultaschen nimmt, und steckt sie wieder hinein. Eine Lehrerin hat ihn dabei beobachtet, wie er auf im Flur aufgehängte Jacken und Mäntel der Mitschüler urinierte. Mehrmals musste man dem kleinen Gerald ein Feuerzeug abnehmen, als er mitten im Unterricht die Flamme an dem Pult legte und in einem Abstellraum Papier angezündet hat. Im Pausenhof hat er dann einen Mitschüler schwer verletzt. Man konnte dem Gerald aber nichts nachweisen. Die Kinder meiden ihn und wollen nichts mit ihm zu tun haben. Gerald Winter mit den eiskalten Augen träumt davon, dass die Schule brennt und die Kinder nicht mehr rauskommen. Gerald hasst die anderen, die ihn nicht mögen. Bereits in der ersten Klasse haben die ihn gemobbt. Beim Sackhüpfen durfte er nicht mitspielen. »Du bist doch der Sack! Ein Müllsack!«

Mit der Zeit lernt er, mit der permanenten Zurückweisung umzugehen, und lebt in seinen Fantasien, und die sind dunkel.

Es kommt der Tag, wo er die Stimme in seinem Kopf zum ersten Mal hört. Irgendwann unterhält sich die Stimme mit ihm. Je länger er mit ihr redet, umso mehr erfährt er vom Dunklen und Bösen. Manchmal schreit ihn die böse Stimme an und er befolgt die Anweisungen.

In dieser Zeit erfährt er auch, dass seine Oma, dieses Monster mit den durchdringenden Augen, sehr böse ist. DIE DURCH-SCHAUT DICH! sagt die Stimme zu ihm. DIE ALTE FREUT SICH, DASS DU IM HEIM BIST! Mit der Zeit folgt er der Stimme. Gerald Winter weint nicht mehr so oft, das bringt nichts. Einmal hat er davon geträumt, wie er der Oma die Hand abgesägt und diese versteckt hat. Da lacht er, und die böse Stimme in seinem Kopf erinnert ihn daran, dass die Oma dem Tod ihrer Tochter keine Träne nachgeweint hat. *So ein Miststück.* Er denkt gerne daran zurück, wie er mit Mama die dicken Brombeeren im Garten gepflückt hat. Mama hat dann einen Pudding dazu gekocht und die süßen Beeren draufgelegt. Das war schön!

Das war einer der wenigen Besuche von der Doris zu Hause. Die meiste Zeit hat sie die Freier und ihre Drogensucht bedient, hat ihm die Oma gesagt.

Der Tagtraum endet, als es an der Haustür klingelt. Erna Meier will sich mit Erika zum Kaffeetrinken verabreden. Gerald hat eine Lüge parat und erklärt, dass die Oma bis um Mitternacht Fernsehen geguckt hat und noch schläft! So wimmelt er die Nachbarin ab. Die lässt aber nicht locker. Sie hätte doch so viel von ihrer Kanadareise zu berichten. »Ich will die Erika unbedingt mal wieder sehen und mit ihr plaudern.« Gerald grinst und überlegt, ob er ihr Omas Fass im Keller zeigen soll. *Da können die die Kaffeetassen aufs Fass stellen.* »Ich sag der Oma Bescheid«, verspricht er.

Er greift zum Wodka aus dem Kühlschrank, betrinkt sich und Oma kichert.

»Alle Weiber sind Schlampen und Huren und wollen dich verführen!« Kurz darauf erzählt sie ihm, dass seine Mutter eine kleine Hure gewesen ist.»So ein süßes Ding, die hat die Männer an sich rangelassen und alles gemacht!«

Gerald Winter rastet aus, er mag es nicht, wenn jemand so schlecht über seine Mutter redet.

»Eine Schlampe, eine dreckige kleine Schlampe war die!« Gerald wirft die Wodkaflasche an die Wand und der Schnaps rieselt die Wand herunter.

»Und du bist die böse Saat eines Freiers!«

Gerald denkt an den Pudding mit den süßen Brombeeren und Oma wechselt das Thema und spricht von der Impfdiktatur, die in Deutschland eingekehrt ist.»Das ist organisiertes Verbrechen, Gerald. Beim Impfen setzen die den nichtsahnenden Menschen einen Chip ins Fleisch. Das Implantieren kriegt man nicht mit. Aber wenn man davon schwanger wird!« DA HAST DU NICHTS MEHR UNTER KONTROLLE! DIE HAT RECHT, DIE ALTE!

Gerald schüttelt mit dem Kopf und Oma lacht hässlich aus seinem Mund, dass sich sein Hals rau anfühlt. Betrunken versteht er nicht mehr alles von dem, was Oma erzählt. Sie redet monoton weiter und weiter. Die ganze Nacht wird er über das Coronavirus informiert.

Auch die Stimme in seinem Kopf ist müde vom Zuhören und lacht nicht mehr blöd herum. Der Boden ist beackert und Omas Saat geht auf.»*Und wenn dann die ersten Babys der Geimpften auf die Welt kommen, spionieren die uns normale Menschen aus!*« Gerald zittert und hat Angst.

»Das ist die Impfdiktatur, Gerald!« Er sieht dreiäugige Babys und schläft angewidert und angsterfüllt auf der Ledercouch ein. In der Morgendämmerung geht er zum Gartenteich.

Die Coronadebatte mit Oma Erika hat sich festgesetzt. Obwohl er ihr vom Willi Bauer berichtet, der an dem Coronavirus verstorben ist, verweist sie auf Willis Zigarettenkonsum, der ihm zum Verhängnis geworden ist. Oma bleibt bei ihrer Meinung. Omas Corona-Ansichten führen in seinem Kopf bereits zu einem Fundament. *Ich muss gegen diese Mächte etwas unternehmen.* Er lauscht den Fröschen, die in den Tag quaken. Auf dem Weg zum Haus stoppt er am Brunnen.

Grübelnd blickt er ins Loch und denkt darüber nach, wie es sich wohl anfühlt, sollte er nach einer Coronaimpfung schwanger werden. Die dunkle Stimme lacht gehässig in seinem Kopf und übertönt die Stimme von Oma Erika. DU IDIOT! *Die denken, ich bin blöd!* Kurze Zeit später blubbert die Kaffeemaschine und er summt leise vor sich hin.

Mittlerweile kriegt Gerald die ungelenkigen Bewegungen etwas besser unter Kontrolle. Im Kinderheim ist ihm mal das Brot deswegen aus der Hand gefallen! Und als ihm die Oma zum Geburtstag eine Postkarte aus Bad Orb ins Kinderheim geschickt hat, hat er vergeblich versucht, sie an die Wand zu hängen. So gezittert hat er. Jetzt ist er allein und niemand schickt ihm eine Postkarte. *Das ist ja auch nicht mehr zeitgemäß bei Messenger und E-Mail. Die Oma fährt auch nicht mehr mit dem Bus nach Bad Orb zum Kaffeetrinken. Die sitzt in der Tonne, und seit Willis Tod schickt ihm niemand eine Sprachnachricht oder schreibt. Und selbst wenn sie wollte, wegen der Coronapandemie fällt das Kaffeetrinken aus!*

Bevor er zur Arbeit zum Getränkemarkt fährt, wäscht er sich mit einem Eimer kaltem Brunnenwasser im Garten. Danach eine Runde zum Teich, die Fische und die Ratten füttern und einen Blick auf die Brombeerpflanzen werfen.

Als er die letzte Palette mit den leeren Bierkästen beladen hat, trinkt er zwei Flaschen Bier. »Du sollst nicht während der Arbeit saufen und die Maske aufsetzen«, rügt ihn der Getränkemarktleiter. Gerald nickt unterwürfig und furzt auf den Chef, einmal, zweimal, dann öffnet er die dritte Flasche Bier, trinkt sie mit großen Schlucken aus und fährt nach Hause. Dabei sucht er nach verdächtigen Impfplakaten und anderen Hinweisen auf die Impfdiktatur.

»Der Gerald ist krank!«, hat die Oma gesagt, »Der säuft sich um den Verstand!«

Mit dem Hund in den Stadtwald, der große Wolfshund bleibt an der Leine, nachdem Gerald den Protzwagen des Jägers gesehen hat. Heute braucht er keinen Bambi-Stress. Abends bestellt er sich eine Sardinenpizza und einen gemischten Salat. Beim Bezahlen gibt es Ärger, nachdem ihm der Pizzabote erklärt, dass er unter dem Mindestbetrag zum kostenfreien Liefern liegt und 1,50 Euro extra für die Fahrtkosten zu bezahlen hat. Gerald zittert vor Aufregung, und die Stimme in seinem Kopf warnt ihn von diesem Mann. Der Pizzabote hat drei Augen. Angsteinflößend! *Der ist schon geimpft!* Der Hund spürt die Aufregung und stellt sich drohend und mit bleckendem Gebiss neben den verängstigten Mann. Gerald holt das Gurkenglas mit den kleinen Münzen vom Küchenschrank und zahlt seine Schulden »Stück für Stück« ab. Dabei summt er wie eine Biene im Angriffsmodus. Der Pizzalieferant zittert vor Geralds finsterem Blick und dem schrecklichen Hundegebiss.

Die Pizza ist kalt und der Hund frisst das Essen auf. Kalte Pizza mag Gerald nicht, deshalb trinkt er eiskalten Wodka.

In seinem Kopf herrscht Alarmstimmung. DU MUSST SOLCHE LEUTE BESTRAFEN!, sagt ihm die Stimme. Darüber hat er selbst nachgedacht, aber der Mut hat gefehlt. *Bestellst eine Pizza und lockst den Mann in den Hinterhalt, dass der nicht mehr aus dem Haus kommt. Dann fesselst du ihn und schneidest ihm beide Ohren ab!*

Ganz ohne Vorspiel ist sie wieder da. Die Oma besucht ihn auf der Ledercouch. Jedes Mal ein Schreck, wenn er die hässliche Wachsleiche sieht! *Und sie war dann mal doch nicht weg!* Er lacht gemeinsam mit der Stimme in seinem Kopf.

»Du dissoziale, gestörte Person, die du bist.«, sagt Oma. »Warum hast du dem Kerl nicht die Maske vom Kopf gerissen? Dem haben die nämlich schon in den Kopf geguckt! Der hat bestimmt schon ein Richtmikrofon eingesetzt bekommen. Hast du nicht gesehen, dass der Mann drei Augen hatte?«

Hoffentlich bestraft sie ihn nicht wegen dieser Nachlässigkeit.

Wie überhaupt konnte er die Maske auf den Nachttisch legen? Aber Oma zieht ihn nicht an den Haaren, schleift ihn nicht über den Boden, zerrt ihn nicht die Kellertreppe hinunter und bindet ihn auch nicht an die Heizung. Nichts passiert. Oma redet und redet.
»Wenn du so stinkst, kriegst du nie eine Braut ab!« Gerald versucht, wegzuhören, doch dann steht sie direkt vor ihm und schaut sich den betrunkenen Enkel an. »Du ekelst einen so richtig an.« Sie schüttelt mit dem Kopf. »Du stinkst erbärmlich!« Dabei lacht sie gehässig. »Wasch dir mal den Pimmelmann!« Gerald schämt sich. »Hol dir wieder mal so ein Tier oder besuch eine kleine süße Nutte!« Oma kennt die Wahrheit. Manchmal quält er Tiere. Er mag es, wenn Kreaturen leiden. Sex mit einer Frau hat er noch nie richtig erlebt. Er denkt an Danuta Kaminski. *Die war so schön ordinär und versaut, eine kleine süße Hure!* Und dann kommt ihm der Gedanke, dass er für so eine Schlampe nicht gut genug gewesen ist. *Der habe ich es aber gegeben.*

Zweimal hat er einem Pärchen im Wald auf der Rosenhöhe beim Sex zugeschaut. Einmal ist er verborgen im Gebüsch und Gras auf allen vieren herangekrochen. *Wie ein Käfer!* Und hat es rausgelassen. Den Gedanken, dass er den Typ mit einem Knüppel erschlägt und sich die Frau selbst vornimmt, musste er verwerfen. Der Mann war ein durchtrainierter Typ. Das hätte böse ausgehen können. *Geh nur in die Schlacht, wenn du auch gewinnen kannst!*

Der Laptop zeigt so viele heiße Dinge, und mit Ingrid gelingen ihm die tollsten Übungen auf der Couch. Selbst mit dem »Miststück« aus dem Schuppen hat er seinen Spaß. Da bimmeln sogar die Glöckchen am Apfelbaum, wenn der Hund an ihrer Kehle zerrt und reißt.

Als würde Oma seine Gedanken lesen und auf ihre Knochenhand im Apfelbaum gucken, gibt sie ihrem Enkel noch eins drauf. »Deine Mutter, diese kleine Hure, konnte das bes-

ser. Die hat bestimmt viel Spaß dabei gehabt!« Dann läuft sie die Treppe in den Keller hinunter. »Gib's mir, mach's mir, gib's mir!«, kreischt sie. »Gib mir meine Hand zurück!« Gerald lässt sich nicht provozieren. *Geh in dein Fass, du alte Kuh!*
Nach ihrem Apell zur Brautsuche oder zum Puffbesuch bleibt es ruhig. Um Mitternacht steht er auf und guckt im Keller nach. Alles ist gut. Als er nach oben läuft, fällt ihm dieser stickige und muffige Geruch im Haus auf. Als Maulwurf erträgt er die schlechte Luft im Haus, trotzdem öffnet er die Fenster, damit die Luft mal durchzieht. In seinem Kopf entstehen Bestrafungs-szenarios, um alle die anzusprechen, die diese Covidlüge ver-breiten. Ganz spontan befolgt er Omas Ratschlag und zerstört Plakate und Poster zur Impfung. Er sprüht mit roter Farbe ein X auf die Hinweise. Auf die Glasscheibe einer Apotheke schmiert er »Giftmischer!« Niemand hat die Tat beobachtet. In der Nacht schläft der Psychopath wie ein Baby und träumt von einer jun-gen Frau, die er im Wald kennenlernt und mit ins Haus nimmt.

Die Fensterläden klappern, ein Gewitter ist in der Nacht übers Land gezogen und es hat bestimmt ins Haus geregnet. Das wird der Oma nicht gefallen. Dafür riecht es etwas frischer, der säuer-lich-stickige Geruch ist weniger geworden. Er kämmt sich sein zotteliges Haar, setzt die Maske auf und läuft zum Bäcker. Früh-stück in aller Ruhe am Küchentisch. Omas Gedeck bleibt unge-nutzt, obwohl er eine Geburtstagsserviette unters Besteck gelegt und Rosen in die blaue Vase auf den Tisch gestellt hat. Trotzdem schmecken ihm die Mohnbrötchen und der Kuchen. NA, HAT´S DIR GESCHMECKT, ACH JA, UND AUCH ALLES GUTE ZUM FÜNFUNDVIERZIGSTEN GEBURTSTAG, LIEBER GERALD!
Draußen bellt der Hund und will zum Geburtstag gratulieren. Gerald lacht und weiß, dass der Hund nur der Schaufenster-puppe an die Kehle springen will. NA GEH SCHON UND GIBS DEM SCHMUTZIGEN DING. Eine Filterlose aus der blauen Packung, die Puppe aus dem Schuppen holen, im Apfelbaum aufhängen, und das Geburtstagskind guckt sich das Miststück

an. *Du hast keine Chance!* Er schlägt sie mit der Peitsche windelweich. Wolf sitzt zähneknirschend und brummend vor der Puppe. »Hol den Dämon, zerreiß die Oma!« Beim dritten Sprung hängt ihr der Hund an der Kehle. Durch das Gewicht des hängenden großen Tieres fällt die Schaufensterpuppe auf den Boden. Die Glöckchen an Omas Hand bimmeln fröhlich. Der große Hund hält die Puppe in Schach. Gerald trinkt aus dem Flachmann, lobt den Hund und sperrt ihn in den Zwinger, fingert aus der Zigarettenpackung noch eine Filterlose und raucht. Kurz danach öffnet er seinen Hosenlatz. Mit einem »Aach« pinkelt der Psychopath auf die malträtierte Puppe. Die Stimme sagt: DU ALTE SCHLAMPE, GUT, DASS DICH DER GERALD GEFUNDEN HAT. DIE OMA WÜRDE DICH UMBRINGEN UND IN DEN MISTHAUFEN STECKEN. An der skelettierten Hand oder in Geralds Kopf bimmeln unaufhaltsam die Glöckchen. Dann reinigt er mit der Drahtbürste den verschmutzten Grillrost. Zum Geburtstag gibt's Bratwurst, Bauchfleisch und ein frisches Franzosenbrot. Die Kohle spickt er mit kleinen trockenen Thuja-Zweigen, die er unter den Hecken findet. Das kleine Feuer löst in ihm eine innere Ruhe aus. Achtsamkeit pur. Das tut gut! Für heute ist Gerald Winter angekommen. Leben bedeutet auch, zu genießen, zu atmen und innezuhalten. Die blaue Filterlose, der Wodka und viele Flaschen Weißbier suggerieren in ihm das Gefühl, angekommen zu sein.

Der verwilderte Garten ist sein Zufluchtsort. Ein ganz besonderer Ort, ein unheimliches Fleckchen Erde, in dem er Ruhe findet vor dem Draußen. Für einen Moment sind alle Sorgen und Probleme verschwunden, und hier ist er sicher. Gerald Winter entspannt, hört den Fröschen zu, füttert die Ratten und spielt mit dem Hund im Garten.

Dass er schwer krank ist und für andere immer gefährlicher wird, weiß er nicht. Abends trinkt er ausnahmsweise Jägermeister, der Wodka ist alle, und auf der Ledercouch singt er: »Happy Birthday!«

Mit vollem Bauch schläft das Geburtstagskind ein. Ohrenstechen, Kribbeln in den Füßen und dann geht es los. »Ingrid ist immer kalt, hol dir eine warme Frau nach Hause!« Dann schimpft sie. Aufgrund seiner Faulheit hat er vergessen, das Fenster zu schließen. Es hat auf ihr Bett geregnet. »Warum tut man anderen Menschen so etwas an?« Gerald hat Angst. »Willst du, dass ich mich erkälte? Soll ich mir eine Lungenentzündung holen und sterben?« Er entschuldigt sich und hofft, dass die Wachsleiche ihn nicht bestraft.

Oma wechselt zum Glück das Thema und spricht wieder von der Familie. »Du musst nicht auf die Braut verzichten.« Er nickt verwundert. »Und auf gar keinen Fall darfst du das schmutzige Zeug machen, was du mit den dreckigen Puppen so alles anstellst!« Jetzt klingeln die Glöckchen.

Oma favorisiert den Neuanfang. »Feiere, wenn du gewinnst!« Ein flüchtiges Lächeln, bitter und böse und eiskalt, huscht über seine Lippen, und er denkt an Spaß mit einer jungen Frau. *Die Gerda, die war ein hübsches Ding!* Gerald haut sich mit der flachen Hand immer wieder auf die Stirn. Einmal, zweimal, bis es ihm wehtut. Und im Kopf feiert die Oma schon.

»Die Jugendjahr, sind schon längst entflohen, längst entflohen. Die ich verlebt als junger Waidmannssohn, Waidmannssohn. Er nahm die Büchse, schlug sie an einen Baum. Und sprach, das Leben ist ja nur ein Traum ...!«

Das stimmt, er ist nicht mehr jung und muss viel nachholen. *Aber warum träume ich immer nur von dem Bösen?* Oma lacht und kann gar nicht mehr aufhören. »Du Schwachkopf, hast einen Hurenbock als Vater und eine Schlampe als Mutter!«

Ein Neuanfang, ja, das ist genau das, was er braucht! Ein gemeinhin weiterer Schritt in die Integration des Bösen! *Endlich mal eine Frau aus Fleisch und Blut.*

Gerald Winter überlegt, ob er dann auch immer im Haus den Mund-Nasen-Schutz tragen muss. Vielleicht hat die Frau das Virus und beim Küssen steckt die ihn dann an.

Aber eine Maske im Haus, was würde die Oma dazu sagen? »Du kleiner Versager, das Virus gibt es nicht!« Auch sollte er die Puppen verschwinden lassen. »Du kannst die Schlampe dann knutschen!« Gerald kann das ordinäre Geschwätz der Alten nicht mehr ertragen! Im Küchenschrank liegt die Rolle mit dem Aluminiumpapier, er rollt ein großes Stück Folie ab und wickelt sie sich zum Schutz um den Kopf. Dunkelheit und Stille umgeben ihn und Omas hässliches Kichern ist erst einmal weg. Es fällt ihm schwer, zu verstehen, dass in seinem Kopf nicht alles rund läuft und die Oma seine Gedanken liest. Alkohol und Tabletten vernebeln dieses schummrige Gefühl, und die angsteinflößenden Albträume obendrauf.

Er spricht mit niemandem außer mit der Stimme in seinem Kopf und dem Hund darüber.

Gerald träumt mit der Schutzfolie auf dem Kopf von einer Beobachtung in der Natur.

Draußen im Wald sein und den Vogelstimmen lauschen. Das Licht wurde immer dunkler und er vernahm ein Knacken auf trockenem Holz. Mit höchster Anspannung in seiner Brust verharrte er und blieb mucksmäuschenstill sitzen. Nach einer gefühlten Ewigkeit hörte er sogar den Atem des Wildes, und dann stand das große Tier direkt vor ihm. Ein riesiger Keiler. Es riecht nach Maggikraut, der Geruch der Sauen. Der Eber mit einem riesigen Kopf und dicken Zähnen, den Hauern, guckt ihm direkt in die Augen und springt laut polternd davon. Das sind die Momente, die Gerald Winter mag. Das lädt die Akkus auf, dann ist er stark. Der Wildtiertraum beruhigt seine geschundene Seele, und er schläft die ganze Nacht auf der alten Ledercouch durch.

Der nächste Tag dreht sich wie das Hamsterrad immer in die gleiche Richtung. *Gruß an die Endlosschleife*, denkt er, und die dunkle Stimme sagt ihm, dass er ein Loser ist. Besaufen und Filme gucken, aber auch die Pflichten erfüllen. Staub wischen, den Gummibaum gießen, nach der Post gucken, zwei Flaschen

Wodka trinken und die Nachrichten in der Hessenschau gucken. Dann endlich erfährt er doch noch Anerkennung.

In der Hessenschau wird über die Aktion mit den Impfplakaten und dem auf die Apotheke gesprühten »Giftmischer« berichtet. Die Polizei ermittelt. Man geht derweil von Impfgegnern aus. Darauf ist er stolz. Seine Aktion findet Anklang!

Der große irische Wolfshund jagt am nächsten Morgen durch den Wald, hetzt ein Reh und tötet es mit einem Biss in die Kehle. Gerald holt den an der Beute liegenden Hund, der nur knurrend ablässt. »Das tote Reh wird von den Wildschweinen gefressen«, sagt er zum Hund, zerrt ihn von der Beute weg und fährt nach Hause. Nachdem er den Hund in den Zwinger gesperrt hat, trinkt er eine Flasche Bier, holt das Kleinkalibergewehr aus dem Tresor und eine Schachtel mit Munition. Die Repetierbüchse liegt gut und alle fünf Treffer sind in einem eigroßen Feld.

Nach dem Probeschießen ölt er die Repetierbüchse mit einem alten Handtuch ein und stellt sie in den Tresor zurück. Am Küchentisch isst er zwei Scheiben Kümmelbrot und schneidet vom Presskopf dicke Stücke ab. Satt greift er nach der Wodkaflasche und ist mit sich zufrieden.

Seitdem der Schützenverein aufgrund verschärfter Coronaregeln geschlossen bleibt, muss er es im Garten knallen lassen. Darauf betrinkt er sich. Auf der alten Ledercouch geht es los.

Es kribbelt in seinen Füßen und er vernimmt ein Geräusch auf der Treppe. Der Besuch der Oma steht bevor, ob er das will oder nicht. Erika Winter kennt keine Besuchszeiten.

»Unterschätze niemals die Kraft, die in dir steckt. Gut wie böse. Du schaffst das, mein Junge, und du steckst dich auch nicht mit dem Coronavirus an. Das ist alles gelogen!« Gerald nickt und dann endlich wird er von der Alten gelobt.

Oma möchte ihn bei den Waldbesuchen begleiten, erzählt sie ihm mit einer fröstelnden Stimme, und sehen, wie der große Hund den Jäger zerfleischt. Gerald freut sich und hört angespannt zu.»Da rennt der brave Hund durch den Wald und spielt mit den Tieren. Der Jäger spricht dich an, da schleicht sich der aufmerksame und gehorsame Hund von hinten an den Mann heran. Der Hund setzt mit aufgerissenem Maul zum Sprung an und beißt den Mann in den Oberarm!« *Ein heißer und harter Schmerz*, denkt Gerald. *So wie ein starker Stromschlag!* »Der Mann schreit vor Schmerzen und der liebe Hund beißt sich noch fester in seinen Arm und will die Beute auf den Boden zerren. Der Jäger spürt, wie sich Haut, Fleisch, Muskeln und Sehnen von den Knochen lösen!« Gerald ist erregt und es kribbelt an seinen Lenden.»Dann lässt der brave Hund los und springt an die Kehle des bösen Mannes!«

Gerald feixt und denkt, dass er dann ein Kommando gegeben hätte: *Greif den Oma-Dämon!* Oma spricht weiter.»Der Biss zerquetscht den Kehlkopf und die Halsschlagader, dass das Blut spritzt!«, und Gerald sieht die Episode sich bildreich direkt vor ihm abspielen. *Das sieht irgendwie lustig aus*, denkt er.»Gut gemacht!«, lobt er seinen Hund, der furchterregend seine tote Beute bewacht. Oma lacht mit ihm gemeinsam über die Geschichte und sagt:»Das kommt früher oder später von ganz allein, Gerald.« Er nickt.»Machst den Giftmischern Feuer unterm Stuhl!« Manchmal ist er stolz auf die Oma und manchmal eben nicht. »Man lebt nicht für die Ewigkeit, sondern für die Augenblicke, die einen besonderen Wert haben!«, sagt sie und weiß gar nicht, wie sehr sie damit in naher Zukunft recht hat. Gerald hasst diesen bösen Mann im Wald, der ihm mit Anzeige und mehr droht, nur weil er eben den Hund rennen lässt. *So ein Arsch hat mich nicht zu belehren, der Wald gehört allen!* Pro-aktiv muss er sein, die Fährte aufnehmen und auf die Beute lauern.»Meine Aufgabe ist es, den bösen Mann zu bestrafen!« Und die Oma antwortet: »Nicht einmal im schlimmsten Albtraum hättest du das finden können, was hier am Küchentisch sitzt. Das Böse, das gerade erwacht!« Gerald wagt es nicht, der Oma zu widersprechen. *Aber was hat sie damit gemeint? Soll ich das Impfzentrum anstecken?*

Währenddessen nutzt das ausgedachte und erlogene Coronavirus jede Chance, die Menschen zu infizieren und die Gesellschaft zu spalten, mit bösen Lügen und Hass.

Omas Landfrauengruppe sagt coronabedingt ihr Sommertreffen ab, genau wie die evangelische Kirchengemeindegruppe wegen der Pandemie keine gemeinsamen Aktivitäten ansetzt. »Die isolieren die alten und einsamen Menschen. Ich wäre so gerne mit der Landfrauengruppe nach Bad Orb gefahren! Setz ein Zeichen. Andere werden dir folgen!«, sagt Oma.

Es sollte ein Sommer sein so wie immer, doch wegen einer hochansteckenden Variante des Coronavirus gibt es keine Lockerungen.

So ein Mist! Gerald schimpft mit sich selbst, und manchmal kichert die Oma aus seinem Mund, dass der Wodka heraustropft.

Aber Lachen tut gut und er betrinkt sich, ist glücklich, dass er den treuen irischen Wolfshund hat, deshalb oft im Wald unterwegs ist und frische Luft tankt. *Ohne den Hund bin ich verloren.* Er sitzt nachdenklich auf der Ledercouch. Als wollte die Stimme in seinem Kopf ihm weh tun, plappert sie ohne Unterbrechung: DER HUND IST TOT. DER HUND IST TOT. DER HUND IST TOT!

Gerald schreit die Stimme an, aufzuhören, und endlich hat sie Einsehen. Er ist aufgeregt und nervös.

Die STIKO empfiehlt den Geimpften das Tragen einer Schutzmaske. Darüber lacht Gerald sich tot, denn für ihn, der lebenslang eine Maske aufsetzt, braucht da keine Kommission Empfehlungen herauszugeben. Er verbirgt sich hinter seiner unsichtbaren Maske. *Ein Leben lang,* und er lacht. Omas Belehrungen haben ihn zum Nachdenken gebracht. Schlussendlich ist das Coronavirus auch gar nicht wissenschaftlich bewiesen. Heute so und morgen so! *Eine chinesische Fledermaus vom Tiermarkt als Überträger, dann doch wieder ein Laborunfall.* Als könnte Oma seine Gedanken lesen, erzählt sie von den Leuten, die sich gegen das System wehren und sich nicht diese Märchen erzählen lassen.»Du bist gesund und stark und hast dich noch nicht gänzlich um den Verstand gesoffen! Wehr dich. Mach mobil!« Er nickt.

»Ich habe nicht gewusst, wie viele Professoren in Deutschland ihre schwachsinnigen Corona Ideen verbreiten!« Oma lacht gehässig aus seinem Mund. *Diese oberschlauen Professoren.* Darauf trinkt er ein Glas Wodka und raucht eine filterlose Zigarette aus der roten Packung. Omas Meinung zu diesem erlogenen Virus setzt sich in seinem Gehirn fest. Gerald ist bereit den Kampf aufzunehmen. *Wie ein Maulwurf im Dunkeln die Beute erjagen! Ich muss mobil machen!* Dieser Entschluss gefällt ihm. *Endlich wie ein Mann etwas bekämpfen.* Dann klingelt es an der Haustür und Erna Meier fragt nach der Erika.

»Sag der Oma, dass sie mal auf eine Tasse Tee zu mir rüberkommt!« Gerald schaut sich im Wohnzimmer nach der Oma um, die ist nicht mehr da. Er lügt die Nachbarin an.

»Die Oma fühlt sich heute nicht so gut. Ich richte ihr das aber aus.«

Ruckartig knallt es in seinem Kopf. Oma ruft laut aus dem Keller:»Du bist nicht nur ein Mörder und Dieb, du lügst auch noch und willst mir die kleinste Freude nicht gönnen.« *Die soll ihr dummes Maul halten.*

Gerald bückt sich und kratzt sich an den Fersen, die jucken so, dass er ganz nervös wird.»Erst darf ich nicht zum Landfrauentreffen und jetzt die Erna Meier nicht sehen. Und wenn du mich anlügst und heimlich eine Maske aufsetzt, fliegst du aus meinem Haus.« Oma lacht. DIE RUFT DANN DIE KRIPO AN UND DIE SPERREN DICH WEG!, ergänzt die Stimme in seinem Kopf.

Gerald geht in den Garten und sieht dem Erna-Meier-Besuch locker entgegen. *Wenn die Meier die Oma sieht und das überlebt, dann trinke ich einen Tag nichts,* nimmt er sich vor und setzt sich an den Teich. Nachdem er eine Weile die Fische beobachtet hat, öffnet er den Hundezwinger und geht zum Rattenfass. Hänsel und Gretel wohnen wie die Oma in einem alten Ölfass. Das blaue Fass steht unterm Holunderbaum an der Grundstücksgrenze am Bach. Luftlöcher hat er ins Fass gebohrt, trotzdem stinkt es fürchterlich, wenn er den Deckel abnimmt und die Biester füttert. *Rattendreck und Blut stinken*, denkt er und hält sich die Nase zu. Hänsel und Gretel, seine Kreaturen, haben ihr Futter aufgefressen und sausen blöd in der Endlosschleife herum. *Wie ich im ewigen Hamsterrad.*

Im Supermarkt darf er sich die Grünabfälle vom Obst und Gemüse mitnehmen, damit füttert er das Rattenfutter.

Die Kaninchen müssen schön fett sein, damit die Nagetiere etwas zerfleischen können. *Das ist ein Blutspritzen!* Er zittert beim Gedanken an die Rattenmahlzeit.

Als er die Mutterratte im Keller tot aus der Falle geholt hat, da piepste es und die Miniratten sind unter einem Schrank hervorgekrabbelt. Gerald hat sie in eine Kiste gepackt, gefüttert, als sie ihn in den Finger gebissen haben, ins Fass gesetzt. Jetzt springen sie verdächtig in die Höhe! Dafür hat er eine dünne Haselnussrute parat und haut auf sie ein. Dann piepsen die. Meistens hocken die Nagetiere zitternd aneinandergeschmiegt auf den Kaninchenfellresten und dem Gestank. Sie zischeln den Gefängniswärter böse an. Der Wolfshund mag den Rattengeruch nicht. Gerald muss die Fäkalien und Knochen aus dem Fass entfernen und auf den Misthaufen schmeißen! Als er zum Haus zurückläuft, guckt Erna Meier durchs Tor und fragt nach der Oma.

Im Jagdrevier des Hubertus A. Heil wird der Kadaver eines jungen Wildschweins entdeckt, mit Kehlbiss und fehlendem Pürzel. Der Jäger erstattet Anzeige wegen Jagdwilderei beim zuständigen Offenbacher Polizeirevier.

Gerald hat die Sau einfach liegengelassen. Der Hund hat den Pürzel abgebissen und gibt ihn nicht mehr her. Herr und Hund mögen Souvenirs, »Blonde Locken, abgetrennte Hände und eben Schweineschwänze!«, flüstert ihm Oma ins Ohr.

Auf dem Rückweg zum Auto legt Gerald Winter eine falsche Spur und sägt eine Hochsitzleiter kaputt.

Die sollen mal denken, dass da diese Tierschützer im Wald herumgeistern.

Zeit für Wodka und einen kurzen Schlaf auf der Ledercouch. Der Psychopath unterliegt keinem zeitlichen Ablaufplan, er macht das, was er will. Wie die Krankheit in seinem Kopf. Feste Essens- und Körperhygienezeiten hat er abgeschafft. Die Nachrichten im HR3 schaut er immer, denn die Hessenschau ist für ihn eine Institution.

Er schläft ein und träumt von der Kontrollaufgabe im Haus, die Fensterläden, die immer geschlossen sein müssen, damit die alten Holzläden das Durchblickvermögen der Spione hemmen, die ihn sonst ausspähen würden. Der Schlaf wird rapide unterbrochen, denn in beiden Ohren piept es, hinzu kommt dieses Taubheitsgefühl in den Füßen, und Oma macht einen blöden Witz. »Wenn ich morgen tot aufwache, dann weck mich!« Dann kichert Erika Winter, von hier, von dort, unter der Ledercouch und vom Flur. Sie hat einen Lachanfall, kriegt sich aber wieder ein und ermahnt ihn. »Du darfst keine Spuren hinterlassen!«

Das irritierende gemeine Lachen hört auf und sein Hals beruhigt sich.

Wie lebt die, wenn die tot ist?

Oma kichert unaufhaltsam und sein Hals tut immer noch weh vom vielen Lachen. Als er den Fernseher anschaltet, glotzt ihn die Oma schon wieder an und belehrt ihren Enkelsohn. »Keine Spuren hinterlassen, wenn du das Feuer legst. Sonst holen sie dich ab und sperren dich weg!« Dann ist sie weg, und Werbung für Biojoghurt läuft im Fernsehen. Er fragt sich, wie der Biojoghurt schmeckt und ob man einen Menschen zweimal töten kann. Von überall her hört er die Oma kichern und lachen. »Hab's doch gewusst, der kleine Gerald ist ein Idiot!« In seinem Kopf hört er Kinderlieder.

Gerald erinnert sich an seine Schulzeit, da haben die ihn oft ausgelacht und gemobbt. Dann hat er einen Plan entworfen, umgesetzt und gesiegt! Dem Karl hat er einen Denkzettel verpasst. Den Mitschüler in eine Falle gelockt und die Nase gebrochen. Karl Hessberger hat geblutet wie eine Sau, die geschlachtet wird, und den Gerald völlig verängstigt angeglotzt. Das hat dem kleinen Gerald gut gefallen. Die nackte Angst in den Augen des Mitschülers zu sehen. Für einen Moment sah es so aus, als hätte der Karl drei Augen! Aber das war nur Blut, dass der sich zwischen die Augen geschmiert hat. Die Drohung – sollte er den Gerald verraten – sitzt zielgenau und Karl sagt niemandem etwas. *Der Karl wollte sich nämlich nicht ein Ohr abschneiden oder totschlagen lassen!* Die dunkle Stimme findet diese Aktion geil und Gerald ist nach all den Jahren erregt. *Das ist Lebensqualität, wenn das Opfer vor dir steht und Angst hat!* Dieses Elixier nutzt Gerald Winter bis heute. Danach haben die ihn in Ruhe gelassen. Sie hatten Bammel, dass der kleine Gerald böse wird. Selbst die Pauker hatten Angst, nur der Hausmeister hat ihm einmal eine Backpfeife aufs Fressbrett gegeben!

Der Stoijkowitz, der hatte recht.

Die Treppe knarrt und er hofft, dass die Oma ihn in Ruhe lässt. Die Hoffnung trügt. Oma geht davon aus, dass es Zeit ist, eine Frau ins Haus zu holen.»Die geht mir dann zur Hand!«

Irgendwie ist sie auch nicht mehr so erzürnt, wenn ihm der Mord an der Gerda Schuler durch den Kopf geht!

Die Stimme erwähnt: DAS WAR JA AUCH NUR EINE KLEINE SCHLAMPE!, und Oma sagt »Ja«, doch ganz schnell kommt sie zum Coronavirus und den Lügnern im ganzen Land. »Die sind schlimmer als eine kleine Erkältung! Weißt du, Gerald, die wollen den Menschen einen Chip einsetzen. Mit Codierung, um Millionen Menschen zu überwachen.

Er erschrickt. *Einfach die Coronaimpfung vorgeschoben, um diesen Chip ins Fleisch einzusetzen.*

»Und dann werden die Menschen von diesen bösen Mächten gelenkt und tun Dinge, die sie gar nicht tun wollen!«

Er kriegt es mit der Angst zu tun. Er will sich nicht kontrollieren lassen und hat Angst vor Kontrollverlust. Denn wenn die in sein Gehirn reinschauen, dann sehen sie seine Gedanken. *Die wissen dann genau, was ich mit der Ingrid oder dem Miststück von Schaufensterpuppe treibe. Und dass ich eine Braut suche!* Oma tröstet ihn. »Ich bin doch bei dir, brauchst keine Angst zu haben. Angst müssen die Geimpften vor der Schwangerschaft haben, manche tragen dann Roboterbabys aus. Auch Männer!«

Gerald macht eine ungelenke Bewegung und die Wodkaflasche fällt ihm aus der Hand. Oma lacht. *Vielleicht will mich die Oma verarschen?*

Obwohl er die Oma sonst wohin wünscht, denn sie nervt, kritisiert und beobachtet ihn, braucht er sie. Erika Winter hilft ihm, auf die richtigen Gedankensprünge zu kommen, assistiert aus dem Verborgenen und leuchtet wie eine Taschenlampe durchs Dunkle. Darüber darf er aber mit niemandem sprechen, sonst wird sie ganz böse und sperrt ihn im Loch ein. Das hat er der Oma versprochen! Und solange sie ihn nicht auslacht, braucht er sie auch nicht zum zweiten Mal umbringen!

Geht das überhaupt?

Omas kluge Meinung zum Coronavirus beeindruckt, denn wenn schon diese Spione im Fensterglas verborgen sitzen, was passiert erst dann, wenn er so einen Chip im Fleisch sitzen hat? *Die sehen dann aber auch die Spione?*

Er reagiert verwirrt und betrinkt sich genervt mit Wodka.

Am nächsten Tag stellt der Jagdpächter zum wiederholten Mal Anzeige bei der Polizei. Im Polizeirevier verweist man auf militante Tierschützer, die vor einigen Jahren in der Region aktiv gewesen sind. »Die von der WAF, die sind vielleicht wieder aktiv? Das waren so Wolfschützer!« Dem Jagdpächter wird empfohlen, die notwendige Vorsicht bei seinen Aktivitäten im Wald einzuhalten und verdächtige Autokennzeichen zu notieren. Der diensthabende Polizeibeamte verspricht ihm, dass er einmal am Tag eine Streife durch den Wald fahren lässt. »So zur Abschreckung!« Hubertus Heil nimmt die Präventionsmaßnahme der Polizei ernst. In einer Rundmail wurden die Polizeireviere über die Farbschmiererei auf plakatierten Impfhinweisen und eine Farbschmiererei auf der Glasscheibe einer Offenbacher Apotheke hingewiesen. Im Polizeipräsidium Südosthessen ist man auf Störaktionen von Impfgegnern und Coronaleugnern eingestellt.

Nach einem Leberwurstbrot und einer Tasse Kaffee fährt er zum Einkaufen in den Supermarkt. Auf der Rückfahrt sieht er eine Fahrradfahrerin rechts vor sich fahren. Die junge Frau trägt Hotpants und ein kurzes Top. Gerald gefällt der Anblick des knackigen Hinterns. *Da kannst du ja die Spalte sehen! Wie die wohl riecht?* Als es hupt, muss er an der jungen Frau vorbeifahren, und der Geruch verschwindet aus seiner Nase. Jetzt ist er nervös. »Guck sie dir doch mal näher an!«, zischelt die Oma in sein Ohr, und er beginnt zu schwitzen. *Diese kleine Schlampe.* Im Rückspiegel sieht er einen Polizeiwagen, gibt Omas unüberlegten Plan auf und fragt sich, ob ihn die Alte reinlegen wollte! Die dunkle Stimme in seinem Kopf macht auch noch einen Witz. RECHTS RANFAHREN – POLIZEIKONTROLLE. AUSSTEIGEN. SIE SIND DOCH DER MÖRDER VON ...! Darüber lacht dann auch die Oma. Für den entgangenen Liebeslohn betrinkt er sich im Garten auf der Kiste bayrischem Weißbier sitzend, bis zum Exodus. Flasche für Flasche trinkt er leer. Er versucht sich vorzustellen, wie sich die kleine Schlampe so angefühlt und gerochen hätte. Als er die neunte Bombe in sich reinschüttet, sind die heißen Gefühle abgekühlt.

Das Leben, sagt man, schreibt die besten Geschichten. Der Hund bellt und Gerald wacht auf dem Boden liegend auf. Er war eingeschlafen und vom Bierkasten gefallen. *Was für eine blöde Geschichte!*

Er zieht die Schulterblätter nach oben, dass das Steifheitsgefühl sich lindert. »Vom Kasten gefallen«, so könnte man die Geschichte nennen. Vielleicht sollte er sich bei dem Schreibwettbewerb melden, den die lokale Zeitung ausgelobt hat. Das tut er nicht, füttert den Hund und die Ratten und trinkt Wodka. Kurz darauf geht es los. Albtraumzeit ist es eigentlich nicht am Morgen, doch dem Scheiß-Alb ist das egal.

Gerald hört ein Geräusch. Etwas klettert den Brunnenschacht empor: eine Leiche. Ihm stockt der Atem. *Das kann doch nicht wahr sein!*

Obwohl er immer davon ausging, dass die Alte die Dunkelheit scheut, ist die in den Brunnen gestiegen und hat nach ihrer Hand gesucht. Die Mumie winkt ihm zu, doch Gerald verharrt auf seiner Position und rührt sich nicht vom Fleck. Ohne die Hand sieht die Oma komisch aus. *Wie kann die Alte über die glitschigen Steigeisen hinein und wieder aus dem Brunnen herauskrabbeln?* Elle und Speiche hat er ja mit der Knochensäge durchtrennt. Es schüttelt ihn bei dem Gedanken, dass die Tote wieder da ist. *Gut, dass sie nicht den Apfelbaum inspiziert hat und die Glöckchen geläutet haben, und gut, dass ich nach dem Bierabsturz die Kiste mit den leeren Bierflaschen in den Schuppen gestellt habe.* Er lacht, und der Albtraum zieht weiter.

Der Mörder denkt darüber nach, ob er nicht zum Arzt gehen soll, denn völlig verrückt werden will er nicht. *Das waren bestimmt wieder die Zeugen Jehovas.* Gerald lacht. »Die Welt geht so oder so unter!«, sagt er zum Hund.

Sein Ohr sticht und er zuckt zusammen, als sich die Wände im Zimmer nach innen bewegen und wieder zurück. »Wenn du wissen willst, was der Beginn von dem ist, was heute ist, da musst du zurückdenken!« Oma redet weiter, dass er sich Freude, große Freude, heimholen muss. »Weißt du, die kommt nicht von allein!« Das weiß er und er nickt. »Fräulein und wenn du so eine Schlampe siehst, nimmst du sie das nächste Mal einfach mit zu uns!« Gerald ärgert sich, dass die Oma ihn damit hänselt, dass er nie eine Freundin gehabt hat. »Der konnte man ja fast bis ins Loch hineingucken!« Oma lacht gehässig und er fühlt sich doch ein wenig unbehaglich, dass sie so etwas Vulgäres sagt, aber genauso hat er ja auch gedacht! *Wie kriegt er so ein Ding ins Auto?* Oma sagt, dass er doch ganz einfach einen leichten Schlenker macht und die Schlampe dann aufgreift und ins Auto packt. »Zu Hause gibt es Pflaster, Fräulein!« Erika wabert über den Tisch und geht davon aus, dass so eine Schlampe verführerisch riecht und er nur seiner Nase nachzugehen braucht. DA HAT DIE OMA RECHT, ZUHAUSE GIBT'S PFLASTER! betont die Stimme in seinem Kopf

Dann fällt ihm auf, dass Oma keine Mund-Nasen-Schutz-maske trägt. *Wer weiß, wo die Alte sich so herumtreibt!*

Kurz darauf ist es still. Gerald schwebt im alkoholdurchflu-tenten Nebel der Halluzination.

Im Radio hört er ein Interview mit dem Volkssänger Heino. Er mag den heimattreuen Mann, insbesondere die schwarze Sonnenbrille, die der Heino sein Leben lang trägt. Niemand guckt dem in die Augen! »Mit oder ohne Maske. Du bist jetzt eine Maske!«, hat der Heino gesagt, und wo er Recht hat, ja da hat er Recht.

Im Wahn zerschlägt er fast alle Spiegel im Haus. Die Spione und der Dämon sollen ihn nicht aus dem Spiegel anglotzen. Mindestens dreimal hat er Oma im Spiegel sitzen sehen. Im Badezimmer hat sie ihn beobachtet, wie er sich gewaschen hat. »Du musst dich auch untenherum sauber machen, den Pimmelmann!« Gerald schämt sich, seit dieser Zeit wäscht er sich nur noch mit Brunnenwasser im Garten ohne Spiegel-flächen.

Mit Oma hat er sich arrangiert, will ihr aber körperlich nicht zu nah kommen.

Auf gar keinen Fall darf er Oma in die Augen sehen. *Wegen der Strahlenkraft!* Erika Winter kommt, wann sie will, und guckt nicht auf die Uhr. Ganz früh am Morgen, mittags, abends oder mitten in der Nacht geistert sie im Haus umher. *Diese böse alte Hexe!* Aus Sicherheitsgründen hat er diverse Vorsichtsmaßnahmen getroffen. Wenn er die Post aus dem Briefkasten holt, zieht er sich die dicken Arbeitshandschuhe an, damit die Oma ihm nicht in die Finger beißt. Die Fußmatte vorm Haus hat er im Garten verbrannt, als Oma ihn an der Ferse festgehalten hat und böse unter der Fußmatte in den Dreckrost geschlüpft ist. Um diesen Gefahren zu entgehen, trinkt er noch extensiver die Schnapsflaschen leer. Er spürt seinen körperlichen und geistigen Verfall nur bedingt, und das nutzt Oma Erika schamlos aus.

Ihre Ansichten, die Radikalität und Gewaltbereitschaft verfestigen sich in seinem Kopf. Er verspürt den Drang nach Sex. *Krieg ich nicht,* und deshalb reagiert er sich sonst wie ab! Dazu braucht er sich nur mit der Wodkaflasche auf die Ledercouch zu legen, und im Horrorkabinett in seinem Kopf sprudelt es wie aus einer Quelle heraus: tolle Ideen und Versuchungen.

Der kranke Mann schleicht durch das Wohnviertel und entdeckt den kleinen Hund, der angeleint vor der Haustür sitzt. Die Pforte ist offen und er hört keine Stimmen. Also packt er den jungen Mischling und öffnet die Tür zum Allzweckraum. Gerald hat der alten Frau Ludwig geholfen, den Trockner zu installieren. »Ach du süßes kleines Drecksvieh, bist aber ganz nass«, sagt er mit einer liebevoll geflüsterten Stimme zum kleinen Hund, der freundlich mit dem Schwanz wedelt. Die böse Stimme in seinem Kopf lacht.

Gerald öffnet den Wäschetrockner und stopft das kleine Bündel Leben hinein. Das arme Tier stirbt qualvoll im Trockner. Gerald schaut und hört zu. Dann lacht er böse. *Noch warm und wäschetrocknerfest!* WAS FÜR EIN GEILER SPRUCH!, freut sich die Stimme.

Das erregt ihn und er muss später die Couch sauber machen! Gerald schläft ein und wird durch ein Zupfen am Ohr wach.

Die verwachste Leiche streichelt ihm übers Haar. Ihm wird es schwindelig, als sie ihm die OP-Maske auf den Tisch legt, die er ihr zuvor aufs Bett gelegt hat. Gerald steht auf und trinkt eine Flasche Mineralwasser. Der Schweif einer Sternschnuppe verglüht am Himmel. »Wünsch dir was, Gerald.« Er wünscht sich, nicht total verrückt zu werden. *Auch wäre es toll, die Alte irgendwie doch loszuwerden.* Und wie aus einem Kanonenrohr kracht die Stimme Omas heraus: »Du kriegst mich nicht los, hast du das verstanden? Und diese Maske wird in meinem Haus nicht getragen. Ich habe dir mehrmals gesagt, dass das Coronavirus nur ausgedacht ist!« Betroffenheit. Dann wagt sie einen Blick in die Zukunft: »Weißt du, wenn die Braut im Haus ist, machen wir sie uns gefügig!«

Ein geringschätziges Lachen dringt in sein Ohr. *Was hat die Alte mit der Braut vor?*

»Die geht mir und dir zur Hand!« Gerald schämt sich, dass sie so etwas denkt. Das Atmen fällt ihm vor lauter Lachen schwer und er spürt, dass er kaum noch Luft bekommt. Endlich hört Oma mit diesem fürchterlichen Lachen auf. Tief ein- und ausatmen, und die Alte ist endlich still. Gerald beruhigt sich und geht davon aus, dass er mit der jungen Frau im Haus keine Tiere mehr quälen darf. *Das gefällt ihr bestimmt nicht, da muss ich ihr helfen! Das ist Erlösung vom Zwang!*

»Du schmutziger böser Mann willst so einem jungen Ding solche perversen Sachen zeigen?«

Auch wenn Erika Winter seine Gedanken lesen kann, wird es eine Möglichkeit geben, dass die Tote in ihrem Grab bleibt und nicht aus seinem Mund spricht.

Als wäre die böse Stimme sein bester Freund, gibt sie ihm einen Ratschlag. DIE ALTE DARF SICH NICHT AN DEINER BRAUT VERGEHEN!

Gerald kocht sich ausnahmsweise einen Kaffee, holt den Laptop und Google hilft ihm beim Suchen. »Schutz vor Dämonen und bösen Mächten.« Gerald recherchiert bis in die Nacht hinein. Dann hat er gefunden, wonach er fieberhaft gesucht hat. Der Zauber der toten Katze könnte das Problem lösen. Schutz vor Dämonen. Die Kastenfalle vom Opa steht im Schuppen. Am nächsten Morgen säubert er die massive alte Falle, die der Opa zum Marderfang benutzt hat. Mit dem Kescher einen dicken Goldfisch im Gartenteich gefangen und in die Falle gelegt. dann trägt er die Falle mit der verängstigten schwarzen Katze zum Teich, beschwert sie mit einem Stein und lässt sie unter Wasser. Er steckt sich eine filterlose Zigarette aus der roten Packung an und trinkt Wodka aus dem Flachmann. Belustigt schaut er auf die Luftblasen, die vom Grund aufsteigen ... *dreizehn, vierzehn, fünfzehn, sechzehn* und nach kurzer Zeit ist die Katze ertrunken. Eine halbe Stunde bleibt die Kastenfalle unter Wasser, dann wird sie geborgen. Das Katzenfell ist intakt und Gerald vergräbt die nasse tote Katze im Keller hinter der Türschwelle im Lehmboden. Der Zauber soll Oma daran hindern, die Kellertreppe hochzulaufen. *Vielleicht hat die Alte Angst vorm Wächter!* Eine dunkle Stimme lacht in seinem Kopf. HAST DU GUT GEMACHT! Mit dem großen Schraubenzieher einen Drudenfuß in den Lehmboden einritzen, der fünfzackige Stern, das Pentagramm als Dämonenschutz. Gerald ist gut gelaunt und selbstsicher, dass die Arbeit seinen Zweck erfüllt. Jetzt bleibt Oma im Grab! In der letzten Zeit ging sie ihm so richtig auf die Nerven. Selbst wenn er die Haustür abgeschlossen hat, schaffte sie es, nach draußen zu kommen. Wahrscheinlich hat sie einen Schlüssel vom Schlüsselbrett geklaut. *Die Katze wird aufpassen.*

Zur Belohnung fährt er zum Imbiss und kauft sich einen Schnitzelteller mit Salat. Dazu gibt es Bier und aus einer Flasche werden vier.

Wodka rundet den Dämonenschutz ab und er schaut fern. *Wie Oma gesagt hat, manipuliert das Fernsehen die Zuschauer mit dem Coronavirus. Man soll Angst kriegen. Inzidenzwerte, Maskenpflicht, Impfpflicht. Gerald schaudert es beim Zuschauen. Und wenn dann die ersten Roboterkinder geboren werden ...* Zur Beruhigung singt er leise vor sich hin.

»Möchte das Vöglein so gerne sich schwingen
Auf zu des Äthers sonnigem Blau,
Liebe so gern seine Lieder erklingen.
Über der blühenden, duftenden Au.
Armer Gefangener, du hebest die Flügel,
Wie mir die Sehnsucht die Schwingen erhebt,
Möchten wir wohl Beide über Täler und Hügel,
Frei, wie die Wolke am Himmel entschwebt.
Aber vergebens das heiße Verlangen –
Sind doch gezwungen zur peinlichen Ruh,
Beide, mein Vögelchen, sind wir gefangen,
Größeren Kerker nur habe ich als du.«

*** von Auguste Kurs (1815-1852)

Gerald schläft kurz ein und dann ist der Alb in seinem Kopf. »Ich kann nicht schlafen«, flüstert Oma ihm ins Ohr und kriecht auf die Ledercouch. Als er am frühen Morgen aufwacht, hält er ihre Kittelschürze in der Hand, in der er die Oma in Plastik verpackt und im Keller ins Fass gesteckt hat!

Der Albtraum ist zu Ende geträumt.

Der blöde Katzenzauber für den Müll! Trotz der akribisch durchgeführten Maßnahmen des Dämonenschutzes! Dann ist er hellwach. *Das war nur ein blöder Traum, oder?*

Die Realität holt ihn ein.

»Mumifiziert, die Muschi ist nicht mumifiziert! Du bist nicht gefangen, mach was aus deinem Leben!«

Gerald zittert, versteht die Welt und vor allen Dingen Google nicht mehr. *Warum wirkt der Zauber nicht?*

Und dann fällt es ihm brandheiß ein: Die Katze ist nicht mumifiziert! *Es dauert, bis der Mumifizierungsprozess beginnt.*

Oma lacht gehässig, dass die Spucke aus seinem Mund fliegt.

»Mumifiziert, die Muschi ist nicht mumifiziert!« Dann haut Oma noch einen raus. »Dämonenschutz braucht seine Zeit, so wie die Doris dich Missgeburt ausgetragen und auf die Welt gesetzt hat!« Gerald kippt sich den Wodka rein.

Mit dem Kopf hin- und hernickend, erst langsam und dann so schnell, dass es ihm und der Stimme im Kopf schwindelig wird. »Lass mich doch endlich in Frieden. Mama war eine liebe Frau!«

Oma kichert gehässig und macht ihn nach: »Mama war eine liebe Frau! Mama war eine liebe Frau.« Dann hüpft sie im Wohnzimmer auf und ab wie ein kleines böses, unerzogenes Kind! »Kleine Nutte, kleine Nutte und jedes Kind, das eine Frau bekommt, schießt der Mann aus dem Pimmel!« Er schämt sich und Oma betont, dass die Doris, diese Ratte, bestimmt ihren Spaß dabeigehabt hat.

»Weißt du, Gerald, dein Vater ist ein Hurenbock!«

Gerald ist außer sich und verzweifelt. Seine Mutter darf niemand so angehen und verletzen! Im Garten trinkt er das eiskalte Bier und raucht eine Filterlose aus der blauen Packung.

Für einen Augenblick überlegt er sich, was sein Vater im Leben gemacht hat und ob der noch lebt? Dann holt er die Schaufensterpuppe und läuft zum Hundezwinger. Der Hund bellt vor Freude. Gerald hängt die Puppe ganz hoch auf und Wolf sitzt bei Fuß und wartet auf den Befehl. Die Haare stellen sich rauf und dem Hund läuft der Geifer aus dem Maul. »Töte den Dämon, töte die Oma!« Wolf erledigt seine Aufgabe, zerrt an der Puppe und hängt an ihrer Kehle. Der Hund kommt in den Zwinger und der Wodka wärmt Gerald, dann uriniert er auf das Ding.

Im Rattenfass quietscht es und im Teich antworten die Frösche. Er läuft zum Kaninchenstall und greift den jungen Rammler. Das Tier hält still, auch als er den Deckel zum Fass abmontiert und die Ratten in die Höhe springen. Die Nager zischen und quietschen und der üble Gestank entweicht aus ihrem Gefängnis. Kurz darauf wird das lebendige Rattenfutter in Stücke zerrissen. Bei der Rattenmahlzeit und dem chancenlosen Kampf des Kaninchens zuzuschauen, gefällt ihm.

Für einen Moment denkt er an die Pest, die ja auch so viele dahingerafft hat. Der schwarze Tod. Aber daran waren die Ratten nur mittelbar beteiligt. Das war der Rattenfloh! Ob seine Nagetiere auch Flöhe haben? Wer hat das Lügenvirus übertragen? Die Fledermaus als Bösewicht oder der Bösewicht im Labor? Der Tierquäler betrinkt sich auf der Couch. »Habe ich dir nicht gesagt, dass du dir nicht den Kopf von wegen des Coronavirus zerbrichst? Verstehst du mich nicht, Bub?« Oma redet weiter und er muss endlich wissen, wie er sich gegen diese Lügner aufstellt.

Angst ist Raum für Interpretation, die Sphäre des Unerklärbaren beschäftigt den paranoiden Gerald und die Oma will er nicht ärgern. Als wollte die Stimme in seinem Kopf ihn ablenken, sagt sie: MUSST LIEBER MAL EIN WENIG SPASS HABEN IM LEBEN, ERSCHRECK DOCH EINFACH DIE LEUTE!

Gerald geht in sein Kinderzimmer und kramt in der Schuhkiste mit den ausgeschnittenen Zeitungsartikeln herum und lacht.

Da war ich mit dem Wolfskostüm unterwegs und hab die ganz fürchterlich erschreckt.

Vorfall am Abend des 31.10.2019

Am Abend gab es einen Zwischenfall, bei dem aus spaßigem Gruseln eine Straftat hervorging. Ein bislang unbekannter Mann im Wolfskostüm erschreckte gegen 19 Uhr Bürger im Offenbacher Stadtteil Rosenhöhe und sorgte für Angst und Schrecken. Der große gedrungene Mann bestand auf der Herausgabe von Süßem und Saurem. Als die Hausbewohner ablehnten, heulte er wie ein Wolf und beschimpfte die Eltern vor ihren Kindern. Dann warf er die Mülltonnen um und entfernte sich, um kurz darauf zurückzukommen. Der maskierte Mann zerstörte eine Fensterscheibe mit einem Stein und bewarf das Haus mit rohen Eiern. Der Täter konnte unerkannt flüchten. Die Polizei ermittelt.

Am nächsten Morgen ist er früh mit dem Hund im Wald. Das Protzauto des Jägers ist nicht zu sehen und der Hund darf rennen. Wolf spürt ein Reh auf, hetzt dem verängstigten Tier hinterher und reißt es mit Kehlbiss. Auf einem Baumstamm sitzend hört Gerald den Standlaut des wildernden Hundes, genießt die Waldatmosphäre und lässt den Hund sich an der warmen Beute sattfressen! *Da, ein Gewehrschuss!* Gerald ruft den Hund immer wieder, doch er kommt nicht. Gerald ahnt Schlimmes. Auf dem Rückweg zum Auto stößt er auf den Luxus-SUV des Jägers am Wegrand. Kurz darauf kommen zwei Jäger aus dem Wald und schleifen den Hund über den Waldboden. Wolf ist tot. Ein jüngerer Jäger läuft in den Wald zurück.

Hubertus A. Heil, der Jagdpächter, verweist darauf, dass der Hund beim Wildern getötet wurde. »Nehmen Sie das Vieh mit!«

Geralds Körper brennt und er hört eine Stimme, die sich wie eine ängstliche Kinderstimme anhört in seinem Kopf.

»Wär ich ein Vöglein,
wollt ich bei dir sein,
scheut Falk und Habicht nicht,
flög schnell zu dir,
schöss mich ein Jäger tot,
fiel ich allein in deinen Schoß!
Sähst du mich traurig an,
gern stürb ich dann!«

Und der arme Hund konnte nicht in seinen Schoß kommen, die haben ihn auf dem Boden hinter sich hergezogen!

Er ist bereit, das Problem hier und jetzt zu lösen. In seinem Kopf weinen die Kinderstimmen jetzt und die Stimme in seinem Kopf spricht von Kollateralschaden!

Mit eiskalten Augen fixiert Gerald den Jäger, dass der vor Verlegenheit wegguckt. Doch noch bevor er die Bestrafung beginnt, kommt der andere Mann mit dem Gewehr auf der

Schulter zurück und legt das vom Hund gerissene und ange-
fressene Reh vors Auto. Kehle und Bauchhöhle sind weit aufgerissen. *Der Hund hatte Hunger. Scheißreh!* Er versucht, den Hund
zu tragen, und muss mehrmals pausieren, der Hund ist schwer.
Am Auto braucht er einen Schluck Wodka, raucht eine Zigarette aus der blauen Packung und beruhigt sich nur langsam.
Mit Mühe bugsiert er den siebzig Kilo schweren toten Hund
in den VW Passat. Auf der Rückfahrt weint er bitterlich. Die
kindliche Stimme in seinem Kopf wird von Omas Stimme abgelöst:»Du musst den Hundskerl erschlagen! Der ist bestimmt
auch geimpft!«

Sie hockt im Laderaum wie ein Geistwesen, als er wieder in
den Rückspiegel guckt, ist sie weg.

Zu Hause schließt er das schwere Metalltor zu und hebt den
toten Hund aus dem Laderaum des VW Passat-Kombi, trägt ihn
zur Veranda und legt den toten Freund auf den Tisch. Begraben
will er den treuen Weggefährten erst am nächsten Morgen. Die
große aufgerissene Stelle, dort, wo das Geschoss den Hund beim
Durchdringen des Körpers und Austritt aufgerissen hat, deckt
Gerald mit einem Handtuch ab. Seine blutigen Finger streift er
sich über die Stirn. *Jetzt bin ich kampfbereit.* Er betrinkt sich und
liegt unruhig auf der Ledercouch. Juckreiz, in den Ohren piept
es und die Füße kratzen. DEN HUNDSKERL ERSCHLAGEN!,
flüstert die Stimme.

Er nickt, doch zuerst wird er den Hundskerl schrecken. Gerald
schläft auf der Couch ein und träumt von bösen Übeln! *Gliedmaßen abtrennen, den Schädel einschlagen oder einfach mit dem Kleinkalibergewehr der Sau in den Kopf schießen und ihn ausweiden?* Die
Ratio siegt und er will zuerst alles ausspähen, um dann einen
geeigneten Plan umzusetzen.

Gerald will die Schreckaktion zeitnah frühmorgens durchführen.

Auf einem weißen Handtuch platziert er den Stoffhund. Der
Hund ist mit roter Farbe beschmiert. Die Jagdhütte bewirft er

dann noch mit einem Farbbeutel. Die Aktion gefällt ihm und er raucht eine Zigarette. Die auf den Boden geworfene Kippe raucht sich selbst auf, darauf achtet er penibel. *Keine Spuren hinterlassen!*

Der Jagdpächter alarmiert später die Polizei und verweist auf den Abschuss eines wildernden Hundes vom Vortag. Auch die Polizei sieht die Tat in diesem Zusammenhang. Da keine Personalienfeststellung im Wald erfolgte oder die Steuernummer des Hundes identifiziert ist, könne man schlecht ermitteln. Die Anzeige des Jagdpächters wird polizeilich aktenkundig. Zu Hause begräbt Gerald Winter den Hund neben der Leiche von Gerda Schuler. *Da ist die nicht so allein!*, denkt er, nickt wohlvernehmend und erinnert sich: *Die Gerda hat ja auch auf den schwarzen Dobermann gestanden.* Oma meldet sich wie aus dem Nichts.»So hast du die Schlampe kennengelernt, Gerald.« Und sie sagt weiter:»Der muss grauenvolle Qualen erleiden!« Gerald nickt.»Das ist doch ganz leicht, du brauchst Willenskraft und musst ein Mann sein!« Die Flasche Wodka ist leer, als es an der Haustür klingelt. Erna Meier fragt nach der Oma und die soll sich bald bei ihr melden. Gerald greift nach dem Notizblock, da er sich nicht mehr alles so gut merken kann und schreibt:

Erna Meier abwimmeln, Jäger töten, Brief von der Rentenkasse beantworten, Gummibaum gießen und Staub wischen.

Zum Mittagessen gibt es eine Dose Ravioli mit Knoblauchpulver und Pfeffer draufgeschüttet, dazu Weißbier. *Bin ich geisteskrank? Wahrscheinlich, sonst wären da nicht diese seltsamen Geräusche und die Stimmen in meinem Kopf! Die singen jetzt sogar schon Lieder für mich!*

Er träumt vom Hund im Wald, bis ein Schuss die Ruhe zerbricht. Das zerreißt ihn.

»Zeig, was du fühlst, mein Junge!«

Genau das hat er vor, denn er kann seine Gefühle nicht mehr lang verbergen. Erst den Jäger ermorden, dann eine junge Frau ins Haus holen, um schmutziges Zeug mit ihr zu machen!

Vielleicht heirate ich die auch. Oma liest seine Gedanken und schüttelt den Kopf, dass es ihm schwindelig wird. *Wie von Oma Erika angemahnt, darf er keine Spuren hinterlassen, damit sie den Kerl nicht wegsperren!*

Gerald will nicht ins Loch.

Parallel schürt die Oma in seinem Kopf ein Feuerchen an, damit er den Impflügnern die Hölle heiß macht!

»Du hast doch ein Feuerzeug!« Er will das so machen und erklärt der Wachsleiche, dass er zuerst den Jäger ausspähen und den Tagesablauf dieses reichen Mannes im Wald beobachten will.

Gut versteckt notiert er sich die immer wiederkehrenden Abläufe, wenn der Hundemörder im Wald ist. Als der Typ in der Jagdhütte schläft, inspiziert er den teuren Luxuswagen und entdeckt den Aufkleber mit dem Slogan: »Geh dich impfen lassen und schütze dich und andere!« Er hat das Bedürfnis, die Jagdhütte anzustecken, damit der Hundemörder elendig verbrennt, doch er wartet lieber.

Am nächsten Tag schließt er erst mal die Schreck-Aktion ab. Eine Puppe mit ausgestochenen Augen im Baum vor der Jagdhütte aufgehängt. Die geschändete Puppe sieht grauselig, einfach ganz furchterregend aus. »Ein echter Schrecken!«, sagt Oma.

Jetzt kann er die Bestrafung durchführen! Einen geeigneten Platz im Wald hat er entdeckt, dort kann er ihn schnappen und muss wenig vorbereiten. Zuhause wimmelt er die Nachbarin zum wiederholten Male ab. Nachrichten gucken. Die Einschränkungen und Verbote der Menschen im Land wegen dieses angeblichen Coronavirus nehmen rasant zu. Mittlerweile hat die Oma ihn überzeugt. *Wenn ich nur Corona höre, knalle ich durch!*

Ihre Meinung findet er richtig! »Das ist also alles nur Populisten- Geschwätz der Impfteufel. Die wollen uns reinlegen, unsere Freiheit stehlen und den Ungeimpften in den Kopf schauen!«

Einfach ein paar Schüsse auf die Chipfabrik aus dem Verborgenen abfeuern. Da steht dann bestimmt etwas in der Zeitung? Omas Impf-skepsis nistet sich sukzessive in seinem Kopf ein.

Aber erst einmal den bösen Mann umbringen.

»Du musst deinem Hund eine Stimme geben«, sagt sie, und Gerald verspricht, das zu tun. »Dem Hundskerl nicht das letzte Wort lassen. Ihn angemessen bestrafen, denn sonst bestimmt die Zeichnung, die der dreckige Hundemörder und Impfteufel gezeichnet hat, das Bild!« Gerald bewundert Omas Meinung. *Das letzte Wort darf der Jäger nicht haben, das steht mir, dem Betroffenen, zu!* »Du machst das alles genau richtig, Gerald.«. Der nervenden Nachbarin, die immer an der Tür klingelt, soll er einfach sagen: »Die Oma hat Covid!«

Dass gerade Oma die Covid-Lüge in Anspruch nimmt, um die Nachbarin abzuwimmeln, geht ihm nicht aus dem Kopf. *Mann ist die schlau!*

Da Oma in der letzten Zeit keinen Hunger hat, isst er ihren Teller leer. Plötzlich kommt ihm der Gedanke, dass kleine Männchen, die Mainzelmännchen, das Coronavirus in die Fernsehgeräte verbringen und es in die Luft hineinblasen.

Oma zerhaut diesen Traum mit einem Hammerschlag und Gerald ist hellwach. Auf gar keinen Fall will er ins Loch gesteckt werden. Er verspricht, nicht mehr solch dumme Gedanken zu haben, und hofft, dass die Oma nicht seine Gedanken liest.

Wie macht die das überhaupt? Vielleicht sollte er die Hausärztin fragen.

Der zweite Hammerschlag knallt auf ihn hernieder. Oma ist jetzt richtig sauer und macht ihm klar, dass die Ärztin genau weiß, dass mit seinem Kopf etwas nicht in Ordnung ist, und dann veranlasst, dass er weggesperrt wird.

»Ins Heim für geistig Behinderte!« IRRENANSTALT HEISST DAS, ergänzt die Stimme.

Der Psychopath liegt zitternd auf der Ledercouch. Die Angst vor der Ärztin, den Impfbefürwortern und dem schlechten Essen im Heim schütteln ihn durch.

Am nächsten Morgen wacht er zugedeckt mit einer Decke auf. Er ist glücklich, dass die Oma nicht mehr böse ist. *Oder waren es doch die Mainzelmännchen?* Nach einer Katzenwäsche mit kaltem Brunnenwasser kocht er Kaffee, schmiert sich Butterbrote und greift nach der Tageszeitung.

»Eine bislang unbekannte Person hat im Wald außerordentlich seltsame Dinge gemacht und eine Puppe mit ausgestochenen Augen vor einer Jagdhütte aufgehängt. Ein fürchterlicher Anblick für den Jagdpächter, der mit Entsetzen die Polizei alarmiert hat. Auch gab es Sachbeschädigungen an Jagdhochsitzen. Die Polizei ermittelt. Zeugen melden sich bitte bei der Polizei.« *Hat sich dieser Hundskerl tatsächlich erschreckt! Der wird sich bald umgucken, wie schön es ist, umgebracht zu werden! Dann schreiben die noch einen Artikel.* Gerald lacht. *Vielleicht werde ich berühmt und ein Autor schreibt ein Buch über Gerald Winter?* Darüber muss er laut lachen. *Was würde mein Vater wohl darüber denken?* DER WÄRE STOLZ AUF DICH! *Ganz bestimmt wäre der stolz auf mich!*

Nach dem Gedankenspiel geht er zum Rattenfass und sieht die Misere. Wasser ist ins Fass eingedrungen. Die Nagetiere wollen raus und springen verdächtig in die Höhe.

Gerald haut sie mit einem dünnen Haselnussstock und die Ratten hocken sich verängstigt ins stinkende Wasser. Ein trauriger Anblick, findet selbst Gerald. Er holt den Akkubohrer, und das übelriechende Schwimmbad läuft ab. Zur Wiedergutmachung gibt er den Ratten ein fettes Kaninchen zum Fressen. Die kleinen Monster zerreißen es in Stücke und das Blut spritzt bis über den Deckelrand. Das erregt ihn. Ohne den Hund ist es verdammt langweilig, und gut, dass die Stimme immer wieder ihn aufmuntert.

Das öffentliche Leben wird durch die Maßnahmen zur Reduzierung der Pandemie auf ein Minimum reduziert, auch der private Bereich wird stark eingeschränkt. Seine Kneipe und der Schützenverein sind geschlossen. *Scheiß-Impfdiktatur!* Und

Gerald überlegt, wie er am besten zu Geld kommt. Oma hat eine kleine Witwenrente. Dann meldet sich die Oma, dass er an allem selbst schuld sei. »Bist zu blöd, um in der Küche die Hilfsarbeiten zu machen!« Er verweist Oma auf das Coronavirus, weswegen die Gaststätte geschlossen ist. *Ich kann da nichts dafür, Oma!* Oma lacht sich halb tot, dass sein Mund und der Hals weh tun. *Die versteht nichts, die alte hässliche Wachsleiche.* Geralds Hals kratzt. »Du stinkender undankbarer Nichtsnutz, kriegst nichts auf die Reihe. Du Parasit stiehlst meine Rente und trotzdem vergammelt alles!« Sie beschwert sich darüber, dass man sich im Bad gar nicht mehr waschen kann, da die Rohre verstopft sind. Gerald wird es mulmig. *Die hat recht, aber was soll ich denn ohne Geld machen?* Auch mit der alten Heizung im Keller gibt es bald Probleme. Das Ding ist siebenundzwanzig Jahre alt und wurde im Haus etwa zur gleichen Zeit installiert, als er das Ding im Garten vergraben hat. *Der Geldfluss darf nicht versiegen.*

Oma hat einen Vorschlag: »Du kannst doch mal zu einer Nutte gehen, das ist wärmer, als mit der ekligen Gummipuppe schmusen! Nach dem Spaß raubst du die Schlampe aus!« Er nickt betroffen und fragt sich, ob er die Frau dann ermorden muss. *Die Nutte könnte ich mit einem Kissen ersticken!* SEXUELL AUSTOBEN KANNST DU DICH! Der Mord-Gedanke verfliegt und im Kopf bleibt das eigentliche Problem: die Heizung im Keller. Zu viel Schadstoffe, hat der Schornsteinfeger gesagt. *Das wächst mir alles über den Kopf!* Oma lacht gehässig. »Alles über den Kopf, es wächst dir alles über den Kopf!« Weil er sich nicht anders zu helfen weiß, schreit er und rennt die Treppe hoch und runter. »Heulsuse, der Hurensohn ist eine Heulsuse!« Nach einer halben Stunde ist der Kopf leer, dafür hat er Durst. Er betrinkt sich. Etwas schlägt auf dem Boden auf. *Oma ist bestimmt gestürzt und verletzt.* »Es tut so weh, so schrecklich weh!« Die Notrufnummer wählen? *Nein! Da müsste der Gerichtsmediziner kommen.* über diesen Brüller kriegt er sich kaum ein. Auch die tote Oma lacht in seinem Kopf, gefolgt von Stille. Bis auf die Endzeitgeräusche, die der alte Kühlschrank macht, hört er nichts. Gerald muss einen neuen Kühlschrank kaufen. *Aber wovon?* Und dann fällt ihm die alte Nachbarin ein. Erna Meier.

Die Stadt hat ein Bürgertelefon eingerichtet. Dort werden alle Fragen rund um das Coronavirus entgegengenommen. Die Info hat er aus der Zeitung ausgeschnitten. *Vielleicht brauchen er oder Oma einmal Hilfe?* Den Zettel reißt Oma kurz danach ab und schimpft ganz laut. Entferntes Kichern. »Was denkt sich der Idiot?« Gerald hört, dass sie sich überlegt, ihn mit dem Riemen zu schlagen. Omas Maßnahmen machen ihm Angst.

Damals hat sie ihren Enkel an den Haaren und der Lederhose zur Kellertreppe gezerrt. »Komm, spielen wir Verstecken!«, sagte sie, bevor sie ihn an dem Haken an der Wand festgeknöpft hat. *Oh, wie habe ich da geweint!* Und dann hat er den Lederriemen abbekommen und sie ist pfeifend die Kellertreppe hochgelaufen und hat Butterplätzchen am Küchentisch geknabbert. *Dieser böse Dämon!*

Der fünfundvierzigjährige Mann zittert vor Angst und beginnt, rastlos in der Küche hin- und herzulaufen. Es klingelt. Erna Meier bringt eine Schüssel Kartoffelsalat für die Oma vorbei. Gerald nutzt die Covid-Lüge. »Oma ist am Coronavirus erkrankt, in Quarantäne.« Erna drückt ihr Bedauern aus und ihm die Schüssel mit dem Kartoffelsalat in die Hand.

»Dann soll die Oma sich das mal schmecken lassen. Hoffentlich ist sie bald wieder gesund.« *Hoffentlich nicht!*

Gerald geht zur Speisekammer, holt das letzte Glas Bockwürstchen aus dem Regal und isst den Kartoffelsalat auf. *Mann, schmeckt das gut! Nur wann Oma wieder ganz gesund ist, kann man leider nicht sagen.* Brüllendes Lachen- und aus seinem Mund fliegen kleine Kartoffelstückchen heraus und landen auf dem Tisch. *Eigentlich ist sie ja gesund, sieht halt nicht mehr so gut aus!*

»Nicht traurig sein, Gerald«, ruft sie aus dem Fass im Keller nach oben. »Du holst dir bald einen neuen Hund!« Er freut sich. »Schlag doch wieder mal das dreckige Miststück, die Schaufensterpuppe, windelweich!« Das erregt ihn. »Das ist eine Schlampe, diese eklige Puppe ist eine dreckige Prostituierte!«, ruft Oma. Gerald nickt und holt sich eine Flasche Mineralwasser aus der Speisekammer. »Gerald, du musst jetzt alles in die richtige Reihenfolge bringen, hast du das verstanden?«

Das Karussell im Kopf musiziert immer lauter. Für Gerald rennt alles immer wieder durcheinander, sortiert sich neu und dann piept es im Ohr, bis es weh tut.

Erna Meier vertrösten, Jäger exekutieren, Geld besorgen und nach dem Deckel am Fass gucken. Einen neuen Kühlschrank kaufen, die Heizung muss abgenommen werden und die Medizin für den Kopf einnehmen. Alles richtig machen! Stress pur für den kranken Mann. Gegen die Qualen hilft nur Alkohol. Oma ruft aus dem Schlafzimmerfenster im Obergeschoss um Hilfe.

»Helft mir, der Gerald hält mich gefangen! Der Bub ist ein böser Mörder!« Er rennt die Treppe hoch. Dann ein Fehltritt – oder war der russische Wodka daran schuld? – und er knallt mit dem Fuß an die Stufe der harten Eichenholztreppe. Glücklicherweise ist dafür das Fenster in Omas Zimmer geschlossen. Gerald flucht und glaubt, dass sie ihn ärgern will! *Diese alte Hexe, hätte ich sie doch zu Knochenmehl gemahlen! Hoffentlich hat kein Nachbar die Oma gehört und ruft die Polizei.*

Der mittlere Zeh am rechten Fuß schwillt dick an und verfärbt sich rot bis blau. Die Schmerzen sind stark, er summt wie ein Bienenschwarm und öffnet die zweite Wodkaflasche.

Oma spricht aus, was er gerade denkt. »Du bist zu blöd, um die Treppe hinaufzulaufen!«

Die Alte ignorieren, die unaufhaltsam sagt: »Zu blöd, bist zu blöd, um zu laufen!« BLÖDER HUND!, sagt die Stimme.

Sich mit Zeitunglesen abzulenken. Das gelingt ihm für einen Moment. Das kulturelle Leben ist wegen des Coronavirus empfindlich gestört und die Stadt will eine Wirtschaftshilfe einrichten. Ein großes Glas Cola, und er überlegt sich, eine Wirtschaftshilfe zum Kauf eines neuen Kühlschranks in Anspruch zu nehmen. Oma lacht ganz gehässig in seinem Kopf, bis es wehtut! »Idiot, der Gerald ist ein Idiot!« Dann lesen sie gemeinsam den Artikel über einen brutalen Mordfall und lachen vereint aus seinem Mund. Ein 64jähriger Mann tötet die Ehefrau mit einer Säge. *Hoffentlich war das Sägeblatt geölt.* Oma erinnert ihn daran, dass er das neugierige Nachbarproblem aus dem Weg schaffen muss. *Erna Meier, die zum Plätzchenessen vorbeikommen will und dann herausfindet, dass die Oma tot ist.* Davor hat er Bedenken. Sein Zeh schwillt zu einem riesigen Klumpen an, es pocht und der Mordplan an der Nachbarin ist in seinem Kopf! Obwohl die Oma ihn anstiftet, ja richtig auffordert, will er das nicht so machen. Es ist die Oma, die die Nachbarin tot sehen will, aus Rache. *Die Erna Meier hat ihr den Allerliebsten weggeschnappt und geheiratet.* Er lacht. Der junge Meier, der studiert bei der Stadtverwaltung einen guten Posten ausübte, knapp bei der Bürgermeisterwahl scheiterte und Klavier im Kirchenchor gespielt hat. Oma musste dann den jungen Winter, den Mann, der sie geschwängert hat, zum Mann nehmen. Das war damals so. Einen Waldarbeiter, der sich zum Forstwirt hochgearbeitet hat, ohne Ambitionen, außer draußen im Wald sein und in Ruhe eine Flasche Bier zu trinken. Opa hat auch keine Kirchenorgelmusik gemocht. Gerald liebt deshalb auch den Wald und den Opa. Seine Mutter hat einmal erzählt, dass der Papa sturzbetrunken an einen Baum geknallt ist. Das Auto hätte sich wie eine Schlangenhaut um einen Baum gewickelt. *Dann hat er vielleicht die Gene vom Opa geerbt? Der wollte bestimmt vor dem Dämon abhauen!* Selbst in seinen Träumen ist er nicht allein. Oma schreit aus dem Keller, dass er der Erna Meier den Kopf mit der Kettensäge absägen und das Teil konservieren soll. »Damit hast du doch Erfahrung!«

Der Mörder zittert und in den Ohren piept es. Oma sitzt bei ihm auf der Couch. Wie immer erschrickt er sich über den Anblick der wachsähnlichen Leiche, mit eingeschlagenem Schädel und ohne die rechte Hand. »Bevor du im Garten die Erna Meier zerlegst, musst du ein Ablenkmanöver initiieren. Du fällst erst den alten Pflaumenbaum, der zur Hofeinfahrt steht, dann denken die Nachbarn, du machst Holz mit der Säge!« Der Plan ist schlüssig und Oma will ihn beschützen. »Das Sägen gibt dir Kraft und ein wenig Sport tut dir gut!« Er nickt. *Und was mache ich mit dem Kopf?* Gerald muss dann noch das Sägeblatt schärfen.

Als hätte er nicht schon genug im Kopf, bewegt die Oma das Coronavirus ins Gedankenkarussell, dass es ihm schwindelig wird. Die Impfdiktatur, die bösen Mächte, die die kleinen Leute verunsichern und betrügen.

Die vielen Toten, die gar nicht an dem Coronavirus gestorben sind, aber in den staatlichen Statistiken auftauchen. »Genauso wie die Erna Meier. Die ist dann auch am Coronavirus verstorben!«, sagt die Oma.

Das ist ein Brett, ein echter Brüller, Gerald und Oma lachen, bis ihm der Hals wehtut. *Erna Meier ist demnächst dran!*

Der Kühlschrank rattert, scheppert und brummt. Es bleibt nichts anderes übrig, als im Elektronikmarkt ein billiges Gerät zu kaufen. Wodka und Bier trinkt man eiskalt. *Bin doch kein Weichei!* Mitten in der Nacht geht er in den Schuppen und ölt die alte Kettensäge. Für einen Moment ist er gedanklich beim Sägen und überlegt sich, wie das Sägeblatt durch die Knochen geht.

DAS SPRITZT BESTIMMT ÜBERALL HIN! Der Hinweis der Stimme hat Gerald erregt und ein Hundebellen reißt ihn aus seiner Gewaltfantasie. Die geölte Motorsäge stellt er ordentlich ins Regal und trinkt eine Flasche Weißbier im Garten.

Im Wald bringt der Jagdpächter Hubertus Heil im Revier an verborgenen Stellen Wildkameras an, um den Verrückten zu filmen. Die Aufnahmen der Online-Wildkameras gehen dann direkt auf das Mobiltelefon von Dr. Steffen Cramer.

Wer hängt Puppen mit eingestochenen Augen an Äste? Wer legt blutverschmierte Stofftiere auf ein Handtuch? Das ist ein Gestörter, und vielleicht ist er sogar gefährlich. Wie gefährlich diese Person ist, weiß Hubertus A. Heil nicht.

Für Gerald Winter bricht ein weiteres Stück Normalität in seinem Leben weg. Im Getränkemarkt wird er fristlos gekündigt. Nicht weil er herumgezappelt und seltsame Laute von sich gibt, nein, weil er eine Palette Coronabier, Kiste für Kiste, auf den Boden knallt, nachdem er sieben Flaschen davon getrunken hat. Der Marktleiter stoppt die Randale und stellt Gerald zur Rede. Der erklärt ihm, dass das eine Aktion ist. »Die Leute müssen darauf aufmerksam gemacht werden, dass es kein Coronavirus gibt!« Gerald lacht und kriegt sich nicht mehr ein. Oma spricht aus seinem Mund und kichert. Der Chef guckt irritiert über den Stimmenwandel. »Sag dem Idioten, dass er nur noch Kunden ohne Maske in den Markt hineinlassen soll!«, schlägt die Oma vor. Gerald wird fristlos entlassen. Trotzdem hilft er beim Aufräumen und summt wie eine Honigbiene. Immer wieder setzt er die Maske ab und erklärt dem Chef, dass das Coronavirus nur eine böse Lüge der Impfdiktatur ist, um den Menschen in den Kopf zu schauen! »Sind die Flaschen mit dem Coronabier leer, sieht man kein Corona mehr!« Er lacht. Der Chef lacht nicht. Gerald scheint ihm verwirrt zu sein, weswegen der Marktleiter die Sachbeschädigung nicht zur Anzeige bringt. Gerald darf sich eine Kiste Coronabier mit nach Hause nehmen.

Die Luft wird immer dünner für ihn. Das stinkt ihm. Auch er stinkt. Da das Hallenbad wegen Covid-19 geschlossen ist, fällt die zweiwöchentliche warme Dusche aus.

Die Aktion, um auf die Coronalügner aufmerksam zu machen, ist ein Rohrkrepierer. Der Marktleiter hat aus Mitleid keine weiteren Maßnahmen gesetzt, dafür müsste er den Kerl eigentlich bestrafen. *Der hat mich ja gekränkt!* Der gebrochene

Zeh schmerzt, doch vor einem Arztbesuch hat er panische Angst. Die Ärztin ist listig und fragt ihn immer nach der Oma aus. »Gibst kluge Antworten, Gerald«, flüstert Oma. »Wenn die dir einen Impftermin für uns aufschwätzen will, lehnst du das ab!« *Wir lassen uns nicht impfen*, denkt er. Gerald ist unsicher und Oma verspricht, für ihn die Fragen zu beantworten. »Der Schlaumeierin sagst du einfach, dass es kein Virus gibt und klärst sie über die Lügenstatistiken auf!« Gerald antwortet, dass aber gerade viele alte Menschen an dem Coronavirus gestorben sind. »Du bist wirklich zu blöd. Die Alten sind nur an den Maßnahmen verstorben, an Einsamkeit im Altenheim, nicht am Virus! Die Omas und Opas haben nur noch an die Wand geglotzt!« Er will nicht bestraft werden. Gerald trommelt mit den Fingern auf den Küchentisch und trinkt Wodka. Für einen Augenblick ist er nachdenklich. *Was ist da nicht richtig bei mir da oben?* Oma lacht und schüttelt den Kopf, bis es ihm schwindlig wird. »Wir kriegen das alles hin, mein Lieber!«

Vielleicht will sie ihn nur reinlegen und die Polizei kommt. WIR SIND VON DER KRIPO UND NEHMEN SIE VORLÄUFIG FEST! Dann lacht die dunkle Stimme jammervoll in seinem Kopf.

Montags und freitags schüttet der Jäger Maiskörner an den Kirrungen aus, legt einen Stein drauf. Das hat Gerald ausgespäht. Der Mais lockt die Wildschweine an und die Jäger schießen die Tiere nicht weit entfernt von den Kanzeln und Ansitzleitern tot. *Heute ist der Jäger dran und wird totgemacht.* Gerald hat sich einen Platz tief im Jagdrevier ausgesucht. Das schlammige Areal dient den Sauen zum Suhlen, zur Körperpflege und Gerald, um den Jäger verschwinden zu lassen. Auf dem Pirschweg zur Suhle hat Gerald alle notwendigen Maßnahmen getroffen. Den Draht gespannt, einen schweren Holzknüppel parat gelegt und sich ein Versteck zum Auflauern ausgesucht. Er hört den brummelnden V8-Motor des Luxus- SUV auf dem Waldweg heranrollen. Wie ein Jäger wartet er geduldig und ist ruhig.

»Versau es nicht!«, flüstert ihm Oma ins Ohr. Kurz darauf läuft der Jäger mit dem Eimer voller Maiskörner an seinem Versteck vorbei. Gerald ist unsichtbar. Im Tarnanzug und mit der Wolfsmaske auf dem Kopf hockt er hinter einem Adlerfarn verborgen. Oma kichert unaufhaltsam und Gerald grinst. »Das gibt es doch gar nicht! Der Spinner war wieder im Wald!«, schimpft der Jäger und fotografiert die in Szene gelegte tote Katze auf rotem Handtuch, einen zerschnittenen Mund-Nasen-Schutz an den Hinterbeinen befestigt.

Gerald und die unsichtbare Oma stehen langsam auf. Der Jäger steckt das Handy ein, stolpert über den Draht, stürzt nach vorne und dann steht Gerald Winter im Yeti-Tarnanzug hinter dem auf dem Boden liegenden Mann. *Das gibt es doch!* Gerald schmunzelt. »Schlag ihm eine auf den Kopf!«

Hubertus dreht sich um und erschrickt, als er den mit einer hysterischen Frauenstimme sprechenden Yeti-Anzugträger sieht. Die große stämmige Gestalt holt mit einem Holzknüppel aus und trifft ihn an der Schulter, dass die Knochen knacken. Das Schulterblatt ist gebrochen. Schmerzverzerrt bittet er den Täter, aufzuhören.

Oma schreit, dass er den Dreckskerl umhauen soll. »Der holt die Polizei und die sperren dich weg!«

Der Schmerz zieht von der Schulter den Rücken hinab. Der Verletzte versucht, das Handy zu greifen.

Oma kreischt noch lauter: »Schlag den Hundskerl tot!« Das ist das Signal. Gerald entscheidet sich für das Böse, beugt sich über sein Opfer, greift dessen Handy und holt aus der Innentasche des Tarnanzuges den Fleischklopfer heraus. Oma spricht mit gruseliger Stimme: »Ich bin der Verdammnis- Bringer und Gerald wird dich jetzt ins Verderben bringen!« Hubertus A. Heil bittet um Gnade und bietet dem Täter Geld an, viel Geld, wenn er ihn am Leben lässt.

Was für ein Opfer, denkt Gerald. »Du kannst mich mal am

Arsch lecken, Hundemörder!« Jetzt weiß der Jagdpächter, woher er den Mann kennt. Das ist der Besitzer des totgeschossenen wildernden Hundes!

Oma lacht gehässig und Gerald haut mit dem Fleischklopfer auf den Kopf des Jägers.

Beim ersten Schlag schreit Hubertus noch vor Schmerzen auf, dann verstummt er. Gerald summt wie eine Hornisse beim Angriff und schlägt immer wieder auf den Jagdpächter ein.

»Gibs ihm, schlag zu, gibs dem Hundskerl!«

Der Mann ist schon lange tot, doch Gerald schlägt seinen Schädel zu Brei und blickt auf eine blutige schmierige Masse. *Der hat gar keine Konturen in der Fratze.* Das Dach zertrümmert, die Nase hängt nach unten überm Mund, die Augen sind nicht mehr an ihrem Platz. *Mann, sieht der eklig aus.* Oma gratuliert ihm zum Erfolg.

Ich hab's nicht versaut! HAST DU GUT GEMACHT LIEBER GERALD!, lobt ihn die Stimme und ergänzt: GUT GEMACHT – MÖRDER!

Der blutige und von Gehirnmasse klebende Fleischklopfer fällt ins Moos. Gerald steht mit wackeligen Beinen auf und zündet sich mit dem Zippo eine filterlose Zigarette aus der blauen Packung an. Trockenes Holz knackt, Gerald schaut in alle Richtungen, ob die Oma in der Nähe ist.

Er kann sie nicht sehen. *Wie denn auch, sie liegt ja tot im Fass eingesperrt!* Aber sie war dabei, hat Ratschläge erteilt. Vielleicht hat sie sich im Auto versteckt?

Ein schattiges Plätzchen im Wald, die Vögel singen. Das beruhigt Gerald. Eigentlich hat er sich aber gar nicht aufgeregt, als er den Hundemörder bestraft hat. Der letzte Zug und der Mörder geht in die Hocke und macht die Fleischarbeit mit dem scharfen Messer. Gerald schaut auf die Klinge und lacht. *Den kenn ich,* denkt er, als er auf sein Spiegelbild blickt. In der Suhle quakt ein Frosch.

Der scharfe Stahl schneidet durch das Fleisch, zertrennt die

Sehnen und Muskeln. Im gefällt seine Arbeit, geübt steckt er das Jagdmesser ins Etui und greift nach der alten Knochensäge.

»Weißt du«, sagt er zum Toten, »den Tod erlebt man nicht – wenn man durch die Hölle geht, geht man weiter!«

Gerald grinst listig. Beim Sägen gerät er ins Schwitzen und schimpft laut vor sich hin. *Scheißarbeit!* Entfernt schreckt ein Reh. »Boeh, boeh, boeh.« Die Wut, die von einem Moment auf den anderen Moment das Handeln bestimmt. Als er sich aufrichtet, steht er etwas benommen neben der Leiche und atmet tief ein und aus. Dann legt er die abgetrennte Hand auf einen Baumstumpf, guckt sich das Körperteil genau an. *Was für dicke Ringe der trägt,* denkt er und packt das Körperteil in eine Mülltüte.

Er gönnt sich einen großen Schluck aus dem Flachmann und zündet sich noch eine Zigarette an.

Jetzt schießt der Kerl keine Hunde mehr tot!

Gerald lacht und greift nach der Geldbörse in der Jackentasche des Ermordeten. Dreihundertzwanzig Euro in bar und drei Kreditkarten, Fahrerlaubnis, Ausweis und die Impfbescheinigung des Toten interessieren ihn nicht. Er ärgert sich, dass er den Kerl nicht nach den Passwörtern gefragt hat, aber die sind bestimmt im Telefon versteckt. Die Hand aus der Mülltüte und er tippt mit dem Mittelfinger des Jägers auf die Taste. »Bingo!« Das Handy ist entsichert und im Telefonverzeichnis der nächste Treffer. Unter B1 bis B3 findet er mehrstellige Nummern. Die Impfbescheinigung des Toten dient als Notizzettel, und mit dem Kugelschreiber aus der Innentasche des Ermordeten schreibt Gerald jeweils die letzten vier Ziffern auf. *Hat die Impfung doch für etwas genutzt!* Oma liest seine Gedanken und lacht sich tot. Das Handy wirft Gerald in die Suhle. Hubertus A. Heil wird wie ein Hund auf dem Bauch bis zur Suhle gezerrt. Dort dreht Gerald den Toten mühevoll in Sitzhaltung, zieht dessen Revolver aus dem Holster und drückt den toten Mann hinterrücks ins Wasserloch. Glucksend versinkt der Tote mit dem eingeschlagenen Schädel im Wasser. Nur die Stiefel ragen aus der Suhle. *Das war's.* Gerald setzt sich auf einen Baumstumpf und geht in sich. Der Mörder begegnet der Stille des Waldes. Die Geräusche sind verpackt, als wären alle im Tiefschlaf. Ein gutes Gefühl. Mitleid mit dem Opfer hat er nicht.

Gerald läuft zum Auto des Mordopfers, hinten sind die Scheiben geöffnet und es winselt, ein junger Jagdhund guckt aus dem Fenster und keift böse. Gerald greift ins Fahrzeuginnere. Die scharfe Kante des Gewehrhalters wird ihm zum Verhängnis. Er bleibt mit dem Tarnanzug hängen und hinterlässt eine Spur. Dann löst er die Hundeleine vom Gewehrhalter. Mit dem Hund, einer Mülltüte mit Hand, dreihundertzwanzig Euro, drei Kreditkarten und einem geladenen Revolver läuft er zu seinem Auto und fährt nach Hause.

Der Mercedes AMG G steht mitten im Wald und wird so schnell nicht gefunden. Sieht ja auch nicht mehr so schön aus, nachdem er mit dem Messer Impfdiktatur auf die Motorhaube gekratzt hat. Zu Hause zieht er sich den Tarnanzug aus und hängt den Yeti und die Wolfsmaske ordentlich an den Haken im Keller. Der kleine Hund bekommt eine Schüssel frisches Wasser. Den Revolver legt der Mörder in den Waffentresor und los geht's zum Geldabheben. Einparken in der Nähe der Filiale der Deutsche Bank und Gerald läuft selbstsicher zum Geldautomaten. Die Master Card garantiert drei Versuche. Beim zweiten Versuch kassiert er zweitausendfünfhundert Euro. Voller Stolz überquert der Mörder die Berliner Straße. Als hätte sich Winter das Geld verdient, hebt er von der Commerzbank eintausendfünfhundert Euro ab. Jetzt ist er ein reicher Mann, und mit Omas Witwenrente in Höhe von dreihundertzweiundneunzig Euro kann man eine Zeitlang gut leben. Die Gummihandschuhe schmeißt er zu Hause in den Mülleimer und spielt mit dem kleinen Hund. Am Küchentisch ein eiskaltes Bier, das viele Geld in einen Schuhkarton packen, und Gerald verstaut die Beute in der Speisekammer.

ES GIBT GRUND ZU FEIERN!, meldet sich die dunkle Stimme.

Geralds Augen leuchten vor Freude und der junge Hund liegt bei ihm. Gedanklich ist er noch einmal am Wasserloch im Wald und ermordet den Jagdpächter. Wie der ihn so erschreckt angeschaut und um Gnade gefleht hat, als er völlig selbstsicher hinter dem Opfer mit dem Knüppel in der Hand stand und ihn dann ermordet hat. *Ein Schlachtstück mitgenommen!* DEN HAST DU ZAPPELN LASSEN!, sagt die böse Stimme, und: DER HUNDS-KERL HAT ES NICHT BESSER VERDIENT!

Zweifel, ob nicht eigentlich die Oma den Mann auf dem Gewissen hat, schiebt er beiseite. In seinem Kopf kichert es böse. »Nein, mein lieber Gerald, denk nicht daran!«, sagt Oma. *Das ist mir auch scheißegal!* »Der böse Mann ist der Mörder, der hat Wolf abgeknallt!« RICHTIG, sagt die Stimme.

Gerald schläft vor Erschöpfung tief und fest und träumt vom Schattenrichter, der am Wasserloch im Wald steht und sich den Toten anguckt.

Auf den Bäumen hocken die schwarzen gefiederten Leichenhacker! Grausame Wesen schleichen durchs Dickicht. Die sind nicht klug, aber gefährlich.

Dann singt die Stimme in seinem Kopf:

»I am here, with my Dad.
And we never met,
and he wants me to sing a song!
I am here with my Dad!«

Teil 2 – KK11 Mordermittlung

Eine Vermisstenmeldung geht bei der Polizei ein. Die Freundin eines Jägers meldet um 22 Uhr, dass ihr Freund, der Hubertus A. Heil, nicht nach Hause gekommen ist. Er ruft für gewöhnlich an, sollte es einmal später werden. Freitags schauen sie immer einen Film zusammen. Hubertus sei nur zum Sauen Ankirren mit dem jungen Dachshund ins Revier gefahren. Die Zeugin gibt an, dass sie nicht selbst nach ihrem Freund im Wald schauen kann, da ihr Auto in der Werkstatt bei BMW Frankfurt steht.

Die übliche Polizeiarbeit beginnt und der Polizist verweist sie darauf, dass so schnell niemand verschwindet. Eine ordentliche Vermisstenanzeige will man dann morgen aufnehmen. »Wissen Sie, Frau Meister, es besteht noch kein Grund, das Schlimmste anzunehmen. Es ist nicht ungewöhnlich, dass ältere Herren nicht immer pünktlich zum Fernsehgucken zu Hause sind!«, sagt er und notiert das Autokennzeichen. Ein Tagebuchvermerk wird erstellt. Die junge Frau reklamiert, dass das nicht genug ist und ihrem Freund bestimmt etwas zugestoßen sei. Der Polizist verspricht, dass er in einer Stunde einen Streifenwagen in den Wald schickt.

Die Streife kann im dunklen Wald nichts finden, und nachdem die Hauptwege abgefahren sind, wird die Suche eingestellt und mit dem Frühdienst intensiviert.

Zwei Streifenwagen durchkämmen das Waldgebiet und finden den Mercedes G-Klasse auf einem Holzrücker Weg. Am Auto selbst gibt es ein besonderes Vorkommnis, auf der Motorhaube steht mit einem Messer oder Schraubenzieher geritzt »Impfdiktatur«. Eine zusätzliche Streifenwagenbesatzung wird entsendet. Vier Polizeibeamte und zwei Polizeibeamtinnen laufen durch den Wald. Eine Beamtin entdeckt einen Menschen, der rücklings in einem kleinen Gewässer liegt. Über Funk wird mitgeteilt, dass es sich hier vermutlich nicht um einen Unfall handelt. Der Kriminaldauerdienst KDD ist auf dem Weg und die Notfallrettung wird routinemäßig alarmiert.

Um 8.15 Uhr weist der Kripobeamte vom KDD darauf hin, dass hier Fremdverschulden als vermeintliche Todesursache nicht ausgeschlossen werden kann. Die Mordkommission vom Kriminalkommissariat K11 in Offenbach wird die weiteren Ermittlungen veranlassen. Der Tatort wird großräumig mit Flatterband abgesperrt. Der im schlammigen Wasser liegende Mann wird noch an Ort und Stelle von der Gerichtsmedizin für tot erklärt.

Mordkommission, Tag 1

Frau Stech, die Fallanalytikerin vom LKA Hessen, ist bis auf weiteres zur Aufklärung mysteriöser Vorkommnisse ins Polizeipräsidium Südosthessen versetzt. Sie soll dort die Ermittlungen der Kriminalpolizei unterstützen. Aufgehängte Puppen in Bäumen und in Pose ausgelegte tote Tiere in einem Waldgebiet erregen Aufmerksamkeit.

Nach dem Abitur hat sie die Polizeilaufbahn mit Bachelorstudium abgeschlossen und dann fünf Jahre Kriminologie und Kriminalpsychologie studiert. Alice mag ihren Beruf. Spurenlesen und Fallanalytik liegen der jungen Kriminalpolizistin. Insbesondere die sogenannten unaufgeklärten Kriminalfälle sind ihr wichtig, die Aufklärung der Cold Cases motiviert sie.

Sie hat den Drang, den Dingen in die Augen zu sehen und in den Kopf der Verbrecher zu blicken!

Der Erste Kriminalhauptkommissar (EKHK) Peter Vogel begrüßt die junge Kollegin, und bei einer Tasse Kaffee in seinem Büro erfährt er mehr über die Kriminaloberkommissarin vom Landeskriminalamt. So wie es aussieht, ist sie nicht nur außerordentlich gut ausgebildet, sondern sieht auch erstklassig aus. Die Chemie stimmt zwischen den beiden auf Anhieb. Sie soll sich die seltsamen Vorkommnisse im Wald genauer betrachten: Puppen mit ausgestochenen Augen, auf Handtüchern platzierte malträtierte tote Tiere. Der Kriminalpolizist lacht, als er von Hochsitzkackerei erzählt.

»Wir sind auf deine Perspektive zu diesen Vorfällen gespannt!«, sagt er und denkt an die Vorschusslorbeeren von höchster Stelle. So wie der Polizeidirektor Klaus Walter gesagt hat, ist die Alice ein exzellent ausgebildetes und begabtes Mädchen, das auch mal um die Ecke denkt, analysiert und ermitteln kann. Die soll sich mal diese fürchterlich aussehenden Puppen genauer angucken.

Alice lächelt und sagt:»Dann begebe ich mich mal auf die Reise in die Tiefe und Dunkelheit des kackenden Waldschreckens.«

Wie ein Blitz schlägt die Nachricht ein, dass im Wald ein Toter mit eingeschlagenem Schädel aufgefunden worden ist. Vermeintlich handelt es sich bei dem Mann um eine gestern Abend als vermisst gemeldete Person aus Offenbach. Das teure Auto steht, mit einer Parole zerkratzt, aber sonst unbeschadet auf einem Waldweg. Der Hund des Mordopfers ist verschwunden. Kaum eine Stunde im Kriminalkommissariat (KK11), und die Mordermittlung beginnt.

Sie freut sich auf die Praxis und die Mitarbeit im Team vom attraktiven Peter Vogel im Kriminalkommissariat K11. Der Erste Kriminalhauptkommissar und die LKA-Beamtin ziehen sich ihre Überzieher für die Schuhe und Latexhandschuhe an. Die vom Kriminaldauerdienst alarmierte Spurensicherung arbeitet noch am Tatort, dem Ausgangspunkt jeder Ermittlung. Die Einsatzkräfte wirken angespannt, sind voller Matsch und Blut. Hans Bertram informiert, dass der Tote den Beamten zugewandt, also mit dem Rücken im Schlamm, lag und man den Toten ans Ufer gezogen hat. Ohne die vollständige Autopsie, wenn man die Witterung und den Leichenflecken heranzieht, kann man von einem Todeszeitpunkt von vor 12 bis 15 Stunden ausgehen. Mit einem Blick auf die schöne junge Frau, die neben Peter Vogel steht, spricht der Beamte von keinem schönen Anblick und zeigt auf das Wasserloch. Alice nickt und geht zur Fundstelle, die nicht der Tatort ist. Dieser befindet sich sieben Meter entfernt. »Die gehen überall mit!«, sagt Alice und deutet auf die Jagdstiefel des Toten.

Der Spurensicherer guckt irritiert, nicht wissend, dass sie die Stiefel des Toten meint und der Hersteller mit dem Slogan wirbt: »Die gehen überall mit!«

Die tote Katze auf dem roten Handtuch sieht gespenstisch aus und Alice denkt, dass das auch eine Kultgeschichte sein könnte, sieht man mal von dem eingekratzten Hinweis »Impfdiktatur« und dem zerschnittenen Mund-Nasen-Schutz ab. Sie fotografiert den Tatort aus allen Blickwinkeln.

Als der Tote, der vermeintlich auch der vermisste Hubertus A. Heil ist, geborgen wird, lächelt Peter Vogel und denkt: *Die Stiefel gehen tatsächlich überall mit, wenn auch nur in die Gerichtsmedizin!* Das schwere Mercedes SUV ist auf den Vermissten zugelassen. Dem Mordopfer hat jemand ganz fürchterlich den Schädel eingeschlagen, ja regelrecht zu Brei, und chirurgisch und sauber die rechte Hand abgetrennt.

Alice spricht aus, was jeder beim Anblick des Mordopfers denkt: »Hier hat eine Entmenschlichung stattgefunden!« Peter Vogel nickt gedankenversunken und bemerkt: »Das ist ein bestialischer Mord. Der Täter hat mit brachialer Gewalt getötet.« Der Staatsanwalt hat eine Obduktion des Toten angeordnet.

Jede Mordermittlung beginnt mit der Identifizierung des Opfers, und die Freundin des Vermissten muss sich die Leiche anschauen. *Keine leichte Aufgabe*, denkt Vogel. »Wir müssen sie aufsuchen!« Alice will diese Aufgabe persönlich übernehmen, da sie sich mit Psychologie auskennt. Während der Fahrt zur Wohnadresse des Opfers geht man von einem überdurchschnittlich großen Medieninteresse aus. Eine gute Vorarbeit mit der Presseabteilung ist da unabdingbar.

Samanta Meister, eine gepflegte und gut aussehende junge Frau, öffnet der Polizei die Haustür. Sie sieht in ihrem teuren Hosenanzug und der sichtbaren Luxusuhr am Handgelenk wie jemand aus, der von oben herabblickt.

Frau Meister reagiert geschockt und schreit Alice immer wieder an.»Warum habt ihr nicht gestern Abend gesucht?« Es dauert einen Moment, bis sich die junge Frau beruhigt hat. Ihr Parfumduft hängt in der Luft, ebenso ihre Arroganz. Sie bestätigt, dass ihr Freund in diesem Wald auf die Jagd geht. Er hat das Revier gepachtet, auch gehört ihm der Mercedes Benz G mit dem amtlichen Kennzeichen: OF-HH 11.»Wo ist der Hund?«, fragt sie. »Der Waldi!« Darauf gibt es keine Antwort und sie ist traurig. Gestern hätte ihr Freund zum ersten Mal die neuen Jagdstiefel angezogen, die sie ihm zum Geburtstag geschenkt hat. Samanta Meister bricht zusammen und sitzt weinend im Wohnzimmer.

Sukzessive gewinnt Alice ihr Vertrauen und revidiert die Annahme von Frau Meister arrogantem Auftreten. Das kann auch einer forensischen Psychologin einmal passieren.

»Wie geht es nun weiter?«, will Frau Meister wissen. Die Hausdame bringt Tee und Gebäck und für einen Moment herrscht betretenes Schweigen. Dann erfährt die Polizei, dass Hubertus vor wenigen Tagen einen Hundehalter aufgeklärt hat, dass man keine Hunde im Wald allein herumlaufen und wildern lässt und deshalb der Hund auf frischer Tat totgeschossen worden ist. Der Mann habe ihrem Freund Angst eingejagt! Der habe so einen finsteren und eiskalten Blick aufgesetzt, und Hubertus war total verängstigt. Auch habe der irgendwelche Geräusche gemacht, als würde er mit einer anderen Stimme sprechen.»Der hat gesummt wie eine Biene!« Gestern Morgen haben sie beide gemeinsam im Haus gefrühstückt, und um zehn Uhr ist er nach Frankfurt gefahren. In der Schwanheimer Bahnstraße wollte er ein Waffengeschäft aufsuchen.

Um 13 Uhr hatte er einen Termin im Altenwohnstift bei seiner einundneunzigjährigen Mutter. Danach gehe er immer ins Jagdrevier, vespere und mache seinen Mittagsschlaf in der Jagdhütte. »Ihr müsst Anna, die Ehefrau von Hubertus, informieren. Die lebt mit ihrer Freundin auf Ibiza!«

Alice bedankt sich für die kooperative und freundliche Hilfe. Ein Streifenwagen wird Frau Meister in einer Stunde abholen und in die Gerichtsmedizin bringen, damit die Identität des Toten final festgestellt wird. *Hoffentlich erträgt die Kleine den furchterregenden Anblick.* Und als könne der Kollege ihre Gedanken lesen, sagt er, dass Frau Meister das hinkriegt.

Im KK11 dient wegen der Coronapandemie die Betriebskantine als Besprechungsraum, so hat man genug Abstand und Luft. Das MOKO-Team sitzt ohne die Mund- und Nasenschutzmasken an den Tischen. Der erfahrene Kriminalbeamte und Leiter des KK11 moderiert die Besprechung und eröffnet ein Ermittlungsverfahren. Die Mordkommission (MOKO) –Hand– soll die schreckliche Bluttat aufklären. Der Staatsanwalt Dr. Fürst hört interessiert zu und sagt ein großes öffentliches Interesse an diesem hinterhältigen und brutalen Mordfall voraus.

Am Essensaushang, der als provisorisches Info-Board genutzt wird, hängt ein Foto von Hubertus A. Heil. Daneben ein Tatortfoto des Mordopfers mit eingeschlagenem Schädel und ohne die rechte Hand. Laut Gerichtsmedizin liegt der vermeintliche Todeszeitpunkt zwischen 16 und 18 Uhr am Vortag. Tatortaufnahmen runden das Bild von der Mordtat ab. Der Pirschweg mit gespanntem Bindedraht, die Stelle, an der das Opfer erschlagen wurde, die Schleifspur zur Suhle als Ablageort der Leiche, das rote Handtuch mit der toten Katze, ein in den Lack eingekratzter Hinweis: »Impfdiktatur«. Der Holzknüppel und ein blutiger Fleischklopfer aus Metall wurden am Tatort sichergestellt, auch einige Zigarettenstummeln einer Marke ohne Filter.

Vogel spricht von einem grausamen Fall und stellt in diesem

Zusammenhang die junge Kollegin vom Landeskriminalamt vor. Über die ungeschickte Vorstellung grinsen einige, denn Alice sieht sexy aus.

»Kriminaloberkommissarin Stech vom LKA, zur Unterstützung und Aufklärung bei uns eingesetzt. Alice ist in Kriminologie und Kriminalpsychologie ausgebildet.« Peter Vogel nickt ihr zu.

Alle Augen sind auf die junge Kriminalpolizistin gerichtet. Es pfeift in ihrem linken Ohr, sie schluckt mehrmals und atmet ein und langsam aus. *Los geht's, Alice.*

»Hallo!« Die Kriminalpolizisten und Kriminalpolizistinnen schauen sie erwartungsvoll und kritisch an. Viele der Anwesenden sind Spezialisten auf ihrem Gebiet und haben Mordopfer und andere schlimme Dinge gesehen. *Jetzt soll ich diesen erfahrenen Leuten etwas erzählen?* Alice steht rechts neben dem provisorischen Info-Board, lächelt einvernehmend und beginnt etwas aufgeregt: »Wir ermitteln im Mordfall Hubertus A. Heil. Beginnen wir mit der Suche nach dem oder den Tätern!« Peter Vogel nickt ihr zu. »Wer oder was treibt in diesem Wald sein Unwesen?« Ein Raunen geht durch die Kantine. Einige lächeln, andere schauen sie etwas merkwürdig an und heben ihren Blick vom Handydisplay. »Wie wir alle wissen, sind zur Aufklärung einer Straftat die letzten vierundzwanzig Stunden im Leben des Opfers von herausragender Bedeutung. Suchen wir nach denen, die ihn zuletzt gesehen haben!« Der Erste Kriminalhauptkommissar bejaht diese These. »Der Hinweis ist durch die Freundin des Toten, Samanta Meister, gestern Abend erfolgt. Sie hat ihren Freund als vermisst gemeldet, es wurde aber nur ein Tagebuchvermerk notiert. Das ist durchaus nachvollziehbar. Der Freund wurde heute Morgen tot aufgefunden. Bei dem Toten handelt es sich um Hubertus A. Heil, sechsundsechzig Jahre alt und Jagdpächter des Waldes. Haben sich Täter und Opfer gekannt? Der Täter hat dem Opfer eine Falle gestellt, die Tat gut vorbereitet und selbst ausgeführt. Die Ausführung des Mordes und der Zustand des Toten sprechen für einen Mann als Täter. Der Angriff erfolgte von hinten. Der Angreifer hat mit einem Holzknüppel mit hoher Gewalt mehrmals zugeschlagen, dabei wurde der Schulter- und Rückenbereich schwer verletzt und das Schulterblatt gebrochen.

Die Kopfverletzung, die augenscheinlich zum Tod des Opfers geführt hat, wurde durch einen schweren Gegenstand, ein Werkzeug, ausgeführt. Am Tatort wurde ein Fleischklopfer aus Metall sichergestellt. Der Ablageort der Leiche ist etwa sechs bis zehn Meter entfernt vom Tatort, wie eine Schleifspur beweist. Die Kopfverletzung deutet darauf hin, dass der Täter höchstwahrscheinlich wütend gewesen ist und/oder seinen Hass gegenüber dem Opfer ausgedrückt hat. Das ist aber nur eine hypothetische Annahme. Der Mörder hat die rechte Hand des Opfers mit einer chirurgischen Säge abgetrennt und mitgenommen. Bis auf den Holzknüppel hat der Täter die Tatwerkzeuge mitgebracht. Das Opfer war vermeintlich zu keinem größeren Widerstand fähig. Der Mörder hat das Opfer den wilden Tieren überlassen. Es braucht viel Wut zu so einer Handlung!

Erste Zeugeninformationen liegen vor, dass es im Wald anlässlich eines Verweises an einen nicht bekannten Hundehalter zu einem Vorfall gekommen ist und Herr Heil bedroht wurde. Der Unbekannte hätte ihm durch einen bösen, finsteren Augenkontakt geängstigt und dabei gesummt wie eine Biene!«

KK Ziegler ruft unbedacht in die Runde, dass der Mörder vielleicht eine Biene gewesen sei. Dr. Fürst schüttelt böse mit dem Kopf. Für Alice hat der Zwischenruf allerdings doch etwas mit der Tat zu tun. *Vielleicht denkt der Mörder, er sei eine Biene.* Sie lächelt den Kriminalkommissar Ziegler an.

»Im besagten Waldgebiet gab es besondere Vorkommnisse: Aufgehängte Puppen mit ausgestochenen Augen, tote Tiere an Ästen aufgehängt.

Eine in Pose gelegte tote Katze wurde Herrn Heil zum Verhängnis. Als er zu dem Objekt läuft, fällt er kopfüber über einen

Stolperdraht, der flach auf dem Boden aufgespannt war. Von der rechten Hand des Ermordeten und auch von dessen Hund und einem Revolver der Marke Colt King Cobra 357. Mag., der Brieftasche und dem Mobiltelefon fehlt bislang jede Spur!« Alice holt tief Luft und trinkt ein Wasser.

»Wissen Sie, die Hand abzutrennen, verleiht dem Täter einen ganz besonderen Kick. Vielleicht ist er ein Souvenirsammler.« Raunen im Kantinenraum. »Und konserviert die Souvenirs!« Die Kriminalpolizistinnen und Kriminalpolizisten lauschen gespannt. »An der Motorhaube des im Wald aufgefundenen Autos befand sich ein eingekratzter Hinweis mit der Aufschrift: »Impfdiktatur!« Zwischenrufe. Ein Beamter geht davon aus, dass das vielleicht Coronaleugner sind. Alice weist darauf hin, dass sich an den Hinterbeinen der in Pose gelegten toten Katze die Hälfte eines durchtrennten Mund-Nasen-Schutzes befand. »Wir müssen das Umfeld des Getöteten überprüfen und auch das Umfeld der Impfgegner. Ich möchte Sie alle darum bitten, die Sorgfalt im Umgang mit alten Fällen, die möglicherweise im Zusammenhang mit dem aktuellen Fall liegen, zu beachten, auszuwerten und die Fakten zusammenzutragen. Auch sollten alle verkehrstechnischen Überwachungsanlagen in der Nähe des Tatortes im angemessenen zeitlichen Rahmen vor und nach der Tat ausgewertet und die Linienbus- und Taxifahrer angehört werden. Ist jemand aus dem Gefängnis entlassen worden, der als Gewalttäter bekannt ist und so weiter. Vorerst warten wir auf die Auswertung der Spurensicherung der Kriminaltechnik. Und bitte denken Sie daran: Der Erste am Tatort ist auch der erste Verdächtige! Dem Täter ist kein Fehler unterlaufen, sieht man von dem im Moos liegenden Fleischklopfer ab. Er hat das Opfer angelockt, ist mutig und entschlossen. Er gewinnt mit jeder Stunde an Zuversicht und Sicherheit. Der Täter ist eiskalt, hat seinem Opfer Leid zugefügt und ein grauenvolles Blutbad hinterlassen. Man sieht selten solches Ausmaß von entfesselter Wut. Ein Overkill. Ein Schlag auf den Kopf war tödlich. Der

Täter hat viele Male zugeschlagen und das Opfer entmenschlicht. Wir müssen die Bestie stellen!« Die Anwesenden nicken und lächeln der Kriminaloberkommissarin zu.

Dr. Fürst und der Leiter des KKII, Peter Vogel, bedanken sich bei KOK Stech für die Einführung in den Mordfall, und die Mordkommission beginnt die Ermittlungen.

Die Beamten setzen ihre Mund-Nasen-Schutzmasken auf und der Letzte verlässt die Kantine.

Bei Alice weicht die Anspannung. Peter Vogel nimmt die hübsche LKA Beamtin mit ins Büro, holt eine Flasche Wodka aus dem Aktenschrank und gießt zwei Gläser voll. »Prost, Alice, auf eine gute Zusammenarbeit im KKII.« Alice nickt und trinkt brav das Glas leer. Das tut gut.

Sie geht in ihr Büro und blickt auf den leeren Schreibtisch der Kollegin im Mutterschutz, der für die nächste Zeit ihr Büroarbeitsplatz ist. Alice greift die Mappe mit den Dokumenten zu den mysteriösen Vorkommnissen im Waldgebiet und überlegt sich, ob da ein Ritual vorliegt.

War das derselbe Täter? Hat sich der Täter zum Opfer hingezogen gefühlt? Gibt es einen Zusammenhang zur Pandemie und Impfgegnern? Sind da vielleicht doch militante Jagdgegner aktiv?

Die Telefonvermittlung stellt ein Gespräch durch. Dr. Steffen Cramer, der Jagderlaubnisscheininhaber beim getöteten Hubertus A. Heil, ist am Telefon und teilt mit, dass auf den Wildkameras etwas Interessantes dokumentiert wurde.

Kurz darauf trifft die Kriminaloberkommissarin im Impfzentrum, dem Arbeitsplatz von Dr. Cramer, ein.

Auf dem Handy zeigt er die Aufnahmen mit dem »Yeti«. Da läuft ein Mensch mit Wolfsmaske auf dem Kopf und im Tarnanzug durch den Wald.

Steffen Cramer schickt die Aufnahmen auf das Handy der Kriminalpolizistin. Sie bedankt sich und erwähnt, dass sie auch Jägerin ist. Auf der Rückfahrt zum KKII teilt sie Peter Vogel mit, dass Dr. Steffen Cramer ein Alibi hat und aus dem Kreis der Verdächtigen auszuschließen ist. Cramer ist Arzt, er hatte Dienst im Impfzentrum. Im Büro schauen sie sich dann die Videoaufnahmen auf einem großen Bildschirm an. Eine Person schleicht vorsichtig durch den Wald und scheint sich örtlich gut auszukennen. Der Mann im Yeti-Anzug mit einer Wolfsmaske auf dem Kopf ist trittsicher und gut getarnt.»Ein Raubtier«, sagt Vogel und merkt an, dass der Polizeipräsident über den Fall gut informiert werden will. Das Opfer gibt das her, und der Hubertus A. Heil war mit dem Präsidenten befreundet. Ehemaliger Bankvorstand, aktives Mitglied einer ehemals großen Volkspartei, Förderer diverser kommunalpolitischer Projekte, Jagdpächter, Präsident der Jagdhornbläser und Sponsor eines Integrationsprogrammes für Jugendliche aus sozial schwachen Familien mit Migrationshintergrund in Dietzenbach.

Das Gespräch mit Dr. Speckstein übernimmt er selbst.

Alice bemerkt, dass der Erste Kriminalhauptkommissar etwas nervös ist, und erfährt, dass ein Brief vom Rechtsanwalt seiner Ehefrau die Ursache dafür ist und nicht etwa der Polizeipräsident.»Es geht um Unterhalt, das Haus und mehr!« Alice nickt. Sie soll sich mit der Pressestelle der Polizei in Verbindung setzen und eine Strategie entwickeln. Die Entwicklung der Strategie steht abrufbereit in ihrem Kopf. Nie hätte sie daran geglaubt, selbstständig in einer MOKO tätig zu sein und ihren Einfluss in die laufenden Ermittlungen einzubringen. Zwar hat man ihr nach Abschluss von Kriminologie und Kriminalpsychologie gesagt, dass sie es einmal ganz weit im Polizeiapparat bringen würde, *aber so schnell?*

Im Hotel duscht sie, wickelt sich die Haare ins Badetuch ein, isst ein Sandwich und einen kleinen Salat aus dem Supermarkt.

Im Fernsehen wird in den HR-Nachrichten ein Bericht zum grausamen Mord und der abgetrennten Hand in Endlosschleife ausgestrahlt. Alice legt sich müde ins Bett. Sie vermisst ihre kleine gemütliche Wohnung und die vertraute Umgebung ihrer Heimat. Auch die Jagd. *Das pack ich nicht!*

Ein langer Arbeitstag bei der Offenbacher Kripo, die Hin- und Herfahrt sind zu stressig und Limburg zu weit entfernt. Sie hat die Erlaubnis, ihre Waffen im Waffentresor des KK11 zu deponieren. Vielleicht bietet sich ja eine Jagdmöglichkeit im Offenbacher oder Frankfurter Wald? Seit zwei Jahren geht sie zur Jagd und es ist immer wieder ein Erlebnis an der frischen Luft draußen zu sein und die Natur zu erleben. Beim Jagen die Akkus aufzuladen, gelingt ihr gut. Während ihres Studiums hat sie eine Freundin zur Jagd angeleitet. Am Anfang nur mal mit in den Wald, dann frühmorgens am Feldrand das Wild beobachten. Kipphasenschießen am Schießstand und geselliges Beisammensein an der Jagdhütte. Ja, und dann hat sie den Jagdschein gelöst und das bis heute nicht bereut.

Sie knipst den Fernseher aus und schläft unruhig ein.

Ein Albtraum. Bei Vollmond sitzt sie auf einer Kanzel am Waldrand auf Wildschweine an. Um Mitternacht schreckt das Rehwild im Wald, irgendetwas hat die Tiere aufgescheucht. Schaurig schön erklingt der Ruf eines Kauzes. Adrenalin pur, wenn man weiß, dass das erhoffte Wild anwechselt. Geräusche im Wald. Es raschelt, knackt, ein Ast bricht. Hochkonzentriert in die Nacht lauschen. Vielleicht eine Sau oder ein Hirsch. Stille und Bangen, erneut tritt etwas auf einen Ast. Mit dem Glas den Waldrand absuchen. Plötzlich ist es mit der jagdlichen Unbeschwertheit und Gelassenheit vorbei. Ein lauter Schrei geht durch die Nacht.

Das kam unerwartet und macht Angst. Ein beklemmendes Gefühl trotz der Pistole am Gürtel. Dann kreischt es noch einmal laut im Wald.

Die Kriminalpolizistin zittert und kann das Fernglas nicht stillhalten. Da, eine dunkle Männerstimme, die zu einer hysterischen Frauenstimme mutiert. »Da oben hockt sie, hol das Miststück!« Alice läuft eine Eiseskälte den Rücken herunter. »Die machen wir uns gefügig!« Kreischen und bösartiges Kichern. Sie schaut vorsichtig aus dem Hochsitzfenster in alle Richtungen. »Die Schlampe sperrst du im Keller ein!« Stille und Bangen, etwas bewegt sich im Wald davon. Ein letztes böses Kreischen und der Spuk sind vorbei.

Ein auf der Ludwigstraße mit Martinshorn am Hotel vorbeirasender Polizeiwagen erlöst die KOK. Sie wacht schweißgebadet auf. Herzrasen. Sie hat das Gefühl, dass da etwas Böses im Wald war, die Knie sind weich, sie zittert und kämpft gegen die Angst an.

Sie trinkt ein Glas Wasser und ist gedanklich im Wald in Offenbach.

Irgendetwas schleicht da durch den Wald. Sie zittert. Dieses Etwas soll auch nicht sie erwischen. Auch nicht im Traum.

Der klare Hinweis geht ihr nicht aus dem Kopf.

Wer im Wald einen Menschen töten will, ohne aufzufliegen, hat gute Chancen!

»Und ist es noch so dunkel, hörst du, du kriegst mich nicht!«

Die jagende Kriminaloberkommissarin sieht auf die Uhr und bleibt wach. Um sieben Uhr fährt sie ins KK11. Der Mord lässt sie nicht mehr los, und so wie es aussieht, scheut sich der Täter nicht davor, dass man die Leiche schnell findet. Der Tote wurde platziert. Der Mord ging schnell, aber was er danach gemacht hat, die Hand abgetrennt, dass dauert einen Moment.

»Du bist eine seelisch abartig gestörte Person, hörst du, Mörder? Wovon fantasierst du? Suchst du Aufmerksamkeit? Auch du wurdest nicht als Monster geboren, warum tust du das?«

Mordkommission, Tag 2

Eine Tasse Kaffee am Schreibtisch, die Internetnachrichten lesen und mit einem selbstmotivierenden »Los geht's!« startet sie in den Arbeitstag. Der grausame Mord hat die Offenbacher Bevölkerung erschüttert und setzt die Polizei unter Druck. Der lange polizeiliche Prozess zur Aufklärung eines Tötungsdeliktes ist gestartet.

Alice schmunzelt, *das ist nicht, wie das Fernsehpublikum es im Krimi dargestellt bekommt und wo der Superkommissar den Mord in wenigen Stunden aufklärt! Das ist echt ein langer Prozess, der viel Geduld und auch die Ermittlung sogenannter Kleinigkeiten braucht!* Und in Mordfällen, bei denen der Täter unbekannt ist, muss der erst einmal gesucht werden. Taugliches Material wie Hautfetzen, Blut, Haare, Speichel, Fingerabdrücke, Schuhprofile und andere Hinterlassenschaften, Zeugenaussagen und die Befragung Verdächtiger geben schließlich ein Bild. Eine Momentaufnahme, die sich jederzeit ändern kann. Die Kriminalbeamtin als Change-Managerin hinterfragt die Tat auf der Suche nach dem Modus Operandi. Ein mit einem Haushaltsgerät eingeschlagener Schädel, eine abgetrennte rechte Hand, die in Pose gelegte tote Katze, Hund und Revolver gestohlen. So wie es aussieht, ging es dem Täter nicht ums Geld. Eine Raubstraftat kann nahezu ausgeschlossen werden. Das einhundertfünfzigtausend Euro teure Auto steht fast unbeschadet im Wald.

Welche besonderen Spuren und Verletzungsmerkmale erzählt das Opfer? Diese gruseligen Vorkommnisse im Wald. Die Puppen mit den ausgestochenen Augen. Trägt die Tat die Handschrift eines Psychopathen? Läuft da ein Wahnsinniger herum? »Hast du das Bedürfnis, die Toten übel zuzurichten, du Bestie?«

Dann geht ihr der Albtraum der letzten Nacht durch den Kopf. Alice notiert die Tagebuchnummern der besonderen Vorfälle im Wald von Offenbach bis Hanau.

Da gibt es etwas aufzuarbeiten. Zuerst aber sind die Ergebnisse der Spurensuche von höchster Priorität. Dieser Fall bindet die Kräfte enorm. Sie spürt, dass der Leiter der MOKO sich über ihre Mitarbeit im Team freut.

Peter Vogel beobachtet die gut aussehende Kollegin und sieht ihr eine Portion Ungeduld an. Das ist gut, denn die Zeit läuft den Ermittlern davon.

Emotional setzt ihr der Fall zu. Als Jägerin ist sie oft allein im Wald unterwegs, und wenn dann noch ein Monster dort herumläuft und anderen Menschen die Hand absägt, gibt ihr das zu denken. Der Täter ist gezielt und grausam vorgegangen. Sie geht davon aus, dass er Erfahrung hat. Beim Abtrennen der Hand war ein Fachmann am Werk. *Vielleicht ein Metzger, Jäger oder Chirurg? So eine kranke Seele!*, denkt sie. *Zerteilt, zerlegt und in eine Tüte eingepackt! Wo hast du die Hand versteckt? Wo ist der junge Jagdhund?*

Man muss diese abscheulichen Fakten zusammensetzen, dabei hilft ihr die Ausbildung in der Psychologie. Sie geht davon aus, dass der Täter eine komplexe Vorgeschichte hat. Vielleicht noch ein Mord? Wo, wann und wer? Ist der Täter schon auf der Suche nach einem neuen Opfer? »Richtest du wieder eine Horrorvorführung an?«

Fragen über Fragen. Sie muss alles analysieren, um den Täter zu fangen. Sie lächelt. *Das ist wie bei der Jagd!* Geduld und Disziplin braucht man, um den Wolf zu erlegen. Das ist die elementare Jagdvoraussetzung. Die Kriminalpolizistin googelt nach aufgehängten Puppen und toten Tieren in Bäumen.

Das Internet gibt viele Informationen zu gestörten Personen und deren abscheulichen Taten.

Dabei stößt auf einen Bericht des Nachrichtenmagazins Spiegel/Panorama aus dem Jahr 2014.

An den Ästen eines Baumes hingen demnach Dutzende tote Katzen in Tüten verpackt. Die Anordnung der Katzen könnte auf ein Ritual hinweisen. Ein Kult-Mord? Die Polizei in Yonkers, einer Stadt nahe New York City, hat am Donnerstagmorgen einen grausigen Fund gemacht. An den Ästen eines Baumes auf einem verlassenen Grundstück hingen – verpackt in Plastiktüten– Dutzende Katzen in unterschiedlichem Verwesungszustand. Die Szene mutet nach Einschätzung der Journalisten wie ein Ritual an.

Alice zieht eine Parallele zum Stadtwald. Eine tote Katze auf rotem Handtuch, an deren Hinterbeinen jeweils die Hälfte einer

Mund-Nasenschutzmaske gebunden ist. *Ein Ritual- Mord?* Das wäre schon schön und kultig, doch sie lässt diese Idee fallen, denn am Fahrzeug des Mordopfers befindet sich ein Hinweis mit Impfdiktatur. Wie passt das zusammen? Ihr huscht ein Lächeln über die Lippen. *Dass die Coronaleugner, diese ungeimpften Biodeutschen, etwas mit dem Mordfall zu tun haben, ist viel zu weit hergeholt!* Oder doch nicht? Sie trinkt eine Tasse Kaffee und stößt auf einen Wikipedia-Eintrag zum Puppenkult und zu Geistervertreibung. So hat ein Mann bis zu eintausend Puppen ohne Augen und mit verstümmelten Gliedmaßen in den Bäumen aufgehängt, damit sie den bösen Geist eines toten Mädchens vertreiben. Angeblich hörte der Mann die Schreie eines kleinen Mädchens. Das Kind ertrank und wurde ans Ufer seiner Insel gespült. Der Mann fühlte sich durch Schreie und Stimmen verfolgt.

Kann man die – Isla da Las Munecas – in Mexiko mit dem Wald-Mord auf der Rosenhöhe heranziehen? Hört da jemand Stimmen?

Jägermord und Puppenkult: ein interessanter Aspekt. Sie wird die Sache beleuchten, insbesondere unter dem möglichen Verschwörungsdunst eines Impfgegners.

»Impfen heißt Leben / Beware of Corona Virus!«, klebt auf der Heckscheibe des Mercedes SUV G-Klasse. Wie Alice weiß, hat ihm Dr. Steffen Cramer den Aufkleber gegeben. Herr Heil ist durchgeimpft und hat einen Leserbrief zum Coronavirus und zur erforderlichen Impfbereitschaft der Menschen im Land geschrieben. Wo ist das Tatmotiv? *So viel abscheulicher Hass.* »Warum tust du das?«

Vogel informiert den ranghohen Polizisten im Polizeipräsidium Südosthessen, den Polizeipräsidenten, über die laufenden Ermittlungen. Dr. Speckstein ist erschüttert, da er das Mordopfer persönlich gekannt hat. »Ein feiner Kerl!« Der Präsident hört interessiert zu, als über die Vorkommnisse im Wald berichtet wird. »Ein Ritualmord?!« Der Leiter des KKɪɪ kann diese Frage nicht beantworten. »Der arme Hund!« Der EKHK ist irritiert, doch noch bevor er das vertieft, sagt Dr. Speckstein: »So ein armes Tier! Hoffentlich findet ihr den jungen Hund. Der muss richtig gefüttert werden! Wissen Sie, wir hatten aus dem Wurf gemeinsam unsere Hunde gekauft!«

Peter Vogel lächelt und denkt, *dass man manchmal im Nebel lebt und nie weiß, wie ein Mensch so tickt.* »Wir sind oft in den Spessart gefahren und gemeinsam mit Biene und Waldi gewandert!« Dr. Speckstein bittet den Leiter der Mordkommission, den Fall aufzuklären, damit die Bürger wieder ohne Angst im Wald spazieren gehen können. Auch wünscht sich der Präsident, dass der Blickwinkel auf die Corona- Lügner- Szene gerichtet wird.

»Zögerlichkeit schafft Probleme!«

Peter Vogel nickt.

»Die Mordkommission setzt sich für die Aufklärung des Tötungsdeliktes und insbesondere für das Wiederauffinden des gestohlenen Hundes ein.« Dr. Speckstein bedankt sich herzlich.

Der Fallanalytikerin liegen die Abbuchungsvorgänge von den Konten des Ermordeten vor. Deutsche Bank und Commerzbank haben die Karten gesperrt, noch am Tattag wurden insgesamt viertausend Euro an den Geldautomaten der Kreditinstitute abgehoben. Alice befestigt die Fotos der Überwachungskameras der Bankfilialen von der zum Abbuchungszeitpunkt anwesenden Person an die Fotowand. »Mann mit Maske« in der Bank und »Mann im Tarnanzug und Maske auf dem Kopf im Wald«, darunter pinnt sie eine Notiz. »Bist du das?« Alice weiß, dass die Corona- Maskentragepflicht dem Täter zugutekommt.

Neigst du zu Grenzüberschreitungen? Sie spürt, dass dem Mörder der Mord nicht reicht. *Wer säbelt eine Hand ab und nimmt sie mit?* »Bist du ein Souvenirsammler? Befriedigst du dich dabei? Zeigst du deine Souvenirs jemandem? Führst du zwei verschiedene Leben, du schreckliches Ungeheuer?« Sie trinkt eine eiskalte Cola. *Du bist böse und ich versuche, in deinen Kopf zu schauen.*

»Bestie, du wirst mich kennenlernen!«

Das Telefon klingelt und der Staatsanwalt fragt nach dem Er-

mittlungsstand. Alice sagt abwesend:»Du bist der Bestimmer!«
und entschuldigt sich, dass sie dem Staatsanwalt so gedankenlos
geantwortet hat. Der lacht sichtlich amüsiert und Alice nickt.
Der ist auch der Bestimmer. Sie teilt ihm das Ergebnis der Spurensicherung mit, die kurz zuvor gemeldet hat, dass zwei unter-
schiedliche DNA-Spuren auf dem Fleischklopfer gesichert werden konnten. Die fremde DNA brachte in der Datenbank keinen
Treffer. Außerdem wurden mehrere Fingerspuren am Mord-
werkzeug gesichert. Deren Abgleich im Fingerabdrucksystem
in AFIS (automatisiertes Fingerabdruck-Identifizierungssystem)
konnte bislang keinen Treffer zeigen. Dr. Fürst wünscht viel und
vor allem schnellen Erfolg bei den laufenden Ermittlungen.
»Du bist der Bestimmer, Waldmonster, und du hast kein Gewissen. Gib mir ein Zeichen!«

Mittlerweile hängt ein vergrößertes Foto des besagten Wald-
stücks kartographisch an der großen Pinnwand. Sie steckt Pinn-
nadeln an den Tatort, an die Zufahrtswege zum Sumpf und die
Orte, wo der Yeti durch die Wildkameras fotografiert wurde.

Das Handy klingelt. Die Freundin aus dem Westerwald lädt
Alice zur Jagd ein, doch sie kann das freundliche Angebot nicht
annehmen. Wie gerne hätte sie mit Diana vor der Jagdhütte gesessen, geplaudert und ein Glas Rotwein getrunken. Das Telefonat tut gut, und bei einer großen Tasse heißer Schokolade
ruht sie sich aus und fällt am Schreibtisch in den erholsamen
Minutenschlaf und träumt.

Dabei durchlebt sie einen Ansitz auf der Schlafkanzel, auf
der man auch mal ausgestreckt liegen kann. Für November ist
es viel zu warm und von Frost und Schnee keine Spur. Während des Ansitzes zieht zeitig Nebel auf und verhüllt die Wiese
in Schwaden. Alice raucht eine Zigarette. *Womöglich bläst der
Zigarettenrauch den Nebel weg.* Über diese Feststellung muss
sie schmunzeln. Gegen 22 Uhr kriecht der Mond durch die
Wolken und beleuchtet die Umgebung: Füchse am Ende der
Wiese, außerhalb einer guten Schrotschuss- Entfernung. Ihr

Ehrgeiz, eine Wildsau im alten Jahr zu jagen, ist groß. Aber sie hat gelernt, nicht um jeden Preis an den Zielen festzuhalten. Um Mitternacht hört sie die Kirchenglocke schlagen. Sie schläft ein. Als sie aufwacht und aus dem Fenster blickt, steht ein großes Wildschwein am Waldrand. Sie beobachtet das wilde Tier mit dem Fernglas. Der Keiler ist nicht von schlechten Eltern. Alice überkommt das Jagdfieber. Aufgeregt schaut sie sich die Sau an. Es ist 7.50 Uhr am Morgen. Der Keiler ist spät dran und Alice auch. Sie hätte besser nicht auf die Armbanduhr blicken und dafür das Gewehr greifen sollen. Es verbleibt keine Zeit. So wie das große wilde Tier unvermittelt am Waldrand steht, so schnell rennt es über die Wiese davon. Die für kurze Zeit ausgestrahlte Ruhe und Stärke der Wildsau nutzt diese aus, um voller Energie die Wiese zu queren und in einer Hecke zu verschwinden.

Das Bürotelefon holt sie in die Realität und in den Polizeialltag zurück. Ein Mitarbeiter des zweiten Polizeireviers meldet ein besonderes Vorkommnis mit einem Teddybären. »Da hing ein Bär, gespickt mit dutzenden Dressier-Nadeln, an einem Seil im Baum!« Sie notiert die Tagebuchnummer, und der Kollege schickt ihr ein Foto aufs Handy. Es gruselt Alice. Es ist ganz furchterregend anzuschauen. Da will jemand die Menschen erschrecken. *Wahrscheinlich beobachtet der Kerl dann die Angst der Leute.* Dann parallelisiert sie ihren Traum mit dem Mord im Wald. *So wie die Sau unvermittelt am Waldrand auftaucht, steht der Mörder hinter dem Jagdpächter. Dem Opfer bleibt keine Zeit, sich zu wehren oder Hilfe zu holen. Der Täter schlägt ohne Vorwarnung erst mit dem Knüppel und dann mit dem Fleischklopfer zu.* »Du hast den Schädel zu Brei geschlagen.« Sie überlegt sich, inwieweit der Täter Entscheidungsspielraum hat. Hier liegt eine deutliche Persönlichkeitsstörung vor. *Deshalb Mord!* »Warum tust du das?« Es klopft an der Tür und Pia Dornhöfer holt sie aus ihren Gedanken.

Heute findet ein Gedenkgottesdienst für den ermordeten

Hubertus Heil in der Waldkapelle statt. »Wir sollten die Veranstaltung überwachen.« Alice lobt die Beamtin und erteilt den Auftrag zur Observation. *Vielleicht kommt ja der Mörder zur Trauerveranstaltung!* Pia Dornhöfer freut sich über das Lob und arrangiert mit Eddy Schäfer, spezialisiert auf den Einsatz kriminaltechnischer Maßnahmen, die notwendigen Schritte.

»Hallo Mörder, kommst du? Badest du dich in deinem narzisstischen Kostüm und tankst eine Portion Selbstwertgefühl, du Monster?«

Psychologisch geht sie davon aus, dass der Mörder eine krankhafte Genugtuung empfindet, da er schwer gestört ist. Warum der Overkill? Da lauert jemand dem Opfer heimtückisch auf und schlägt ihm den Schädel zu Brei. Ein Schlag auf den Kopf hätte genügt. *Zack, zack, zack, zack. Die Mordwaffe saust herab. Einmal, zweimal, dreimal, viermal.* Warum?

Gerald

Obwohl der junge Hund dem Jäger gehört hat –oder gerade deshalb– hat er mit dem Jagdhund viel Freude. Schaut er auf den kleinen Hund, sieht er die Tat im Wald. *Ein geiles Gefühl.* »Hund-Mord-Hund-Mord!« Gedankenversunken sitzt Gerald auf der Bank unter der Veranda, doch irgendetwas ist anders, denn die Stimme in seinem Kopf ist neu, die hat er noch nie zuvor gehört! WARUM MACHST DU SO SCHRECKLICHE DINGE? Er grübelt. *Wirklich, die habe ich noch nie gehört.* Die unbekannte, aber freundliche Stimme will wissen, ob er zur Trauerfeier des Hundemörders kommt. *Was ist das wieder für eine Scheiße?* Gerald hat in der Zeitung von dem Gedenkgottesdienst in der Waldkapelle gelesen und tatsächlich überlegt, dort hinzugehen. *Mal die abgehalfterten alten Säcke angucken!* Dann ist die neue Stimme wieder weg und er hört nur Omas blödes Kichern. Dass er die

Mordwaffe im Moos liegen gelassen hat, war saublöd! *Scheißegal, sind halt meine Fingerabdrücke drauf, die kennt keiner!* Das von den Konten des ermordeten Heils abgehobene Geld liegt in einem Schuhkarton im Küchenschrank versteckt. *Die Oma soll es nicht finden und ihn auch nicht fragen, wo er das viele Geld herhat.*

Hungrig öffnet er ein Glas von Omas uraltem eingemachten Grünkohl, lässt Speck in der Pfanne aus und schüttet das Gemüse drauf. Dazu trinkt er zwei Flaschen Weißbier. Der Kohl bläht im Bauch, im Ohr piept es, der Fuß kribbelt, und dann steht die hässliche Wachsleiche in der Tür. »Du hast wieder nicht das Bett glattgestrichen, den Gummibaum gegossen und Staub gewischt!« Gerald hat Angst und nickt betroffen. »Weißt du, ohne meine Hand, kann ich gar nichts tun!« Ein gruseliges Kichern und die unansehnliche Leiche trampeln durch seinen Kopf. *Ignorieren hilf nicht.* Die Ruhe bewahren, das ist es, was er braucht. Plötzlich kreischt Erika Winter ihren Enkel an. »Im Mord-Wald warst du, Mörder!« Gerald zittert, sie guckt in sein Gehirn. *Oder ist die mir gefolgt und hat sich in der Nähe des Tatorts im Wald versteckt?* Da hat es geknackt und ihr grausliges Kichern hat er auch gehört. Diese böse alte Hexe! Er sitzt mit ihr am Küchentisch und sie spricht aus seinem Mund. »Der Erste am Tatort ist auch der erste Verdächtige!« Ob er das verstanden hat, fragt sie. »Du bist ein Idiot und verstehst nichts!« Oma lacht gehässig. Dann ist der Spuk vorbei.

Gerald betrinkt sich mit Wodka. Auf der Ledercouch träumt er von der jungen drogensüchtigen Prostituierten, die er am frühen Morgen in der Frankfurter Taunusanlage ermordet hat. *Was für eine heiße Braut!* Die war so schön billig und ordinär. Er hat ihre rotlackierten Fingernägel geküsst, dann hat sie vor ihm auf die Wiese gepinkelt. Und dann spuckt sie vor ihm aus. Sein bestes Stück stinkt, hat sie gesagt. »Wasch dich mal, du Stinker, und zapple nicht so herum!« Sie zeigt ihm ihren Zeigefinger. *Das konnte ich nicht ungestraft auf mir sitzen lassen!* Daraufhin hat er mit dem scharfen Schweizer Taschenmesser ihren bösen Finger abgeschnitten. *Von so einer Schlampe lässt man sich doch nichts sagen!* Er musste die junge Frau mit einem Stein kampfunfähig machen! Gerald krampft im Traum. Dicke fette Maden und schwarz-bläulich schimmernde Mistkäfer krabbeln aus ihrem verfaulten Körper. »Du stinkender Mörder!«, flüstert Oma ihm ins Ohr. Gerald wird unruhig. »Hör auf, du hässliche alte Hexe!« Oma kontert: »Wer nicht die Klappe hält, der kriegt auch kein Taschengeld!« Gerald steht auf. Glücklicherweise liegt das Geld noch im Schuhkarton. *Die Wachsleiche hats nicht entdeckt!* Er legt sich auf die alte Ledercouch und träumt in Endlosschleife: Da ballert einer seinen lieben Hund tot! Ausgeträumt blickt er auf die Wanduhr. *Es ist Zeit!* Eimer für Eimer Brunnenwasser ins Bad zu schleppen, erschöpft ihn. Nachdem er die dreckige Badewanne geschrubbt und mehrere Kessel Wasser auf dem Gasherd erhitzt hat, legt er sich ins lauwarme Wasser.

Manche baden ja auch im Eiswasser.

Das Wasser ist genauso kalt wie er selbst! Gerald wäscht sich für seine Verhältnisse gründlich. Mit großer Geduld striegelt er die verfilzten Haare und bändigt schließlich das zerzauste Haar. Eine gründliche Rasur mit dem scharfen Rasiermesser und raus aus dem Badezimmer. Während die Kaffeemaschine blubbert, bügelt er den alten Trachtenanzug der Schützengilde auf dem Küchentisch. Vor Ausbruch des Coronavirus nahm er immer am Schützenstammtisch im Verein teil. Aber das Beisammensein und Sportschießen ist dem Loch zum Opfer gefallen. Um 17 Uhr steigt er am Parkplatz »Nasses Dreieck« ins Taxi. Die Fahrt zur Waldkapelle gefällt ihm. Wie ein richtiger Herr wird er zum Gedenkgottesdienst chauffiert. Dort reden sie über den Ermordeten, hat ihm die Oma gesagt, und da er ihn doch persönlich gut kennt, gehört es sich einfach so, daran teilzunehmen. Das hat er verstanden.

Richtig, die Sau kenne ich!

Er kichert und schaut sich die Menschen an. »Hock dich ganz

hinten hin!«, befiehlt Oma, als würde sie in der Trauergemeinde sitzen.

Gerald überlegt sich ernsthaft, wie sie das macht.

Die hockt doch im Fass.

Einige Trauergäste tragen Grün, andere teure Anzüge, und die Jagdhornbläser ihre grüne Tracht. *Da könnte ich ja mitblasen!* In der Kapelle riecht es modrig und erdig. Das gefällt ihm. Auch unter der Maske zieht er die Luft genießerisch ein und grinst. Der Pfarrer bittet die Anwesenden, Platz zu nehmen.

Gerald Winter fühlt sich ausnahmslos sehr wohl.

Der Bub sieht heute gut aus.

Ihm gefällt die Trauerrede, insbesondere der Teil, der die Hoffnung trägt, dass der schreckliche Mord bald aufgeklärt wird. Eine entsetzliche Tat, die die Jägergemeinde aufgeschreckt hat. Er lacht, als er hört, dass der Täter sich vor Gott dafür verantworten muss, und er summt wie eine Biene. Die Sitznachbarin links schaut ihn irritiert an. Er stoppt das Summen.

Nachdem der Pfarrer den Toten als außerordentlich gutmütigen Menschen und voller edler Taten für das Waidwerk lobt, ruft Gerald: »Dreckiger Hundskerl!« Der Sitznachbar rechts schüttelt mit dem Kopf und schaut ihn sprachlos an. Gerald zieht die Maske nach unten und starrt den Mann eiskalt an. Unter lautem Summen aus Geralds Mund, als wäre die Biene im Landeanflug, wendet sich der schockierte Sitznachbar von ihm ab.

Der schiebt lässig die Maske wieder über Mund und Nase.

»Hör sofort auf, du Idiot, sei still und benimm dich!« Jetzt nickt er mit dem Kopf auf und ab. Nach der Trauerrede hört sich der Mörder noch den Bläserchor an, und zum Abschluss singen die Musiker ein Jägerlied:

»Ich schieß den Hirsch im wilden Forst, im tiefen Wald das Reh. Den Adler auf der Klippe Horst, die Ente auf dem See. Kein Ort, der Schutz gewähren kann, wo meine Büchse zielt. Und dennoch habe ich harter Mann, die Liebe auch gefühlt!«

Die Veranstaltung ist vorüber. Beim Verlassen der Waldka-

pelle trinkt er einen guten Birnenschnaps, den der Kreisjäger-
meister ausgibt. Der fragt ihn, ob er den Hubertus gut gekannt
habe. Gerald Winter ist an Dreistigkeit nicht zu überbieten.

Der Mörder gibt seine Hoffnung kund, dass der Mord am Hubertus gesühnt wird. *Das war so ein netter Mann!* »Ich habe ihm
am Wasserloch geholfen!« Darauf schenkt ihm der Kreisjäger-
meister noch ein Glas französischen Birnenschnaps ein und Gerald bekommt gerade noch mit, wie sich einige Mittsechziger
etwas respektlos über den toten Waidmann unterhalten. »Der
Hubertus, was für ein dreckiger Weiberheld und Hurenbock,
hat keine Möglichkeit ausgelassen!« Gerald hört interessiert zu
und läuft den drei Jägern unauffällig hinterher. »Ein Geldsack,
der sich alles gekauft hat.« Dann hört Gerald, dass der Jagdpächter in der Rotlichtszene früher viel Geld gelassen und auch ganz
junge Dinger gut bezahlt hätte. »Ja, guckt euch doch mal seine
Puppe an. Die hübsche junge Frau Meister! Für die hat er die
Alte auf die Insel gejagt!« Die den toten Waidmann ehrenden
Trauergäste können sich ein Lachen nicht verkneifen.

Unvorstellbarer Hass, es leuchtet in seinen Augen.

Irgend so ein Kerl ist sein Vater. Was für ein Vater. Doris
musste ihn ohne einen solchen durchbringen. *Der Gerald ist
ein Hurensohn!* Er freut sich. Da hat er doch den Richtigen ins
Wasserloch geschubst. Die Freude weicht aber nicht dem Hass.
Irgend so ein reiches Schwein hat seine Mutter als Spaßobjekt
benutzt und sie mit dem Kind allein sitzen gelassen. »Hurensohn, der Gerald ist ein Hurensohn!«, haben die auf dem Schul-
hof gesungen. *Schade, dass ich dem Dreckskerl nicht das Herz aus
dem Leib gerissen habe.* Oma lacht gehässig in seinem Ohr und
eine Begeisterung keimt in ihm auf. Das Leid der Trauernden.

Gerald Winter bekommt die Identifikationsnummer 41 vom
Observationsteam der MOKO »Hand« zugeteilt. Da das Wetter
so schön ist, geht er im Wald spazieren.

Oma flüstert ihm ins Ohr, dass er das gut gemacht hat. »Hast
dem Hundskerl die letzte Ehre erwiesen!«

Die Mordtat fliegt an ihm vorbei. Oma hat recht, immerhin war er ja auch die letzte Person, die das Opfer gesehen hat. Mit dem Fleischklopfer den Schädel zu Brei schlagen, besser hätte man das Problem nicht lösen können. »Hast ihm die letzte Ehre erwiesen, dem Vater!« Gerald wähnt sich in Sicherheit. Die Idioten haben keine Ahnung, wann und bei wem er demnächst wieder zuschlägt. Der Wald-Mord hat ihn ins Rampenlicht befördert. *Der kleine Versager, wie ihn Oma oft nennt, hat es zu einer gewissen Berühmtheit gebracht. Da ist Oma bestimmt stolz auf ihren Enkel.* Das Taxi wartet auf den Fahrgast nicht weit entfernt am Waldparkplatz. Auf der Rückfahrt geht Gerald der modrige Waldgeruch durch die Nase. So eine schöne Feier für diesen Hundskerl. »Den habe ich hingerichtet!«, sagt er, und der Taxifahrer guckt im Rückspiegel den Fahrgast an.

Im Ohr piept es und die Oma kichert blöd herum. »Halts Maul!«, sagt er und gibt dem Chauffeur fünfundzwanzig Euro Trinkgeld aus dem Vermögen des Toten. Der Taxifahrer ist froh, dass der seltsame Fahrgast keine lange Strecke fährt, so unheimlich, wie der ist.

Zu Hause betrinkt Gerald sich und träumt.

Er hat Spaß mit der gut aussehenden jungen trauernden Frau, die er in der Waldkapelle gesehen hat. Die Hübsche sah so sexy aus in ihrem schwarzen Kostüm, der jagdgrünen Strumpfhose und den schwarzen Pumps. *Direkt hinter der Waldkapelle hat er sie sich vorgenommen und hat es so richtig versaut mit ihr getrieben. Die hat ihm ins Ohr gebissen und er hat dann das Blut an ihren Zähnen geschmeckt. Grillen zirpten und die Lustschreie wallten durch den schönen Spätsommerabend.*

Er ist bei dem Gedanken sehr erregt und muss die aufkommende Freude stoppen. Oma schimpft ihn aus. »Du sollst dich schämen, du Monster, du hast ihr die Strumpfhose zerrissen!« Er lacht. »Weißt du, das war die Freundin des Toten.« Gerald nickt.

In der Zeitung stand, dass Samanta Meister ihren Lebenspartner betrauert. Auch sollte bitte derjenige, der den kleinen Waldi geklaut hat, sich melden und den Hund zurückgeben!»Hast der nicht nur den Kerl genommen! Hast auch den Hund geklaut, nein, jetzt ist auch noch die Strumpfhose kaputt.« Oma zieht die Stirn kraus und lacht.»Du Hundedieb!«

Mordkommission, Tag 3

Im KK11 ist die Überprüfung des privaten Umfeldes des Toten abgeschlossen, eine polizeiliche Standardaufgabe, die Angehörigen des Mordopfers und nahestehende Personen zu durchleuchten und ein Alibi zur Tatzeit festzustellen.

(1) Samanta Meister war zur Tatzeit bei ihrer Mutter in Offenbach, die ihre Tochter von BMW in Frankfurt abgeholt hat. Der PKW von Frau Meister steht noch in der BMW-Filiale.

(2) Frau Heil (Ehefrau des Toten) verweilt zurzeit auf Ibiza und befindet sich nicht in Deutschland.

3) Ein aus dem Jagdpachtvertrag ausgeschiedener Mitpächter ist derzeit in Afrika zur Jagdsafari.

(4) Der Mit-Jäger, Dr. Steffen Cramer, hatte Spätdienst im Impfzentrum in Heusenstamm.

Hubertus A. Heil, ehelich kinderlos, war augenscheinlich ein beliebter Mann und zurzeit sind keine Feinde bekannt. Geprüft wird in diesem Zusammenhang jedoch die lokale Coronaleugner- und Anti-Jagd-Szene. Wie bereits an Tag 1 durch Frau Meister mitgeteilt, besuchte Hubertus A. Heil nach dem gemeinsamen Frühstück mit Frau Meister ein Waffengeschäft in Frankfurt, danach seine Mutter im Altenwohnstift und fuhr dann zur Jagdhütte. In der Hütte befanden sich ein Teller mit Speiseresten (Gulaschsuppe), ein Mischbrot und eine leere Bierflasche auf dem Tisch. Die Fensterläden zur Hütte standen offen.

Die lokalen Zeitungen und die Boulevardpresse gieren nach Informationen zum Wald-Mord. Die Fallanalytikerin bespricht sich mit ihrem Chef wegen der Meldung über die Pressestelle.

Die bittet die Öffentlichkeit um gezielte Mithilfe. Ein guter Trick, einige Details wegzulassen und keine unnötigen Gerüchte an die Wand zu malen. Die Medien setzen die Pressemitteilung der Polizei ein.

»Die Polizei in Offenbach bittet um ihre Mithilfe. Im Zusammenhang mit dem Mord an einem Jäger in Offenbach suchen wir Hinweise auf einen Mann, der im Waldgebiet auf der Rosenhöhe in Offenbach verkleidet in einem Tarnanzug und Maske aufgefallen ist. Bitte melden Sie sich, wenn Sie sachdienliche Hinweise geben können, unter folgender Telefonnummer ...«

Die Kriminaloberkommissarin geht davon aus, dass das keine Zufallstat ist. Niemand tötet ohne Grund. Vielleicht dieser unbekannte Hundehalter? »Wer bist du?« Ohne handfeste Beweise dümpeln die Ermittler in der Sackgasse. *Weißt du, irgendwann kenne ich dich!* Sie nickt sich bestätigend zu. *Dann sperren wir dich weg!*

Die Ergebnisse der Spurenauswertung liegen dem KK11 vor: Hubertus A. Heil, 66 Jahre alt, 191 cm groß und 97 Kilogramm schwer, wurde durch einen metallischen Gegenstand erschlagen. Dies hat zum Tod geführt. Am Tatort wurde ein Fleischklopfer sichergestellt. Das Werkzeug wurde auf DNA in der Datenbank des Bundeskriminalamtes abgeglichen. Es gibt keine Übereinstimmungen mit den auf dem Werkzeug gesicherten DNA-Spuren.

Es handelt sich dabei um Hautzellen, Blut und kleinste Knochenfragmente. Außer einem Stück Polyester am Gewehrhalter wurden keine Fasern sichergestellt. Zum jetzigen Zeitpunkt kann man davon ausgehen, dass mit dem Fleischklopfer als Mordwaffe mindestens zwei Menschen getötet worden sind. Der tote Mann im Wald und ein unbekanntes Opfer. »Weißt du, böser Mann, dass ich dich finde und einsperre?«

Das Mordopfer erlitt ein Schädel-Hirn-Trauma, zuvor wurden ihm harte Schläge mit einem Holzknüppel im Schulter- und Rückenbereich zugefügt, mit Schulterblatt- und Schlüsselbeinbruch, mehrere Hämatome wurden dokumentiert. Der Holzknüppel lag zwanzig Zentimeter vom Pirschweg auf dem Waldboden. Es konnten keine DNA-Spuren darauf sichergestellt werden.

Die Kriminaloberkommissarin atmet tief ein und aus, bevor sie die Feststellung der Gerichtsmedizin weiterliest.

Demnach ist nicht auszuschließen, dass dem Mordopfer die Hand bei lebendigem Leibe abgetrennt worden ist. Die Fachleute sprechen von Supravitalität, nach dem klinischen Tod sterben nicht alle Zellen sofort ab, deshalb kann eine unmittelbar nach dem Tod zugefügte Verletzung einer ähneln, die einem Lebendigen zugefügt worden ist.

Alice trinkt ein Glas Wasser und wünscht sich, dass der arme Jäger das nicht erleiden musste. Die Gerichtsmedizin führt weiter fort, dass der Täter mit einem scharfen Messer das Fleisch über dem Handgelenk, die Muskeln und Sehnen durchgeschnitten hat. Danach wurde mittels einer chirurgischen Knochensäge die Hand abgetrennt. Alice fühlt sich in ihrer Fallanalyse bestärkt, dass der Mörder kein normaler Mensch ist. Ein gefährlicher Psychopath treibt im Wald sein Unwesen. Von der Hand des Mordopfers fehlt bislang jede Spur. Am Tatort konnte eine Fußspur gesichert werden, das Profil der Sohle entspricht einem Sportschuh der Marke »Outdoor«. Es wurde ein Gipsabdruck angefertigt. Im Mercedes Benz G-Klasse des Getöteten konnte am Gewehrhalter ein Stück Polyestermaterial sichergestellt werden. Das Polyestermaterial konnte einem handelsüblichen Tarnanzug der Marke »Yeti« zugeordnet werden. Eine verdächtige Person, die auf Wildkameras im Jagdrevier des Mordopfers abgelichtet worden ist, trägt einen solchen Anzug. Der Stolperdraht, der zum Sturz des Herrn Heil führte, weist keine DNA-Spuren auf. Der Draht ist ein handelsüblicher Bindedraht aus dem Baumarkt. Insgesamt wurden mehrere Zigarettenkippen (Filterlose) in Tatortnähe aufgefunden und sichergestellt. Die DNA-Abgleiche in der zentralen Datenbank haben keine Treffer ergeben. Neben dem jungen Jagdhund (Dackel) fehlen die Brieftasche des Opfers und dessen Handy.

Mit der Master Card des Opfers wurden viertausend Euro am Tattag von Geldautomaten der Deutsche Bank und Commerzbank abgehoben. Die Überwachungskameras dokumentierten einen ca. 190 cm großen, untersetzten Mann. Der Täter trug eine Mund-Nasen-Schutzmaske, eine Schirmmütze und war mit einem Arbeitsanzug bekleidet.

Alice hat die Dokumentation der Spurensicherung auf ihrem Schreibtisch.

Asservate:
A1 – Fleischklopfer aus Metall
A2 – Holzknüppel Buche
A3 – Fußspur gegipst
A4 – Stofffetzen Polyester
A5 – Bindedraht Baumarkt
A6 – Zigarettenkippen (filterlos)

Sie trinkt Milchkaffee und spürt, wie ihr Chef sie durch die Büroglasscheibe anschaut. Das tut gut!

»Hallo Yeti, wie ist dein richtiger Name? Du kannst dich ruhig bei uns melden!«

Peter Vogel sieht, wie die junge LKA-Beamtin den Fall annimmt, zielstrebig und motiviert arbeitet, um den Mord aufzuklären und den Täter dingfest zu machen.

Es ist wie eine Fügung, dass Alice diese Jagd- und Waldaffinität besitzt. Die Jägerin überzeugt durch eine einfache, eloquente und detaillierte Sprache. Sie nimmt die MOKO »Hand« in die Hand und weist den richtigen Ermittlungsweg. Peter Vogel bespricht mit ihr das anstehende Treffen mit den Kollegen von der

Schutzpolizei. Für morgen sind die Dienststellenleiter ins KK11 eingeladen, um mysteriöse Vorkommnisse im Dienstbezirk zu besprechen. Im Hotel eine heiße Dusche und danach ein kaltes Bier. Ausgepowert legt sie sich aufs Bett und träumt unruhig. Sie sitzt auf einem Hochsitz mitten im Wald und fühlt sich gut. Der Mond verzaubert die Umgebung mit seinem silbernen Licht. Es knackt, Holz bricht und dann tapst es im dunklen Wald. Alice erstarrt, ihr Herz rast. *Anwechselndes Wild?* Da, ein Geräusch! Nicht weit entfernt schreckt eine flüsternde diabolische Stimme sie auf. Sie hört sich teuflisch und boshaft an. »Ich komme dich bald heimholen!« Sie sitzt still auf dem Ansitz und spürt, wie sich etwas dem Hochsitz nähert. Alice kann kaum noch atmen. Da steht jemand unterm Hochsitz und kichert, kurz darauf bewegt sich die Person in nordöstlicher Richtung davon.

Ein letztes böses Kreischen im Wald, und der Albtraum ist vorbei. Fünf Uhr und sie kann nicht mehr einschlafen.

Mordkommission, Tag 4

Um 6.30 Uhr fährt die Kriminaloberkommissarin ins Polizeipräsidium. Eine Tasse Kaffee bringt sie in die Normalität zurück, der böse Alb verfliegt, doch ein seltsames Gefühl bleibt. *Das war schon der zweite böse Traum.* Sie rauft sich die blonden zerzausten Haare und Peter Vogel wünscht einen guten Tag. Pia Dornhöfer legt die Fotos der Trauernden auf den Tisch. Die Veranstaltung sei ohne besondere Vorkommnisse abgelaufen.

Die LKA-Beamtin und der Erste Kriminalhauptkommissar warten auf den Besuch der beiden Schutzpolizisten. Er bittet sie, umsichtig zu sein und die erfahrene Expertise der Polizeibeamten zu nutzen. Alice bemerkt, dass die erfahrenen Polizeibeamten recht wenig zur Aufklärung dieser mysteriösen Vorkommnisse veranlasst hätten. Sie hat noch eine halbe Stunde

Zeit bis zum Treffen, knabbert Butterplätzchen und denkt an den Wald-Mord.

Ist der Täter geisteskrank? »Bist du das? Schleichst du in meinen Träumen umher?«

Sie geht aus der emotionalen Ebene heraus und hinterfragt den Modus Operandi. Hört der Täter Stimmen? Wird er durch jemanden angeleitet? »Bist du in medizinischer Behandlung?« Der Mörder hat das Böse im Kopf, davon ist sie überzeugt.

Die Kollegen nehmen im Büro Platz. Die Unterhaltung, die, angemerkt von Herrn Schmidt, sich eher wie eine Befragung anhört, läuft schleppend. Wie erwartet, gibt es keine neuen Erkenntnisse. Die Beamten trinken Kaffee und gucken gelangweilt über den Tisch.

»Meine Herren, der tote Jagdpächter, Hubertus A. Heil, hat vor seinem Tod drei Anzeigen bei der Polizei gestellt.« Die LKA-Beamtin verweist auf die aufgefundenen, in Bäumen aufgehängten Puppen ohne Augen, einen mit roter Farbe beschmierten Stoffhund und andere Vorkommnisse. »Und jetzt ist der Mann tot.« Sie spürt, dass das den beiden Dienststellenleitern überhaupt nicht passt. Sie trommeln mit den Fingern auf den Tisch. Die junge Kriminaloberkommissarin muss sich anhören, dass man sich aus polizeilicher Sicht nicht um jeden Schabernack kümmern kann und das der Kripo meldet. Auch gibt ein totes Reh, das in einer Mülltonne entsorgt wurde, keine Straftat her. »Wissen Sie, liebe Kollegin, das sprengt die Ressourcen.« Der andere Polizist ergänzt, dass man andere Dinge zu erledigen habe.

Peter Vogel bemerkt, dass Alice sich damit nicht zufriedengibt. Und richtig, sie nippt an ihrem Kaffeebecher und deutet auf das Foto einer toten Katze im Baum. Der kurz vor der Pensionierung stehende Polizeihauptkommissar, Arndt Becker, schaut lächelnd zu ihr und betont, dass das schöne Mädchen vom LKA erst einmal lernen soll, auf sich selbst aufzupassen, wenn sie im Wald spazieren geht. »Wie die praktische Polizeiarbeit aussieht, kann sie sich ja nach ihrem Praktikum bei der Mordkommission

mal auf dem Revier angucken.« Alice befindet sich im Angriffsmodus, errötet, kratzt sich am Ohr und überlegt, ob sie sich das
hier gefallen lassen muss.

Gedanklich rast ihre Laufbahn vorüber: Lehrgangsbeste im
Bachelorstudium, Studium der Kriminologie und Kriminalpsychologie mit Abschluss. Einstieg beim LKA in Wiesbaden und
Einsatz als Fallanalytikerin. Eine Überleitung in den höheren
Dienst steht im Raum. Von der Polizeidirektion nach Offenbach
angefordert, um mysteriöse Vorfälle aufzuklären und ihre Expertise einzubringen, und jetzt muss sie sich vorführen lassen.
In diesem Moment lacht der Schutzpolizist vom 2. Revier den
Kollegen vom 1. Polizeirevier an und sagt, dass man wirklich
nicht jede aufgehängte Plastikpuppe als Kapitaldelikt einstufen
muss.

Alice kocht und fühlt sich deplatziert. »Gucken Sie sich doch
erst mal ein wenig praktische Arbeit im KK11 an, bevor Sie andere drangsalieren!« Alice kribbelt es im Bauch. Vogel hofft, dass
sie ruhig bleibt. Die Schutzpolizisten trinken brav ihren Kaffee
aus und schauen das hübsche freche Ding an.

»Praxis heißt, junge Frau, dass Sie sich erst mal auf der Straße
mit Dreck bewerfen lassen!« Und der Erste Polizeihauptkommissar (EPHK) Tobias Schmidt ergänzt: »Holt das LKA jetzt seine
Mitarbeiter direkt von der Schule ab?« Alice steht auf, schaut die
Kollegen freundlich an und antwortet: »Man könnte annehmen,
dass Sie mich provozieren möchten? Wissen Sie, meine Herren,
Sie brauchen da nicht tatenlos herumsitzen, um sich den Arsch
am Stuhl zu kratzen!« Sie geht einen Schritt auf die erfahrenen
Schutzpolizisten zu und schießt es heraus. »Wissen Sie, und mir
hat niemand erzählt, dass die Polizei ihre alten Männer, so wie
es aussieht, aus der Baumschule geholt hat!« Die Luft ist elektrifiziert, man hört die Staubkörnchen knistern und niemand lacht
mehr. »Die Aufklärung der Tat erfordert hohe Professionalität!«
Die Dienststellenleiter schauen sich irritiert an. »Wenn nichts
oder allenfalls halbwertig ermittelt wird, können auch keine un-

angenehmen Feststellungen gemacht werden. Jedes Verbrechen fordert, die Wahrheit aufzuklären, meine Herren!«

Der Leiter der Mordkommission bedankt sich bei den beiden für ihre Mithilfe zur Aufklärung einer Mordsache.

Stühlerücken. Grußlos verlassen die Gäste das KK11. Peter nickt Alice zu. *Der Motor läuft weiter.* Und das tut er bedingungslos. Den kleinen verbalen Angriff hat sie bereits weggesteckt. Irgendetwas schleicht da durch den Wald, und wie es aussieht, sind die, die nach der Wahrheit suchen, nicht willkommen.

Anschließend sitzt Alice nachdenklich im Büro, ihr Chef hat einen Außentermin wahrzunehmen.

Gibt es da eine Parallele im Wald? »Bist du ein Narzisst?« Gibt es im Mordfall ein Ritual? »Was gehört zu deiner Geschichte, Wald-Mörder?«

Sie ist sich sicher, dass er irgendwann seine Geschichte erzählen wird. *Ich muss die Spurensuche im Kopf des Täters beginnen!*

Wurde der Täter als Kind selbst zum Opfer, gequält oder ausgegrenzt?

In sich gekehrt sitzt sie immer noch vorm Computer und recherchiert, als Peter Vogel ins Büro zurückkommt. Der nette Chef hat Brezeln und Salzgurken mitgebracht und lädt sie zu einem Glas Wodka ein.

Abgetrennte Körperteile, ein schaurig brutales Thema beim kleinen Imbiss. Alice verweist auf Ted Bunddy, der die abgetrennten Köpfe zu Hause als Trophäen aufbewahrt hat. »Das Schreckliche direkt vor Augen, einfach die Kühltruhe öffnen und das Haupt angucken.« Der EKHK gießt noch einen Wodka ins Glas. »Oder der Fall Dennis Nilsen, der fünfzehn Männer ermordet und die Leichen im Garten und im Hausboden vergraben hat. Die Opfer wurden zerstückelt und auch im Schrank aufbewahrt!« Er lauscht gespannt und Alice plaudert weiter. »Weißt du, Peter, wenn es dem Nilsen dann zu arg gestunken hat, ja, da hat er die Körperteile zerhackt, klein gesägt und in der Toilette herunter gespült.« *Macht das unser Mörder auch?* Peter zuckt mit den Achseln, trinkt noch einen Wodka und stellt sich vor, wie schön es wäre, mit der hübschen Alice im Bett zu liegen und einen riesigen Spaß zu haben! *Die Zerstückelten sind tot.* »Was treibt so einen Mörder dazu, anderen Menschen solches Leid zuzufügen und sie zu ermorden?«, fragt sie den Chef.

Er lächelt und bekommt den Gedanken nicht aus dem Kopf, dass sie nur die Kalten im Kopf hat, und wünscht ihr einen guten Abend. Er muss die Kinder von einer Geburtstagsfeier abholen und zu seiner Noch-Frau bringen.

Alice sichtet erneut die Fotodokumentation vom Trauergottesdienst in der Waldkapelle.

DOKU 41 und 49 ist interessant. 41, ein großer gedrungener Mann im Trachtenanzug, mustert die anderen Personen, und 49, ein Trauergast, der links von 41 gesessen hat, verlässt vorzeitig die Veranstaltung.

Die Nummer 41 ist ein Typ mit eiskaltem Blick, dem möchte man nicht unbedingt im Wald begegnen.

Alice fährt den Computer herunter und macht sich anschließend auf den Weg zum Hotel. Sie stoppt und kauft sich einen Dönerteller. Im Hotelzimmer steht ein Sixpack Bier. Im Schneidersitz sitzt sie auf dem Bett und im Fernsehen überschlagen sich die Hinweise zum Jägermord.

Ich wusste überhaupt nicht, wie viele Kriminalexperten im Land herumlaufen. Noch eine Flasche Bier, sie prostet auf den Tag, an dem sie den emotionslosen Täter kennenlernt und dem Soziopathen die Handschellen anlegt. *Ich muss das Böse stoppen!* Kurz darauf schläft sie ein und träumt von einem starken Mann: Peter Vogel.

Gerald

Er trinkt bereits zum Frühstück zwei Flaschen eiskaltes Weißbier auf die schöne Polizistin. »Prost, studierte Bullenfrau und Psychologin!« Und als hätte sie ihn gehört, vernimmt er die neue

Stimme in seinem Kopf: BIST DU GEISTESKRANK? Darauf lässt er einen fahren, macht sich bereits angetrunken auf den Weg zum Supermarkt und sucht Streit. Provozierend setzt er sich keine Mund-Nasen-Schutzmaske auf und drängelt mit dem Einkaufswagen anderen Kunden in die Hacken.

Oma wäre stolz auf ihren Enkel. *Diese Covidlüge stinkt zum Himmel*, denkt er. Gerald wird von einem Kunden auf die Maskenpflicht angesprochen und gerät außer Kontrolle. Er spukt vor dem Kunden auf den Boden, beschimpft den älteren Herrn als Besserwisser, Maskendepp und geimpften Chip-Träger. Blitzschnell hat er eine Idee, verlässt den Supermarkt und setzt sich in den VW Passat mit Blick auf den Eingangsbereich. »Fahr den Knecht einfach um!«, flüstert Oma ihm ins Ohr und er lacht. *Einfach tun und nicht nur denken!* »Dann braucht der Knecht auch keine Maske mehr aufzusetzen!« Aus dem Kofferraum hört er die Oma lachen. *Eher ein Mordsgeheul!* Als der Mann aus dem Eingangsbereich nach links abbiegt und den Einkaufswagen schiebt, wartet Gerald noch einen Moment. *Ich brauch Anlauf, damit die alte Karre gut beschleunigt.* Und in dem Moment, als die Oma, »Los geht's« kreischt, fährt das Bullenauto auf den Parkplatz. Gerald gibt den Rachefeldzug laut brüllend auf. Die Stimmen in seinem Kopf und er kriegen sich kaum unter Kontrolle. »Scheißbullen, diese Scheißbullen«, rufen sie ganz laut. Außer sich vor Wut und frustriert fährt er nach Hause und betrinkt sich. Um Mitternacht wacht er auf und hört den kleinen Hund im Keller jaulen. Der Hund kratzt am glatten Fass herum, genau dort, wo die Oma schläft. »Dort liegt Oma!«, sagt er zum Hund. *Nur ein Gespenst!* Und Gerald erschrickt, als er den Tarnanzug am Haken hängen sieht.

Das sieht ja echt grauselig aus, und was dann erst der Hundskerl für einen Schrecken gekriegt haben muss! Er braucht frische Luft und läuft durch den Garten. Die Symptome holen ihn ein, er zittert und bibbert am ganzen Körper. Um sich zu beruhigen, heult er wie ein Wolf. Der kleine Hund stimmt mit ein, und fast so wie früher heulen Herr und Hund im Hof herum. Den eigennützig aufgegebenen Mordplan auf dem Parkplatz hat er bereits vergessen. Später trinkt er am Küchentisch weiter. IRGENDWANN KENNE ICH DICH!, sagt die nette Stimme in seinem Kopf.»Und dann sperre ich dich weg!« Gerald Winter erschrickt. *Die will mir nur Angst machen,* denkt er.

»Irgendwann lerne ich dich kennen, du süße Maus, und dann nehme ich dich mit zu mir und wir haben Spaß, machen dreckiges Zeug und du kochst und wäschst für mich und Oma.« Die Stimme bleibt ruhig und der Mörder wendet sich mit Wollust im Kopf der süßen Braut zu. *Ich muss sie halt nur finden!* Die Stimme in seinem Kopf stöhnt lusterfüllt. Oma lacht gehässig darüber und Gerald hat Angst vor dem Moment, wenn die Braut auf die tote Oma trifft. Diese hässliche Untote, die im Haus und Garten herumgeistert, macht ihm Angst! Die dunkle Stimme in seinem Kopf flüstert, dass die Oma im Jenseits nicht erwünscht ist und deshalb zur Strafe aus dem Fass herausklettert.

Mordkommission, Tag 5

Inwieweit man die besonderen Vorkommnisse im Wald, nämlich die malträtierten an Bäumen aufgehängten Puppen und in Pose gelegten Stofftiere in die laufende Mordermittlung integriert, wird besprochen. Der Mord am Jäger trägt die Handschrift einer Exekution. Das Verbrechen war brutal und Alice spricht von einer anderen Dimension.»Peter, ich glaube, dass da ein Kausalzusammenhang besteht!« Der EKHK nickt ihr zu. Die Auswertung der Videoüberwachung der Bankfilialen, wo der Täter mit der Master Card des Mordopfers Geld abhebt, hilft nicht viel weiter. Eine Person mit Mund-Nasen-Schutzmaske vorm Gesicht und einer Jagdschirmmütze auf dem Kopf ist nicht zu erkennen. Kommt da vielleicht ein Jäger als Tatverdächtiger infrage? *Yeti-Anzug, Wolfsmaske und Jägermütze.*

»Warum hast du ihm die Hand abgetrennt?«

Peter Vogel hat sich daran gewöhnt, dass die Kollegin den Täter aus dem Nichts direkt anspricht und dabei nicht bemerkt, dass da jemand im Büro ist. Etwas beunruhigt ihn, sie starrt an die Wand. Offensichtlich stimmt irgendetwas nicht. Alice öffnet und schließt die Augen und sagt: »Nein!«

WEIL ES MIR SPASS MACHT, DU SCHLAMPE!, sagt die Stimme. *Wer spricht in meinem Kopf?* Das ist kein Hirngespinst, das ist der Täter. *Hat der Drecksack Kontakt aufgenommen aus seinem Schattenreich?*

Die polizeiliche Suche nach dem Dackel ist auf Drängen des Polizeipräsidenten öffentlich ausgeweitet worden, bislang läuft die Sachfahndung aber ohne Erfolg.

Thomas Müller, KHK a. D., besucht seine alte Dienststelle und versteht sich auf Anhieb mit Alice. Der Pensionär bewundert ihre Zielstrebigkeit und genaue Analyse. »Wir hätten dich im Fall der Gerda Schuler gebraucht.« Und dann erfährt sie vom alten Vermisstenfall aus dem Jahr 1993. Ein siebenundzwanzig Jahre alter Cold Case im gleichen Wald. Ein höchst interessanter Fall. »Das war eine ganz böse Sache!« Eine junge Frau wurde auf dem Nachhauseweg mit ihrem Fahrrad von der Ausflugsgaststätte »Zum Auerhahn« wahrscheinlich im Wald entführt. So etwas hat die Fallanalytikerin erwartet. *Im Mord-Wald verschwindet eine Frau und bleibt wie vom Erdboden verschluckt. Es gibt keine Spur.* Die Öffentlichkeit wird um Mithilfe gebeten. Nach zwei Jahren beendet die Polizei die Suche nach Gerda Schuler.

Der pensionierte Kollege spricht davon, dass, wann immer er mit dem Fall konfrontiert ist, er an seine emotionale Grenze kommt und ihn dieser Fall bis heute nicht loslässt. Nachdem sich Thomas Müller ganz herzlich bei Alice verabschiedet hat, rast es in ihrem Gehirn. Sie bestellt die alten Fallakten und recherchiert. Zu Hause ist die Frau nie angekommen. Bis heute

weiß niemand, wo sie ist. Zwei Hundertschaften der Bereitschaftspolizei in Mühlheim am Main und Hanau wurden zur
Suche im besagten Waldgebiet eingesetzt, Suchhundeteams der
Hundestaffel durchsuchten den Wald, aber die Polizei konnte
die vermisste junge Frau nicht auffinden. Die BWL-Studentin
bleibt verschwunden. *Was für ein trauriger Gedanke, dass das ihr
letzter Abend war.* Alice reagiert bestürzt.

In den Akten stößt die Kriminaloberkommissarin auf einen
Vermerk. So hat ein Revierförster die Polizei darüber informiert,
dass er bereits im Mai 1993 einen jungen Mann im Wald aufgefor-
dert hätte, nicht mehr die Leute im Wald zu erschrecken. Der mit
einer Wolfsmaske auf dem Kopf und in einen Bundeswehranzug
gekleidete Mann sei plötzlich und unvermittelt aus Gebüschen
gesprungen oder bedrohlich langsam auf Menschen zugelaufen.
Der Mann war mit einem schwarzen Dobermann unterwegs. Der
Hund hat aufs Wort gehört. Weiter sagte der Revierförster, dass
der Mann mindestens einmal mit einem VW-Bus auf dem Waldparkplatz gestanden hat. Eine Personalienfeststellung wurde vom
Revierförster nicht durchgeführt, obwohl der Forstbeamte als
Hilfsbeamter der Staatsanwaltschaft dazu autorisiert war. *Hat er
aber leider nicht!* Alice ermittelt den Aufenthaltsort des Revierförs-
ters und fährt ins Altenwohnheim nach Offenbach-Bürgel. Der
Besuch des netten alten Försters bringt nichts, der an Demenz Er-
krankte erinnert sich nicht mehr an den Vorfall. Bei der weiteren
Recherche stößt Alice auf einen Zeitungsartikel.

Wie die Tageszeitung schreibt, »sucht sich der auffallend große
und schlanker Täter, der Militärkleidung trägt, offenbar im Bereich einer Ausflugsgaststätte im Wald Verstecke, um den Gäs-
ten aufzulauern. Dann stellt er sich vor die Frauen, Männer und
Kinder und starrt sie an. Genauso plötzlich wie er auftaucht, ist
der Wolfsmaskenmann dann auch wieder verschwunden. Die
meisten Auftritte sind am Nachmittag passiert. Bislang ist nichts
Schlimmes passiert. Die Polizei jagt den Mann. Doch es ist unklar, wer der unbekannte Maskenmann ist.«

»Bist du das?« Alice sieht einen jungen Mann, der heute siebenundzwanzig Jahre älter ist und immer noch eine Maske trägt.

Dieser Mann hat mehr auf dem Kerbholz als nur Leute zu erschrecken, davon ist die Fallanalytikerin überzeugt.

Vogel lässt die motivierte junge Kriminalbeamtin arbeiten. Ihr Elan ist brisant. Vogel weiß nur zu gut, wie viel Aufwand die Bearbeitung eines Cold Case braucht, und das unter dem momentanen Druck. *Die soll ruhig mal laufen. Vielleicht mal gemeinsam ins Hotel?*

Alice sucht nach dem alten VW-Bus, die Recherche gestaltet sich aufwendig. Aktuelle Versicherungskennzeichen sowie die Versicherungskennzeichen der letzten sieben Jahre sind mit Halter und Kraftfahrzeugdaten im zentralen Fahrzeugregister (ZFZR) registriert. Der Vermisstenfall liegt siebenundzwanzig Jahre zurück und sie sieht ein, dass der Mord im Mord-Wald höchste Priorität genießt. Diese Parallele von zwei Fällen im gleichen Waldstück, immer ein Mann mit Hund, *da muss ich nicht die Kristallkugel drehen, da ist etwas dran.*

Das LKA sendet Informationen zu Vorfällen mit Tieren und Puppen per Mail zu.

Grausame Entdeckung am Waldrand.

»Eine vierzigjährige Frau aus Offenbach hat der Polizei einen hässlichen Fund gemeldet. Eine Katze hing an einem Baum. Das tote Tier hing an einem Strick, wie die Polizei in Offenbach am Dienstag mitteilte. Zusammen mit ihrer Tochter befreite die Frau die Katze und begrub das Tier. Weil sie mit dem fürchterlichen Ereignis fertig werden musste, ging sie erst zwei Tage später zur Polizei. Ein Handyfoto liegt der Polizei vor«, schreibt die Tageszeitung.

»Warum tust du das? Willst du andere Menschen erschrecken?«

Vogel beobachtet die junge Profilerin und schaut sich die grünlackierten Fußnägel der jungen LKA-Beamtin an. *Einfach schön anzuschauen*, denkt er.

Alice ertappt den Kriminalhauptkommissar beim genüsslichen Blick auf ihre lackierten Fußnägel. Sie schmunzelt.

Der Chef hat Humor und sieht dazu noch verdammt gut aus. *Darf er auch mal mich anschauen!* Und dann passiert es ganz spontan. Peter Vogel lädt sie zum Abendessen ein.

Im Garten der Ausflugsgaststätte »Zur Käsmühle« in Offenbach-Bieber entlädt sich ein wenig die aufgestaute Spannung. Der Kriminalbeamte bestellt eine Flasche Mineralwasser und einen trockenen Rotwein. Das Steak mit Zwiebeln, Salat und frischem Brot schmeckt. Die zweite Flasche Wein und Peter Vogel fährt Alice zum Hotel. Das Auto in die Besuchergarage gestellt. Der Sex im Hotelzimmer ist gut. Vogel, der aus dem Einfamilienhaus ausgezogen ist, lebt in einer Einzimmerwohnung im Senefelder Quartier und ist ein hungriger starker Mann. Alice fühlt sich gut, fragt sich aber, wie sie so schnell in einen One-Night-Stand eingewilligt hat. Am Morgen fahren sie ohne Frühstück ins KK11.

Gerald

»Du bist brandgefährlich!« *Was hat sie damit gemeint?*, denkt er im Nebel, der von hier nach da wabert. *Vielleicht, weil er mit dem geladenen Revolver des getöteten Jägers im Haus herumläuft?* Gerald macht immer wieder Zielübungen mit der Kurzwaffe. Er ist ein guter Gewehrschütze und hat vereinsintern viele Schießwettbewerbe gewonnen. »Das Feuer in deiner Seele ist böse!« Er zieht den Revolver aus dem Gürtelholster und zielt in Richtung der Oma, einem Gespenst, das mit verwachster Haut und gespaltener Zunge aus der Hölle zu ihm spricht. Einmal stellt sie ihn in die Ecke und brandmarkt ihn als bösen Verbrecher. Ein anderes Mal lobt sie ihn für das, was er gerade tut. Erika spricht davon, dass er gelernt hat und die Covidlügner, die überall herumlaufen, endlich sieht! Mit Omas Aussage gerät er ins Grübeln. Bevor er die Oma erschlagen hat, ist die immer zur Grippeimpfung zur Frau Doktor gelaufen.

Gerald betrinkt sich, liest die Tageszeitung und giert nach den Artikeln, die über den Mordfall berichten. Er lacht. *Nicht aufgeflogen, den Hundskerl einfach fallen lassen, mit dem Knüppel gehauen und den Kopf zu Brei geschlagen.* Irgendwie hängt er durch, vernachlässigt sich, sieht ungepflegt aus und stinkt im Trachtenanzug vor sich hin. Seit dem Gedenkgottesdienst in der Waldkapelle hat er sich nicht gewaschen oder die Wäsche gewechselt. Ein müder Aufguss seines Lebens. Das ganze Haus macht einen unordentlichen, aber immerhin keinen verwahrlosten Zustand. Kartoffelchips knabbernd sitzt er am Gartenteich. Einige Chips wirft er ins Rattenfass. Der junge Hund gibt das Schweineohr nicht mehr her, beißt sich fest und knurrt böse, wenn Gerald ihn ärgert. Man sieht den Wahnsinn in seinen Augen, wann immer er an die Braut denkt. *Die schöne blonde Fee!* Der Psychopath legt die Zigarette in den Aschenbecher, mit dem er der Gerda Schuler ins Gesicht geschlagen hat, und blickt ins blutverschmierte Gesicht der jungen Frau. Die Gerda vermisst er nicht, nur seinen Dobermann. *So ein geiles Vieh!* Mit dem Hund hat er viel Spaß im Wald gehabt und die Leute erschreckt. Wenn er mit der Wolfsmaske ganz langsam aus dem Gebüsch getreten ist, Menschen sind starr vor Angst stehengeblieben. Und dann hat ihn doch tatsächlich so ein Hessenforstmann angehalten und ihn zur Rede gestellt. *Das war doch nur ein Spiel!* Aber er hat noch einige Schreckaktionen im Wald durchgeführt, da ist nichts passiert, außer, dass er zu Hause die Unterhose wechseln musste. Die Angst der Menschen hat ihn erregt, und da ist es oftmals rausgekommen.

Der Mörder hat keine Angst, dass er ins Gefängnis gesteckt wird. *Die kriegen mich nicht!* Auch wenn diese neue Stimme das immer wieder sagt. Nur er hat die Kontrolle, wo die Gerda liegt und seine anderen persönlichen Souvenirs versteckt sind.

Als ihm der Marktleiter im Getränkemarkt die fristlose Kündigung ausspricht, übernimmt er kurz danach auch die Kontrolle und entfacht neben dem Palettenlager ein Feuer. Ganz locker die Tasche Anmachholz mit dem Grillanzünder angesteckt. Den Zeitungsartikel hat er sich ausgeschnitten. »Unbekannter zündet Holzzaun an.

Offenbach – Als ein Mitarbeiter eines Getränkemarktes am Mittwochmorgen zur Arbeit in der Senefelder Straße kam, brannte gegen 6.30 Uhr ein Holzzaun neben dem Palettenlager. Der Angestellte rief die Feuerwehr und versuchte, den Brand zu löschen. Die Berufsfeuerwehr löschte schließlich das Feuer, das bereits auf das Lager übergegriffen hatte. Es entstand ein Schaden von rund 5.000 Euro. Nach ersten Erkenntnissen hatte ein Unbekannter eine Tasche am Zaun abgestellt und diese angezündet.«

Brandstiftungen begeht Gerald Winter schon sein ganzes Leben. Einmal stand er als Schaulustiger ganz in der Nähe und hat sich gefreut, wie die Feuerwehr gelöscht hat. Da merkte er, dass er sein Zippo am Tatort verloren hat. Eiskalt ist er zwischen den Einsatzkräften hindurch und hat das gute Stück gefunden. Zwei Polizisten haben sich das Feuer angeguckt.

Gegen Abend kommt der Schub, es kribbelt überall, im rechten Ohr piept es, er bewegt sich ungelenk hin und her, die Oma kichert böse aus dem Keller und der Traum beginnt.

Danuta und Gerda sind unangemeldet zu Besuch vorbeigekommen. Ihr Mörder schwitzt. *Die sehen so eklig aus*, denkt er im Traum. Als hätten sie sich abgesprochen, wollen sie ihn sexuell erregen. *Leichensex.* Danuta hält den abgetrennten Kopf von Gerda in die Luft, der tropft und die Frauen küssen sich. Dann setzen sie sich auf die Ledercouch und verwöhnen ihren Mörder. Gerald stockt der Atem, der Albtraum ist vorbei. Er schreit sich die Angst heraus, brüllt wie ein Affe. Sogar Oma lacht nicht mehr! *Verfolgen die Miststücke mich?*

Omas Anteilnahme ist nur von kurzer Dauer. »Die holen dich bald ab und sperren dich weg!« Er zittert. »Du hast mal wieder die Kontrolle verloren, weil du dich immer so blöd anstellst!« Gerald hört Oma aufgeregt zu, als sie davon spricht, dass er diese neugierige Erna Meier aus dem Weg räumen soll. »Soll ich sie umbringen?« Oma kichert. »Du kannst sie ja auch wegtragen und im Altkleider- Container entsorgen!« Gerald nickt. »Weißt du, Gerald, du bist ein Idiot. Sag der neugierigen alten Kuh einfach, dass ich mich von der Krankheit erholen muss.« Das versteht er. Oma spricht von den Bedürfnissen, die er hat. »Denk mal an die kleine Blonde, die du im Wald beobachtet hast.« Sie lacht gehässig. »Das ging doch beinahe in die Hose, oder?« Ein grausames Lachen und der Spuk und Albtraum sind vorbei, die Symptome verschwinden.

Eine Flasche eiskaltes Bier und lustvoll an die kleine Blonde denken. Das war vor neun Jahren, als er die junge Frau in ihren geilen Hotpants ausgewählt hatte. Die ist immer mit dem Fahrrad durch den Wald gefahren. Dieses schöne lange blonde Haar. Wie die mit ihren Sandalen in die Pedale getreten hat. Das hat ihn heiß gemacht. An einem Nachmittag, als er sich eine Rindswurst im Ausflugslokal »Zum Auerhahn« bestellt hat, stand die Puppe mit Freundinnen nicht weit entfernt und lacht ihn an. *Die wollte das doch,* und als er schon alles vorbereitet hat, die Rolle mit dem Paketklebeband und die Plastikfessel in der Tasche, muss er die Aktion abbrechen. Da kommt doch gerade in dem Augenblick, wo er sich die Süße greifen will, ein Hessenforst-Fahrzeug den Waldweg angefahren. Der Förster stoppt und unterhält sich mit der Auserwählten. Gerald wird unruhig auf seinem Posten und eifersüchtig, dann holt er sich einen runter. Die Braut hat sich später eine andere Fahrtstrecke ausgesucht. Zwanzig Mal hat er auf sie hinter einem Farn gelauert. *So ein Misserfolg.* Oma versteht seine Bedürfnisse gut.

Gerald Winter befindet sich in einer Abwärtsspirale und ist bereit, dafür eine junge blonde Frau nach Hause zu holen, zu heiraten und verdammt viel Spaß zu haben!

Im Hessischen Rundfunk- Fernsehen wird die Polizeipresse-konferenz live übertragen. Mit einer Tüte Chips, die mit Essig und Salz, und einer Flasche Weißbier sitzt der Gesuchte erwartungsvoll auf der alten Ledercouch und freut sich über das Aufsehen, das er angerichtet hat. Der Erste Kriminalhauptkommissar Vogel, Leiter der Mordkommission, und Staatsanwalt Dr. Fürst beantworten die Fragen der Pressevertreter. Der Polizist verweist auf die Mitarbeit von Kriminaloberkommissarin und Fallanalytikerin Frau Stech. Die Beamtin des Landes Kriminalamtes Hessen wird die Offenbacher Mordkommission unterstützen. Gerald ist wie paralysiert. *Mann, die sieht geil aus, so eine süße Puppe ist Polizistin?* Spontan verliebt er sich in die gut aussehende junge Frau. *Diese schönen blonden Haare, und die hat Fingernagellack aufgemalt!* So wie sich die Puppe vom Leiter der Mordkommission vorgestellt hat, ist das eine Expertin in der Kriminalpsychologie. *Eine Bullenfrau mit Psychostudium!* Er zündet sich eine Zigarette aus der blauen Packung an. *Ja, bin ich denn doof? Für was diese Psychologin?* Dann kriegt er sich vor lautem Lachen nicht mehr ein und das Weißbier spritzt aus dem Flaschenhals. Die dunkle Stimme sagt: DU BIST HALT NICHT SO KLUG, DAFÜR ABER GANZ DURCHTRIEBEN BÖSE!

Im Fernsehen erklärt der EKHK, dass der oder die Täter bislang unbekannt sind! Der Jagdpächter, H. A. Heil, wurde erschlagen im Wald aufgefunden. Gerald merkt, dass die Bullen sich nicht in die Karten schauen lassen, so lapidar, wie die Antworten ausfallen. Die Ermittler gehen davon aus, dass der oder die Täter vorsätzlich gehandelt haben. Die Verstümmelung der Leiche und das Abtrennen der Hand des Mordopfers stellt die Polizei vor große Herausforderungen.

Die MOKO »Hand« arbeitet mit neunzehn Beamten und Beamtinnen gezielt an dem Fall. Gerald lacht. Über das Motiv der Tat tappt die Polizei noch im Dunkeln. *Ja, im Dunkeln lebt er auch, und im Dunkeln lässt sich munkeln.* »Weißt du das, du schöne Polizistin?« Er steht von der Couch auf und läuft in die Küche. Vor der geschlossenen Kühlschranktür sagt der freundliche Mörder: »Hallo« und öffnet den Kühlschrank. Er guckt sich die schattengraue bläuliche Hand an.

Schütteln will er die aber nicht, es riecht eklig. *Wie schlecht gewordenes Schweinefleisch!*

Noch eine Flasche Weißbier und er sieht sich interessiert die Pressekonferenz an. *Mann, ist das ein süßes Früchtchen!*

Die Frage des BILD-Reporters, der nach der Sicherheit für die Leute, die im Wald unterwegs sind, nachfragt, beantwortet Dr. Fürst mit der Bitte um erhöhte Vorsicht beim Waldspaziergang. Bei verdächtigen Vorkommnissen keine Eigengefährdung riskieren, und er ergänzt: »Bitte alarmieren sie die Polizei.« Man verfolge derzeit eine Spur, kann aber aus ermittlungstechnischen Gründen keine weiteren Informationen zum Fall geben. Gerald furzt und schenkt sich ein großes Glas eiskalten Wodka ein. *Na dann ermittelt mal, ihr Bullen, passt gut auf euch auf, dass ich euch nicht mal besuchen komme oder euch in den Keller einsperre.* Den letzten Chip aus der Tüte knabbern und Omas Geflüster anhören. »Du musst den Anzug entsorgen, Gerald!« *Ich habe ja auch so geschwitzt in dem Tarnanzug, als ich den Hundskerl ermordet habe.* Das auf dem Flohmarkt gekaufte Ding ist für den Müll. Gerald geht davon aus, dass es ohne den Mord im Offenbacher Wald langweilig wäre. Nachrichten zu Pandemie, Virusmutationen, Lockerungen, Lockdown, Impfung eins bis zwei und Booster nerven und er denkt an Sex mit der Polizistin. *Soll ich Kontakt zu ihr aufnehmen, mal mit ihr plaudern oder ihr ein Geschenk schicken?* Mit dem letzten Schluck aus der Flasche ist es mit der Sex- Lust vorbei und er schläft.

Mordkommission, Tag 5 Fortsetzung

Dass sie auf der Pressekonferenz nur namentlich vorgestellt wurde, ist okay für sie. *Immerhin saß ich auf dem Podium.*

Toter Hase und Riesenratte im Offenbacher Wald entsorgt. »Es stinkt erbärmlich!«, steht dort geschrieben. Bei der Recherche stößt sie auf den Zeitungsbericht: »Ein Hase hängt in einer

Astgabel und nicht weit entfernt eine Ratte. Wer die Sauerei angerichtet hat, ist unklar!«, schreibt die Zeitung. Aber das ist nicht das erste Mal, weiß man in der Gegend rund um Offenbach und Hanau.

Die Kriminaloberkommissarin schaut die Kriminalaktensammlung nach relevanten Informationen durch und ruft im 2. Offenbacher Polizeirevier an. Der zuständige Beamte ist im Spätdienst und wird sie zurückrufen. Diese grausamen Bilder kriegt man nicht aus dem Kopf. Die auf dem Handtuch in Pose gelegte tote Katze mit der Maske je zur Hälfte an die Hinterbeine geknüpft und der im Schlamm liegende tote Hubertus A. Heil. Treibt da ein Psychopath sein Handwerk? Will der Menschen erschrecken? »Willst du mit mir sprechen?«

Um 16 Uhr ruft nicht der Mörder an, aber der POK, Michael Förster, berichtet, dass es da noch ein dickeres Ding gibt. Eine andere Dimension von Brutalität. »Wir haben den Anruf einer aufgeregten Frau übers Handy erhalten und sind in den Stadtwald am Buchrainweiher gefahren. Dort zeigte uns die Mutter, die mit ihrer Tochter im Wald spazieren ging, den Tatort. Auf einem Handtuch lag ein Kaninchen auf ein Brett genagelt, höchstwahrscheinlich bei lebendigem Leibe.«

Alice schaudert es und sie denkt an die Katze. POK Förster ergänzt, dass das gequälte Tier wirklich dekorativ auf dem Handtuch platziert worden ist. Die Polizei hat dann eine Anzeige wegen Tierquälerei gegen Unbekannt gestellt.

Alice bedankt sich und hat kurz danach das grausame Foto auf ihrem Handy.

Was denkt der Täter, wenn er so etwas macht? Was sieht er wohl? »Du böse Kreatur, fühl dich nicht mehr sicher!«

Alice geht in dem Kriminalfall auf. Die Ermittlungen im KK11 laufen auf Hochtouren. Ein Zeuge meldet sich und gibt an, dass er vor einem Jahr bei Hanau-Steinheim im Wald auf so einen Psycho-Typ gestoßen sei. »Ein Mann, ungefähr Mitte vierzig, hat halb nackt an einem Baum gelehnt, sich dann einen Tarnanzug angezogen und dabei wie ein Wolf geheult. »Der sah echt grauselig aus und hatte langes zotteliges Haar. Als der mich bemerkte, bin ich weggelaufen. Wissen Sie, und dann hat er wie ein Hund gebellt!« Alice bedankt sich und markiert den Ort mit einer Pinnnadel auf der Karte.

Die Fallanalytikerin überprüft die Vorkommnisse im Offenbacher Wald. Nicht verstehen kann sie die unprofessionelle Arbeit einiger Polizeibeamten und Polizeibeamtinnen, die diesen besonderen Vorkommnissen nur wenig oder gar keine Aufmerksamkeit geschenkt haben. Vieles muss eindringlich neu beleuchtet werden. Sie vereinbart ein Treffen mit dem Ex-Kripobeamten Thomas Müller in der Mordkommission.

Wir müssen stichhaltige Beweise finden.

Peter erwähnt, dass der Thomas sehr gerne Apfelkuchen gegessen hat und sie doch am besten etwas davon parat hält.

Bluttaten erwecken Abscheu und Angst. Wenn man so grausam ist, erweckt das auch Neugier. »Hallo Psychopath, willst du auf dich aufmerksam machen?«

Gerald

WILLST DU AUF DICH AUFMERKSAM MACHEN? Was ist denn das wieder für ein Scheiß, denkt Gerald, und die neue Stimme in seinem Kopf rüttelt ihn wach. HOFFENTLICH VERFOLGEN DICH DIE TOTEN! *Scheiß drauf!* »Du blöde Bullenfrau! Warte mal ab, was ich mit dir mache!« *Wie diese Alice so aufgeweckt auf dem Podium gesessen hat und zu ihm geguckt hat.* »Die hat in die Kamera geschaut, du Idiot.« *Soll die Oma sagen, was sie will.*

Er geht zum Rattenfass. Eine der beiden Ratten liegt tot und angefressen auf dem mit Fäkalien und Blut beklebten Boden. Gerald summt. *Was bist du für ein Kannibale!* Die gefräßige Ratte hockt zischend und piepsend neben dem Kadaver des

Geschwisters. Gerald kippt das Fass um und die Riesenratte ist frei. Hänsel – oder ist es Gretel? – rennt zweimal um den Teich und schlüpft ins Fass hinein. Das alte Gefängnis als Heimstatt. Die tote Ratte hält er vor den jungen Hund und neckt ihn. Dann stopft er den Kadaver in eine Plastiktüte. Ohne Appetit sitzt Gerald vor dem Teller mit eingemachtem Gulasch. Das bekommt der Hund. Eiskaltes Weißbier und der Verliebte denkt pausenlos an die hübsche Polizistin. *Ich muss etwas für sie tun.* Spontan entschließt er sich, in den Wald zu fahren und ein Zeichen zu setzen. Die Brandstiftung im Mord-Wald setzt er professionell um und erfreut sich am knackenden Holzgerüst. Es knistert und knallt und ihm wird es warm ums Herz. *Das Geschenk gefällt der Kleinen bestimmt!*

In den Nachrichten geht es ums Coronavirus, daraus resultierende Maßnahmen, Zahlen und Tote, Einschränkungen und Verbote. Er ist genervt. Gerald kreischt. Er befindet sich auf einer nervlichen Achterbahn. Das Gespenst, die neue Stimme, die Schmerzen im Zeh und die toten Weiber, die ins Haus zu Besuch kommen, obwohl er sie nicht eingeladen hat. Im Alkoholnebel dreht sich das Gedankenkarussell, bis es ihm schwindelig wird, und zur Beruhigung sieht er sich auf einem Kinderkarussell auf dem Polizeimotorrad im Kreis herumfahren.

Dieses Mal schleicht sich Oma im Traum an und nimmt ihm die Wodkaflasche aus der Hand. Nachdem sie ihn lange angegrinst hat, wirft sie die Flasche an die Wand. »Du dreckige Kuh!«, schreit Gerald. Die Wachsleiche lacht ihn aus. Der Wodka rieselt die Wand herab. »Du stinkst ganz fürchterlich, Gerald!«

Er wacht er auf und sieht die Bescherung. Der kleine Hund hat auf die Couch gemacht. Das stinkt fürchterlich. Gerald holt einen Putzlappen und tritt barfuß in eine Glasscherbe. »So eine verdammte Scheiße, was für ein Mist!« Der gebrochene Zeh ist mit einer Glasscherbe gespickt. Gerald brüllt wie ein Affe und holt mit der verrosteten Pinzette die Scherbe aus dem angeschwollenen Zeh.

Er sieht ein, dass er zum Arzt muss, sonst kriegt er eine Blutvergiftung. Um 17.15 Uhr klingelt Erna Meier und erkundigt sich nach der Oma. Alle Ablenkungsmanöver sind nutzlos und sie fragt ihn, ob sie nicht mal den Mann im Haus besuchen darf, wenn die Oma sich nicht so gut fühlt. »Ich bin doch so allein, Gerald!« Er erinnert sich an Ernas guten Kartoffelsalat und lädt sie spontan ein. Sie soll eine große Schüssel davon mitbringen. Bockwurst, Senf und Gurken hat er im Haus. Die betagte Nachbarin freut sich und drückt den Gerald ganz fest an sich. Die menschliche Nähe tut gut, doch in dem Moment kreischt die Oma durchs Haus. »Trink mit der Alten einen Jägermeister auf ihren Tod!« Gerald erschrickt. *Hoffentlich hat die Erna nichts gehört.* Es schaudert ihn, dass er jetzt alles vorbereiten und die Erna Meier wegschaffen muss. Oma kichert hinterlistig, als Gerald die Kühlschranktür öffnet und der süßliche Leichengeruch entweicht. Es stinkt bestialisch nach Verwesung, die abgetrennte Hand liegt immer noch offen in der Plastikdose, den passenden Deckel konnte er nicht finden. Schnell die Bierflasche raus und die Tür zu. Die Todeswolke wabert durch die Küche. Dass die Erna Meier ihn liebevoll gedrückt hat, lässt den Funken übersprühen. Das Feuer brennt. Jetzt weiß er, dass er die Nachbarin nicht tötet, *egal, was die Oma dazu sagt.* Und Oma sagt etwas völlig Zusammenhangloses: »Gerald, wenn der Geruch von Fleisch süßlich oder unangenehm wird, schmeißt du das Fleisch in den Mülleimer!« Gerald horcht auf. »Du willst dir doch keine Lebensmittelvergiftung holen, oder?« Gerald lacht, denn er will das Souvenir nicht essen. *Die macht sich ja Gedanken um mich ...* Sie braucht ihn, denn er kümmert sich ums Haus, die Post und stellt die Mülltonne vors Tor. Im Briefkasten lag ein Termin-Hinweiszettel vom Schornsteinfeger zur Heizungskontrolle. Gerald bleibt gelassen. Wie es der Oma so geht, wird der wieder fragen. Die Antwort bleibt immer gleich: »Es geht ihr den Umständen entsprechend gut.« Vor drei Jahren ist sie zuletzt mit dem Rollator zur Tür gelaufen und hat den Schornsteinfeger ins Haus gelassen. Die Leute haben sich daran gewöhnt, dass die Erika nicht mehr so oft draußen ist und der Enkel sich um die Erledigungen kümmert. *Eigentlich ist sie ja überhaupt nicht mehr draußen*, denkt er und lacht. *Die Tote besucht halt ihren Enkel.* In der Nachbarschaft, die demoskopisch überaltert ist, sind die Leute froh, wenn sie die eigenen Dinge in ihren vier Wänden regeln, und warten, bis die ambulante Pflege oder der Tod vor der Tür steht. Das gibt Gerald genug Freiraum, wenn er Katzen im Garten jagt oder sturzbetrunken herumbrüllt und die Schaufensterpuppe auspeitscht und mit dem Gürtel schlägt. Eng wurde es, als die Hausarztpraxis anrief und die Oma sprechen wollte. Man hätte sie schon länger nicht mehr gesehen und die Rezepte würden nur von ihrem Enkel abgeholt. Die Ärztin wollte persönlich mit der Oma reden. Zum Glück läuft das passende Fernsehprogramm. Gerald grinst.

»Einen Moment bitte, Frau Kohl.« Er dreht die Lautstärke beim Fernseher auf, im Fernsehen eine singende Oma. »Oma, Oma, die Frau Doktor Kohl ist am Apparat, hörst du mich nicht?« Und Oma Erika singt. »Wir wollen niemals auseinandergehen, wir wollen immer zueinander stehen ...« Gerald lacht sich fast tot. Aber irgendwie hat die Alte ja auch recht. Wir werden niemals auseinandergehen, obwohl die im Fass hockt! Das Lied hat der Frau Doktor gut gefallen, die Oma ist ja auch im Singkreis bekannt und er soll die Oma Erika recht herzlich grüßen. *Aus mit der Belästigung,* dann lacht er gehässig. Und so, wie es aussieht, muss er selbst zum Arzt, *oder soll ich den Zeh mit dem Messer abtrennen?*

Der junge Jagdhund weicht nicht von Geralds Seite und hat seinen alten Herrn vergessen. Dafür vergisst die Oma nichts, kichert aus dem Flur und provoziert ihn.

»Stell dir vor, ich würde die Schlampe, die unterm Gemüsehochbeet liegt, ausgraben und ein Foto machen.« Gerald zittert bei dem Gedanken und ignoriert Oma, vielleicht hört sie von ganz allein auf. Er wird immer verrückter!

»Du musst die Leiche ausgraben und den Schädel abtrennen!«
Gerald starrt sie fassungslos an. »Damit die dich nicht überführen!« Das verwirrt ihn. *Wird die Alte senil oder ist die schon dement? Die Alte weiß doch nicht alles. Gerdas Kopf ist doch längst abgetrennt!* »Kannst den Schädel dann in mein Zimmer stellen, damit ich nicht so allein bin, du Idiot!«

Gerald betrinkt sich. Die leeren Wodkaflaschen muss er im Altglas- Container entsorgen. Als er frühmorgens aufwacht, geht er im Keller nachschauen. *Alles ist gut.*

Vor einer Woche hat er den Jäger im Wald ermordet. *Wie die Zeit rast.* Die Stimmen tanzen in seinem Kopf, scherzen, lachen und wollen Hochzeit feiern. Beim Öffnen des Kühlschranks entweicht der süße, würgende Geruch. *Ekliger Gestank, und die weißbläuliche Hand sieht auch grauselig aus. Na ja, die lebt ja auch nicht mehr!* Der Hund rümpft die Nase und Gerald ist der Hunger vergangen. Es gibt Weißbier zum Frühstück.

Im Supermarkt kauft er drei Gläser Bockwurst im Naturdarm, Gewürzgurken und mehrere Tüten Chips. Die blonde Kassiererin gefällt ihm. *Was hat die für schöne lange, rotlackierte Fingernägel.* Die junge Frau beachtet den Kunden nicht. Böse und grimmig schaut er sich die junge Frau hinter der Maske an. *Du blöde Kuh, ich habe doch ein eigenes Haus mit Garten.* Zu Hause betrinkt er sich, summt sich den Frust vom Herzen und hat Angst, den Kühlschrank zu öffnen. Dieser erbärmliche Gestank von einem Stück Fleisch, was mal an dem reichen Jagdpächter hing. Es ist zu spät, um das Souvenir zu konservieren.

Der Mörder denkt an Danutas Finger, der in einer Formalin-Lösung im Glas ganz lustig aussieht. Nach so langer Zeit immer noch so schön anzuschauen, aber der rote Nagellack glänzt nicht mehr, trotzdem leuchten seine Augen und er träumt von Sex mit der Polizistin!

Mordkommission, Tag 6

Dem KKII wird eine Brandstiftung im Revier des Mordopfers Hubertus A. Heil gemeldet. Eine Jagdkanzel wird durch den Brand zerstört. Der Schaden liegt bei rund 2.500 Euro.

Zündelt da etwa der Mörder herum? Willst du mir einen Gruß senden, du Arschloch?

Alice bleibt mit dieser Annahme ohne Zuspruch im Team und der Brand wird zur Aktennotiz.

Wo ist Gerda Schuler?

Die MOKO steht unter Erfolgsdruck und alle arbeiten bis zur Belastungsgrenze. Alice will den Fall aufklären. Der Mann im Tarnanzug ist das Ziel, ein gestörter Mensch, der Tiere quält und malträtierte Spielzeugpuppen zur Schau stellt.

»Bist du unser Mörder?« Vor siebenundzwanzig Jahren erschreckt ein Mann im Tarnanzug die Menschen im Wald, eine junge Frau verschwindet spurlos auf dem Nachhauseweg, und heute läuft ein Mann im Tarnanzug durch den Stadtwald. *Das ist kein Zufall.*

Die Polizeidirektion gerät in Erklärungsnot. Der Fall lässt die Öffentlichkeit nicht mehr in Ruhe. Die Presse lauert auf Neuigkeiten wie die Spinne im Netz auf das fliegende Insekt.

Peter Vogel verspricht dem leitenden Polizeidirektor und dem Polizeipräsidenten, dass der Fall bald aufgeklärt wird. Auch sei die Suche nach dem Hund intensiviert worden.

Der Jäger-Mord macht Angst und die Menschen sind besorgt. An den Häusern in Waldnähe verschließen die Menschen ihre Haustüren.

Die Fallanalytikerin führt Gespräche mit Polizeibeamten. Viele derjenigen, die mehr zu den besonderen Vorkommnissen zu berichten hätten, sind nicht mehr im Dienst und zum Teil verstorben. Der Cold Case hat eine Dynamik entwickelt, und Alice schließt nicht aus, dass man es hier mit ein und demselben Täter zu tun hat. Dies teilt sie auch Staatsanwalt Dr. Fürst mit, der sich mit der Theorie nicht ganz so gut anfreunden will. Ihm erscheint das alles zu weit hergeholt. *Du Psychopath machst es mir ganz schön schwer.* Sie lacht, denn sie meint den Mörder und nicht den Staatsanwalt.

Die Reaktion auf die polizeilichen Aushänge im Wald bringen bislang nur wenig brauchbare Informationen. Der entscheidende Hinweis ist nicht dabei. Ein Pilzsammler meldet, dass er einen herrenlosen Koffer im Wald gefunden hat.

Die polizeiliche Öffnung förderte abgelaufene Cremes und andere kosmetische Produkte ans Tageslicht. Ein Mountainbike- Fahrer erzählt von einer Sex- Orgie auf einer Waldwiese. So hätten ein Typ und zwei Frauen wilden Sex auf einer Decke gehabt. Beweissichernd hat er einige Fotos dokumentiert, die dann im Beisein der Polizei gelöscht werden. Ein Forstwirt findet mehrere Müllsäcke mit Altkleidung, arglos in den Wald geworfen. »Zeugen kann man sich nicht aussuchen«, sagt Pia Dornhöfer. Alice lacht. »Man muss die nehmen, die es gibt.«

Die Busfahrer der besagten Buslinien, deren Fahrtstrecke durch den Mord-Wald führt, konnten sich an keine besonderen Vorkommnisse erinnern, und auch bei den Taxizentralen gibt es nichts zu berichten. In den Zeitungen wird die Bevölkerung zur Vorsicht bei Waldspaziergängen aufgerufen.

Alice lächelt, das freut bestimmt die Jäger. Keine Störung durch Mountainbiker, Fahrradfahrer, Hundehalter, Kinderwagenschieber und anderen Erholungssuchende. Die Arbeit erfordert viele Überstunden und Energie. Sie ist müde. Die wenigen Stunden Schlaf im Hotelzimmer bringen sie nicht wirklich zur Ruhe. Spontan entschließt sie sich dazu, das KKII heute früher zu verlassen, in den Wald zu fahren und sich eine Auszeit zu gönnen.

Dann schlage ich gleich zwei Fliegen mit der Klatsche, denkt sie und fährt auf die Rosenhöhe. Alice parkt ihren Suzuki auf dem Parkplatz und spaziert in den sommerlichen Wald hinein. Die Nachmittagssonne scheint angenehm durch die Bäume. Ganz bewusst atmet sie tief ein und aus, frische Luft strömt in ihre Lunge. Der angenehme Waldgeruch entspannt und sie stöhnt zufrieden. Genuss pur. Die Schönheit des Sommerwaldes ist nicht zu überbieten. Tief einatmen und ausatmen. An einer Waldlichtung setzt sie sich aufs Moos an einen Baumstumpf gelehnt und lässt die Zeit vorüberziehen. Der hellblaue Sommerhimmel hat sich violett verfärbt, eine feuerrote Wolke leuchtet am Himmel. Von den Bäumen weiten sich die Schatten auf die Erde immer mehr aus. Übermüdet schläft sie ein.

Eine Rabenkrähe krächzt in die aufkommende Zeit, der Moment, der weder Tag noch Nacht ist. Die Dämmerung, die Zeit, wo viele Menschen nicht mehr so gerne allein im Wald sind. Die Schranke zwischen der Welt der Lebewesen und der der Toten. Die Tür zur Dunkelheit.

Alice fröstelt es ein wenig. Sie fällt in einen kurzen Dämmerzustand und träumt.

HALLO, sagt eine Frauenstimme, doch als Alice sich umdreht, ist nichts zu erkennen. Dann hört sie die Stimme erneut. HILF MIR! Die Kriminalbeamtin zweifelt an ihrem Verstand. Aber da ist etwas! *Ein Geist?* »Wie kann ich dir helfen?« Ein Waldkauz ruft eulenhaft in die Dunkelheit und die Mäuse rascheln im Laub und bringen sich in Sicherheit. ICH MÖCHTE DIR ETWAS SAGEN. Alice zittert. DU MUSST DEN BÖSEN MANN FANGEN. Alice überlegt. DER MANN, DER MIR MEINEN FINGER MIT DEM TASCHENMESSER ABGESCHNITTEN HAT UND MICH IM PARK MIT EINEM STEIN ERSCHLUG, HAT EINEN BÖSEN SCHWARZEN HUND! Alice konzentriert sich und setzt alles auf eine Karte. »Wer bist du?« DANUTA UND ICH BIN SEIT SIEBENUNDZWANZIG JAHREN TOT!

Alice wacht zitternd aus ihrem ungewöhnlichen Traum auf, der sich so echt angefühlt hat. Betreten lauscht sie in den dunklen Wald, und da ist nichts mehr, außer einem starken Fuchs, der keine zwei Meter an ihr vorbeischnürt.

Während des Psychologiestudiums hat sie einen Kurs über

die Theorie von paranormalen Erscheinungen belegt. Der Adrenalinschub schwächt sich ab, doch sie ist immer noch äußerst angespannt und motiviert. *Ein Geist!* Im Auto schreibt sie die Details in ein Notizbuch. Danuta, vor siebenundzwanzig Jahren in Frankfurt ermordet. Täter: ein Mann mit Hund. Ihr Gehirn arbeitet auf Hochtouren, dann fällt der Groschen. *Vor siebenundzwanzig Jahren ist auch die Studentin Gerda Schuler spurlos im Wald verschwunden.* Im KKII findet sie in der digitalen Kriminalaktensammlung den Mordfall Danuta Kaminski. So wurde die junge Frau, die als Prostituierte in Frankfurt ihren Drogenkonsum finanziert hat, brutal mit einem Stein erschlagen, ihr Mittelfinger wurde abgetrennt. Von dem Finger fehlt jede Spur. Unter ihrem hochgezogenen T-Shirt klemmte ein fremdes Haar. Es liegt kein Treffer in der Datenbank vor. Kein Austausch von Körperflüssigkeiten. Die Tote wies einen frischen Hundebiss auf.

Gerald

Erna Meier klingelt pünktlich und nimmt ihn freundlich, ja fast mütterlich in den Arm. Früher hat sie das oft gemacht, wenn Erika Winter wieder mal überfordert mit dem kleinen Gerald war, ihn schlug und dann in den Keller sperrte. *Bei der Erna habe ich dann immer eine kleine Schokolade bekommen.* Er hat den Küchentisch liebevoll eingedeckt, sogar Omas Lieblingsservietten – die mit den kleinen Hasen und den gelben Tulpen – dazugelegt. »Ach, hast du das aber schön gemacht«, sagt Erna. Gerald mag es, gelobt zu werden. Erna stellt die Schüssel mit dem Kartoffelsalat auf den Küchentisch.

»Sieht ja alles noch so aus wie früher!« Gerald zuckt zusammen. *Es fehlt eben nur die Erika.* Er öffnet die Kühlschranktür und holt das Glas mit den Bockwürsten heraus. Ein Todeshauch entweicht und Erna Meier rümpft die Nase. Der Kartoffelsalat schmeckt gut und die betagte Nachbarin erzählt von ihrem Bruder in Kanada, der ein großes Haus am Stadtrand von Toronto in Ontario besitzt. Dann nimmt sie die Schüssel und will den Kartoffelsalat in den Kühlschrank stellen. »Damit der nicht verdirbt.« Gerald reißt ihr die Schüssel aus den Armen und stellt den Kartoffelsalat in den Kühlschrank. Der Geruch der verwesenden Hand wabert wie eine kleine giftige Wolke durch die Küche. Gerald entschuldigt sich und spricht vom Fleisch für den Hund. »Du darfst dem Hund doch kein verdorbenes Fleisch geben!«

Gerald nickt und das fröhliche Beisammensein endet mit zwei doppelten Jägermeistern. Erna Meier bedankt sich für den netten Nachmittag und er soll die Oma grüßen. »Die Oma hat aber einen gesegneten Schlaf!« Dann drückt sie den Kleinen ganz fest an sich und sagt: »Weißt du, Gerald, wenn man Männer richtig erzieht, können die viel mehr als Gurkengläser aufmachen und Spinnen töten! Was dir fehlt, ist eine Frau im Haus. Du bist fünfundvierzig Jahre alt und musst bald heiraten!«

Nachdem er die Erna zum Hoftor gebracht hat, stellt er den Schnaps ins Eisfach, greift die abgetrennte Hand und trägt das Körperteil zur Tiefkühltruhe. Stinkender Fleischsaft und Zersetzungsflüssigkeit tropfen aus dem Souvenir in den Kühlschrank und auf den Fliesenboden. »Der Kühlschrank stinkt nach Tod«, sagt er voller Abscheu zu sich selbst und sperrt die Tür zum Lüften auf. Der entweichende süßliche Geruch ist so streng, dass er sich fast übergeben muss. *Stinkt wie Rattendreck, Scheißhaus und Mülltonne zusammen.* Die Erreger vermehren sich unaufhaltsam auf der abgetrennten Hand. *Todesgeruch!* Irgendwie hat ihn das erregt und der Andenkensammler ist mordlustig. Die Stimme in seinem Kopf spricht von Kaninchenmord.

Da lacht er und denkt dabei an das jüngste Mordopfer. *Ein kapitaleres Opfer! Die Ratte soll warten.* Den Mord im Wald durchgelebt er immer wieder aufs Neue. *Mann, das war eine Aktion!*

Im Haus holt er die Luftpumpe aus dem Keller, bläst die Ingrid auf und lässt die Luft aus dem Gerald. Ingrid, das Drecksding, trägt er dann in den Keller und lehnt es an die Wand hinter

Omas Fass, *damit sich die Oma über das eklige Sexspielzeug ärgert.* Danach betrinkt sich bis zum Umfallen und schläft die ganze Nacht traumlos auf der Ledercouch.

Es klingelt an der Haustür, aber Gerald ist zu faul, um aufzustehen. Irgendetwas ist anders als sonst, die Oma plagt nicht. Vielleicht ist sie ihm gestern heimlich in den Garten gefolgt und er hat sie ausgesperrt. *Bestimmt hat sie das Rattenfass entdeckt.* Gerald hat Angst, in den Keller gesperrt zu werden. Dort lauert im Dunkeln der Blick des Bösen. Und er will auch nichts über dieses Coronavirus im Fernsehen sehen. Er summt ohne Erfolg, dann schreit und brüllt er. Nach einiger Zeit hört er die diabolische Stimme: SCHAU DIR DOCH EINFACH EINEN HORRORTHRILLER AN. Nach einigen Gläsern Wodka ist er bereit für den Spannungsthriller der Uraltmarke und startet den Uraltvideorekorder.

»Phantasm«, ein Film aus den USA von 1977. Zwei Brüder kommen nach dem tragischen Tod ihrer Eltern dem Geheimnis eines Mausoleums auf die Spur, wo ein furchteinflößender Riese menschliche Leichen zu Zwergen komprimiert und als Sklaven in die Unterwelt befördert.

Gerald denkt an den Keller und die Unterwelt. Irgendwie hat ihn die Oma wie so einen bösen Zwerg behandelt. *Diese alte Hexe.* Doris hat ihm einmal erzählt, dass es in der Familie Böses gibt. Seine Mutter konnte ihm nicht die ganze Geschichte erzählen, weil die Oma Erika sie an den Haaren gepackt und aus seinem Kinderzimmer gezerrt hat.

Bis heute hat er die Gesprächsfetzen nicht vergessen. *So hätte angeblich die Uroma »Gislind« ihren Mann mit Fingerhut-Sirup vergiftet.* Es fröstelt ihm bei dem Gedanken an diese bösen Weiber in der Familie. Das Böse ist überall! *Es sitzt schon neben dir, es ist in der Luft, die ich atme, es kommt durch jeden Spalt. Das Böse. Ich kann ihm nicht entrinnen! Wohin du auch fliehst, es wartet schon auf dich. Überall und immer! Man weiß nie, was in den Köpfen anderer Menschen vorgeht!*

Mordkommission, Tag 7

Alice freut sich auf das Wiedersehen mit Thomas Müller. Sie will den erfahrenen Mann erneut zum siebenundzwanzig Jahre alten Vermisstenfall befragen. Thomas strahlt, als er den Apfelkuchen auf dem Tisch sieht, aber viel wichtiger ist die Kompetenz, die er ausstrahlt. Alice verschlingt die Informationen zum Cold Case. »Die Suche nach der Gerda Schuler geriet ins Stocken, ja fast zum Stillstand. Zweimal pro Woche hat sich die MOKO »Schuler« getroffen und die aktuellen Informationen und Spuren besprochen. Es wurde auch spekuliert, dass sie untergetaucht sein könnte, und es wurden weitere hypothetische Ermittlungswege diskutiert, um endlich eine Spur zu finden. Die Hoffnung auf einen entscheidenden Hinweis wurde immer kleiner. Die Zeit spielte gegen die Mordkommission.«

Alice nickt betroffen. Thomas spricht vom Zeitschwund von Tag zu Tag. Der hat das Team belastet. Er erzählt, dass er immer gehofft hat, dass ein Spaziergänger oder Jäger die Leiche findet und somit auch die Hinterbliebenen endlich mit diesem Fall abschließen, Ruhe finden und Abschied nehmen können. »Nach zwei Monaten wird die Gerda aber immer noch vermisst.« Ein Hinweis erfolgt dann von einem Wohnsitzlosen, der angeblich Augenzeuge gewesen ist. Nach seiner Aussage hat er die Gerda am Tag ihres Verschwindens gesehen. Thomas Müller erzählt, dass das Mädchen in einen gelben Mercedes Kombi mit Frankfurter Kennzeichen eingestiegen sei. Der Fahrer, ein dunkelhäutiger Mann, sei davongebraust. Später stellt sich die Aussage als falsch heraus. Alles erfunden. »Weißt du, Alice, der wollte halt mal bei der Polizei einen Kaffee trinken!«

Wie demotivierend so eine Spurenauswertung ist. Alle Spuren führen ins Leere. Thomas Müller findet die Möglichkeit, dass der damalige Waldschreck mit dem Verschwinden von Gerda Schuler etwas zu tun haben könnte, sehr interessant.

»Dieser Wolfsmaskenmann, den müsst ihr finden.«

Der ehemalige Kriminalpolizist isst brav das letzte Stück Apfelkuchen auf und erwähnt die Situation, wo der Fall Gerda Schuler zu den Akten gelegt wurde. »Die Presse hat kein gutes Haar an unserer Arbeit gelassen.«

Alice bemerkt, dass er immer noch emotional sehr betroffen ist, und als er davon spricht, wie schwer die letzten Gespräche mit Gerdas Mutter gewesen sind. »Sie brachte einen Raum zum Leuchten!«, sagte Frau Schuster, und dann weint Thomas Müller.

Peter Vogel kommt ins Büro und hat drei Gläser mit eiskaltem Wodka gefüllt. Thomas bedankt sich für die Aufmerksamkeit und wünscht Alice Ermittlungserfolg. »Alice, diese Fälle gehen dir nicht mehr aus dem Kopf.« Aber die Aussage, dass man manchmal noch einmal genauer hinschauen soll, behält Alice sehr wohl in ihrem hübschen Kopf.

Der Hinweis auf einen Mordfall in Frankfurt vor siebenundzwanzig Jahren ist äußerst interessant. Als der pensionierte Kriminalbeamte in die Details geht, ruckt es im Gehirn der jungen Fallanalytikerin, das Adrenalin steigt ihr in den Kopf. Der Geist von Danuta Kaminski hat mit ihr Kontakt aufgenommen, aber das erzählt sie dem netten Thomas nicht.

Sie checkt die Fallaktensammlung des Polizeipräsidiums Frankfurt. Der Mord ereignete sich im April 1993. Ein drogenabhängiger Mann fand die Tote frühmorgens vor einem Denkmal erschlagen auf dem Boden liegend. Wie er weiter berichtete, sei die Tote mit einem jungen Stadtstreicher abgehangen.

Aber das weiß ich ja bereits.

Das Gespräch mit Thomas Müller wirkt nach. Es ist einfach unheimlich, wenn plötzlich jemand nicht mehr da ist. Müllers Versprechen an die Mutter der Vermissten, die Tochter zu finden, konnte er nicht halten.

Samantha Meister, die Lebenspartnerin des getöteten Hubertus A. Heil erklärte es ähnlich. »Immer wieder denke ich an unsere gemeinsamen Momente zurück und mir kommen die Tränen. Und dann spüre ich diese Leere. Der Hubertus ist nicht mehr da und kommt nicht zurück.«

Die Kriminalbeamtin hat einen Verdacht, dass derjenige, der dem Mordopfer in Frankfurt den Finger abgetrennt und mitgenommen hat, auch derjenige ist, der mit dem Verschwinden der jungen Frau Schuler und dem aktuellen Mord am Jäger, siebenundzwanzig Jahre später zu tun hat.

Mordkommission, Tag 8

Der Chef trommelt das Team zusammen und teilt offiziell mit, dass die Polizeidirektion in Absprache mit dem Polizeipräsidenten grünes Licht erteilt hat, die Ermittlungen zu den Cold Cases Gerda Schuler und Danuta Kaminski wiederaufzunehmen. »Unsere Kollegin wird als Koordinator eingesetzt!«

Im Kantinenraum klatschen die anwesenden Kriminalpolizisten und Kriminalpolizistinnen voller Stolz der jungen Fallanalytikerin zu. Alice vergleicht das mit der aktuellen Coronasituation. Die Pandemie hatte sich aus dem Bewusstsein schon fast verabschiedet – jetzt kehrt sie mit neuen Rekordinzidenzwerten zurück und jeder will etwas tun.

Wo ist Gerda Schuler? Wo der Finger von Danuta Kaminski? Wo ist die abgetrennte Hand von Hubertus Heil? Wo ist der junge Jagdhund? »Bist du ein Sammler, der sich ein Andenken mitnimmt? Holst du dir beim Betrachten des Souvenirs die Tat ins Gedächtnis zurück? Kommst du vor lauter Neugier nochmal in den Wald?«

Im Mordfall Heil ist man noch keinen entscheidenden Schritt weiter, der Erfolgsdruck im KKii ist groß und das verursacht

Stress. Ihr Ansatz, den Fall mit den beiden anderen Fällen aus 1993 zu verbinden, ist prinzipiell richtig und erfordert viel Kraft aller eingesetzten Kräfte. *Jetzt bin ich auch noch Koordinatorin.* Sie ist müde, manchmal unkonzentriert, und denkt an den schönen Spruch: »Die Zeit, die man sich nicht nimmt, hat man nie!« Da klingelt ihr Handy. Dr. Steffen Cramer, der Mit-Jäger des getöteten Jagdpächters, lädt sie zur Jagd ein und sie sagt spontan zu.

Eine Stunde später greift sie sich das Gewehr aus der Waffenkammer, fährt ins Hotel und zieht ihre Jagdkleidung an. Alice trifft den Jäger am Parkplatz an den Sportstätten Rosenhöhe und packt ihre Ausrüstung in den Land Rover von Steffen Cramer um. Die Fahrt führt sie durch den sommerlichen Wald. Die Hütte des ermordeten Herrn Heil steht auf einer kleinen Anhöhe mitten im Revier. Dicke alte Buchen lassen die geräumige Jagdunterkunft klein wirken. *Mann, ist das schön hier.* Steffen Cramer holt aus dem Keller eine Flasche kühlen Apfelwein, der regional in Bieber gekeltert wird, und vom Metzger frisch belegte Brötchen. Alice kommt runter. *Der Jäger sieht gut aus.*

Nach einem jagdlichen Kennenlerngespräch fährt er die Polizistin zur großen Kanzel am Wildacker. »Waidmannsheil! Auf den dicken Keiler!« Alice baumt auf und genießt den Wald, der eine sommerliche Note trägt. Früher waren dieses Rascheln und Knacken im Wald für sie Anspannung pur, heute genießt sie diese Atmosphäre mit allen Sinnen. Keine Mutprobe mehr, sie mag es, draußen in der Natur zu sein. Kein Kopfkino verfolgt sie. Heute fühlt sich die junge Jägerin behaglich, sie lädt ihre Akkus auf. Es raschelt, und der Fuchs schleicht aus dem Wald.

Alice bedeutet die Jagd sehr viel. Doch der Mord am Jagdpächter, in dessen Revier sie heute jagt, geht ihr nicht aus dem Kopf. Sie ist eine ambitionierte Kriminalpolizistin, mag ihren Beruf und kämpft für Gerechtigkeit. Als der Jagdansitz auf der geräumigen Kanzel zu Ende geht, ist sie total entspannt. *Mann, hat das gutgetan!*

Treibt der Mörder immer noch sein Unwesen in diesem Wald? »Tust du das?«

Die Taschenlampe leuchtet auf. Das ist das verabredete Zeichen, um abzubaumen und die Jagd zu beenden. Am Parkplatz steigt sie in ihren grauen Suzuki um und fährt ins Hotel, nichts ahnend, dass der Mörder sie im Visier gehabt hat. Ein Bierchen trinken und ins Bett. *Prost Alice, das ist erst vorbei, wenn es ganz vorbei ist!*

»Wir sind der Wächter ins Dunkle. Der Fahrkartenverkäufer zur Ebene, in der die Toten und die Opfer sind. Von dieser Welt will niemand etwas wissen. Die ist abgesperrt. Wir dürfen das nicht zulassen. Man muss den Toten eine Stimme geben. Hört ihr? Ich bin eure Stimme. Habt keine Angst, Danuta und Gerda. Wir sperren den bösen Mann weg!« Müde schläft sie ein und wird bald von einem bösen Traum geweckt.

Gerald

Er träumt unruhig und schwitzt. BIST DU EIN SAMMLER? Und ob er noch einmal in den Wald kommt, will die neue Stimme in einem überzeugenden ruhigen Ton wissen. *Wie ist die in meinem Kopf gekommen?* Und dann hört er die toten Mädchen kichern, und die neue Stimme sagt ganz ruhig: WIR SPERREN DEN BÖSEN MANN WEG! Gerald lacht und denkt, dass er die Polizistin einfängt. Voller Neugierde fährt er abends in den Mord-Wald. Das Auto weit entfernt vom Tatort geparkt. Das Flatterband der Polizei bewegt sich im lauen Wind. Hier ist der Trampelpfad, wo er das Opfer hinterrücks mit dem Knüppel geschlagen hat. *Diesen Hundskerl!* Der bemooste Waldboden, wo er blöderweise den Fleischklopfer vergessen hat. Der Wald verströmt diesen aromatischen Duft. Als wäre der wildernde Hund noch bei ihm, läuft er durch den Wald. Ein Blick auf die Waldseite zur Jagd-kanzel. Wie ein Jäger auf Beutejagd zuckt er zusammen, als er den blonden Haarschopf auf der Kanzel sieht. Gerald schleicht sich näher heran und kommt bis auf zwanzig Meter unentdeckt zur Kanzel. »Leg dich flach auf den Boden!« *Ist das Miststück wieder heimlich dabei?* Gerald beobachtet auf einem Baumstumpf aufgelehnt mit dem starken Fernglas die Jagdkanzel. Es knallt wie ein Sperrfeuer in seinem Kopf. *Da hockt die schöne Bullenfrau, die er in der Pressekonferenz auf dem Podium sitzen gesehen hat mit einem Gewehr auf der Jagdkanzel. Die jagt nicht nur Verbrecher, nein, die ist auch Jägerin.*

Tief ein- und ausatmen. Langsam beruhigt er sich. Die jagende Psychologin beobachtet den jungen Fuchs auf der Wiese. Gerald zoomt mit der Handykamera ihren Kopf und schießt viele geile Aufnahmen. »Verschwinde von hier, Dummkopf. Hau sofort ab!« So geräuschlos wie möglich schleicht er weg. Ein Reh bemerkt den Störer und schreckt aufgeregt. Gerald erwidert das »boeh, boeh«, dann rufen von überall her die Rehe im Wald. Das gefällt ihm gut. Hinter einem Busch verborgen beobachtet der Mörder die Jägerin, die mit ihrem Fernglas den Waldrand absucht. *Mann, ist die Braut geil!* »Du schmutziger Bub!«, sagt Oma zu ihm.

Gerald wird unruhig, erregt sich mehr und mehr und lässt es raus. Dann hört er ein Fahrzeug im Wald heranfahren. Kurz darauf sieht er, wie die Hübsche die Leiter herunterklettert und in den Land Rover einsteigt. Mit der stinkenden nassen Unterhose erreicht Gerald sein Auto. Um die Hübsche wird er sich später kümmern. *Dann zieh ich mir eine neue Unterhose an!* Zu Hause füttert er den jungen Jagdhund, schmiert sich zwei Scheiben Bauernbrot mit Landwurst aus der Dose, trinkt drei Weißbier und überlegt, wie er an die blonde Bullen-Jägerin herankommt. *Die mag bestimmt auch Hunde.* Gut gelaunt, denn er hat frisches jagdbares Wild entdeckt, betrinkt sich Gerald mit Wodka. Der Hund hüpft zu ihm auf die Ledercouch und brummt ganz leise.

Um Mitternacht wacht Gerald Albtraum geplagt auf, zittert, im rechten Ohr piept es, der Zeh schmerzt und überall kribbelt es in seinem Körper. Im Traum hat er sich die Zehe mit dem Jagdmesser eigenhändig abgeschnitten.

Oma schimpft, wo er wieder gewesen ist, das Haus ist vernachlässigt und nicht aufgeräumt, ihr Bett ist nicht gemacht und es stinkt überall. »Wo warst du, Lump?« Er erschrickt. »Bestimmt warst du Nichtsnutz wieder im Wald, hast nach dem Fleischklopfer gesucht, du Idiot!« Gerald hasst es, dass die Tote immer alles weiß. Das Kichern der Oma lähmt ihn und er weiß gar nicht, wie lange er die grauselige wachsbeschichtete Leiche, die auf der Ledercouch sitzt, angestarrt hat. *Die ist doch tot!* Und die Oma hänselt ihn, er sei zu blöd, um die einfachsten Dinge im Leben richtig hinzukriegen. »Lässt keine Luft ins Fass, damit ich aufgefressen werde!« Gerald wickelt sich die Aluminiumfolie um den Kopf. *Um nicht beherrscht zu werden von den Stimmen, muss man sie bewältigen.* Er lacht über seine Überlegenheit.

Als er sich beruhigt, rollt er die Alufolie vom Kopf und die Oma ist verschwunden. Der Hund knurrt und Gerald denkt: *Das habe ich nicht gesehen.* Das letzte Bockwürstchen teilt er mit dem braven Hund.

Am frühen Morgen holt er das Kleinkalibergewehr aus dem Tresor und drei Patronen. Falls die tote Oma weiter plagt, will er ihr in den Kopf schießen. Mit dem geladenen Gewehr auf der Couch liegend, schaut er sich im Laptop Nachrichten zum Jägermord an. Das tut gut. In einem Onlinebericht steht etwas über die hübsche Polizeifrau, die Kriminalistik und Kriminalpsychologie studiert hat und die Offenbacher Kripo unterstützt. In seinem Kopf reift ein Plan, um die hübsche Bullenfrau ins Haus zu holen. *Ich hole die zu mir und nicht umgekehrt!* Davon geht er aus. »Hast du das verstanden?« Die blonde Frau erregt ihn, er ist nassgeschwitzt. *Mit dem Schätzchen mach ich alles, was Spaß macht.* Gerald fühlt sich so sicher, dass er mit keinem Gedanken einer drohenden Festnahme entgegensieht. Hoch motiviert plant er eine Impfgegner-Aktion. *Da geh ich einfach ohne Maske in den Supermarkt und randaliere!*

Alice

Wir sind der Pfortenwächter ... und der Albtraum beginnt.

Der Stress in der Mordkommission und ihr Ansatz, die Ermittlungen auf den Cold Case auszuweiten, erfordern Durchsetzungsvermögen. Auch versucht sie nicht so oft an Peter zu denken. Das, was passierte, hat Spaß gemacht, doch die Professionalität geht vor und Vogel ist ihr Chef! Um ihre Kraftreserven aufzuladen, fährt sie den Computer herunter und in den Wald. Sie parkt ihr Auto auf dem Waldparkplatz. Die Nachmittagssonne scheint angenehm durchs Blätterdach der Bäume. Frische Luft strömt in ihre Lungen. Der Duft der Pflanzen und die ätherischen Öle der Bäume wirken beruhigend. Genuss pur. Die Schönheit des Waldes nimmt sie bewusst auf. Ihre Sinne weit geöffnet, sitzt sie auf einem Baumstumpf und träumt in die Dämmerung hinein. Der hellblaue Sommerhimmel hat sich violett verfärbt und am Horizont leuchtet eine knallrote Wolke. Alice nimmt sich diese Ruhe und ist aufnahmefähig für die Geräusche um sie herum. Eine Krähe ruft von einem Baumwipfel, dort schreckt ein Reh und sie hört die Mäuse piepsen.

Die Dämmerung – weder Tag oder Nacht – schleicht unaufhaltsam voran. Das magische Tor zur Dunkelheit. Ihre Gedanken sind beim Mordfall im Wald, in dem sie sich gerade befindet. Plötzlich herrscht eine unwirkliche Stille, ein totales Schweigen, und die Träumende friert. Etwas hat die Natur gestört.

»HALLO«, sagt eine Frauenstimme. Alice dreht sich in die Richtung und da ist nichts. Dann hört sie die Stimme direkt vor sich. Die Kriminalpolizistin zweifelt an ihrem Verstand, doch da ist etwas, hinter dem Graben sieht sie die junge Frau stehen. Sie ist bleich und voller Blut, am Kopf hat sie eine tiefe Wunde. Sie sieht aus wie eine Tote. HILF MIR! Alice hört mit Schrecken der Geschichte zu, die die junge Frau erzählt. Es ist die Geschichte, wie sie umgebracht wurde, vor siebenundzwanzig Jahren in einem Frankfurter Park. Alice schwitzt, sie ist aufgedreht, Adrenalin strömt ins Gehirn.

Die junge Frau ist weg und Alice hört VOR IHM IN ACHT NEHMEN, DER IST BÖSE! Alice schaudert es. DER FINDET DICH! Und dann sagt Danuta nichts mehr und der Spuk ist vorbei.

Das Leben kehrt zurück und die Luft ist nicht mehr so kalt. Eichelhäher grätschen, weit entfernt zieht eine Rotte Wildschweine durch den Wald. Die Kriminalpolizistin träumte zum zweiten Mal von einem Mordopfer. Das Handy reißt sie aus den Albtraum. Peter fragt, ob es für sie möglich wäre, schon etwas früher ins Büro zu kommen. Er hat einen Rechtsanwaltstermin und kommt zwei Stunden später.

Mordkommission, Tag 9

Alice duscht und fährt dann gleich ins Büro. Bei einer Tasse Kaffee durchlebt sie die besondere und unheimliche Traumbegegnung im Mord-Wald noch einmal.

Thomas Müllers Hinweis vom ungeklärten Mord an Danuta Kaminski, einer drogensüchtigen Prostituierten in Frankfurt, rast durch ihren Kopf. Das war vor siebenundzwanzig Jahren, und die tote Frau wurde in der Taunusanlage vor einem Denkmal tot aufgefunden.

Träumt man zufällig gleich zweimal von einer Toten, die vor siebenundzwanzig Jahren starb? »Du willst mir helfen, Danuta, nicht wahr?«

Alice beißt in ein Butterplätzchen, das Handy bimmelt und Steffen Cramer fragt im Auftrag von Samanta Meister, wann das Auto vom Hubertus A. Heil freigegeben wird. »Weißt du, Alice, ich bin jetzt autorisiert, mich um alle notwendigen Dinge im Jagdrevier zu kümmern, die Jagdwaffen vom Hubertus zu verkaufen.« Dann fragt er die Kriminalpolizistin, ob sie noch einmal zur Jagd im Revier kommen möchte und Alice freut sich über die nette Einladung. »Gerne, Steffen, das ist lieb. Die frische Luft und das Ansitzen im Wald brauche ich!« Und sie beendet das Telefonat.

Im Büro herrscht ein wenig dicke Luft. »Die Ermittlungen haben keine entsprechenden Treffer in der Datenbank für die zwei gesicherten DNA-Proben am Fleischklopfer erbracht. Es gibt keine Übereinstimmung. Der Verbleib des gestohlenen Revolvers, wie der des Hundes, ist nicht aufgeklärt. Auch im Hinblick auf mögliche Impfgegner gibt es keine Ermittlungsansätze!« sagt Alice zu Peter. »Uns rennt die Zeit davon!«

Peter Vogel nickt und guckt nachdenklich auf den Tisch. »Die Polizeidirektion macht Druck und der Polizeipräsident hat sich erneut nach dem jungen Hund erkundigt.«

Er reagiert etwas eifersüchtig, als Alice ihm mitteilt, dass sie eine Jagdmöglichkeit im Revier des verstorbenen H. Heil hat. *Da geht doch der Dr. Cramer jagen!*

Alice fällt das in diesem Moment nicht auf und sie vertieft sich in die beiden unaufgeklärten Kriminalfälle aus 1993. Von Anfang an hatte sie den Ansatz, dass der Täter mehr auf dem Gewissen hat. *Der strotzt voller Energie, während wir uns auspowern!* Sie spürt, dass ihr Kollege gestresst ist.

Der Staatsanwalt, der Polizeipräsident, der Kriminaldirektor, die Ex-Frau, seine Kinder und die finanzielle Situation machen ihm zu schaffen.

»Man muss immer daran denken, dass nichts von allein kommt, Peter, sondern schwere Arbeit ist und viel Kraft kostet, um zu einem erfolgreichen Ende zu kommen!« Peter Vogel lächelt sie an. Die hübsche LKA-Beamtin überlegt, ob sie ihm vom Wiederholungstraum erzählt. *Wie in einem Segelboot durch den Sturm zu fahren und es gibt immer ein Ende, nämlich dann, wenn der Wind abflaut! Dann krieg ich diese Bestie!* Alice ist couragiert genug durch den Sturm zu fahren. Mit einer gehörigen Portion Mut und Courage geht sie auf die Jagd nach dem Schrecken im Wald. Den Wald-Mörder.

Sie will das Monster fangen und geht davon aus, dass der Täter wahrscheinlich naiv ist und glaubt, dass ihm niemand etwas kann. »Ich kann das, hörst du, ich kann und will das, Maskenmann!«

Die Profilerin ist überzeugt, dass der Mörder Schrecken verbreiten will, Souvenirs sammelt, sich die Andenken hin und wieder anschaut und erneut zuschlägt. Das ist ein gefährlicher Straftäter und Psychopath, der eine gestörte Persönlichkeit aufweist und schizophren ist.

»Du summst wie eine Biene! Hörst du Stimmen, die dich rufen?«

Sie recherchiert und vertieft sich aufs Neue in den Vermisstenfall der Gerda Schuler, die im Offenbacher Stadtwald spurlos verschwindet, genau wie im Mordfall an der jungen Prostuierten, Danuta Kaminski. Der Hilferuf der jungen toten Frau motiviert, in ihrem Kopf trommelt es. Andere könnten annehmen, dass sie selbst nicht normal ist. Aus diesem Grund behält sie das kurze Gespräch mit der ermordeten jungen Frau oder deren Geist erst einmal für sich selbst.

Ein Mörder läuft frei herum und ich will ihn finden. Dieser Psychotyp, der gerne Maske trägt, ist ein Pulverfass.

»Danuta und Gerda, ich helfe euch!«

Später diskutiert sie die Fall Lage mit Peter Vogel und trinkt mit ihm ein Glas Wodka im Büro. »Weißt du, Peter, es ist alles wieder offen. Das Rätsel der Cold Cases liegt auf der Hand. Der mysteriöse Mann mit Wolfsmaske und Hund ist unser Mann!« Ihr Kollege hört gespannt zu und spürt, dass die junge Kollegin auf dem richtigen Segelboot durch den Wind in die richtige Richtung fährt und, wenn sich der Sturm auflöst, den Täter ermittelt hat. »Ich habe das Gottvertrauen, auf dem richtigen Weg zu sein!« Peter nickt und gießt noch ein Glas Wodka nach, dabei überlegt er, dass er einer Beziehung mit der attraktiven Kollegin gar nicht abgeneigt wäre. Ihr professionelles Auftreten erweckt das vertrauenswürdige Gefühl, dass der Einsatz gut geht.

Da besteht schon keine Gefahr für die Kleine! Wie der Wald-Mörder wirklich tickt, weiß aber niemand.

Gerald

Welche schrecklichen Taten noch zum Vorschein kommen, welche skurrile Pläne in Geralds verwirrten Kopf entstehen und den Wahnsinn in seinen Augen nimmt niemand zur Kenntnis. Er parkt das Auto nicht auf dem Kundenparkplatz, sondern läuft zum Supermarkt. Im Markt wird er, wie geplant, von einem Kunden auf die Maskenpflicht angesprochen. Gerald wird wütend und schreit, wirft die Chipstüten aus dem Regal und schmeißt eine Kiste Erdnüsse auf den Boden. Der Marktleiter kommt hinzu, bittet den Kunden, sofort aufzuhören und eine Schutzmaske aufzusetzen. Gerald brüllt lauter und hüpft auf den auf dem Boden liegenden Chipstüten herum. Die Erdnussdosen kickt er weg und eine Dose trifft einen Kunden am Kopf. »Ihr geimpften Idioten seid zu blöd, um die Wahrheit zu verstehen!« Oma lobt ihn. »Setz dich durch und mach auf die Covidlüge aufmerksam!« Gerald wird vom Marktleiter bedrängt, den Supermarkt zu verlassen. »Ich rufe jetzt die Polizei!« Der Randalierer mustert den Mann mit einem finsteren bösen Blick. Dann bellt er wie ein Hund und läuft zum Ausgangsbereich. An der Ladenkasse reißt er das Kartenlesegerät ab und versucht, die Kasse herauszureißen. Kunden laufen vor

Angst weg, der Marktleiter versorgt den verletzten Kunden. Gerald schafft es, zu seinem nicht weit entfernten VW Passat zu kommen, und fährt nach Hause. Vor lauter Lachen kriegt er sich und die Oma kaum mehr ein. Oma erlaubt ihm, auf den Erfolg zu feiern. Eine Flasche Wodka wird unter der Veranda getrunken. Dort ist es nicht so heiß. Für seine Verhältnisse hat er einen klaren Kopf und er spürt den Luxus, ein eigenes Haus mit Garten zu besitzen. *Die Oma hockt halt im Fass.* Er überlegt, ob er nicht das Fass in den Main schmeißen soll. »Was meinst du, Oma?« Oma bleibt ruhig und Gerald geht davon aus, dass die Alte dann bis in den Rhein gelangt. »Das wäre doch eine schöne Reise, liebe Omi! Du wolltest doch immer mal nach Rüdesheim!«

Am späten Vormittag singt der betrunkene Gerald Winter mit der Stimme in seinem Kopf im Duett sein Lieblingslied von Rammstein.

DU BIST DOCH KEIN ENGEL!, sagt die Stimme zu ihm. *Aber was bin ich dann?* »Das nächste Mal knallt es, ihr Impfmonster!« Der kleine Hund knurrt. Die Stimme sagt: DU MUSST HÄRTER AUFTRETEN UND ES KRACHEN LASSEN!

Bei der schwülen Temperatur und in der Hitze in so einer Wohnung zu leben, daran will er gar nicht denken. Er sperrt den Hund ins Haus und kauft vom Jäger-Geld beim Imbiss ein. Der braucht das Geld sowieso nicht mehr. *Blöder Geldprotz!* Nach dem Essen schläft der Randalierer und Mörder auf der Ledercouch ein. Im rechten Ohr piept es, die Gliedmaßen kribbeln und die Oma beschimpft ihn im Traum. »Du gemeiner Dieb, wo ist das Wechselgeld?« Sie schlägt ihn mit der flachen Hand aufs Gesicht. »Gib mir das Geld!« Gerald fängt sich noch einen Schlag ins Gesicht. Das war vor langer Zeit. Als Bub sah er sie mit seinen großen Augen unschuldig an und dachte, es sei gut. »Oma, ich habe doch kein Taschengeld«, und kramt durch die Hosentaschen. Für drei Stunden sperrt sie ihn dann ins Loch. Von oben hört er die Oma böse Sachen kreischen.

Er liegt mit einem Angstschauer auf der Couch, es klingelt an der Haustür und der Traum ist vorbei. Widerwillig steht er auf und öffnet den Fensterladen. Erna Meier begrüßt ihn herzlich und fragt nach der Oma. Kurze Zeit später ist die Ratte dran. Das Riesenvieh wartet bereits auf sein Futter.

Wenn er ganz still sitzt, läuft der Nager – fast so groß wie der kleine Hund – auf den Steinen der Uferbefestigung bis zu ihm und frisst eine Scheibe Brot aus seiner Hand. Nur anfassen lässt sich das Vieh nicht. Nach dem Fressen saust die Riesenratte zum Rattenfass zurück und putzt sich. »Morgen kriegst du ein Kaninchen«, sagt er zum Nager und überlegt sich, wo er das lebendige Rattenfutter platziert. Ein überhängender Kirschlorbeerast, dort wird der Rammler mit Bindedraht befestigt und das Monster kann sich ins Kanin hineinfressen. Der Zeh ist vereitert und es pocht. »Ich muss zur Ärztin!«, sagt er zum Hund. »Und zum Baumarkt!« Das interessiert den Dackel überhaupt nicht. Ein Anruf bei der Hausarztpraxis und er kann gleich morgen um 9.30 Uhr vorbeikommen. Die Oma soll er mitbringen, man könne dann gemeinsam über die Coronaimpfung reden?

Ein unruhiger Mittagsschlaf auf der Ledercouch, es kribbelt im Fuß, im rechten Ohr piept es und Oma Erika weist ihn an, die Rosenschere zu schärfen. »Schneide dir den entzündeten Zeh selbst ab, damit du nicht zu der Ausfragerin gehst!« Gerald ist hellwach. Oma kennt sogar seine Träume. Sie warnt ihn eindringlich davor, dass er sich impfen lässt. »Die Ärztin kann uns einmal kreuzweise!« Er verspricht es ihr. Der Behandlung steht nichts mehr im Wege. »Außerdem brauchst du deine Pillen und das Nasenspray. Dann kannst du wieder einen Himmelsritt machen, stürzt ab, liegst stinkend und betrunken auf der Ledercouch!« *Die Pillen in Verbindung mit dem Wodka verursachen dieses Raketenstartgefühl. Man saust mit hoher Geschwindigkeit in den Himmel. Leider gibt es nicht immer eine geordnete Landung.* Da hat die Oma völlig recht. Am Nachmittag klingelt Erna Meier erneut an der Haustür. Gerald schaut aus dem Fenster und sie fragt ihn, ob sie sich nicht einige von den dicken Brombeeren am Teich pflücken könnte. »Kriegst auch eine große Schüssel Vanillepudding. Frisch gemacht!« Gerald denkt an den Pudding seiner Mutti, auf dem sie liebevoll die dicken Brombeeren garniert hat. *Mutti ist tot.*

Erna Meier darf sich eine Schüssel Beeren pflücken. Morgen früh lässt er das Tor einen Spalt auf und die Alte kann rein, während er in der Arztpraxis ist. Der Pudding mit den Brombeeren hat ihn aus der gut gelaunten Bahn geworfen und er sieht sich im Keller eingesperrt und hat Angst. Gerald versucht, nicht an die Vergangenheit zu denken, sondern an die Zukunft mit seiner Braut. »Alice Winter heißt die dann.« *Ich bin der Stecher!* Die Stimmen lachen vor Freude durcheinander.

Mordkommission, Tag 10

Die Zeit rast. Der Fetzen des am Gewehrhalter sichergestellten Polyestermaterials gehört zu einem Outdoor-Tarnanzug. Dieses Produkt mit dem Namen YETI wurde zweiundachtzigmal in Deutschland und Österreich verkauft. Am Holzknüppel konnte kein verwertbares DNA-Material außer dem des Opfers gesichert werden. Der Täter trug Handschuhe. An der eigentlichen Mordwaffe, dem Fleischklopfer, wurde kein DNA-Abgleich Treffer gefunden. Am Bindedraht fand man Abriebspuren der Jagdstiefel des Opfers. Der Gipsabdruck vom rechten Fuß ergab eine Schuhgröße 45, der Schuh wurde in den Aldi-Filialen verkauft. Das rote Handtuch unter der Katze wurde zuvor frisch gewaschen. Die tote Katze selbst wies eine Schussverletzung am Rückgrat auf und wurde durch ein Kleinkalibergeschoss getötet. Das Sichten und die Auswertung der Spuren haben das Team nicht weitergebracht. Bei der Mordkommission herrscht Erfolgsdruck, alle Maßnahmen, den Mörder zu fassen, sind bisher ergebnislos. Vogel weist darauf hin, nochmals die alten Fälle im lokalen Dienstbereich und auch überregional und tiefgreifend anzuschauen. »Also alles, was mit Tierquälerei, Brandstiftung, Sachbeschädigung an Jagdeinrichtungen oder möglichen Kulttaten zu tun hat. Nach dem Team-Meeting trinkt Alice einen Kaffee bei Peter im Büro und träumt davon, dass er sie einfach nur in den Arm nimmt.

Sie fasst ihren Mut zusammen und erzählt dem erfahrenen Kollegen von ihrem Traum, der grenzwertig und paranormal im Zwischenbereich liegt. *Hoffentlich denkt er nicht, ich bin blöd?* Der EKHK weiß, seine Professionalität gibt ihm recht, dass Alice eine ganz besondere Mitarbeiterin ist.

Vision, Intention oder ganz einfach: Wer so etwas träumt, der geht in dem Mordfall auf und nimmt Verbindung auf. Die Kollegin führt uns zum Mörder! Alice ist froh, dass ihr Chef sie nicht als verrückt einstuft und mit ihr über ihre Gefühle spricht. »Eine verstummte Zeugin, das Opfer, hat sich bei dir gemeldet?« Sie lächelt ihren Kollegen an. »Peter, ich gehe davon aus, dass der Täter in seiner paranoiden Phase eingeschüchtert werden muss, sonst passiert noch mehr.« Die Stimmung in der Mordkommission ist trotz der offenen Atmosphäre elektrifiziert. Die Ermittler schwimmen in einem großen See im Dunkeln und können das Ufer nicht sehen.

Sie schwimmen gegen den Strom, während der Mörder davonschwimmt, sich ans Ufer setzt und etwas Fürchterliches plant. Die Polizeidirektion macht Druck und verweist darauf, dass die Presse keine Hand mehr vor den Mund nimmt. »Polizei tappt im Dunkeln!« Alice schmunzelt und scherzt. »Und die wissen nicht einmal, wie weit wir vom Ufer entfernt sind.«

Peter stellt die Wodkaflasche auf den Schreibtisch und gießt zwei Gläser voll. »Es ist nicht möglich, den Menschen in den Kopf zu schauen oder zu wissen, was in ihrem Keller begraben ist!«, sagt Alice. »Wir brauchen Fakten und belegbare Spuren, die zum Mörder führen. Sieht man einmal von deiner Begegnung mit Danuta Kaminski ab, dann hat niemand den Täter gesehen.« Alice nickt. »Konzentrieren wir uns auf den Fall, auf das, was wir wissen. Und das sind viele Fakten und Informationen, die aus den beiden Cold Cases zum Täter führen können. Die Möglichkeit, dass der Vermisstenfall der Gerda Schuler und der Mord an Danuta Kaminski auf das Konto des Wald-Mörders gehen, die gibt es.«

»Jemand, der siebenundzwanzig Jahre mit diesen Taten lebt und dann erneut einen Mord begeht.«

»Der Mörder hat kein Unrechtsbewusstsein!« Alice erläutert, dass das der sogenannte klassische psychologische Effekt ist, man glaubt nicht, dass man das nicht darf. »Weißt du, Peter, es ist in etwa so wie mit dem Coronavirus, wo viele Gefahren vorhanden sind, die einfach nur ausgeblendet werden. Nach dem Motto: Mir passiert schon nichts, das geht gut. Das macht auch unser Täter so, und irgendwann ist er dran!« Er hört der jungen Fallanalytikerin interessiert zu. »Der leidet vermeintlich an akuter Schizophrenie. Vielleicht begeht er seine Taten unter einem gewissen Verlust des Wirklichkeitsbezuges oder wegen einer Identitätsstörung, hört Stimmen und lässt sich leiten. Aber genauso ist er schlau und hat einen Bezug zur Realität. Bekommt er aber einen Schub und halluziniert, also sieht er Dinge und hört Stimmen, die es gar nicht gibt, dann startet die Maschine durch.« Peter Vogel nickt.

»Oder glaubst du, dass er seinen Weg einfach so aufgibt?«

»Nein!« Alice schüttelt energisch mit dem Kopf. »Der will uns nur in Sicherheit wiegen und macht weiter!« *Wag es nicht, mit uns zu spielen, du Monster!*

Peter gießt noch ein Glas Wodka ein und überlegt, ob der Mörder die Gedanken der Kollegin liest. Betroffenheit. Die Hoffnung war groß, den Jägermord bald aufzuklären, aber ein wenig Ernüchterung stellt sich bei den ermittelnden Beamten und Beamtinnen ein. Sie haben alle Hinweise sortiert, akribisch geprüft und vollständig abgearbeitet und dokumentiert. Bedauerlicherweise sind keine Volltreffer dabei gewesen, kein zielführender Hinweis. Es gibt keine direkte Spur zum Maskenmann. »Prost, Alice, auf dass wir die Maschine außer Betrieb setzen!« Nach Dienstschluss hat sie sich zur Jagd mit Steffen Cramer verabredet.

Gerald

Um sechs Uhr in der Frühe sitzt er mit dem gestohlenen Hund am Teich und füttert die Riesenratte. Er will den Kopf säubern, hat Liebeskummer und Zweifel. Die neue Stimme nennt ihn ein Monster und der gebrochene und infizierte Zeh pocht und tut weh. Oma hat genervt und ihn mit der alten Schlampen-Geschichte vollgelabert. Dem Ding, das er im Garten vergraben hat. »Die bringt dich gemeinsam mit der Hure, die du in Frankfurt totgeschlagen hast, in den Knast. Da verfaulst du!« Gerald erschrickt. »Da musst du dich warm anziehen, Fräulein!« Er zittert. »Die kommen dich bald holen und sperren dich weg!«

Gerald schreit und brüllt die Oma an, dass sie ihn endlich in Ruhe lässt. »Ruhe hast du nur im Grab!« Für einen Moment wird es still und die düsteren Gedanken verfliegen. Die Ratte zischelt und bettelt um Futter. *Was meint Oma damit, dass die toten Frauen sich zusammentun?* Dann lacht er gehässig die Zweifel weg. *Die sind doch gar nicht in der Lage dazu.*

Die alte hässliche Wachsleiche spinnt und will mir Angst machen. Gerald trinkt Wodka und raucht am Teich.

Er denkt an Gerdas schöne blonde Locken und die Zähne, in einer Streichholzschachtel im Schuhkarton aufbewahrt, und an ihren Kopf, den er in Formalin in einem großen Eimer konserviert hat. Genau wie den Finger der dummen Nutte. Die Hand vom Hundskerl konnte er nicht konservieren, die war verdorben. Deshalb hat er das Souvenir nun in die Tiefkühltruhe gelegt. Oma flüstert ihm ins Ohr, dass er endlich mal eine warme Braut braucht, bevor er ins Gefängnis kommt und weggesperrt wird. »Die Ingrid, dieses schmutzige Dreckstück, entsorgst du.« Gerald guckt an die Wand und ärgert sich, dass die Wachsleiche schon wieder versucht, sein Leben zu bestimmen. »Hör mal zu, Gerald, diese jagende Bullenfrau, die hat genauso schöne blonde Haare wie die Gerda. Hol die junge Schlampe endlich heim!« Arglistig und lustvoll nickt er mit dem Kopf und fühlt sich schon viel besser. Schlussendlich versteht er nicht, dass die tote Oma es immer wieder schafft, aus dem Fass herauszuklettern, obwohl der Deckel fest verschweißt ist.

Gerald Winter lebt in dieser Diffusität manchmal ein ganz normales Leben, dann wieder realitätsfremd, und er hört auf die Stimme seiner toten Oma! *Vielleicht bin ich Oma.* Darüber lacht sich die Stimme in seinem Kopf fast tot und sagt: DU BIST EIN BRUTALER MÖRDER UND NICHT DIE OMA! Das beruhigt Gerald.

Nachdem er sich den Fuß gewaschen und frische Socken angezogen hat, fährt er zur Arztpraxis. Im Radio hört er die Nachrichten. Wie die Polizei berichtet, hat ein vermeintlicher Impfgegner im Supermarkt randaliert, nachdem er von einem Kunden auf die Maskenpflicht hingewiesen wurde. Der Sachschaden liegt bei rund eintausendfünfhundert Euro. Es gibt eine leicht verletzte Person. Die Polizei sucht nach Hinweisen, die zum Täter führen.

Er freut sich. *Hab doch nur ein wenig randaliert.* Im Rückspiegel sieht er das Polizeiauto direkt hinter ihm herfahren. *Jetzt*

kriegen die Bullen mich wegen des blöden Kartenlesegerätes dran.
Der Streifenwagen überholt und ein Polizist winkt ihm mit der
Anhalte- Kelle. Über den Lautsprecher hört er die Durchsage
»Bitte rechts ranfahren und anhalten!.« Gerald ist etwas verunsichert. *Die wollen tatsächlich etwas von ihm!* Die Polizisten
haben ihre Warnblinkanlage angestellt und steigen aus dem
Auto. Einer steht etwas entfernt und der andere kommt zu Gerald gelaufen und gibt ein Zeichen, dass er seine Maske aufsetzt
und die Scheibe öffnet.

»Die sperren dich jetzt weg!« flüstert Oma von der Rückbank.
»Allgemeine Fahrzeugkontrolle!« Gerald Winter ist erleichtert. Fahrzeugschein, Führerschein und dann muss er den
Verbandskasten vorzeigen. Der Polizist verweist auf das linke
defekte Bremslicht. Gerald erhält eine Mängelanzeige-Quit-
tung. »Legen Sie den Nachweis der Reparatur bei ihrem zuständigen Polizeirevier in den nächsten fünf Tagen vor. Dann
fallen keine Ordnungsgebühren an!« Winter grinst hinter der
Maske. Der Polizist wünscht ihm noch einen guten Tag und
Gerald bedankt sich freundlich. *Ihr blöden Bullen habt gerade
mit dem Maskenmann aus dem Wald gesprochen.* Die Stimme in
Geralds Kopf lacht gehässig. Den Termin bei der Ärztin kann
er nicht einhalten und muss eine halbe Stunde warten. Gerald
steht auf der Straße und guckt sich die coronagestörten Menschen an, viele der Vorbeilaufenden machen einen Bogen um
ihn, da er keine Maske trägt.

Die Ärztin verschreibt ihm eine Zugsalbe und etwas gegen die Prellung. Der Zeh ist gebrochen und man kann da
nicht viel machen, erklärt sie ihm. »Es sei denn, du lässt dich
operieren. Ein Orthopäde bricht den Zeh kontrolliert
und schient das Glied.« Das will er nicht. Die Stimme muntert
ihn auf und sagt: DANN KANNST DU JA IMMER WENN
DAS GLIED GESCHIENT IST! Die Ärztin bittet ihn, einen
Impftermin auszumachen. Er gibt geschickt vor, dass er augenscheinlich mit dem Zeh beschäftigt ist und reagiert nicht auf

die angebotene Coronaimpfung. »Ein guter Schachzug!«, sagt Oma.

Am Küchentisch schaut er sich die Medizin an. *Ist dem Gerald kein Fehler unterlaufen.* Oma ist wie vom Erdboden verschwunden, plagt nicht und Erna Meier hat keine Brombeeren gepflückt. Da lässt er halt das Tor einen Spaltbreit in den nächsten Tagen auf. *Was macht man nicht alles für einen Brombeerpudding.* Gut gelaunt, dass der Arztbesuch problemlos verlief, betrinkt er sich und träumt.

Die Jägerin sitzt mit einer Eisenkette und Kabelbinder gefesselt auf dem alten Holzstuhl im Keller. Ihre Socken sind an den Sohlen schwarz. Er genießt es, die verängstigte junge Frau anzuschauen, und sitzt ihr stumm gegenüber. Die schwarzen Fußsohlen machen ihn an, das erregt, aber noch mehr gefällt ihm die Angst in ihren Augen. Die Frau hat Angst vor den Ratten, die im Keller herumspazieren.

Vom Wecker wird er aus seinem kühnen Traum aufgeweckt und ist kurz danach startklar. *Der Held ist bereit, zu kämpfen.* Gerald Winter kämpft für sein Recht, die Frau nach Hause zu holen. Während der Autofahrt in den Mord-Wald kreischt er vor Freude laut und in seinen Lenden kribbelt es. *Sie hat so schöne blonde Haare, genau wie die Gerda geleuchtet hat, leider ist das Haar im Schuhkarton verblasst.* Im Wald fährt er rückwärts in eine Holzrücker Schneise und stellt den VW Passat ab. Von dort aus schleicht er sich zum Waldparkplatz und guckt, ob die Jäger schon im Wald sind. Alles noch ruhig. Er steckt sich eine Filterlose aus der roten Packung an und trinkt aus dem Flachmann. Als er den Suzuki SUV sieht, wird es ihm wärmer ums Herz. Die Flamme steigt aus, schultert ihr Gewehr und den kleinen Rucksack und läuft zur Jagdkanzel. Gerald pirscht der ahnungslosen Frau völlig geräuschlos wie ein hungriger Wolf hinterher. Dummerweise tritt er auf einen Ast, es knackt. Die Jägerin bleibt stehen und dreht sich in seine Richtung. Da er sich schnell geduckt hat, sieht sie ihn nicht und setzt ihren Gang zur Jagdkanzel fort. Gerald wälzt sich auf dem Waldboden hin und her und summt wie eine Biene, der man mit der Fliegenklatsche nachgestellt hat.

Er ist der Frau bis auf fünfzehn Meter gefolgt und verbirgt sich hinter einem Reisighaufen. In aller Ruhe beobachtet er die Auserwählte mit dem Fernglas, fotografiert sie und zoomt, als sie auf dem Portal ihm zugewandt steht. *Was für ein Foto.* Der Erfolg ist riesig, die Jagdbeute ist gut abgelichtet und die Unterhose nass.

Alice

Sie sitzt auf dem Ansitz und isst ein Käsebrot, dazu gibt es eine Dose Bier. Jagdende ist um 1 Uhr. Wachsam auf die Lichtung zu sehen, macht müde, und sie sucht noch einmal mit dem nachtaktiven Fernglas den Waldrand ab. Es ist 23 Uhr. Der Keiler hat sich nicht blicken lassen, dafür hat sie die Ricke mit den beiden starken Kitzen in Anblick gehabt und einen Fuchs. Laue Luft, und weit entfernt bellt ein Hund im Wohngebiet. Die Augenlider klappen hoch und runter und Alice schläft. Im Traum hört sie ein entferntes Kichern.

Etwas tapst da durch den Wald in Richtung zur Jagdkanzel. Zitternd kauert sie sich in die Ecke, greift die Pistole aus dem Rucksack. Etwas steht jetzt direkt am Hochsitz, und unvermittelt beginnt das Grauen. Jemand klettert die Leiter zur Kanzel hinauf. »Ich komm dich heimholen!« Sie bekommt kaum noch Luft und die jagdliche Unbeschwertheit verfliegt. Stille gefolgt von einem schweren Plumps und Aufschrei. Jemand ist die Leiter hinabgestürzt und wälzt sich am Boden. Alice wacht auf, der Albtraum ist vorbei.

Vorsichtig rückt sie zur Tür, Stück für Stück, die Pistole feuerbereit in der Hand und blickt nach unten. »Hallo, ist da jemand?«

Da ist niemand. Der Traum war so realistisch und böse. Das geht unter die Haut. Das Adrenalin in ihrer Blutbahn baut sich langsam wieder ab.

Sie schaut auf die Uhr und die Jagd auf das Wildschwein geht wie das Fachsimpeln in der Mordangelegenheit auf der Jagdkanzel weiter. Die Jägerin denkt an Psychopathen, die als Mörder gestellt worden sind. Oft kam bei denen die Krankheit schon in jungen Jahren zum Vorschein.

Schizophrenie kann man mit der richtigen Einstellung an Medikamenten beherrschen. Nicht aber den Menschen, der sich nicht mehr behandeln lässt. Das Gefühl, dass das Handy vibriert, obwohl es das nicht tut, dass man Stimmen hört und Geräusche wahrnimmt, die nicht existieren. Halluzinationen. Eine gefährliche Entwicklung, die zu Kontrollverlust und Angst führt. Im entscheidenden Stadium können sich Stimmen aufdrängen und Befehle erteilen.

Während des Studiums der Kriminalpsychologie nahm sie an einer Vernehmung als Zuhörerin teil und der Angeklagte sagte, dass der Dämon ihn umbringen wollte. »Überall, an der Wand und an der Decke, läuft Blut hinunter, die Wände bewegen sich und eine böse Stimme schreit mich an, dass ich den Mann töten muss, da er sonst selbst stirbt!« Weiter erzählt der Mörder, dass oft Monster aus dem WC gekrochen sind!

Worin hat das Böse seinen Ursprung?

Die Wissenschaft fand heraus, dass Stimmen, die mit beginnenden körperlichen Signalen, wie Kribbeln, Stechen, Pfeif- und Piep- Geräuschen einhergehen, als aggressiv und böse empfunden werden. Betroffene Personen führen diese Befehle oft aus.

Alice schaudert es und sie denkt an die Vorkommnisse im Wald. Der eigentliche Grund ihrer Versetzung bestand darin, eben diese seltsamen Vorkommnisse aufzuklären. Der Ruf eines Kauzes holt sie aus dem Fachsimpeln und sie jagt. Die Eulenvögel folgen dem näherkommenden Wild. Hochkonzentriert nimmt sie die Geräusche im Wald auf. Kommt die Sau doch noch? Alle Programme laufen in ihrem Kopfkino durcheinander. Sie ist abgelenkt vom Ermittlungsdruck in der Mordkommission. Der fehlende Ermittlungserfolg belastet alle. Ein Ast bricht ganz in der Nähe, Tritte auf trockenem Reisig, und sie ist hellwach. Die jagende Polizistin nimmt das Fernglas in die Hand und blickt zum Waldrand. Ist da etwas? Sie hört eine Stimme, gefolgt von Kichern. Für einen Moment ist es totenstill. Keine Bewegung, Nichts! Alice sitzt ganz angespannt und lauscht in den Wald. Dort entfernt sich etwas ganz in ihrer Nähe zur Waldmitte hin. Plötzlich fällt sie fast vor Schreck von der Sitzbank. Ein Urschrei im dunklen Wald! Sie atmet schnell und flach und zittert am ganzen Körper vor Angst. Als ein weiterer Schrei durch die Nacht schallt, entscheidet sie sich, die Jagd abzubrechen, doch kurze Zeit später ist der Spuk vorbei.

Der Ansitz gefällt ihr nicht. Alice ruft Dr. Steffen Cramer an, der sie nach ewig lang gefühlten fünfundzwanzig Minuten abholt, erzählt vom Albtraum und dem Gefühl, dass da ganz nah etwas im Wald war. »Dieser Schrei!«

Der Jäger verspricht, sich am nächsten Tag im Revier umzusehen. Auf dem Waldparkplatz trinken sie gemeinsam einen Schnaps zur Beruhigung und sie verabschieden sich.

Im Hotel angekommen duscht sie ausgiebig, als wollte sie sich die Angst abwaschen. Sie denkt an ihre Oma, die hat ihr einmal gesagt, dass man nicht in den Wald darf, wenn die Sonne untergeht. Und Alice weiß, wie schnell die Dämmerung einsetzt. Oma blieb ein Leben lang bei ihrer Meinung und war sehr erschreckt zu hören, dass Alice auf die Jagd geht. »Im dunklen Wald gibt es dunkle Geheimnisse und böse Wesen.« *Und dann im Mord-Wald*, denkt Alice. Fragen an die Dunkelheit.

Was lauert da auf mich?

We don't meet the people by accident. They are meant to cross our path for a reason! Alice grübelt nach dem Grund. Ist es meine Bestimmung, das Böse unschädlich zu machen?

Gerald

Er kriegt das Gefühl nicht los, dass Oma irgendwie hinter ihm herläuft, denn er hört sie ständig flüstern. »Mein liebes Fräulein, jetzt ist es aber an der Zeit, die Hausaufgaben zu machen!« Das gibt es doch nicht! *Die Alte ist mir wieder gefolgt.*
Sie kriecht auf dem Waldboden zu ihm und Gerald schüttelt angewidert den Kopf. Die letzten Meter, und die Wachsleiche sitzt bei ihm. »Warum musst du durch dieses Gestrüpp laufen?« Ein Blick zur Jagdkanzel und sie schüttelt den eingeschlagenen Kopf. »Diese stinkende Schlampe meinst du?« Gerald schweigt. »Die ist bestimmt noch versauter als die Ingrid.« *Sollte Oma recht behalten, dann mache ich schmutziges Zeug mit ihr.* Oma kichert und auch die dunkle Stimme in seinem Kopf stöhnt. »So wie die aussieht, macht die alles mit dir!« Gerald wird es ganz warm ums Herz. »Du bist doch ein Kerl, hol das Pfläumchen vom Baum!« Gerald überlegt und hört den Stimmen in seinem Kopf zu. »Hochzeit, Hochzeit, Hochzeit ist nur einmal im Leben. Und weil du mir so wichtig bist, will ich mir alle Mühe geben!« Das Nachdenken überfordert ihn. *Wann soll ich sie holen? Im Keller habe ich noch nicht die Fenster gedämmt.* »Du kleiner Feigling!« Gerald ist sich unschlüssig, doch um 23.30 Uhr fasst er all seinen Mut zusammen, kriecht bis zur Jagdkanzel, steht langsam auf und klettert behutsam die Leiter nach oben. Sprosse für Sprosse. Blöderweise ist ihm die Oma gefolgt und zupft ihm ans Hosenbein. Gerald erschrickt, macht einen Fehltritt und fällt die Leiter herunter. Oma lacht ihn aus und auch die Stimme in seinem Kopf kriegt sich vor Lachen kaum mehr ein. Gerald rollt sich ins Gebüsch und verharrt.

»Feuersalamander, Beine auseinander, Beine wieder zu und raus bist du!« Er stöhnt, ist frustriert und der Rücken tut auch noch weh. »Du Versager!«

Gerald haut ab und pirscht geräuschlos durch den Wald. In einiger Entfernung von der Jagdkanzel stößt Gerald Winter diesen durchdringenden Schrei aus. Einen Urschrei. Als die Luft entweicht, geht es ihm besser, denn er will die Jägerin nicht mit Oma im Schlepptau kennenlernen. Im Auto eine Dose Bier runterspülen und summend nach Hause fahren, den Hund füttern und sich betrinken, das ist der weitere Plan. Schritte im Hausflur. Jetzt ist auch Oma aus dem Wald zurück.

»Was hast du den ganzen Abend bis in die Nacht gemacht?«

Gerald redet nicht mit ihr, denn sie ist schließlich der Grund dafür, dass er die Jagd nicht erfolgreich beendet hat.

Nicht nur das Coronavirus hat gefährliche Variationen entwickelt, auch in seinem Kopf entwickelt sich ein Szenario, es sprühen gruselige Funken umher. Es hämmert und schlägt, die geistigen Fähigkeiten reiben aneinander. Er heult mitten in der Nacht wie ein Wolf, hungrig auf die Beute am Riss. Als hätte Oma große Freude daran, stachelt sie ihren Enkel mehr und mehr an. »Wenn du Hunger hast, musst du essen. Wenn du nichts zum Essen hast, musst du es dir holen!« Für einen Moment denkt er klar und ist verwundert, dass Oma aus seinem Mund spricht. Mit dem letzten Schluck aus der Wodkaflasche kann er nicht mehr schlussfolgern und schläft ein.

Mordkommission, Tag 11

Viele unbeantwortete Fragen. Alice hofft auf brauchbare Hinweise aus der Bevölkerung. Die Ermittlungsakten des Vermisstenfalles Gerda Schuler und der ermordeten Danuta Kaminski liegen auf ihrem Schreibtisch, als Peter Vogel ins Büro kommt und Alice zu einem mitgebrachten Milchkaffee und Rosinenbrötchen einlädt. Irgendetwas liegt in der Luft, denn die fröhliche Kollegin wirkt bedrückt. »Ist bei dir alles in Ordnung, Alice?« Er schaut sie besorgt an und sie nickt. »Jetzt ja!« Alice erzählt von der Jagd im Wald, ihrem Albtraum und dem Gefühl, dass da tatsächlich jemand gewesen ist.

»Wer bist du?« Sie schüttelt sich.

»Peter, ich hörte etwas. Schritte. Ich wollte das Verdrängen, nicht wahrhaben und hatte immer mehr Angst!« Es klopft an der Tür und der Staatsanwalt Dr. Fürst erkundigt sich nach dem Ermittlungsstand. Mit dem »Nichts« ist er nicht zufrieden. Die Stimmung wird noch bedrückter, als er den Kopf schüttelt und von neunzehn Beamten und Beamtinnen der MOKO und einer vom LKA spricht, die nichts ermitteln.

»Da kommen Sie vom LKA zu uns, unterstützen die MOKO, und nichts passiert!« Peter Vogel widerspricht und sieht die brauchbaren Ermittlungsansätze im Mordfall Hubertus A. Heil. »Die Suche nach dem Mann im Yeti-Anzug läuft auf Hochtouren.« Alice schaut betroffen drein und unterstützt ihren Kollegen. »Ja, wir kämpfen für den Erfolg!« Kopfschüttelnd verlässt Dr. Fürst das KKii.

»Das war ein reichlich indisponierter Auftritt«, sagt Alice und Peter nickt. Der Hinweis vom Staatsanwalt sitzt, die Menschen hätten Angst vor einem Waldspaziergang im Mord-Wald. »Das nächste Chaos kommt bestimmt, und es scheint immer wieder eine Überraschung zu sein, dass sich ein Ermittlungserfolg nicht auf Anordnung herbeiführen lässt.«

»Wir kämpfen uns mühsam, Stück für Stück an den Täter heran, aber das bemerkt niemand!« Er nickt. Die Kriminalbeamten gehen davon aus, dass man jetzt in die Schlacht gehen sollte. Ein polizeilicher Hinweis auf einen Mann mit Wolfsmaske muss in klaren Worten öffentlichkeitswirksam geschaltet werden. »Es ist richtig, endlich den Turbo zu zünden!« Entweder beunruhigt das den Täter und er macht Fehler, oder er taucht unter.

War das gestern im Wald der Wald-Mörder? Die Frage, ob sie auch weiterhin noch zur Jagd im Offenbacher Stadtwald geht, beantwortet sie mit einem kämpferischen Ja. »So ein Psycho-Lunatiker macht mir keine Angst!«

Peter empfiehlt, dass sie immer ihre Dienstwaffe mitführt. »Du weißt ja nie, was da noch passiert.«

Alice geht ins Büro, denkt an die Zusammenkunft mit Danuta Kaminski und die Angst, die sie selbst gespürt hat. Nach dem brutalen Mord an Hubertus A. Heil gibt es leider wirklich keinen Ermittlungsdurchbruch. Sie bearbeitet die Cold-Case-Fälle im Zusammenhang mit dem aktuellen Mordfall. Der Arbeitstag endet, wie er begonnen hat, mit Ermittlungen.

»Was siehst du wohl in diesem Augenblick, und wie viel Farben hat deine Welt?«

Im Hotel duscht sie, isst einen kleinen Imbiss und legt sich müde ins Bett.

Eine eiskalte Klammer legt sich um sie, sie zittert. Die Bäume im Wald, die das Dunkle noch schwärzer machen. Sie fröstelt. Beim Rückweg vom Ansitz stößt sie mit ihrem Fuß auf einen Gegenstand. In einem Eimer liegt ein verwester menschlicher Kopf. Ihr wird schwindelig, ihr Unterkiefer klappt nach unten und der Albtraum ist zu Ende geträumt.

Gerald

Am nächsten Morgen pocht der gebrochene und entzündete Zeh. Gerald kratzt sich, der Eiter spritzt im hohen Bogen auf die fleckige Ledercouch und das Pochen ist weg. Diese Zugsalbe wirkt gut. Dann trägt er die homöopathische Salbe auf den Zeh und frühstückt, füttert Hund und Ratte und schreibt sich eine Einkaufsliste für den Baumarkt. An einer Ampel hält diese junge Fahrradfahrerin neben ihm und lacht ihn an. Es kribbelt und juckt, doch als die Ampel auf Grün schaltet, denkt er an seine Braut und fährt weiter. Der Baumarkt hat wegen Corona geschlossen. *Dann fahre ich nach Bayern! Dort gelten andere Coronaregeln.* MACHEN WIR EBEN EINEN AUSFLUG, sagt die Stimme zu Gerald.

Fünf mittelstarke Styroporplatten, Fugenkleber, einen Teppich für fünfunddreißig Euro im Angebot und einen 10-Liter-Plastikeimer packt er in den VW Passat. Auf dem Parkplatz fällt ihm diese junge Frau auf, die einen engen Jogginganzug trägt und beim Beladen des Kofferraumes ganz verdächtig ihren Hintern nach oben hält. »Pack das Miststück ins Auto, du Idiot!« Gerald schüttelt mit dem Kopf. »Wickel sie in den Teppich. Für was kaufst du sonst einen teuren Teppich?« Gerald ignoriert die Oma.

Auf der Heimfahrt stoppt er beim Imbiss und kauft Jägerschnitzel mit Pommes und Salat. Drei Flaschen eiskaltes Weißbier runden das Mahl in der lauschigen Veranda ab. Gut gelaunt schaut er auf den Aschenbecher, mit dem er Gerda Schuler erschlagen hat. Abends verbaut der fleißige Mann die Styroporplatten am Fenster.

Es soll ja schließlich niemand die Braut hören, wenn sie stöhnt. Den Teppich mit dem Sonnenbildmuster legt er auf dem Lehmboden aus und stellt den Stuhl aus Omas Zimmer darauf. Die Alice soll keine kalten Füße bekommen. Die Kette, an der er als Bub so oft gefesselt war, ist frisch geputzt und reicht bis zum Stuhl. Zehn Kabelbinder liegen auf der alten Kommode und auf Omas Fass hat er eine Bonbondose mit leckeren Sahnebonbons und eine Karaffe mit Wasser platziert. Die online bestellten weißen Socken, Damenslips und zwei Handtücher liegen daneben. Auf ein Wäschegestell hat er eine Decke zum Umhängen gelegt. *Falls die Alice im Keller friert.* Darunter ein Eimer zum Pinkeln. *Damit sie sich nicht einpökelt oder auf den neuen Teppich nässt.* Die dunkle Stimme in seinem Kopf lacht boshaft. DAS IST JA GENAUSO SCHÖN WIE FRÜHER! ALS DU SELBST IM DUNKLEN KELLER GEHOCKT HAST! Gerald hört weg. »Und wo ist der Riemen?« Die Stimme lacht abgrundtief hässlich und laut! »Was für ein schöner Teppich!« Gerald wird böse. »Brauchst nicht so blöd zu lachen!«

Außerdem will ich die nicht lange im Keller halten. Nach der Renovierungsarbeit im Keller betrinkt sich der fleißige Arbeiter.

Nicht nur die Glöckchen an Omas Hand bimmeln im leichten Sommerwind, in seinen Ohren klingeln alle Glocken. Er ist im siebten Himmel, einfach in Hochform, motiviert und erregt sich beim Gedanken an die Hochzeitsnacht mit Frau Winter, geborene Stech. »Da musst du dreckiger Kerl dich erst mal richtig einseifen und waschen und ordentlich rasieren. Auch unter den Armen und um den Pimmelmann herum!«, ermahnt ihn die Oma und er schämt sich. *Dreckiger speckiger Mörder muss sich erst einmal schön machen!* Der Verliebte versucht, die Stimmen in seinem Kopf zu ignorieren, summt wie eine Biene und guckt sich mit dem Rasierspiegel überall an. *Was für ein dreckiger Kerl.* Gerald denkt an den Abend im Haus, als Doris ihn in einer alten Zinkwanne im Garten gebadet hat. Die kleine Ente zum Spielen mit dabei. *Ja, das war schön!*

Oma nervt und singt ein Lied. »Summ, summ, summ, Bienchen summ herum. Ei, wir tun dir nichts zuleide, flieg nur aus dem Wald und Heide. Summ, summ, summ, Bienchen summ herum! Such in Blüten sich ein Blümchen, dir ein Töpfchen, dir ein Krümchen ...« Und dann sagt sie, dass er die Schlampe heimholen soll.

Frühmorgens mit einer Seife in der Hand eine Brunnenwasser-Körperwäsche! Der Dackel rennt zielstrebig zum Teich. Dort liegt kopfüber Erna Meier im Wasser. »So ein Mist, das gibt es doch gar nicht!« Gerald ist betrübt, schockiert und auch fasziniert von der Situation am Gartenteich. *Die Nachbarin wollte ihm doch einen Vanillepudding mit frischen Brombeeren machen.* »Das fällt wohl jetzt aus!«, sagt er zum Hund. »Da kannst du jetzt lange darauf warten.« Oma lacht gehässig. »Die Meier konnte ich nie leiden.« Er hockt sich auf die Uferbefestigung und steckt sich eine filterlose Zigarette aus der blauen

Packung an. Die Ratte krabbelt auf der Leiche herum. *Schön gruselig,* denkt Gerald. FEHLT NUR NOCH DER VOLLMOND ZUM GRUSELFILM!, sagt die Stimme. »Ja,« antwortet Gerald. RATTE AUF LEICHE, WELCH SCHÖNES BILD! Boshaftes Lachen in seinem Kopf. *Vielleicht frisst sich das Monster ja in die Erna hinein und baut sich ein Rattennest in den Gedärmen. Wie konnte denn so ein Unglück passieren?* Nachdem er eine halbe Stunde auf die tote Erna und die auf ihrem Körper herumkrabbelnde Ratte gestarrt hat, schmust er mit dem Hund auf der Ledercouch. Der Dackel frisst ein Leberwurstbrot und Gerald schläft betrunken ein.

Der Albtraum führt ihm das Unglück am Gartenteich vor.

Erna stellt das Körbchen auf eine Steinplatte neben dem Rohrzufluss. Ganz oben hängen die dicksten reifen Beeren und die alte Frau greift danach. Im Unterbewusstsein sieht sie etwas aus dem Holunderbusch huschen und dreht sich in diese Richtung. Eine riesige Ratte hockt neben dem Körbchen, zischt und wartet aufs Fressen. Erna Meier erschrickt und hat Angst. Dann passiert das Unglück.

Oma krabbelt aus dem Rattenfass und greift nach dem Körbchen. Die Nachbarin verliert den sicheren Halt auf der Steinplatte und taumelt. Oma Erika schubst sie ganz sachte in den Teich. Erna Meier liegt mit dem Kopf unter Wasser und schafft es nicht, sich alleine aufzurichten. »Blubb, blubb, blubb. Der blinde Fisch, der macht nur blubb!« Erna Meier ertrinkt, während die Oma sich am Teich totlacht. »Das hättest du sehen müssen, mein liebes Fräulein! Die hat Blasen geschlagen.« Dann ist der Albtraum vorbei.

Gerald kocht Kaffee und sitzt nachdenklich am Tisch. *Was mache ich mit der Leiche von Erna?* Und da ist sie wieder, die dunkle Stimme im Kopf. »DAS IST DIE BANALITÄT DES BÖSEN, LIEBER GERALD!« Er versteht das nicht. Die Stimme hilft ihm auf die Sprünge: »So wirst du auch nicht so fett, ohne den Vanillepudding, mein Lieber!«

Mordkommission, Tag 12

Alice studiert die Ermittlungsakten im Vermisstenfall der Gerda Schuler. Aus den Akten geht hervor, dass keine Meldung über eine eingelieferte Frau ins Krankenhaus vorliegt. Auch gibt es keine Unfallmeldungen.

Da war dieser Mann mit Hund, der die Leute einfach so erschreckt und sich hinter einer Wolfsmaske verborgen hat. *Man braucht einen Zeugen!* Der Täter scheint sich im Wald gut auszukennen. Könnte ein Jäger, Förster, Pilzsammler sein.

»Der Mörder kommt davon, wenn wir nicht endlich das entscheidende Puzzleteil finden. Wie vor siebenundzwanzig Jahren!«

»Ich kriege dich, Bestie!«

Nach der Teambesprechung geht sie ins Büro und schreibt einen Bericht an den Staatsanwalt und den leitenden Polizeidirektor. Inhaltlich geht sie davon aus, dass der Täter einen regionalen Bezug zu Offenbach bis Hanau hat, wo er die Puppen und toten Tiere zur Schau stellte. Vielleicht führt der Mörder ein ganz normales Leben und lässt seinen bösen Gewaltfantasien bis hin zum Mord freien Lauf. Der Psychopath ist gefährlich. Die Polizei muss und wird verstärkt öffentlichkeitswirksame Aushänge, Flyer und Aufrufe im Fernsehen und Radio realisieren, um an neue Zeugen zu kommen. Der Büro-Mief drückt und die Kriminaloberkommissarin braucht frische Luft, also fährt sie am späten Nachmittag zum Tatort in den Mord-Wald. Durchatmen an der frischen Luft. Das ist Krafttanken pur.

Haben wir etwas übersehen? »Du hast dich hier gut ausgekannt, richtig?«

Die letzten Sonnenstrahlen leuchten durch die Bäume und Alice hört den Atem der auf die Nacht lauernden Kreaturen.

»Bist du im Wald unterwegs, Mörder?«

Alice greift an den Gürtel und sie spürt den beruhigenden Druck der SIG Sauer-Dienstpistole. Sie denkt an ihre Oma und insbesondere an Omas Apell. »Nach Sonnenuntergang geht man nicht in den Wald!« Ohne Angst spaziert sie durch die Bäume und fährt danach ins Hotel. Eine Tüte Chips, eine Dose Öl-Sardinen und ein Glas trockenen Rotwein. Alice mag ihren Beruf.

»Eines habe ich als Polizistin gelernt, nämlich dass, die Menschen nicht das sind, wofür man sie hält.«

Alice denkt an ein Würfelspiel. Wenn sich der Würfel dreht, sieht man eine andere Seite. Vielleicht lebt der Täter mit Familie im Haus. Das ist die eine Seite. Und die andere Seite des Würfels ist die böse gewalttätige Fantasie in seinem Kopf.

Hört er eine Stimme, die ihn auffordert, böse zu sein? Das Würfelspiel verdreht die Ansicht und der Mörder findet das in seiner Persönlichkeit durchaus normal, vielleicht sogar vernünftig. Die Absuche des Waldes hat damals nichts ergeben. »Wo hast du sie hingebracht? Wo hast du ihre Leiche vergraben? Und wo hast du den Finger von Danuta Kaminski versteckt?« In ihrem Kopf rauscht es und die Fälle taumeln umeinander. Sie spürt, dass derselbe Maskenmann, der oft einen Hund mit sich führt, der Gesuchte ist. Sie jagt den Täter und will den Toten eine Stimme geben.

Gerald

Gerald hat Ohrenstechen und weint. Omas Kichern hört er überall im Haus, und die neue freundliche, doch eindringliche und tonangebende Stimme im Kopf macht ihn unruhig. Plötzlich steht Oma kopfschüttelnd an der Tür. »Na, hat die kleine Heulsuse wieder mal ein Wehwehchen?« Gerald ist angewidert vom Anblick der Wachsleiche. *Ist das ein Traum oder ist das real?* Als er die Oma ermordet und ins Fass gesteckt hat, hat er nicht darauf geachtet, dass das Fass luftundurchlässig ist und die Tote konserviert. *Was für eine Scheiße!*

»Es verseift das Fett unter der Haut, um die Organe herum«,

kichert sie. »Im stickigen Fass gibt es zu wenig Sauerstoff. Das ist, wie im Lehmboden begraben zu sein.« Gerald bewundert Omas Weisheit. Beim Verschweißen des Fassdeckels hat er nicht daran gedacht.

»So eine Scheiße!«

»Du bist einfach für alles zu blöd.« Er zuckt zusammen und Oma lacht. Ohne Sauerstoff können keine Bakterien die Leiche zersetzen. In seinem Kopf kriegt er nicht mehr alles zusammen. *Die hat er doch totgeschlagen, so wie ihm das die dunkle Stimme aufgetragen hat!* Wieso spukt die dann im Haus herum, um ihn zu ärgern oder zu kontrollieren? Er weiß es nicht.

An die geistigen Aussetzer in seinem Kopf hat sich der Fünfundvierzigjährige gewöhnt und sich damit arrangiert.

»Macht zu haben, ist nicht so viel, wie das, was du daraus machst!«, flüstert Oma ihm ins Ohr. »Du bist mir vielleicht ein Fräulein.« Gerald trinkt aus der Wodkaflasche. Sie erzählt ihm, dass bereits alles, ja, jede Vergnügung pandemiebedingt ausfällt und sie sich langweilt. Aber dass er ihr auch noch die Freude auf ein schönes Ereignis wegnimmt.

Oma spricht von der Braut, die ihr dann die Fußzehen schneidet und die Haare am Rücken entfernt und die hässlichen Pickel ausdrückt! Gerald ekelt sich vor dem Anblick. Die hübsche Alice fasst doch nicht dieses hässliche Miststück an. *Niemals!* »Weil du aber immer so blöd bist, kriegst du die Schlampe nicht nach Hause.« Gerald träumt von der bleiernen Zeit, und die Einsamkeit wirkt wie ein Verstärker. Nichts ist mehr so, wie es einmal war. Das Coronavirus lässt es krachen und viele Menschen fühlen sich einsam, hat er in der Zeitung gelesen. *Diese Arschlöcher. Ich bin immer allein.* Er trinkt eine halbe Flasche Wodka und geht in sich. *Irgendwie hat die Wachsleiche recht, er kriegt die Braut nicht ins Haus!* Oma kichert und geht in den Keller. »Schaff die Alte vom Hof!«, ruft sie ihm noch zu.

Gerald überlegt, was er mit der Leiche, die im Teich liegt, tun soll. *Durch die Hitze bläht der Körper schnell auf, und draußen ist es heute heiß.* Er hockt am Teich. Die Ratte hat sich in Ernas Oberschenkel hineingefressen. »Nein, du frisst mir die Erna nicht auf! Nein, nicht du!«, sagt er zum knurrenden kleinen Hund. *Ich muss die Tote herausholen und loswerden.* Der Versuch, im Garten mit dem Spaten ein Loch zu graben, misslingt. Der Boden ist knochentrocken. *Vielleicht sollte ich die Erna im Lehmboden im Keller begraben.* Schnell gibt er den Plan auf, denn Oma würde ihm die Hölle heiß machen. *Die konnte ihre Nachbarin nie leiden.* Rühreier mit Speck und eine Scheibe Bauernbrot, zwei Flaschen Weißbier. »Du brauchst Kraft, um die Erna zu entsorgen.« Oma weist ihn an, sich doch mal im Nachbarshaus umzuschauen. »Die hat vielleicht im Haus ihr Geld versteckt.« Gerald träumt betrunken in den Tag.

Dann erklärt Oma den Schlachtplan: Die Entsorgung der Leiche im Altkleider-Container. »Zuvor sägst du ihr den Kopf ab, hast du das kapiert?« Das hat er und macht sich an die Arbeit. Die schwere tote Frau aus dem Teich zu bergen, gelingt, sieht man vom durchgeschwitzten dunkelgelben Unterhemd einmal ab. Die aufgeblähte Leiche zieht er mit einem Traggurt hinters Haus und holt die Kettensäge aus dem Schuppen. »Jetzt mach schon, Fräulein.« Oma beobachtet ihn bei der Arbeit und kichert belustigt im Hintergrund. Sie hat ihm gesagt, dass die Leiche ohne den Kopf nicht identifiziert werden kann. Das hat er verstanden. Blut, Hautfetzen, kleine Fleisch- und Knochensplitter spritzen herum und er bekommt die volle Ladung ins Gesicht. Nach kurzem Lauf ist der Kettensägelärm vorbei. Mit einem Stück Papier von der Küchenrolle wäscht er sich die Krümel aus dem Gesicht. *Was soll ich mit dem Kopf machen?* Oma liest seine Gedanken und spottet: »Der leistet mir im Keller Gesellschaft und wir singen Kirchenlieder!« Gerald greift den abgesägten Kopf an den Haaren und legt ihn, so wie er ist, in die Tiefkühltruhe. Um 23 Uhr hat er die kopflose Erna Meier in den alten VW Passat geladen. Als er die Leiche mit einer grünen Plane zudeckt, furzt Erna Meier ins Auto. *Das gibt es doch gar nicht!* Angewidert hebt er die Folie und der Nachbarin entweicht schon wieder Luft. »Du Sau!«, sagt er zur Erna, denn er ist auch noch dazu beleidigt, dass er den versprochenen Vanillepudding nicht bekommen hat. *Für was habe ich das Tor aufgelassen?* Kaum Verkehr auf den Straßen und er fährt selbstsicher mit der kopflosen toten Erna durch die Stadt. Auf der Mühlheimer Straße wird er aus seinem wilden Summ-Gesang gerissen, als er die Lautsprecherdurchsage eines Polizeiautos hört. »Rechts ranfahren. Polizeikontrolle!« Gerald stockt der Atem. *Was für eine Scheiße!* Ein Polizist steht kurz danach neben dem Auto und gibt ein Handzeichen. Der Mörder setzt die Mund-Nasen-Schutzmaske auf und öffnet das Fenster. *Die Impfstrategen und ihre Vasallen.* Jetzt steht so ein Helfershelfer der Impfdiktatur direkt neben ihm.

Ob ich ihm einfach in den Kopf schießen soll? »Kannst dann die Mütze behalten, Gerald«, flüstert ihm Oma ins Ohr. Der schwere Revolver, den er als Beute vom Mordschauplatz gestohlen hat, steckt geladen im Ablagefach der Fahrertür. Der Polizist grüßt und spricht von einer allgemeinen Verkehrskontrolle, außerdem sei das Bremslicht defekt. »Jetzt sperren die dich weg, du Idiot.« Oma kichert. »Hättest die Glühbirne austauschen sollen.« Gerald ärgert sich. »Halts Maul!«, ruft er und der Polizist fragt ihn, was er da gerade gesagt hätte. Er zittert, das Herz rast und die böse Stimme erteilt ihm den Auftrag, den Bullen zu erschießen. Gerald atmet tief ein und aus und sammelt sich. *Soll ich das wirklich machen?* Mit dem Kopf hoch und runter nickend ist er bereit, die beiden Polizisten zu ermorden. *Dann kann ich die Mützen auf dem Flohmarkt verkaufen.* Plötzlich sieht er, dass der am Streifenwagen stehende Polizist drei Augen hat. *Der Dreiäugige hat bestimmt einen Chip im Kopf!*

Zum Angriff auf die Polizisten kommt es nicht. »Code 2! Lass das Bremslicht in Ruhe und steig ein!« Dem Polizeibeamten gefällt das gar nicht, doch er lässt Gerald mit der Leiche im Auto stehen. *Da hat der Gerald aber Glück gehabt.* SO NAH BEI DER

IMPFDIKTATUR, sagt die Stimme, und Gerald wundert sich, dass er die Stimme und die Oma im Kopf hat. »Dass die anders sind, riecht man!« Omas Lachen ist grauselig und ihre Stimme klingt falsch. *Die Alte will, dass ich eingesperrt werde. Dieser böse hässliche Dämon.* Gerald trinkt den Flachmann leer und fährt kurz danach weiter. Im Kreisel, der lokal auch Polizeikreisel wegen der ansässigen Polizeiverwaltungshochschule heißt, flüstert ihm die Oma ins Ohr: »Glück gehabt, Glück gehabt, der Dreckskerl, der hat Glück gehabt!« Gerald fährt auf der B8 durch Mühlheim in Richtung Hanau und biegt in Mühlheim Dietesheim am Lidl in die Stadtmitte ab. Kurz darauf fährt er rechts und stoppt den Transport der Leiche auf dem Parkplatz vor den Containern. Von der Straße aus völlig uneinsehbar und in den Häusern bei der Bücherei sind alle Rollläden geschlossen. Die Kopflose hat er mit Paketklebeband verschnürt und hievt sie aus dem Kombi heraus. Die Entsorgung ist schwer.

»Mann, ist die Alte fett«, meckert er beim Hochheben der zugeklebten Leiche. Dann reißt auch noch das Paketband an den Beinen auf. Nur mit aller Kraft gelingt es ihm, die Tote in die Mulde des Containers zu heben. »Das Entsorgte wehrt sich«, lacht Oma gehässig. Er klappt die Mulde in den Container und die Erna rutsch hinein. »Was für eine Oberscheiße!« Die Oma und auch die dunkle Stimme in seinem Kopf lachen sich fast tot. MANN, IST DER IDIOT UNGESCHICKT! Gerald blendet die Kritik aus und summt. Ernas Beine ragen aus dem Container, trotz aller Muskelkraft kann er das Problem nicht lösen. Ein Schluck aus der Bierdose und eine Zigarette aus der roten Packung. *Die Scheißarbeit macht durstig!* Noch ein Versuch, doch die Beine ragen immer noch aus der Containerklappe. Gerald lacht von ganzem Herzen über das skurrile Bild. LACHEN TUT GUT UND STÄRKT DEINE ABWEHRKRÄFTE!, erklärt ihm die Stimme in seinem Kopf.

Das ist mir jetzt egal, denkt er und fährt nach Offenbach-Bieber zurück. Auf der Rückfahrt singt Oma ein Lied. »Kuckuck hat sich zu Tod gefallen von einem hohen Weiden. Wer soll nun den Sommer lang die Zeit und Weil vertreiben?« Gerald lacht. *Jetzt klingelt die Nachbarin auch nicht mehr an der Haustür.* »Die dumme Kuh stört uns jetzt nicht mehr«, *sagt Oma.* Heute hat er Glück, denn im Rückspiegel sieht er den Streifenwagen, der an der nächsten Straßenkreuzung rechts abbiegt. Wieder ist er einer Kontrolle entgangen. *Zum zweiten Mal, ihr Mörder-Jäger!* Zu Hause schneidet er drei Scheiben vom Bauernbrot ab und schmiert Leberwurst drauf. Nach dem Essen trinkt er zwei Flaschen Weißbier und schläft ein. Oma lässt keine Ruhe und kritisiert seine Dummheit. »Du kriegst nichts hin!« *Gucken halt die Beine in die Luft!* »Halts Maul, Oma!« »Die finden dich und sperren dich weg.« Er lacht verunsichert. *Der Kopf liegt doch in der Truhe. Da weiß keiner, wo die Käsefüße hingehören!* »Kriegst nichts hin und begreifst nichts!« Er brüllt sie an: »Du bist tot!« Es bleibt einen Moment ruhig, dann weist Oma ihn zurecht. »Wenn du tot bist, dann weißt du das nicht, dass du tot bist. Es ist schwer für andere, das zu verstehen. Genauso ist es, wenn du ein Idiot und blöd bist!« Gerald versteht das alles überhaupt nicht, aber dass er gegen die Coronamaßnahmen vorgehen muss, schon! *Bin ich ein Idiot?*

Mordkommission, Tag 13

Der Kriminaldauerdienst informiert die MOKO um 6.18 Uhr, dass im Kreis Offenbach in Mühlheim am Main ein Mensch aus einem Altkleider Container herausragt. Der Bereich ist bereits von den Kollegen der Schutzpolizei abgesperrt worden. Ein Mann – mit seinem Hund unterwegs – hat am frühen Morgen die Polizei alarmiert, als der Hund ihn zielstrebig zum Container gezogen hat. Um 7.05 Uhr treffen die Kriminalbeamten fast zeitgleich mit der Spurensicherung am Tatort ein. Es ist ein schreckliches Bild für die Einsatzkräfte. Die Beine einer leblosen Person ragen aus dem Altkleidercontainer heraus, der auf dem Parkplatz der Bücherei steht. Der EKHK entscheidet, dass die Feuerwehr den Container öffnet und die Person aus der Mulde herausgelöst werden kann. Um 8.10 Uhr hat die Feuerwehr das Problem technisch gelöst und die kopflose Leiche liegt auf dem Parkplatz. Der vorsichtshalber alarmierte Notarzt kann unverrichteter Dinge abfahren. Die Person wird noch an Ort und Stelle für tot erklärt. Die Frau hat keine Ausweispapiere mitgeführt und die Identifizierung kann vor Ort nicht erfolgen. Die Leiche wurde ohne Schuhe abgelegt. Die Spurensicherung arbeitet am Altkleidercontainer und im Nahbereich werden zwei filterlose Zigarettenkippen eingetütet. In der Mordkommission sitzen dann alle Beteiligten im Kantinenraum und setzen betretene Mienen auf. Der Mordfall an dem Jagdpächter, dem der Täter die rechte Hand abtrennte, ist noch nicht aufgeklärt, und jetzt eine weibliche Leiche ohne Kopf. Peter Vogel spricht von einer grausigen und schrecklichen Tat. Der Kopf der Toten wurde mit einer groben Säge, so wie es aussieht, mit einem Motorsägeblatt abgetrennt.

»Es handelt sich um einen Täter ohne jegliches Gewissen«, sagt Alice in die Runde. Die Obduktion der Leiche ist noch nicht abgeschlossen.

Der Mord passt in das Bild der anderen ungeklärten Kriminalfälle. *Eine Mordserie in Offenbach?* »Der Täter hat der Frau den Kopf abgesägt und für sich behalten. Das passt ins Fahndungsmuster nach der Suche eines sadistischen Souvenirsammlers!« Des Weiteren gibt sie bekannt, dass die Polizeidirektion und die Staatsanwaltschaft grünes Licht zur Öffentlichkeitsfahndung, die die ungeklärten Kriminalfälle aus 1993 retrospektiv noch einmal ins Bewusstsein der Bevölkerung bringt, gegeben haben.

»Vielleicht meldet sich ja auch nach siebenundzwanzig Jahren ein Zeuge.«

Peter bewundert die Zielstrebigkeit der jungen Kollegin. *Die macht eigentlich alles richtig!*

Nach der Teambesprechung lädt er die Kollegin zu einem Glas Wodka in seinem Büro ein und sie fragt, ob er für eine Flasche Bier und eine Tüte Kartoffelchips mit ins Hotel kommt.

Der Abend übertrifft alle Erwartungen, und eng umschlungen schläft ein Teil der MOKO »Hand« im Hotelbett, ohne Angst vor Kontrollverlust.

Alice träumt, dass der Wald-Mörder sie verfolgt und herausfindet, dass sie ein kleines Tête à Tête mit ihrem Chef hat. Morgens stürmt der Wolfsmaskenmann mit einer Mistgabel in der Hand in der Hotelgarage auf den Kollegen zu und verletzt Peter Vogel schwer. Der Chef verblutet noch am Tatort.

Mordkommission, Tag 14

In der Hotelgarage gibt es keinen Vorfall. Es war nur ein Traum. Beide frühstücken im Büro und hören das finale Obduktionsergebnis von Dr. Sauer, die kurz und knapp mitteilt, dass die kopflose Frau aus dem Altkleidercontainer ertrunken ist. Der Frau wurde post-mortem der Kopf mit einem groben Sägeblatt unsauber abgetrennt. In der Lunge hat sie Wasser entdeckt. Es ist aus einem stehenden Gewässer, aus einem Tümpel zum Beispiel. Alice informiert per W-App das MOKO-Team. Die Frage, wie die Person ertrunken ist und ob Fremdverschulden die Todesursache ist, muss ermittelt werden.

Die Suche nach dem Teich, See oder Tümpel wird genauso schwierig eingeschätzt wie die Suche nach der Identität der kopflosen Toten ohne Ausweis. Die Polizeidienststellen werden nach vermissten älteren Frauen befragt, doch es gibt keine Treffer. Die Auswertung der Video-Verkehrsüberwachung im Stadtgebiet ergibt keine Vorkommnisse. Der Müllcontainer, der Ablageort der kopflosen Frauenleiche, ist nicht videoüberwacht.

Gemeinsam mit der Pressestelle des Polizeipräsidiums Südosthessen hat Alice eine aufwendige Meldung verfasst, in der nach einem Mann mit Hund gesucht wird, der in der Zeit von 1992 bis 1995 im Wald zwischen Offenbach bis nach Hanau aufgefallen ist und Menschen erschreckt hat. »Der Mann sei oft mit einer Wolfsmaske auf dem Kopf aufgefallen.« Die Meldung ist raus«, sagt Alice. »Mal sehen, wie es läuft.« Der Aufruf wird in den Tageszeitungen im Rhein-Main-Gebiet, über Flyer an Waldparkplätzen platziert und über das HR-Fernsehen ausgestrahlt. Am frühen Nachmittag gibt es einen ersten Zeugen. Alice spricht kurz darauf mit Herrn Eitel. Der Zeuge erinnert sich an die Waldjugendspiele 1993. Damals war er als Schüler in der sechsten Klasse dabei. Das hätte ihm damals viel Freude gemacht. *Zeugen sucht man sich nicht aus!* Alice wird ungeduldig und Jürgen Eitel spricht von Teamgeist, Geschicklichkeit und auch von der Rolle des Spähers. So sei er als Späher in den Wald geschickt worden. Der Auftrag bestand darin, seltsame und auffällige Dinge in einem Notizblock aufzuschreiben und der Klasse am Nachmittag kundzutun. Herr Eitel wurde als Späher vom Startpunkt am Ausflugslokal »Zum Auerhahn« losgeschickt, und dann hat er alles notiert. Er lacht und spricht von einem Zufall. Beim Aufräumen des Dachbodens hat er in einer Kiste seine Hefte, darunter den Notizblock von den Waldjugendspielen 1993, entdeckt. *Doch ein guter Zeuge!* »Ja, und bei den Notizen stand etwas von zwei Männern, einer davon mit einer Wolfsmaske auf dem Kopf, die die Schiebetür eines grünen VW-Bus geöffnet haben. Der Mann mit der Maske hatte einen großen schwarzen Dobermann bei sich. Der Hund ist in den VW-Bus gehüpft. Die Männer hätten dann eine Dose Bier getrunken. Der Mann ohne Maske hätte den Maskenmann mit Gerald angesprochen und Gerald den anderen unmaskierten Mann mit Willi. Als ich entdeckt wurde, da hat der Gerald gebellt wie ein Hund und ich bin davongerannt.«

Leider hat der Herr Eitel das Fahrzeugkennzeichen nicht notiert. Sie bedankt sich herzlich beim Späher und sieht deutliche

Verbindungen des Maskenmannes mit Hund zum Mordfall Danuta Kaminski und dem Vermisstenfall Gerda.

»Hallo Maskenmann, wir kommen dir immer näher!« *Der hat doch wie eine Biene gesummt!*, denkt Alice.

Blick in die Welt der Personen mit dissozialer Persönlichkeitsstörung. Alice findet Parallelen zum Waldschreck. *Könnte auch Blick in die Welt der Honigbienen mit doppeltem Stachel heißen.* »Wer Verbrechen begeht, darf nirgendwo sicheren Rückzugsraum haben. Auch nach langer Zeit nicht.« Peter Vogel nickt. »Alice, ich wünsche uns den Sieg. Ob dreckig, wunderschön oder mit Trompeten und Fanfaren!« Alice lächelt. »Wir machen das Netz für den bösen Mann mit Hund jetzt zu!« Zuversicht in der Mordkommission, den Fall aufzuklären. Der Fahndungsaufruf hat bereits zweimal einen Treffer gelandet. Der Vorfall in Hanau Steinheim, wo ein Mann mit Wolfsmaske an einen Baum angelehnt den Tarnanzug wechselt und den Zeugen angebellt hat. Jetzt die Information zu den Waldjugendspielen 1993. Auch der Hinweis eines Revierförsters passt. Der Forstmann hat dem Maskenmann mit Hund den Verweis erteilt, mit dem Schrecken von Menschen aufzuhören. Der Förster ging damals davon aus, dass der Mann mit einem VW-Bus herumfuhr und einen Dobermann führte. Und im Mordfall Danuta Kaminski ist in den Akten von einem frischen Hundebiss am Bein des Mordopfers die Rede.

Auch im aktuellen Mordfall wurde das Mordopfer von einem Mann mit Hund eingeschüchtert. »Dieselbe Person!« Alice freut sich über die Zusammenhänge und die Komplexität der verschiedenen Straftaten. »Mann mit Hund, das ist unser Schlüssel!« Peter nickt. »Der hat einen Hang zu Hund, Wald, Jagd und speziellen Verhaltensweisen, der summt, bellt, sticht und beißt, dazu die notwendige Disposition des Körpers, er nimmt eine angsteinflößende Haltung ein und setzt einen finsteren Blick auf. Dabei gerät er aus dem Gleichgewicht und es entwickelt sich der Zugang ins Böse und Dunkle.«

Gerald

Gerald ist heilfroh, dass er die Nachbarin losgeworden ist. Die Meldung in den Nachrichten hat er mit großer Freude gehört. »Leiche in Müll entsorgt: Beine ragten aus dem Altkleidercontainer. Die Kriminalpolizei ermittelt. Ein schreckliches Bild bot sich Rettungsdienst, Feuerwehr und Polizei am frühen Morgen auf dem Gelände der Willy-Brandt-Halle und dem Parkplatz der Stadtbücherei. Die Beine einer leblosen Person schauten aus dem Altkleidercontainer heraus. Für die Person kam jede Hilfe zu spät, ein hinzugezogener Notarzt konnte nur den Tod feststellen. So wie die Polizei mitteilte, wurde der Kopf der Leiche abgetrennt.«

Gerald freut sich! *Da sind die Krümel beim Sägen durch die Luft geflogen!* Die gefiederten Leichenhacker und die Mäuse haben etwas Leckeres zum Fressen gehabt. *Kann ich meiner Braut diese tollen Geschichten erzählen?* Insbesondere, weil die Offenbacher Bullen ihn mit der Leiche im Auto herausgewinkt und einfach haben weiterfahren lassen.

Diese geimpften dummen Menschen. Aber vielleicht ist sie dann sauer? Die ist doch selbst bei der Polizei. Ein liebevoller Blick auf die Braut. Die LKA-Beamtin bei der Pressekonferenz und Alice auf der Jagdkanzel vom Smartphone fotografiert. Das Foto aus der Zeitung hat er ausgeschnitten, mit einem Herz gewidmet, auf Pappe geklebt, und die gezoomte Handyaufnahme liegt ausgedruckt auf Fotopapier auf dem Küchentisch.

Die Braut, die älter ausschaut als seine große Liebe Gerda Schuler. *Aber das macht mir nichts aus.* Gerald hat im Fernsehen gesehen, wie liebevoll die Polizistin ihn bei der Pressekonferenz angeschaut und ihm einmal zugeblinzelt hat. *Das macht den Altersunterschied wett.* »So eine geile Puppe!«, flüstert die dunkle Stimme und der kranke Mann lacht. »Das ist doch auch nur eine Schlampe«, meint Oma kichernd. »Die hat dich doch mit ihrem verdorbenen Blick angemacht und ist für alle tollen Sachen auf der Ledercouch zu haben!« Gerald ist erregt. *Wie lang die wohl braucht, um mich zu mögen?* In Geralds Kopf dominiert die dunkle Stimme, spricht vom Lern- und Züchtigungseffekt. Das versteht er und in seinen Lenden juckt es schon. »Weißt du, wie jemand guckt, ist nur eine Momentaufnahme. Die muss dich mögen und deine finstere Seele verstehen. Dann kann was aus der Beziehung werden«, meint die Oma. Er ist so verliebt und zuversichtlich. Hoffnung in seinem Herzen, und der hübschen Polizeibeamtin wird es an nichts mangeln!

Das hätte er nicht denken sollen, denn Oma platzt in den Liebestaumel hinein, dass es ihm schwindelig wird. Ein Auftrag. *Quasi ein Hochzeitsauftrag zum besseren Gelingen.* »Bevor du heiratest, besuchst du diese Impfbefürworter und lernst denen das Fürchten. Hast du das verstanden, du Idiot?« Gerald nickt widerwillig, holt das Kleinkalibergewehr aus dem Tresor, ölt es ein und stellt es kurz darauf wieder zurück. Aber als hätte die Wachsleiche ihn noch nicht genug zurechtgewiesen, geht es weiter mit der zukünftigen Frau im Haus. »Diese Schlampe geht mir dann im Haus zur Hand. Die macht die Toiletten sauber, putzt die Wanne, trägt den Müll zur Tonne, reinigt den dreckigen Herd und Kühlschrank. Hast du das verstanden?« Gerald nickt betroffen und ist schon wieder besoffen. »Dann mache ich halt erst danach mit der Puppe herum, aber erst muss ich die Flecken von der Ledercouch abwischen«, sagt er zum Hund. Mittags fährt er in den Dietesheimer Wald und entsorgt die Ingrid. Das fällt ihm nicht leicht, denn er hat ja mit der Sex-Puppe viel Freude gehabt.

Immer wieder dreht er sich um und guckt auf den Karton mit den blonden Haaren und einem Bein. *Hoffentlich friert das süße Ding nicht in der Nacht.* »Du Idiot, die ist doch kalt!«, herrscht ihn die Oma an. Endlich lässt er los und hat nur noch Alice im Kopf. *Warte einmal ab, was wir alles miteinander machen.* »Hoffentlich ist die nicht krank, die Nutte!«

Gerald reagiert gereizt und Oma haut noch einen drauf. »So

eine Sexkrankheit wie bei deiner Mutter!« Nachdem er den letzten Staubsaugerbeutel in den Uraltstaubsauger gelegt hat, saugt er im ganzen Haus herum und der Staubsauger macht einen Höllenlärm. *Es soll ja schön sauber sein!*

Früh abends liegt er betrunken mit dem Dackel auf der Ledercouch, summt und der kleine Hund brummt im Traum dazu.

Die Stimme in seinem Kopf erklärt ihm, dass er sich ein schönes Verlobungsgeschenk ausdenken soll. MIT SPECK FÄNGT MAN MÄUSE! Gerald versteht das und denkt aufgeregt darüber nach. Plötzlich zweifelt er an dem Ratschlag, denn so wie es aussieht, hat ihn die Stimme ja zuvor auch nur reingelegt. *Töte den Dämon mit den Strahlenaugen!* Und alles hat er gemacht und alles ist so, wie es immer gewesen ist. Die Alte geistert im Haus umher und geht ihm auf die Nerven. Die dunkle Stimme lacht boshaft und plötzlich kichert die Oma dazu. Dann lachen die Stimmen furchterregend in seinem Kopf und er sieht, wie eine grinsende Katze auf dem Fensterbrett von außen in die Küche glotzt. Das macht Angst. DU MUSST DER IMPFDIKTATUR EIN ZEICHEN SETZEN, sagt die dunkle Stimme, und Gerald hört, wie sich die Oma bei der Stimme bedankt. »Der Gerald kriegt nichts hin, gut zu wissen, dass ihm da jemand die Spur weist!« Jetzt hocken zwei böse grinsende Katzen auf der Fensterbank. Gerald hat noch mehr Angst und zittert. »Pack etwas von dem Wildfleisch in einen Karton und schick das Gammelfleisch an den Oberbürgermeister, dann schreibst einen Hinweis: Eure Ergebnisse über die steigenden Infektionszahlen sind alle FALSCH-positiv! Gruß vom Impfgegner! Bald seid ihr Gammelfleisch!« Das ist eine gute Idee.

Aus der Tiefkühltruhe ein Stück Rehfleisch in den Karton, Packpapier drumherum und zugeklebt. Morgen in der Früh fährt er zu einem entfernt liegenden Postamt und schickt das Paket mit einem falschen Absender ab.

In der Nacht zieht ein Gewitter übers Rhein-Main-Gebiet und Starkregen prasselt aufs ausgetrocknete Land. Gerald träumt.

Oma erzählt, dass bereits vor zweihundert Jahren die Menschen impfskeptisch gewesen sind. »Gerald, die haben aus den kranken Kühen die Pockenviren extrahiert und den Menschen injiziert. Da gab es dann ganz fürchterliche Entwicklungen!« Gerald friert im Traum und folgt Omas bildlichen schaudervollen Erklärungen. So ist aus einigen der geimpften Menschen ein Kuh-Horn herausgewachsen und andere haben Hufe gekriegt. Oma baut die Brücke zum Coronavirus und zu den Impfungen. Gerald schaudert es, als sie davon spricht, dass es schon die ersten Menschen auf der Welt gibt, denen Fledermausflügel am Rücken wachsen. Die trauen sich nur noch in der Dunkelheit aus dem Haus. Er schwitzt vor Angst.

Das Gewitter zieht weiter und der Albtraum ist geträumt.

Gerald kriegt die Bilder des Traums nicht aus dem Kopf. *Fledermausflügel*! Als er auf dem Treppenportal sitzend ein eiskaltes Weißbier trinkt, fliegen gespenstisch zwei kleine Fledermäuse ins Licht. Gerald mag diese Insekten jagenden Nachttiere überhaupt nicht.

Mordkommission, Tag 15

Nach der Morgenbesprechung platzt die Info wie eine Bombe ins KK11. Im Dietesheimer Wald wurde ein Karton mit einem toten Kind gefunden. Peter Vogel prustet und spuckt Kaffee aus dem Mund. »So eine Scheiße! Das gibt es doch gar nicht!«

Die Fallanalytikerin sitzt nachdenklich am Tisch. *Wie und wo nimmt so etwas seinen Anfang?* Sie laufen zum Parkplatz und nehmen den Wagen von Alice, setzen das Magnetblaulicht aufs Dach und fahren zum Tatort. Über Handy kommt die Entwarnung.

Die Schutzpolizei hat in einem Karton nur eine entsorgte Sex Puppe mit blondem Haar entdeckt. »Da haben wir noch einmal Glück gehabt!« Alice nickt Peter Vogel zu.

Sie stoppen bei einer Bäckerei und Peter kauft Plunderstückchen zum Frühstück. Bei einer Tasse Kaffee im Büro entspannen sich die Ermittler für einen Moment. *Quasi Entschleunigung im Schnelldurchlauf.* Dann explodiert die richtige Bombe. In der Stadtverwaltung ist ein Polizeieinsatz wegen eines verdächtigen Pakets gemeldet. Die Schutzpolizei bittet um Unterstützung des KK11.

Alice trifft kurz darauf in der Poststelle im Rathaus ein. Ein persönlich an den Oberbürgermeister adressiertes Paket ist als verdächtig eingestuft worden.

Nicht nur der Empfänger, auch der Geruch machte den Poststellenmitarbeiter stutzig. Beim Durchleuchten des Poststückes stellt man nichts Relevantes fest. Nachdem ein Sprengstoffsuchhund geschnüffelt hat, wird das Paket geöffnet und man findet ein in Zeitungspapier eingewickeltes Stück Fleisch und einen Hinweiszettel: »Die/Eure Ergebnisse über die steigenden C-Infektionszahlen sind alle FALSCH-positiv! Gruß vom Impfgegner! Bald seid ihr Gammelfleisch!«

Alice informiert das KK12 politischer Staatsschutz.

Machen die radikalen Impfleugner jetzt so auf sich aufmerksam? Hat das etwas mit dem Mord am Jagdpächter zu tun? Am Mordplatz lag diese präparierte Katze mit der zerschnittenen Mundnasenschutzmaske und ans Auto wurde ein Hinweis der Impfgegner gekratzt. Das Fleisch im Paket für den OB Offenbachs wird in die Gerichtsmedizin zur genaueren Bestimmung transportiert. Gegen Mittag steht fest, dass es sich um Wildfleisch vom Reh handelt. »Guten Appetit!«, sagt Peter. *Waldschreck, tote Tiere präsentiert, Puppen mit eingestochenen Augen, der bestialische Mord am Jagdpächter, die kopflose Leiche und jetzt die Drohungen*, denkt Peter Vogel.

»Haben wir es mit ein und denselben Täter zu tun?« Könnte der Waldmörder tatsächlich auch Gammelfleisch verschicken?

Alice lächelt und bekräftigt diese Hypothese. Die Fallanalytikerin geht von einer eher chaotischen Konzeptgestaltung des

Täters aus. »Der bleibt aber auf seiner Spur!« Sofort fällt der Ermittlerin die Anzeige wegen Jagdwilderei im Zusammenhang mit den besonderen Vorkommnissen im Offenbacher Wald ein, nachdem ein in einer Mülltonne entsorgtes Reh aufgefallen ist. »Ist das Paket an den Oberbürgermeister von dir, Wald-Mörder?«

Alice geht der Gedanke nicht aus dem Kopf, dass der Täter irgendwann auch menschliche Körperteile verschickt. Seit fünfzehn Tagen ermittelt die Mordkommission im Mordfall. Die letzten vierundzwanzig Stunden im Leben des ermordeten Hubertus A. Heil wurden akribisch ausgewertet und dokumentiert. Die Ermittler führten unzählige Befragungen durch. Wer könnte in den Mord verwickelt sein? Wollte sich der Täter vielleicht rächen? Der Hinweis auf diesen Mann mit Hund und der Abschuss eines wildernden Hundes im Jagdrevier des Getöteten könnten eine heiße Spur sein.

»Brauchst du Aufmerksamkeit, Maskenmann?«

Nach einer Öffentlichkeitsfahndung gibt es überraschende Hinweise, die alle auf einen Mann mit Hund zutreffen.

»Hast du den jungen Jagdhund vom Mordopfer mitgenommen? Bist du paranoid, summst wie eine Biene und bellst wie ein Hund? Wirst du jähzornig und neigst zu Wutausbrüchen und Gewalt?«

Weißt du, dafür wirst du irgendwann zahlen, der Tag kommt!

Gerald

Das Gammelfleisch zu verschicken, das war einfach. Bei der Paketaufgabe hat er einfach eine existierende Adresse in Offenbach und den Namen »Dr. Tod« als Absender angegeben. In der Poststelle kauft er zehn Pakete und nimmt die Paketaufkleber gleich mit. Diesen Spaß will er fortsetzen. Der paranoide Mörder und Impfleugner frühstückt und verspürt den Drang,

Erna Meiers Kopf anzuschauen. Den Kopf stellt er auf den Küchentisch. Die Butterbrötchen schmecken, Gerald schlürft den starken Kaffee und spricht mit dem Kopf. »Hättest ein bisschen mehr aufpassen müssen. Nicht so blöde in den Teich fallen sollen.« Erna bleibt still.

»Ich habe mich so auf den Vanillepudding mit den Brombeeren gefreut.« Er holt die Wodkaflasche aus dem Kühlschrank und trinkt zwei große Gläser vom eiskalten Schnaps. »Prost, Erna!« Dann legt er sich auf die Ledercouch, der kleine Hund schläft auf seinem Bauch.

Ein Albtraum.

Ein Schrei geht durch die Nacht. *Soll ich der Sache auf den Grund gehen?* Es schreit erneut aus näherer Entfernung. Was ist das? Ein röchelnder bestialischer Schrei. Dann sieht er, wie ein Wolf die Kriminalpolizistin jagt. Sie kann nicht mehr weiter. Das Raubtier umkreist seine Beute und springt an ihre Kehle, zerfleischt die junge Frau und frisst sich in die Bauchhöhle hinein. Als Gerald mit dem Gewehr zur Hilfe eilt, springt die blutrünstige Bestie davon. Seine Braut liegt mit herausgerissenen Gedärmen auf dem Boden, sieht ihn ängstlich an und kriecht, eine nasse Spur hinterlassend, auf dem Boden einige Meter davon. Dann sagt sie: »Ich lass mich lieber vom Wolf fressen, als mit einem paranoiden Geisteskranken zusammenzuleben!« Gerald zittert vor Aufregung.

Schweißgebadet und durstig wacht er aus dem Alb auf.

Als er zum Kühlschrank läuft, erschrickt er über den auf dem Küchentisch liegenden stinkenden Kopf. *Da läuft Sabber raus! Ach du Scheiße, ich habe ihn nicht mehr in die Truhe gelegt.* Es riecht süßlich, modrig und faulig. Gerald nimmt den tropfenden Kopf und legt das Haupt in die Tiefkühltruhe. Der gestohlene Hund leckt den Fleischsaft vom Boden auf. »Du bist ja genau so ein Monster wie die Ratte am Teich!«

In den HR-Nachrichten wird vom verdächtigen Postpaket an den Oberbürgermeister in Offenbach berichtet.

Die Polizei vermutet dahinter radikale Impfgegner und ermittelt. Gerald lacht gehässig und ist stolz. *Was da wohl die Oma dazu sagt?*

Abends radelt er in den Mord-Wald. Vielleicht kann er die Braut beobachten. Nächste Woche holt er sie heim. Mittlerweile kennt er den jagdlichen Ablauf, sobald der Suzuki auf dem Parkplatz hinter dem Sportgelände abgestellt ist. Sie hängt sich ein Fernglas um den Hals, greift nach dem kleinen Rucksack, holt das Gewehr von der Rückbank, gefolgt von einem Blick aufs Handy. Dann geht's auf die Abendpirsch zur großen Jagdkanzel an der Waldlichtung. Auch wenn er seinen Drang kaum noch im Zaum halten kann, will er sie heute Abend nur beobachten. Die Jägerbraut, seine zukünftige Frau. Alice Winter! Unruhig hockt er auf dem vom Parkplatz nicht einsehbaren Beobachtungsposten. Die erste Dose Bier ist leer, eine Filterlose aus der blauen Packung, doch er hat das Gefühl, dass die Beobachtung heute anders ausfällt. Und richtig, da sieht er den Land Rover auf dem Parkplatz einbiegen. Das ist der Gehilfe des dreckigen Hundemörders. *Was soll diese Scheiße?* Kurz darauf biegt der Suzuki auf den Parkplatz ein. Gerald ist unruhig und beobachtet das Treiben argwöhnisch. Die steigende Missgunst lässt es in seinem Kopf knistern. Als der Mann die hübsche Frau begrüßt, lächelt sie und ist sehr freundlich. Der Mann klopft ihr auf die Schulter.

Hoffentlich klapst er ihr nicht auf den Arsch! Gerald ist außer sich und innerlich zum Zerreißen angespannt. Da macht die Braut mit einem anderen Kerl rum! *Dieses Miststück.* Der Wahn kämpft sich frei und wutentbrannt gerät Gerald außer sich.

Die Jägerin verabschiedet sich mit einem Stiefel an Stiefel und Gerald zittert vor Wut und überlegt, ob er sie nicht doch heute schon heimholt. Da er mit dem Fahrrad im Wald ist, geht das nicht. *Bleib vernünftig!*, versucht er sich zu beruhigen. Das Auto von dem Hurenbock hat er sich eingeprägt und die Land Rover-Sau wird sich umgucken. Gerald radelt frustriert und laut summend durch den Wald davon. Die geliebte Frau vom Beobachtungsposten aus anzugucken, das kriegt er mental heute nicht mehr hin. Der Narzisst hat Angst, sie zu bestrafen und ihr wehtun zu müssen. Der laute Summ-Gesang wird durch die eindringliche Stimme unterbrochen. DAS SIND ALLES NUR VERFÜHRERISCHE NUTTEN! Als Gerald das Hoftor aufschließt und in den großen dunklen Garten eintaucht, beruhigt er sich, durstig trinkt er erst eine Flasche Mineralwasser, dann eiskalten Wodka. Er lässt den Hund aus dem Haus und hockt berauscht unter der Veranda. In seinem Kopf hört er Kinderlieder. »Fuchs, du hast die Gans gestohlen, gib sie wieder her, gib sie wieder her, sonst wird dich der Jäger holen mit dem Schießgewehr ...«

»Warum hast du den Freier nicht von der Nutte weggeholt?« Böses Lachen. »Da baggert so ein Jäger an deiner Braut rum und der Lulu tut nichts.« Oma, die sich mit der dunklen Stimme über ihn unterhält, sagt: »Das Fräulein ist ein Weichei.« Jetzt lachen alle Stimmen boshaft in seinem Kopf. LOSER, DU LOSER!

»Ihr habt mein Gehirn verkauft!« Die Stimmen verschwinden und Gerald beobachtet die Fledermäuse im Garten. Angewidert geht er ins Haus. *Diese fliegenden Virenschleudern!* Er zittert vor Wut. *Vielleicht verliert er die Braut. Diese kleine Hure geht fremd.* »Für was habe dann ich alles vorbereitet?« Der Hund knurrt. *Die lässt du nicht entkommen!* Das sitzt. *Eine Frau muss ins Haus!* SO IST ES, sagt die Stimme zu ihm.

Gerald schreibt den Hinweis auf einen Zettel, holt im Schuppen den halbvollen Benzinkanister und den schweren Vorschlaghammer und packt den Brandbeschleuniger ins Auto. Dann fährt er zum Waldparkplatz. Mit einem Schlag zertrümmert er die Scheibe an der Fahrerseite des Land Rovers, kippt das Benzin auf den Sitz und zündet ein Sturmstreichholz an. Für einen Moment schaut er sich zufrieden die kleine Flamme an, dann wirft er das Hölzchen ins Auto. Innerhalb kurzer Zeit steht das Auto des Nebenbuhlers in Flammen. Die Eifersucht zerreißt ihn, den Zettel steckt er unter den Scheibenwischer des Suzuki.

Vom Tatort flüchtend hinterlässt der Psychopath eine Reifenspur in einer lehmigen Stelle. Zu Hause betrinkt sich Gerald, schmeißt die Wodkaflasche an die Wand und schläft mit den singenden Stimmen im Kopf ein. »Alice war ein schönes Kind, schönes Kind, schönes Kind, Alice war ein schönes Kind, schönes Kind. Ach, Alice, nimm dich ja in Acht, ja in Acht, ja in Acht, damit der paranoide Gerald nichts mit dir macht, nichts mit dir macht!«

Mordkommission, Tag 16

Alice berichtet vom Brandanschlag im Jagdrevier.

»Wir haben zeitgleich den Knall gehört, sind abgebaumt und zu den Autos gelaufen. Steffens Auto ist komplett abgebrannt!« Peter Vogel nickt. Er hat den Bericht der Schutzpolizei bereits gelesen und ist froh, dass Alice nichts passiert ist. »Mein Auto ist nur verrußt, da habe ich Glück gehabt, dass die Feuerwehr so schnell vor Ort gewesen ist. Ein Spaziergänger hat den Notruf gewählt!«

Sie sieht ihren Chef etwas verlegen an und der erfahrene Kriminalbeamte spürt, dass da noch etwas ist. »Peter, der Dreckskerl hat eine Botschaft hinterlassen.« Vogel ist hellwach. »Was hat er?« Alice holt den in einer Plastikfolie steckenden Zettel aus der Tasche.

»Liebe Alice, der dreckige Hundemörder kommt dir nicht mehr zu nahe. Du brauchst keine Angst zu haben. Ich pass gut auf dich auf und halt den von dir fern. Bald sind wir für immer zusammen. Dein Mann!«

Der elektrifizierte EKHK befiehlt, dass die junge LKA-Profilerin dort nicht mehr auf die Jagd geht.

»Wir müssen auch Dr. Cramer beschützen.« Dr. Steffen Cramer muss über die Gefährdung informiert werden, während die Polizei eine Gefährdungsanalyse erstellt. Die Spurensuche am Tatort hat einen Reifenabdruck gegipst, und im Nahbereich des Parkplatzes wurden mehrere Zigarettenkippen einer filterlosen Marke und eine leere Dose Bier gefunden. Diese sind zur kriminaltechnischen Untersuchung gebracht worden.

Der Wald-Mörder scheint tatsächlich auch der berüchtigte Mann mit Hund und Wolfsmaske zu sein. Heute wie vor siebenundzwanzig Jahren.

Peter fährt mit Alice in den Mord-Wald. Am Parkplatz wird gerade der ausgebrannte Land Rover auf einen Abschleppwagen gehievt. Die Hinweisfähnchen stecken noch an den Spurenfundstellen und flattern in der Sommerbrise. Die LKA-Fallanalytikerin und der Leiter der MOKO laufen zur Suhle und betrachten sich den Tatort eines grausamen Verbrechens. Hier hat der Täter vor sechzehn Tagen ganz brutal gemordet. Alice zeigt ihrem Kollegen die große Jagdkanzel an der Waldlichtung, und das mulmige Gefühl kehrt zurück, als sie beim Ansitz dieses Erlebnis gehabt hat. *Da war tatsächlich jemand, und der hatte es auf mich abgesehen.* Der Kriminalbeamte sieht das zielstrebige innovative Handeln als großen Erfolg an. *Eine Ermittlerin mit Leib und Seele. Hinzu kommen diese so sexy grünlackierten Fußnägel.* Aber die Tatsache, dass ein gefährlicher Mörder der Beamtin ganz nah gekommen ist, gefällt ihm gar nicht. *Die ist so goldig,*

Im Mord-Wald führt die Schutzpolizei zweimal pro Tag Streifenfahrten durch und die Reiterstaffel wird im Waldgebiet eingesetzt. Eine Präventivmaßnahme. Auf dem Rückweg ins Kommissariat kauft Alice Apfelkuchen und Brezeln.

Ein doppelter Wodka rundet die Vesper ab. Und dann kommt die Glücksfee und klopft an Vogels Glastür. Pia Dornhöfer übermittelt die Ergebnisse der Spurenauswertung.

Die im Nahbereich des ausgebrannten Land Rovers gefundene Dose Bier wurde kriminaltechnisch untersucht und enthielt ein vollständiges DNA-Profil. Das im Abgleich mit der DNA-Analyse-Datenbank zu zwei Treffern geführt hat. Alice springt vor Freude auf und kann es kaum erwarten. Peter lacht, denn es kommt selten vor, dass das Profil schon mal in der Datenbank aufgetaucht ist. Pia Dornhöfer lässt sich von den Motivationsfunken beflügeln und klatscht in die Hände.

»Liebe Alice, der Treffer passt zu einem Haar, dass bei dem Mordopfer Danuta Kaminski in Frankfurt unter ihrem hochgezogenen T-Shirt entdeckt worden ist.«

»Das war 1993!« Alice weint vor Freude. Der EKHK gratuliert zum Erfolg und denkt an die Rufe aus der Vergangenheit. Pia Dornhöfer unterbricht und bemerkt, dass sie noch nicht ganz fertig ist mit der Ziehung der Glückszahlen. »Jetzt kommt die Ziehung der Superzahl! Wisst ihr, um herauszufinden, ob die DNA zu einer der Polizei bereits bekannten Person gehört, wurde das DNA-Profil mit der DNA-Analyse-Datei abgeglichen. Und ihr werdet es nicht glauben, aber wir haben noch eine Übereinstimmung!«

Alice stockt der Atem und Peter Vogel gießt drei Gläser voll Wodka. »Das Profil ist noch einmal in der Datenbank des Bundeskriminalamtes aufgetaucht: Hubertus Anton Heil, unser Mordopfer. Das Match!«

Verstörung, Verwirrung, Klarheit und Unglaube ist den Beamten anzusehen. Sie verstehen die Welt nicht mehr. Hat der Hubertus A. Heil in jungen Jahren einen Mord verübt? Oder ist der Täter mit ihm verwandt? Peter geht davon aus, dass ein Toter ja wohl kein Auto angesteckt haben kann. *Auch wenn die Alice die Fähigkeit besitzt, mit Geistern Kontakt aufzunehmen.* Schnell steht fest, dass man die Mutter des Mordopfers dringend befragt, ob ihr Sohn Erzeuger eines Kindes gewesen ist.

Ob Frau Heil mit ihren zweiundneunzig Jahren noch in der Lage ist, über ein so sensibles und heikles Thema Auskunft zu geben? Alice hofft das sehr!

Pia Dornhöfer fährt sofort in den Altenstift. Gibt es da einen Sohn, vielleicht auch ohne sein Wissen?

Ein uneheliches Kind, und die Mutter hat nie Kontakt zum Vater aufgenommen? Oder ... doch? Wurde Hubertus A. Heil von seinem biologischen Sohn ermordet?

»Kennst du Monster deinen Vater?«

Die Flasche Wodka steht leer auf dem Schreibtisch und Alice informiert den Staatsanwalt und den leitenden Polizeidirektor.

Ist der Täter für seine Grausamkeiten selbst verantwortlich oder das Böse?

Die Stimmung in der Mordkommission ist gut bis ausgelassen. Endlich eine brauchbare Spur, und alle wissen, dass es ohne die unermüdliche Arbeit und Aufarbeitung der Cold Cases durch Alice diesen Erfolg nicht geben würde. »Mann mit Hund!« Der Staatsanwalt lobt das Mordkommissionsteam. Hat die professionelle Mitarbeit des LKA doch zunehmend zum Erfolg geführt. Kurz darauf liefert eine Bäckerei zwei Kuchen an. Alice denkt sich ihren Teil über den Bestimmer und Kuchenspender Dr. Fürst. Man sitzt locker zusammen, als Pia Dornhöfer den Kantinenraum betritt und berichtet: Frau Heil ist hochbetagt und geistig auf der Höhe. Laut Auskunft der zweiundneunzigjährigen alten Dame hätte der Hubertus so einen Hang für die Frauen gehabt. Der Bub hat sein ganzes Taschengeld für die Mädchen ausgegeben. Als er größer wurde, sei der Hubertus sexsüchtig gewesen und hat sich seinen Spaß gekauft. Mit einer jungen Offenbacher Prostituierten hätte er eine Affäre gehabt. Obwohl ihr Mann eindringlich mit dem Buben darüber geredet hat, ließ der Hubertus von der Frau nicht ab. Dann ist es passiert. Doris wurde 1974 schwanger und hat nicht abgetrieben. Hubertus hat ihr dreitausend Mark gegeben.

Das war's. Die Doris hat der Bub nie wieder besucht. Auch hat er sich nicht mehr so oft im Rotlichtmilieu herumgetrieben, denn der schlaue Bub hat fleißig studiert, sagt Frau Heil.

Peter Vogel steht auf und klatscht in die Hände.

Jetzt ist es nur noch eine Frage der Zeit.

»Wir haben den vermeintlichen Täter im Fokus, nein, im Visier! Ein heute fünfundvierzig Jahre alter Mann. Der mit einer Wolfsmaske auf dem Kopf gerne Leute erschreckt und für mindestens zwei Morde verantwortlich ist. Vermeintlich hat der Täter seinen biologischen Vater ermordet, dabei ist zurzeit unklar, ob zwischen dem Täter und dem Opfer eine Beziehung bestand. Der Wolfsmaskenmann hat oft einen Hund dabei. Der Mörder ist ein Souvenirsammler und trennt den Opfern Körperteile ab, die er mitnimmt. Seine Mutter hat den Vornamen Doris. Vor siebenundzwanzig Jahren hat der Mann einen VW-Bus gefahren.

Das polizeiliche Lagebild für Dr. Steffen Cramer wurde erstellt: Eine Gefährdung der Person ist zum jetzigen Zeitpunkt nicht auszuschließen. »Wir müssen mit ihm reden und auf Eigenverantwortung verweisen.« Alice übernimmt diese Aufgabe persönlich. Sie treffen sich an der Jagdhütte. Steffen Cramer verspricht, die nächste Zeit nicht in den Wald zu fahren und zu jagen. »Solange wir diesen Mörder nicht gefangen haben, ist das einfach sicherer.« Cramer nickt zustimmend und verspricht, auf sich aufzupassen. An seinem Arbeitsplatz ist ein Security-Dienst eingesetzt, da passiert schon nichts. »Außerdem bin ich Jäger und weiß mich zu verteidigen.« Alice lächelt, ist aber trotzdem besorgt.

Gerald

Die Polizei bittet die Bürger, von Spaziergängen, Gassigehen, Joggen und Radfahren im Waldgebiet an der Rosenhöhe abzusehen. Es ist nicht auszuschließen, dass sich ein gefährlicher Straftäter im Wald aufhält. Die Polizei unternimmt alles, um den Mann zu fassen. *Diese Lulus!* Gerald ist stolz über das öffentliche Interesse und die Beachtung seiner Person. Nach dem Frühstück packt er fünf Gammelfleisch-Pakete und legt die Drohschreiben dazu.

»Aufgepasst – Sofort Impfstopp oder euer Gammelfleisch

ist drin!« Er sendet die Pakete über DHL an die Tageszeitung Offenbach Post, den Hessischen Landtag, das Gesundheitsamt Offenbach, an das Impfzentrum Kreis Offenbach und ans Polizeipräsidium Südosthessen.

Nach der Paketaufgabe hockt er zufrieden am Gartenteich, trinkt kaltes Weißbier und Wodka, und der gestohlene Jagdhund betrachtet grimmig die hungrige Ratte. Gerald hat Hunger, lässt ein Stück Speck in der Pfanne aus und brät sich Rehfleisch mit Zwiebeln. Nach dem gut schmeckenden gewilderten Reh die HR-Nachrichten angucken, da fliegt ihm der Teller aus der Hand. Dieser böse Mann, der sich an die Braut heranmacht, ist Arzt im Impfzentrum und erklärt, dass er sich von diesem feigen Brandanschlag nicht einschüchtern lässt. Impfen ist Bürgerpflicht, sagt er. *Dem werde ich es zeigen!* Obwohl Gerald alles klug vorbereitet und das Gammelfleisch mit der Warnung verschickt hat, gibt es kein Lob von Oma. »Jetzt hast du endlich die Chance, etwas Großes zu tun. Schieß diesem Fremdgeher, der deine Braut wegholt, Kugeln in den Leib!« Gerald nickt und findet Omas Idee gut. *Der Gerald hat ein Gewehr!*, sagt er lachend. *Aber erst mal muss ich das Impfzentrum auskundschaften.* Um 5.15 Uhr fährt er mit dem Fahrrad zum Impfzentrum nach Heusenstamm und beobachtet den Ablauf. Im Bereich vor dem Eingang sind keine Kameras installiert. Nur direkt am Zutrittsbereich. Ein Security-Mitarbeiter hockt müde auf einem Plastikstuhl und schlürft Kaffee direkt aus der Thermoskanne. Alle Mitarbeiter nutzen diesen Eingangsbereich. Gerald sitzt auf dem Mauersims vor dem ehemaligen Telekom-Campus-Hochhaus. Gegen 6 Uhr treffen die ersten Mitarbeiter des Impfzentrums ein und um 7 Uhr parkt Dr. Cramer seinen Ersatzwagen auf dem Mitarbeiterparkplatz.

Mit der Ausspähe ist er zufrieden und hat einen geeigneten Standort etwa achtzig Meter entfernt lokalisiert. Ein Holzstapel grenzt direkt an den Zaun des Telekom-Campus-Geländes, auf dem das Impfzentrum liegt. Er fährt mit dem Fahrrad zur Ausfahrt. Ein kleiner Weg führt direkt zum Holzstapel. Von diesem Standort sind es nur sechs Fahrradminuten bis zu einem an der Landstraße nach Offenbach liegenden Parkplatz.

Rosinenbrötchen zum Kaffee, und der Ausspäher grinst zufrieden am Küchentisch. Dann legt er sich schlafen.

Er krampft im Traum, denn Danuta und Gerda wollen Spaß in ihrer ganzen Schönheit. Gerald ekelt sich vor den stinkenden und tropfenden Geschöpfen. *Eklige ver*moderte *Schlampen!* Ein geringschätziger Blick stört die toten Mädchen nicht, sie machen sich stöhnend an ihn heran. Der verängstigte Mörder schüttelt sich vor Abscheu. Sein Hunger auf Mädchen ist erst einmal weg, wenn er diese entstellten Leichen sieht.

Danuta mit der eingeschlagenen Fresse flüstert ihm ins Ohr, dass es jetzt bald vorbei ist. *Warum?* »Weil du dreckiger Kerl ein fettiges Haar unter meinem hochgeschobenen T-Shirt gelassen hast.« Gerda hält ihren Kopf mit dem fauligen, löchrigen Gebiss vor ihn und lacht boshaft. »Deine Scheißschreckaktionen im Wald waren so gemein. Gott sei Dank hat der kleine Späher dich und deinen verklemmten Freund, diesen Willi, beobachtet!« Gerald fröstelt es, er zittert und hat Angst. Die dunkle Stimme spricht in seinem Kopf und Oma kichert. »Die sperren dich bald weg!«

Gerald wacht schweißgebadet auf. Oma nennt ihn einen dummen Hurensohn, der seinen Vater ermordet hat. »Du dummer Nichtsnutz, bringst deinen biologischen Vater um, statt sein Erbe anzutreten.«

Lautes hysterisches Lachen der verschiedenen Stimmen in seinem Kopf tut ihm weh. Gerald kann den Hinweisen nicht mehr folgen und weint. Er baut sich einen Hut aus Aluminiumfolie. Diese Schutzvorrichtung hilft zwar manchmal gegen Abhören, heute jedoch nicht gegen die Stimmen in seinem Kopf. Nun lachen auch Danuta und Gerda mit Oma und der dunklen Stimme gemeinsam. Ein gruseliges und verstörendes Lachen.

»Du musst den Doktor umbringen, Gerald!«

»Ja, Oma!«

»Hast du das verstanden, sonst sperren die dich weg!«

Die neue Stimme spricht wie eine Grundschullehrerin zu ihm: DU BRAUCHST MICH NICHT HEIMHOLEN, ICH HOLE DICH ZUHAUSE AB UND SPERRE DICH INS LOCH! Gerald ist erregt. *Wieso redet die so mit mir, was habe ich falsch gemacht? Diese süße Bullenfrau macht doch nur Spaß.*

Danuta lacht und erzählt, dass sie Kontakt mit der Frau, die ihn bald ins Loch steckt, aufgenommen hat. VERSTEHST DU DAS – DU VERDAMMTER MÖRDER! Gerald ist verunsichert und hofft, dass das eine Lüge ist. Und die dunkle Stimme fordert ihn auf, den konkurrierenden Weiberhelden und Impfdoktor einfach aus dem Weg zu schaffen, quasi als Verlobungsgeschenk. Dann kehrt Ruhe in seinem Kopf ein. Gerald lächelt und holt das ERMA M1 Kleinkalibergewehr aus dem Tresor und das fünfzehnschüssige Magazin. Er greift nach der Munitionsschachtel. .22 Cal Long Rifle, 2.59 g füllt er ins Magazin. *Da platzt dem Saukerl der Kopf auf!* Vor dem morgigen Schießwettbewerb am Impfzentrum ruht er sich auf der Ledercouch aus und träumt von seiner Frau. Wie er sie heimholt und feststellt, dass sie ihn überhaupt nicht mag. Sie will sich auch nicht die weißen Socken anziehen und die Sahnebonbons mag sie auch nicht. Enttäuscht lässt er sie deshalb erst mal zur Ruhe kommen und sich eingewöhnen. Im Gegensatz zu seinen eigenen Locherfahrungen hat er eine große Kerze auf Omas Fass gestellt und lässt auch noch das Licht brennen.

Die Alice soll es doch gemütlich haben und auch das Muster des teuren Teppichs ansehen können. Im Keller hat sich wieder eine Rattenmutter eingenistet und drei kleine Biester rennen der Ratte hinterher. Das wird ihr bestimmt gefallen. Die meisten Jäger sind ja auch tierlieb. Gerald geht davon aus, dass er der jungen Frau etwas Zeit lässt und sie am nächsten Tag die neuen weißen Socken anzieht, die Haarklammer mit dem Blumenmuster ansteckt und Sahnebonbons lutscht.

Dieser Teil des Traums wird durch eine böse Vorahnung abgelöst. Die macht einfach nicht das, was er will. Nach fünf Tagen hat sie so gut wie nichts gegessen, sie trinkt nur Mineralwasser. Auch hat sie gemeint, dass er ein kranker Psychopath ist. Ein dreckiger stinkender Mörder. Ein Arschloch mit Minderwertigkeitsgefühlen und Mutter- und Omakomplex. Ein Feigling sei er, der sich an junge Frauen ranmacht und Tiere quält. Ein hinterhältiger Mörder. Und im selben Traum erteilt ihm die diabolische dunkle Stimme den Auftrag, die Polizistin in Stücke zu sägen und in ein Fass einzulagern.

Mordkommission, Tag 17

Im KK11 herrscht rege Betriebsamkeit, die Informationen und Hinweise zum Mann mit Hund werden erneut durchgearbeitet. Das Team tauscht sich aus und hofft, nichts zu übersehen. Zwei Beamte recherchieren übers Internet, zwei durchstöbern die polizeilichen Fallakten. Die kriminaltechnische Auswertung des Reifenprofils hat ergeben, dass es sich bei dem Reifenabdruck um einen Continental 185/65 R14 handelt. Dieser Reifen wurde serienmäßig beim VW Passat 2.0 Syncro mit Baujahr 1998 montiert. Entsprechend wird die Suche nach einem passenden Fahrzeug ausgeweitet. Die Rücksprache beim geschädigten Jäger, Dr. Steffen Cramer, ergibt, dass mindestens einmal ein grauer, etwas heruntergekommener alter VW Passat mit Offenbacher Kennzeichen und hundedreckigen Scheiben auf dem Parkplatz stand.

Alice

Sie fühlt sich trotz der Erfolge in der laufenden Ermittlung einfach nur ausgepowert und schlapp. Peter Vogel sieht es ihr an und bittet sie, auch an sich selbst zu denken und einfach mal einen Nachmittag eine Pause einzulegen. Als sie gegen Mittag leichtes Fieber bekommt, der Corona-Schnelltest aber negativ ausfällt, fährt sie dennoch ins Hotel und legt sich ins Bett. Ein heißer Tee und die doppelte Menge der frei verkäuflichen Erkältungsmedizin und sie schläft ein.

Gegen Mitternacht holt sie ein visionärer Albtraum mit Donnergebrüll aus der gefühlten Ruhe.

Der Ansitz auf der Waldkanzel war schön. In einiger Entfernung hört sie die Waldkäuze rufen und ärgert sich ein bisschen, zu früh abgebaumt und die Jagd abgebrochen zu haben. Jetzt laufen die Sauen und sie ist auf dem Rückweg zum Auto. Ein Reh schreckt und hier und da antwortet das Rehwild mit seinem schaurig schönen »boeh, boeh, boeh«. Dann knackt Holz, ein Ast bricht und sie vernimmt eine Bewegung im dunklen Wald. Sie verhält sich ruhig und starrt in die Richtung des Geräusches. Sie muss einen Weg finden, um aus der Situation herauszukommen. Etwas Schweres kommt auf sie zugelaufen, und noch bevor sie sich darüber im Klaren ist, dass da kein Wildschwein im Anmarsch ist, hört sie es kichern. Angst hat Alice nicht wirklich. *Ich bin doch Polizistin!* Doch da wieder. Verdammt noch mal. Sie hört es ganz nah. Schritte! Es ist so dunkel, dass sie nur die Umrisse der Bäume erkennt. Durch die Aufregung hat sie tatsächlich für einen Moment die Orientierung auf dem schmalen Pirschweg verloren. Ihre Sinne sind geschärft. Die Schritte kommen näher, von rechts, dann von vorne. Alice sieht nichts und die kleine Taschenlampe geht aus. *Hätte die verdammte Batterie wechseln sollen!*

Ihre Augen sind angespannt vom Starren in die Dunkelheit. Ihr Gehirn ist zur Höchstleistung animiert. Sie muss zu ihrem Auto kommen und orientiert sich. Es ist ruhig, doch dann hört sie es ganz fürchterlich kichern. »Hol die Schlampe, pack das Miststück!« Alice schaudert es. Das Gewehr hat sie geladen und hockt auf dem Waldboden in Alarmstimmung. Langsam kriegt sie wieder ihre Courage zurück. *Ich bin doch eine ausgebildete Kriminalpolizistin.* Eine Eule ruft im Wipfel der Baumkronen und die Schritte kommen näher. Alice zittert und hält das Gewehr schussbereit. Für einen Moment ist Ruhe im Wald. Sie steht auf und hastet auf dem Weg davon. Dann leuchtet von hinten ein Lichtstrahl durch den Wald. Bäume, die sich schemenhaft verändern, und diese Schatten. Dann fällt die Flüchtende über eine Wurzel, das Gewehr fliegt in den Dreck.

Sie liegt zitternd auf dem kühlen Waldboden. Die Jägerin riecht den typischen Waldgeruch ganz nah. Die Blätter, der Modergeruch und ihre Nerven sind angespannt. Das Herz schlägt so laut in die Nacht und die antrainierte mutige Einstellung ist purer Angst gewichen! Der unheilvolle Gedanke setzt Adrenalin frei. Irgendetwas Böses jagt sie. Sie schreit um Hilfe. *Oh Gott!* Etwas Großes und Schweres wirft sich auf die auf dem Boden kauernde Jägerin und Alice hört den beschleunigten Atem ihres Widersachers. Sie erkennt einen Wolfskopf. Der maskierte Angreifer fesselt sie mit einem Kabelbinder an den Händen und Fußgelenken. Sie schreit und der Wolfsmaskenmann klebt ihren Mund mit Paketklebeband zu. Dann läuft er im Wald davon und es ist wieder dunkel. Bange Minuten und Angst. Dann kommt das Böse zurück. Der Angreifer bugsiert sie auf eine große Sackkarre, schnürt sie mit einem Gurt an der Karre fest und schiebt sie durch den dunklen Wald bis zum Parkplatz. Alice sieht den Suzuki und landet kurz danach in einem VW Passat Kombi. Ein Syncro. Mit aller Gewalt schiebt der Entführer sie ins Auto. Die Heckklappe schlägt zu und sie ist wieder allein. Nach einiger Zeit öffnet jemand die Heckklappe und ein harter Gegenstand fliegt auf sie.

Das ist mein Gewehr. Dann wirft er die Sackkarre ins Auto. Der Motor wird gestartet und der Entführer summt monoton vor sich hin.

Etwas später ist er am Zielort angekommen und sie hört, wie ein Stahltor geöffnet wird. Kurz danach steht der Wagen still. Minutenlang liegt sie gefesselt im Auto. Sie hört einen Hund bellen. Die Heckklappe wird geöffnet und er zieht sie unsanft aus dem Auto heraus. Der Mann ist unmaskiert und lacht. Sie liegt auf dem Boden und spürt, wie ein kleiner Hund freundlich an ihr herumspringt und sie kneift. »Jetzt bist du zu Hause, Alice!« Er packt sie wieder auf die Sackkarre, schnürt einen Haltegurt herum, fährt sie bis zur Eingangstür und bugsiert sie vorsichtig mit der Sackkarre Stufe für Stufe in den dunklen Keller hinunter. Endstation. An der Decke hängt eine Glühbirne am Draht mit einem schwachen Licht, und auf einem Fass steht eine brennende Kerze. Der Entführer löst den Haltegurt und setzt sie auf einen Holzstuhl. Sie starrt den Mann entsetzt an. Er bindet die Eisenkette um ihren Oberkörper und fixiert sie mit Kabelbindern. Die Kette ist an der rückwärtigen Wand mit einem Schloss befestigt. »Na, meine liebe Frau«, sagt er, zieht ihr die Jagdstiefel aus und berührt ihre warmen verschwitzten Füße. »Da muss Luft an die Käsefüße!« Dann läuft der Mann laut lachend die Kellertreppe hoch. »Luft an die Käsefüße!« Nach ungefähr zehn Minuten ist er wieder da und trinkt polnischen Wodka aus der Flasche. »Jetzt ziehen wir uns aber die neuen Socken an.« Alice versucht, das mit aller Kraft zu verhindern, und der böse Mann gibt schließlich frustriert auf. Als er ihr Omas Haarklammer aufsetzt, schreit sie ihn an. »Du dreckiger, stinkender Mörder. Ein Arschloch mit Minderwertigkeitsgefühlen. Du Mutter- und Omasöhnchen!« Gerald starrt sie böse an und spricht mit einer anderen Stimme. Als wäre der große Junge im Stimmbruch, krächzt eine Frauenstimme. »Hau der frechen Nutte eine rein!«

Dann wieder spricht eine dunkle Männerstimme einvernehmend zu ihr. »Wenn du dem Gerald keine Freude machst, dann nimmt sich dich zuerst die Oma vor!« Alice zittert. »Die reißt dir die Zunge raus und danach zersägt dich der Gerald und du kommst ins Fass.« Alice blickt entgeistert zum alten Metallfass und zweifelt an ihrem Geisteszustand. Aus dem Fass hört sie die Stimme einer alten Frau. »Hilf mir, bitte hilf mir. Der Idiot hat mich hier eingesperrt!«

Sie wacht schweißnass aus ihrem Albtraum auf, beruhigt sich nur langsam und muss sich wirklich neue Socken anziehen, denn ihre gesamte Kleidung ist durchgeschwitzt. Nach dem Duschen trinkt sie ein Bier und gewinnt langsam ihre Routine und Professionalität zurück. Was für ein beschissener Albtraum. Alice trinkt noch ein Bier und denkt an die Reifenspur eines VW Passat Syncro!

Gerald

Um 6.15 Uhr stellt er das Fluchtfahrzeug auf dem Parkplatz in Fahrtrichtung Offenbach Stadt ab. *So kann ich direkt abhauen.* Das Fahrrad aus dem Auto und das Gewehr umgehängt, dann fährt er den Waldweg bis zum Beobachtungsposten am Impfzentrum. Niemand ist ihm bis dort begegnet. Die Drahtzange aus der Jacke und ein kleines Quadrat des Zauns ausgeschnitten. Gut gelaunt packt er das Gewehr aus dem Futteral und macht zwei Zielübungen an einem dünnen Birkenstamm. *Alles prima.* Wie am Tag zuvor sitzt der Wachmann auf einem Campingstuhl und träumt vor sich hin. Der Ausspäher hat noch etwas Zeit und denkt an die Polizistin ohne Uniform, seine Braut. *Wann ist es endlich so weit?* Dann rollt er das Kuvert und steckt den Brief in den Zaun. Im selben Moment fährt Dr. Cramer auf den Mitarbeiterparkplatz und Gerald formiert sich mit dem Gewehr am Bäumchen. Der Kontrahent nimmt eine dünne Aktentasche vom Beifahrersitz, schließt das Auto zu und läuft langsam zum Eingangsbereich. Der Sicherheitsmann steht auf und schaut sich wie zur Schau gestellt im Nahbereich um.

Hast mich nicht gesehen, du uniformierter Sheriff! Gerald entsichert das Gewehr, und als der Nebenbuhler sich mit dem Security-Mann unterhält, knallt es einmal. Gerald hat ihm in die Schulter geschossen. Der Arzt zuckt und greift sich ans Schulterblatt. Gerald lacht, und der Wachmann steht starr vor Angst neben dem verletzten Mann. Jetzt schießt Gerald in die andere Schulter und Dr. Cramer sackt zu Boden. Der Wachmann funkt und rennt hinters Zelt. Das Opfer blickt in die Richtung des Knalls und sieht zum letzten Mal in seinem Leben einen Wald hinterm Zaun und den Angreifer mit dem Gewehr. Gerald zielt auf den Kopf. Mit dem Knall liegt der Impfarzt mit aufgeplatztem Kopf auf dem Boden. *Mausetot!* Gerald lacht, packt das Gewehr ins Futteral und radelt durch den Wald davon. Um 7.14 Uhr ist er am Auto, schmeißt das Fahrrad und das Gewehr hinein und fährt langsam in Richtung Offenbach davon.

Mordkommission, Tag 18

Im KK 11 gibt es eine Einsatzbesprechung zur aktuellen Lage der MOKO »Hand« und der finalen Auswertung der durchgängig guten Ermittlungsergebnisse, als der Anruf von der Schutzpolizei alle Anwesenden in Schockstarre versetzt. Auf den Arzt Dr. Cramer wurde heute um kurz nach 7 Uhr am Impfzentrum ein Mordanschlag verübt. Dr. Cramer ist seinen schweren Verletzungen erlegen. Ein Security-Mitarbeiter konnte keine sachdienlichen Hinweise geben. Er hat nur die Schüsse gehört. Die das Opfer zuerst in die rechte, dann in die linke Schulter trafen, dann sei der Herr Cramer zu Boden gesunken. Der Sicherheitsmann ist hinters Zelt gerannt und hat um Hilfe gefunkt. Der dritte Schuss hat das Opfer in den Kopf getroffen. Eine im Impfzentrum in der Frühschicht tätige Krankenschwester wollte ihrem Kollegen Erste Hilfe leisten. Der Notruf ging bei uns um 7.12 Uhr ein. Alle verfügbaren Kräfte und das SEK sind ausgerückt. Der Bereich wurde großräumig abgesperrt und in der Ortseinfahrt Heusenstamm und in Offenbach am Main wurden Kotrollstellen aufgebaut. Alle auf der Landstraße im Kontrollbereich befindlichen Fahrzeuge werden angehalten und kontrolliert. Der Polizeihubschrauber überfliegt den Waldbereich. Alice ist geschockt. *Wie konnte so eine Scheiße passieren?*

Peter Vogel ordnet an, dass der komplette Bereich am Impfzentrum gesperrt und durchsucht wird. Der Ort der Schussabgabe muss schnellstens lokalisiert werden.

In Vogels Auto rasen sie nach Heusenstamm bis zum Mitarbeiterparkplatz des Impfzentrums. Der Kriminaldauerdienst hat bereits die Schussrichtung lokalisiert und die aufgeschnittene Zaunstelle entdeckt. Aber nicht nur das, im Zaun steckte ein Brief. Der Kriminalpolizist fasst es nicht, der Brief ist adressiert: An Frau Stech. Ihr wird es schwindlig und Peter Vogel greift sie unter den Armen. Kurze Zeit später sitzt sie mit ihrem Kollegen im Warteraum des Impfzentrums auf einem Plastikstuhl. Tief Luft holen. Vorsichtig öffnet die Fallanalytikerin den Brief.

Beim Vorlesen wird sie kreidebleich.

»An die schöne Polizistin von der Mordkommission. Meine Geliebte, der böse Mann kann dir jetzt nicht mehr nahekommen und gefährlich werden. Ich habe ihn gestoppt. Für dich!

Nichts kann uns trennen, nicht einmal der Tod, denn dann würde ich als dein Schutzengel wiederkommen, um bei dir sein zu können und dich zu beschützen! Du musst bald deinen gefährlichen Job bei der Polizei kündigen. Auch damit du der Oma im Haus zur Hand gehst und mit mir und dem Hund im Garten deine Zeit verbringst. Dein G.«

Alice zittert. Peter Vogel ist zornig. Da droht so ein gestörter Mörder seiner Kollegin. »Wir müssen den von der Straße holen. Der ist sehr gefährlich, ein gestörter Psychopath!« Das Mordopfer Dr. Steffen Cramer wird vor Ort für tot erklärt und dann in die Gerichtsmedizin zur Obduktion überstellt. Bei der kriminaltechnischen Untersuchung des Tatortes hat die Spurensicherung neben dem Brief an Frau Stech zwei Zigarettenstummel eingetütet, außerdem wurden drei Patronenhülsen sichergestellt. Kleinkalibergewehrmunition. Bis auf Weiteres steht ein Streifenfahrzeug der Polizei vorm Impfzentrum.

Im Kriminalkommissariat hört sich Dr. Fürst den Sachverhalt an. Allgemeine Bestürzung. Insbesondere der klare Hinweis an die junge Kriminalpolizistin beweist, wie gefährlich dieser psychopatische Mann ist. Ob es sich um einen Impfleugner handelt oder ob die Tat überhaupt nicht im Fokus der Coronapandemie steht und den Bezug vortäuscht, muss dringend ermittelt werden. Fest steht, dass der Täter eine Polizistin entführen will. Der Staatsanwalt beauftragt mit sofortiger Wirkung diverse Personenschutzmaßnahmen für die LKA-Kollegin. In die Krisensitzung platzt die Nachricht von den Gammelfleisch-Paketen hinein. Die Poststellen der jeweiligen Empfänger haben umgehend die Polizei alarmiert.

Neben dem KK11 arbeitet auch das Kriminalkommissariat Polizeilicher Staatsschutz (KK12) auf Hochtouren, um den Absender des Gammelfleisches und der Drohbriefe zu ermitteln. Zurzeit geht man von Querdenkern aus. In den Paketen befand sich jeweils eine Patronenhülse .22 Cal Long Rifle, 2,59 g und ein DIN-A4-Ausdruck: Giftmischer Tod! Das entspricht auch den am Tatort hinterm Zaun sichergestellten Patronenhülsen.

Alice Stech setzt sich trotz aller Bedenken durch und darf eine Videobotschaft an den Täter aufnehmen. Diese wird in einer Pressekonferenz vorgestellt. Die Kriminalbeamtin hofft, dass das den Täter zum Aufgeben bewegt. Mit der Pressestelle der Polizei wird die Botschaft ausgearbeitet. Die Erwartungshaltung, dass sich noch ein geeigneter Zeuge auf die letzte Öffentlichkeitsfahndung meldet, gibt sie nicht auf.

Nachmittags liegen die Ergebnisse der Gerichtsmedizin vor. Das Mordopfer wurde insgesamt dreimal angeschossen, dabei verletzte der Täter gezielt zuerst die Schulterblätter. Der tödliche Schuss in den Kopf zerstörte das Zwischenhirn und führte zu Atem- und Kreislaufstillstand und dem finalen Tod. Die Straßenabsperrungen und Verkehrskontrollen wurden um 10 Uhr aufgehoben. Vom Täter fehlt jede Spur. Das Impfzentrum wird weiter durch polizeiliche Objektschutzmaßnahmen bewacht. Die kriminaltechnische Untersuchung meldet erneut ein Match für die DNA auf den Zigarettenstummeln. Schockstimmung im KK11. Ein dreifacher geisteskranker Mörder jagt eine Kollegin.

Gerald

Das Gewehr hat er gereinigt und in den Tresor gestellt. *Ordnung und Sicherheit muss sein*, denkt Gerald und sagt zum Hund: »Weißt du, sonst kann ja einer die Waffe klauen und eine Straftat begehen.« Der Hund bellt vor Freude. Gerald durchlebt bei einer Flasche Weißbier noch einmal die Tat. *Da ist das Blut gespritzt.* WIE DEM DIE NUSS AUFGEPLATZT IST! GUTE AKTION, lobt ihn die dunkle Stimme.

Gerald lacht selbstbewusst. »Gut, dass der Security-Mann weggelaufen ist, der Doktor hätte den sonst übel vollgespritzt!« Er lacht boshaft und überlegt, ob das Impfzentrum dem Wachmann die Reinigung der verschmutzten Uniform bezahlt hätte? *Der macht sich jetzt nicht mehr an meine Frau heran!«* Gerald ist euphorisch und bester Laune. Sogar die Oma hat ihn gelobt und gesagt, dass sie stolz auf ihn sei. »Endlich hast du deinen Mann gestanden und die Impfdiktatur bekämpft!«

Frühstück und die Nachrichten im Fernsehen schauen. Über den brutalen Mordanschlag auf den Allgemeinmediziner im Impfzentrum des Kreis Offenbach wird bundesweit berichtet. Die Coronaimpfgegner haben einen Terroranschlag verübt.

Die Polizei ist mit einem Großaufgebot im Einsatz und ermittelt in alle Richtungen. Es wird nicht ausgeschlossen, dass die Tat im direkten Zusammenhang mit Impfgegnern steht. Dies wäre dann der erste terroristische Anschlag der Corona-Leugner-Szene in Deutschland. Das BKA übernimmt die in diese Richtung gehenden Ermittlungen. Derweil ermittelt die Kriminalpolizei auch in eine andere Richtung, da eine leitende Kriminalbeamtin der Mordkommission KK11 von dem Mordschützen einen Brief erhielt. Inhaltlich wird dieser mit der Aufklärung des Mordfalles an Hubertus A. Heil in Verbindung gebracht.

Dieser Brief steckte neben der aufgeschnittenen Stelle am Zaun, wo die tödlichen Schüsse auf Dr. Steffen Cramer abgefeuert worden sind. Dr. Cramer war Mit-Jäger des ermordeten Jagdpächters Heil im Offenbacher Jagdrevier. Der polizeiliche Staatsschutz KK12 ist in die Ermittlungen involviert.

Der Psychopath trinkt Weißbier und isst Chips. Später will er sich beim Imbiss einen Jägerschnitzelteller gönnen, sozusagen als krönenden Abschluss der Aktion.

Jägerschnitzel auf den Tod der zwei Jäger! »Die ballern nicht mehr im Wald herum!«, sagt er zum Jagdhund.

Die Nachrichten über den Mordfall laufen in Endlosschleife. Und es kommen noch mehr Informationen zur möglichen Impfgegnerszene rein. *Die Gammelfleisch-Pakete sind angekommen.* Gerald lacht sich kaputt. Im hessischen Rundfunk wird ausführlich über die Gammelfleisch-Pakete und die Drohungen berichtet. »Machen die Impfgegner ernst? Auch der Hessische Landtag, das Polizeipräsidium Südosthessen, das Gesundheitsamt in Offenbach, das Impfzentrum im Kreis Offenbach-Heusenstamm und die Offenbacher Post hat eines der hessenweit verschickten Drohpakete mit verdorbenem Fleisch erhalten. Die verdächtige Sendung wurde nach Angaben des Hessischen Landeskriminalamtes (LKA) sichergestellt. Neben den Fleischresten enthielt sie ein Schriftstück: »Aufgepasst – Sofort Impfstopp oder euer Gammelfleisch ist drin!«

»Erste Ermittlungen deuten darauf hin, dass der oder die Absender der Szene der Querdenker oder Impfgegner zuzurechnen sind«, sagte ein Sprecher des LKA. Laboranalysen beim LKA haben ergeben, dass von dem Fleisch keine Gefahr ausgegangen sei. Es handle sich um Wildfleisch vom Reh und Wildschwein. Der Absender muss ermittelt werden. Es wurde eine Sonderkommission zur Aufklärung eingerichtet. Inwieweit das Verschicken der Postpakete im Zusammenhang mit dem Mord an einen im Impfzentrum angestellten Allgemeinmediziner steht, wird ermittelt.

Ich bin jetzt an Popularität nicht mehr zu überbieten. Gerald denkt, dass das der zukünftigen Braut bestimmt gut gefällt. Die lebt dann mit einem berühmten Mann zusammen. Oma lacht ihn aus. »Bist du denn ganz von allen guten Geistern verlassen. Du bist einfach zu blöd!«

Er ist verunsichert. Sie sagt ihm, dass er der Auserwählten noch ein Geschenk machen muss. Das Jäger-Schnitzel mit Salat und die vier Flaschen Weißbier zum Runterspülen haben geschmeckt, und Gerald grübelt über das Brautgeschenk. *Was hat die Oma damit gemeint?* NOCH EIN GUTES GESCHENK, erklärt ihm die Stimme.

Der Fernseher läuft, und gerade noch im letzten Moment hört er, dass die Fallanalytikerin, KOK Stech, heute um 16.30 Uhr zu einer Pressekonferenz im Polizeipräsidium einlädt. Dabei will sie eine Botschaft an den Mörder richten. Gerald ist außer sich vor Freude, dass er endlich die hübsche Alice wiedersieht. Er kriegt sich kaum noch ein, und wie so oft kommt es einfach raus. *Scheiß der Hund drauf!* In seinem Kopf tuscheln leise Stimmen: »So ein zurückgebliebener Wichser!« Gerald wird zornig, setzt sich den Aluminiumfolienhut auf und legt sich bis zur Pressekonferenz auf die Couch.

Im Traum sitzt er am Küchentisch, isst Schmalzbrot und trinkt Weißbier. Plötzlich hört er diese Geräusche im Wohnzimmer: Kichern, die Fenster werden geöffnet und geschlossen und der Fernseher wird auf laut gestellt. Er läuft zur Wohnzimmertür, schaut durch das Schlüsselloch und sieht ein Auge, das ihn anstarrt. Sofort läuft er die Kellertreppe hinab. Der Deckel vom Fass liegt auf dem Boden. Mutig blickt er ins Fass, doch nicht Oma, nein, die Alice, seine Braut, liegt in Stücke zerteilt in einer stinkigen Flüssigkeit.

»Du zurückgebliebener Wichser!«, kommt es aus dem auf den zersägten Leichenteilen liegenden Kopf.

Der Albtraum ist vorbei. Zwei große Schluck aus der Wodka-flasche und ihm wird es wärmer ums Herz. Die dritte eiskalte Flasche Weißbier in der Hand und los geht's.

Mordkommission, Tag 18 am Nachmittag

Pünktlich beginnt die Pressekonferenz im Polizeipräsidium Südosthessen. Aufgrund der Coronabestimmungen konnte man den großen Andrang an Pressevertretern nicht gewähren. Viele Journalisten sind online zugeschaltet.

Gerald schwitzt vor Aufregung, sein Baby zu sehen, und da ist sie. *Was für eine schöne Frau! Diese Paparazzi fotografieren seine Frau.* Der Presseleiter der Polizei bittet, nachdem die Kollegin unzählige Male fotografiert worden ist, die Anwesenden, auf ihren Stühlen Platz zu nehmen, und eröffnet die Pressekonferenz mit dem Hinweis, dass die Botschaft der Mitarbeiterin der Offenbacher Mordkommission an den Täter gerichtet ist. »Nehmen Sie Kontakt zu uns auf. Dies kann auch über Freunde, Verwandte geschehen!« Dann tritt Alice ans Mikrofon.

»Guten Tag, mein Name ist Alice Stech, Kriminaloberkommissarin in der MOKO »Hand« unter Leitung vom EKHK Peter Vogel. Wir ermitteln auf hohem Niveau, um den Mord an Hubertus A. Heil aufzuklären. Bei der Aufklärung des Mordfalles sind wir auf mehrere Verbindungen zu Cold Cases, die sieben-undzwanzig Jahre alt sind, gestoßen. Der Mann mit Hund ist bis heute nicht gefasst und wir hoffen, die Fälle zu lösen! Für uns ist das eine große Kraftanstrengung, mit der wir zwar keine absolute Sicherheit gewähren, aber wir versuchen das Möglichste und kämpfen gegen das Böse!« Alice trinkt aus dem Wasserglas und der sichtlich erregte Gerald aus der Bierflasche. Ein Zeitungsjournalist fragt sie, ob der Mord am Impfzentrum in Offenbach etwas mit den Taten zu tun hat. Dies kann man zum jetzigen Zeitpunkt nicht ausschließen, antwortet sie. Dann startet sie ihren Appell an den Täter.

»Hallo unglücklicher Mann, ich appelliere an dein Gewissen und eventuelle Mitwisser. Du hast gemordet und gequält. Du wirst mit den Taten und den Schuldgefühlen, der Angst, verraten zu werden oder entdeckt zu werden, nicht leben können. Das lässt dich nie mehr los. Deine Angst verjährt nie! Damit musst du bis zum Ende deines Lebens klarkommen. Und jetzt ganz persönlich: Deine kranken Botschaften an mich sind hässlich und gemein. Unschuldige Menschen zu ermorden, um zu imponieren, zeigt mir, wie böse du bist!«

Sie trinkt Wasser und Gerald zittert vor Wut.

»Ein böser kranker Mann. Du lebst in der Dunkelheit. Für immer in der Dunkelheit. Ich lebe im Sonnenschein und werde dich mit meinen Kolleginnen und Kollegen zur Strecke bringen, damit du deiner gerechten Strafe zugeführt und für immer weggesperrt wirst!«

Sie trinkt ein Glas Wasser. Die Atmosphäre im Presseraum ist elektrifiziert. So etwas hat es noch nie gegeben. Die direkte Ansprache an den Mörder! Alice nutzt ihre Chance und verweist noch einmal auf die Zeit von 1992 bis 1995 im Offenbacher und Hanauer Wald.

»Wer kann Auskunft geben über einen jungen Mann, der mit einem schwarzen Dobermann im Wald unterwegs war und Menschen erschreckt hat! Vielen Dank für Ihre Hilfe!«

Der Pressesprecher beendet die PK und die eingeladenen Gäste klatschen. Ein Novum im Presseraum des Polizeipräsidiums. Staatsanwalt Dr. Fürst bedankt sich bei der jungen Kollegin und der Polizeipräsident Dr. Speckstein lobt die Initiative der Beamtin. Klaus Walter, leitender Polizeidirektor, spricht von einer einmaligen Chance, den Täter dingfest zu machen, und hofft, dass es ihm gelingt, diese gute Polizistin auf Dauer in die Dienststelle zu integrieren.

»Ich bin also ganz bewusst in die Kammer des Bösen hineingegangen!« Peter nickt und trinkt mit ihr einen Wodka. »Steckt in jedem Menschen eigentlich das Böse?«

Der EKHK lächelt und geht davon aus, dass das nicht generell so ist, aber dass es böse Umstände gibt. *Hoffentlich passiert der Kleinen nichts!*

Gerald

Gekränkt schmeißt der Narzisst die Bierflasche an die Wand und betrinkt sich mit Wodka. »Diese dreckige undankbare Hure!«
Denkt die, dass ich krank und böse bin!
»Du Miststück. Für was habe ich diesen Giftmischer getötet?«
In seinen Ohren piept es. »Sag es mir doch, das lasse ich mir nicht gefallen!« Boshaftes Lachen in seinem Kopf!

Schreiend rennt er durchs Haus, öffnet den Waffentresor und entnimmt den geraubten Revolver. Summend kommt er wieder runter und der kleine schmusende Hund unterstützt ihn brummend. Dabei kommt ihm der Gedanke, dass das alles nur vorgetäuscht sein muss und die Kleine gar nicht anders konnte. *Bestimmt hat ein Kollege den Brief gelesen. Deshalb!* Die zweite Flasche Wodka beruhigt und der Hass weicht der Zuneigung und Liebe zur Kriminalkommissarin. *Die musste das tun!* Er lauscht heimlich in die Besprechung, die in seinem Kopf zwischen der Oma und der dunklen Stimme stattfindet. Es zwickt und brennt und er hält den Kopf zur Abkühlung unter den Wasserhahn im Spülbecken. Dann kommt er zur Besinnung und versteht Omas Ratschlag endlich. »Du musst dich jetzt von deiner guten Seite zeigen.« Die Stimme lacht gehässig und hilft ihm nicht weiter. *Auf die blöden Geister im Kopf ist kein Verlass!*

Ein Albtraum rüttelt ihm das Ergebnis ins Hirn.

»Ich kann nicht schlafen«, flüstert ihm Danuta Kaminski ins Ohr, setzt sich auf die Ledercouch und vergibt ihm spontan. »Weißt du, Gerald, mein Leben war durch Drogen und billigen

Sex gezeichnet. Das war nicht lebenswert. Du hast mir geholfen, da rauszukommen!« Gerald grinst und hört der Toten zu. »Ich würde mich so für dich freuen, wenn du mit der hübschen Jägerin zusammenkommst.« Gerald lacht vor Freude und Danuta ist der Meinung, dass er ihren Finger, den er mit dem Taschenmesser abgeschnitten hat, an die Polizistin schicken soll. »Die löst dann quasi den Fall und schließt die Kriminalakte.« Die Stimmen in seinem Kopf lachen alle durcheinander. Dann ist es plötzlich totenstill. »Mach ich!«

Er wacht auf und denkt an den Finger im Glasröhrchen und weiß endlich, wie die Geschichte weitergeht. Gut gelaunt inspiziert er den Keller und kontrolliert, ob dort noch alles in Ordnung ist. Den Rattenkindern stellt er jetzt immer ein Schälchen mit Sonnenblumenkörnern auf den Teppich. *Da wird sich die Alice freuen, wenn sie den Babys zuschaut!*

Im Wald geht so gut wie niemand mehr spazieren. Auf dem Waldparkplatz steht ein Toyota Land Cruiser der Polizeireiterstaffel. Der Pferdeanhänger ist leer und die Polizisten sind im Sattel auf Streifendienst. Das schmutzige Glasröhrchen mit dem Finger der jungen Prostituierten und den Brief an die Polizistin hat er in einen kleinen Karton gelegt.

Frau Stech – Polizei, hat er drauf notiert. Das Geschenk ist in eine Leinentasche gewickelt. *Der Finger sieht nicht mehr so schön aus, wird der Kripomaus aber trotzdem gefallen. Auch ohne glänzenden Fingernagel-Lack.* Die Tasche stellt er auf die Motorhaube und radelt gut gelaunt nach Hause, unterwegs pflückt der Verliebte einen großen sommerlichen Blumenstrauß und stellt ihn zu Hause auf den Wohnzimmertisch. Oma lästert. »Da ist der Bub ja wirklich verliebt.« Und gerade, als er sich über diese Feststellung freut, erklärt sie, dass die Polizistin eine gefährliche Schlange ist, die sich nach Lust und Laune häutet. »Die sperrt dich für immer weg!« Gerald schreit, doch es nutzt nichts. Oma denkt, dass die Polizei bereits alles bis ins Detail genau plant und es jederzeit losgehen kann. DANN STEHT DAS SEK VOR

DER TÜR, sagt die dunkle Stimme, und dass er sich noch mit Proviant, Wodka und Zigaretten eindecken muss, um sich im Haus verschanzen zu können.

Er bläst die Vorhaltungen weg und denkt an das Geschenk im Glasröhrchen. »So viele Jahre habe ich das Ding aufbewahrt, aber ich brauche es jetzt nicht mehr!«, sagt er zum Hund.

Mordkommission, Tag 19

Als die Polizeireiter die Pferde im Anhänger eingestellt haben, fällt dem POK Burmeister die abgelegte Leinentasche auf der Motorhaube auf. Nachdem der Kollege PK Schmidt zugestimmt hat, schauen sich die Beamten die Tasche näher an. So etwas haben die beiden Polizisten noch nicht gesehen. Da steckt ein aufgeweichter Finger in einem Glasröhrchen und auf einem Brief steht der Name der Fallanalytikerin vom LKA: Frau Stech.

Peter Vogel und Alice Stech treffen mit der Spurensicherung am Ablageort der Leinentasche ein. Auf dem trockenen Waldboden gibt es keine Spuren. *Alles knochentrocken!*

Alice öffnet den Briefumschlag:

»Ich bin so wütend auf dich! In der Dunkelheit lebt es sich gut. Sie hat ihre eigene Schönheit und ist frei von bösen Menschen und Intrigen. Bald lernst du sie kennen. Ich bin auch nicht mehr traurig auf deine bösen Worte in der Pressekonferenz. Denn ich kann mir denken, dass du das sagen musstest. Ein Kollege hat meinen Brief an dich gelesen, stimmt's? Deshalb möchte ich mich mit dir versöhnen und dir helfen. Der Finger ist von Danuta Kaminski. Ich habe das Teil im Frühling 1993 mit dem Taschenmesser abgeschnitten und zu Hause in Formalin konserviert. Die Frau war böse zum Gerald. Weißt du, richtig böse und gemein. Sie hat mich verletzt. Die hat einfach nichts von mir gewollt. Ich würde stinken, hat sie gemeint. Da konnte ich doch nicht anders und habe ihr den bösen Finger abgeschnitten. damit die den nicht mehr zeigt. Dann habe ich mir überlegt, dass es besser ist, der kleinen Nutte richtig zu helfen. Ich habe ihr mit einem Stein auf den Kopf geschlagen. Ich freue mich so, dass du jetzt den Fall gelöst hast und die Polizeiakte schließen kannst. Ich entschuldige mich dafür, dass der Finger so ausgebleicht und faserig ausschaut. Aber das liegt am Formalin, das verliert mit den Jahren die Wirkung. Ich liebe dich und bin und bleibe ungeimpft! Gerald. PS: Es gibt kein Coronavirus, nur Giftmischer, die ihr Gift unschuldigen Menschen spritzen.«

Die Kriminalbeamtin reagiert schockiert und denkt an den bösen Albtraum. *Dieser Mann ist das Böse!*

»Wie kann ein Psychopath über so viele Jahre unentdeckt bleiben, Unheil verbreiten und mehrere Menschen ermorden?«

Darauf hat ihr Kollege ad hoc auch keine Antwort. Sie fahren ins Kommissariat zurück. Der Mörder ist auch ein Impfgegner, der Leute umbringt, um auf seine gestörte Meinung hinzuweisen.

Der Erste Kriminalhauptkommissar trifft den Leiter des Staatsschutzes, KHK Fleischer. Bislang gibt es keine Verbindung zur Corona-Leugner-Szene in Offenbach. »Das ist ein Einzeltäter, ein »Lonely Wolf«. Peter Vogel spricht davon, dass der Mörder 1993 aus anderen Gründen gemordet hat. »Vielleicht hat den jemand zugetextet und zum Impfgegner aufgebaut.« Währenddessen steht Alice vor der Pinnwand in der Kantine und schaut sich die Verbindungen zum Mordfall Hubertus A. Heil an. Der Mord an Dr. Steffen Cramer ist auf einer zweiten Pinnwand aufgezeichnet. *Bei unserem Täter handelt es sich um einen gemeingefährlichen und brutalen Täter!*

»Hallo Maskenmann, weißt du, deine Zeit ist bald vorüber und du steckst in der Zelle. Ich verspreche dir, dass das Licht immer zur selben Zeit an- und ausgeschaltet wird.«

Nach dem Aufruf in der Pressekonferenz wurde noch kein durchbrechender Hinweis gemeldet. Peter fährt sie bis in die Hotelgarage. In der Lobby sitzt während ihres Aufenthaltes ein Schutzpolizist zur Wache.

Alice hört im Schlaf eine Stimme: »Flieh oder du stirbst!«

Gerald

In der letzten Zeit träumt er in der Endlosschleife. *Als würden sich die Toten heimlich zusammentun und sich gegen ihn verschwören!* »Danuta Kaminski, Gerda Schuler, Oma Erika und der Jagdpächter führen etwas im Schilde!« Der Hund kann das Rätsel auch nicht lösen. Geralds Gehirn ist überfordert. Der wahnsinnige Mann lässt sich von denen nicht schocken und überlegt, wie er die blonde Polizistin endlich ins Haus kriegt. *Aber ich tu ihr nicht weh!* Obwohl der gestohlene Hund mit ihm schmust, kann das kleine Tier die große Anspannung nicht lösen. *Ob ich die Braut einfach vorm Polizeipräsidium abhole oder ihr hinterherfahre und schaue, wo sie wohnt? Dann kann ich sie besuchen!*

ALLES UNBRAUCHBARE METHODEN, flüstert ihm die dunkle Stimme ins Ohr. »Mach jetzt ja durch deine Ungeduld nichts verkehrt. Auf die Bullenfrau wird aufgepasst, die wird bewacht und hat Personenschutz. Vor ihrem Arbeitsplatz passt die Polizei auch auf. Objektschützer filmen dann das Nummernschild von deinem Auto und klingeln kurz darauf bei dir!« Das versteht Gerald und betrinkt sich gegen den Frust. Clever schleichen sich die toten jungen Frauen in seine Gedanken. »Weißt du, Gerald, eine junge Frau will erobert werden, also musst du dich beweisen.« Er nickt. »Du hast ihr ja bereits das kleine Geschenk auf die Motorhaube gelegt. Da hat sie sich ganz bestimmt sehr darüber gefreut!« Er lacht. »Du musst noch eine Schippe drauflegen!« Oma lacht und flüstert: »Hast du dir den Pimmelmann gewaschen und dich untenrum rasiert?« Gerald schämt sich. *Was ist, wenn Danuta und Gerda das hören?* Und sie haben es tatsächlich gehört und kichern. Wut kommt auf und er läuft schreiend durchs Wohnzimmer. Davon lässt sich Danuta nicht wegjagen und ruft nach Gerda, die ihren Kopf sucht. Gerald bekommt es mit der Angst zu tun und stoppt das Brüllen. *Was denkt wohl die zukünftige Frau, wenn die so ein Theater machen?* Ein ungutes Gefühl macht sich breit. Ein Aufkreischen aus dem

Keller. Im Traum rennt er die Treppe hinab und erschrickt. Die hässlich entstellten Leichen graben den Lehmboden auf und kratzen mit ihren verfaulten Fingern, bis die Knochen herausgucken. Sie finden den Eimer. Ihr Mörder schreit sie an, dass sie sofort damit aufhören sollen. »Ihr dreckiges Pack, ihr verfluchten Leichname!« *Die hübsche Polizistin soll den hässlichen Kopf nicht sehen. Der tropft so eklig.* Doch dann versteht Gerald den Sinn der Ausgrabung im Keller. Die Mädchen wollen ihm doch nur helfen. *Noch eine Schippe drauflegen. Er muss der Braut Gerdas Kopf im Eimer präsentieren.*

Als er aufwacht, trinkt er Wodka und in allen Fernsehkanälen wird über den Mord am Allgemeinmediziner berichtet.

Es gibt Hinweise, dass der Mord im Zusammenhang mit dem Mordfall an einem Jagdpächter steht. Dr. Steffen Cramer war Mit-Jäger im Jagdrevier des getöteten Jagdpächters, H. A. Heil. »Schlaues Bullenpack!« Auf der speckigen Ledercouch herumlümmelnd betrachtet der kranke Mörder sein dunkles Dasein. Im ganzen Haus ist es dämmrig, die Fensterläden sind nur einen Spalt offen und das schummrige Licht beruhigt.

In den Träumen riecht es im Haus oft nach Tod. Verrottendes Fleisch mit ein paar Tropfen von Omas billigem Parfum gemischt. *Wie Scheiße mit Fleisch vermengt! Ich bin die Bestie aus der Dunkelheit.* DU MUSSTEST DAS TUN!, flüstert ihm die Stimme ins Ohr. Das besänftigt und Gerald denkt dabei an seine Opfer. Hasserfüllt schüttelt er den Kopf, denn die Schlampen wollten keinen Sex mit ihm machen. *Die haben den Tod verdient!* Wie ein Lichtschein durchs Dunkle wird sein Kopf für einen Moment klar. Die Lichtblitze sind aber nur von kurzer Dauer und der Mörder lebt in der Sphäre der Angst.

Mordkommission, Tag 20

Bei der Polizei ruft um kurz nach halb sechs ein Ingo Bauer an und will mit der Ermittlerin vom KK11 sprechen. Der Beamte vom Dienst erklärt ihm, dass die Kripo erst ab 8 Uhr zur Arbeit kommt, und notiert Ingo Bauers Telefonnummer. Er will diese sofort per E-Mail an die Kollegen weiterleiten. Den Zettel hängt er auf sein Klemmbrett und dann grummelt es nach der langen Nachtschicht in seinem Bauch. Der Polizist verbringt eine Zeit auf der Toilette. Kurz vor Dienstschluss vergisst er, Frau Stech per E-Mail zu informieren.

In der Mordkommission steht man unter Starkstrom. Alle Ermittlungen gehen in ein und dieselbe Richtung und sind täterorientiert projiziert. Es knistert. »Mann mit Hund!«

1993 Danuta Kaminski:

An der Leiche stellte man einen frischen Hundebiss fest und ein Zeuge sagte aus, dass die Danuta oft mit einem jungen Typen mit Hund herumgehangen hat.

1993 Gerda Schuler:

In der Nähe des Radweges und am Ausflugslokal erschreckte 1993 oftmals ein Mann mit Hund und Maske auf dem Kopf die Menschen. Dazu sind Zeugenaussagen eines Revierförsters und Aufzeichnungen eines Grundschulkindes dokumentiert. Das Ausflugslokal ist der letzte bekannte Aufenthaltsort der Studentin Gerda Schuler.

2020 Hubertus A. Heil:

In dessen Jagdrevier wurde ein Mann mit Hund vom Jagdpächter belehrt. Herr Heil tötete den wildernden Hund später. In der MOKO ist man sich sicher, dass es keine Zweifel an den Spuren und einen Zusammenhang zum »Mann mit Maske und Hund« gibt. Aber der entscheidende Hinweis fehlt. Die Suche nach dem Phantom läuft. Bei den Ermittlern hinterlässt die fieberhafte Suche ein Unbehagen, denn ihre Kollegin ist ein potenzielles Anschlagziel des psychopatischen Mörders. Als hätte man nicht schon genug Probleme, ruft der Polizeipräsident Dr. Speckstein bei Peter Vogel an und fragt nach dem gestohlenen Jagdhund.

Gerald

Er gräbt im Keller den vergrabenen Plastikeimer mit Gerdas eingelegtem Kopf aus. *Aber kann ich dieses Ding wirklich meiner Braut schicken?* Er schüttelt aufgeregt seinen Kopf, öffnet den Eimer und erstarrt, als er das Geschenk sieht. *Was für eine hässliche Fratze!* Angewidert und vor Ekel muss der Andenkensammler weggucken. Unter dem Schrank piept es, drei kleine Ratten huschen hervor und rennen ein Stück weit in den Keller hinein. *Das wird der Alice bestimmt gut gefallen!* Er greift in den Eimer und hält den vom Blut und ausgelaugtem Formalin tropfenden Kopf in der Hand. *Da habe ich meine Bluttaufe bestanden und wir können Bluthochzeit feiern, liebe Alice!* Die jungen Ratten krabbeln vorsichtig zum Eimer. Gerald scheucht die Biester weg und legt den Kopf mit dem eingeschlagenen Gebiss zurück in den stinkenden Eimer. BLUTHOCHZEIT FEIERN!, sagt die Stimme.

Das Geschenk trägt der psychopatische Mann in die Küche. Die Kraft des verfaulten Fleisches ist einfach riesig und er guckt sich den stinkenden Kopf immer wieder voller Hingabe an. Trotzdem braucht er frische Luft, sitzt am Gartenteich und füttert die Fische. Langsam geht ihm der eklige Geruch aus der Nase. *Verfaultes Fleisch stinkt nach Eiern, Rattendreck, Katzenscheiße und ist einfach widerlich. Die hat doch so gut gerochen, als wir unter der Veranda gesessen haben.* Angestrengt überlegt er, wo der Eimer platziert werden soll, damit die Polizei den Kopf entdeckt. Gerald schmiert sich ein Bauernbrot mit Kochkäse, trinkt sechs Flaschen Weißbier am Küchentisch und der Kopf glotzt ihn an. Seine Vorsätze, die Frau im Haus gut zu behandeln, gefallen dem kranken Mann und er träumt von ausgelassenen Freuden mit der Kriminalpolizistin. Nachmittags wacht er schweißgebadet auf und will rauchen. In der Schachtel steckt noch eine Zigarette. Die fettige Feldjacke übers Unterhemd und los geht's zur Tanke. Sonst kauft er dort spätabends ein. *Der Toni kennt ihn und er kennt den Toni.* Doch heute ist der Gerald früher dran. Das Auto stellt er wie immer direkt vor die Fensterfront der Tankstelle, will die Maske greifen, doch das Drecksding liegt nicht auf dem Beifahrersitz. *Was für eine Scheiße!* Der Toni wird ein Auge zudrücken. Als er den Verkaufsraum betritt, ruft der fremde Mann hinterm Tresen, dass er bitte eine Maske aufsetzten soll oder die Tankstelle verlassen muss. Gerald ignoriert das und läuft bis zum Tresen. Den Mann kennt er nicht und beachtet ihn nur am Rande. Im Zigarettenregal steckt eine Stange Roth-Händle-Zigaretten. »Bitte eine Stange vom roten Tod« und er zeigt freundlich auf die Roth-Händle. Der Verkäufer verweist ihn nochmals auf die Maskentragepflicht und gibt ihm keine Zigaretten. Gerald wird unruhig, genau wie die Bienen in seinem Kopf. »Stell dich nicht so an, verkauf mir die Zigaretten und halt dein Maul!« Der Verkäufer ignoriert den uneinsichtigen Kunden. Gerald summt.

Der fremde Mann fordert ihn dazu auf, den Verkaufsraum zu verlassen. Gerald kribbelt es überall und im Ohr piept es. Gerald fühlt sich provoziert. »Sonst rufe ich die Polizei!« Dann hört er die dunkle Stimme im Ohr und ist froh, dass er nicht allein ist. FAHR HEIM UND TRINK ETWAS, STECK DEN REVOLVER IN DEN GÜRTEL UND FAHR ZUR TANKE ZURÜCK! Gerald lacht. UND SETZ DIE WOLFSMASKE AUF! Boshaftes Lachen. Gerald kennt den Plan. *Den Impfknecht und Scheißkerl in den Kopf ballern, dass das Hirn rausläuft!* Das kalte Weißbier und viel Wodka beruhigten etwas, aber eine Zigarette ist einfach zu wenig. Die Wut steigert sich immens. TÖTE DEN UNFREUND-LICHEN VERKÄUFER, flüstert ihm die dunkle Stimme diabolisch in den Kopf und Gerald wird böse und jähzornig. Mit der Wolfsmaske und dem Colt King Cobra Revolver im Gürtel steigt er ins Auto und fährt zur Tankstelle zurück. Während der kurzen Fahrt erlebt er einen Ausbruch eines Urgefühls und rastet total aus. Die Stimmen in seinem Kopf singen lustige Lieder. Gerald sieht das Blut aus dem Kopf des unfreundlichen Mannes spritzen.

Das Auto stellt er wieder direkt vor der Glasfront der Verkaufsstelle ab, greift nach dem Revolver und steckt ihn in die Feldjacke. Die Wolfsmaske aufsetzen und Gerald Winter ist unkontrollierbar und zerstörerisch. Er handelt in Notwehr und muss sich verteidigen. *Verkauft der geimpfte Chipträger mir keine Zigaretten. So ein Monster*! Das Tankstellenareal ist menschenleer und Gerald erschreckt den Verkäufer. Er heult wie ein Wolf und läuft zur Kasse. Die Vertretung Tonis fürchtet sich vorm Wolfsmaskenmann. Gerald droht dem Mann nicht einmal, nein, er vollstreckt seinen Auftrag auf der Stelle. KNALL IHM DIE NUSS WEG!, ruft die dunkle Stimme und Oma brüllt, dass diese Schweine es nicht anders verdient hätten. Der Verkäufer zittert und winselt. Gerald starrt ihn einen Moment lang nur an und ist bereit.

Vorm Paketannahmetresen, dort ist keine Corona-Plastikschutzeinrichtung angebracht, schießt Gerald dem Verkäufer zweimal in den Kopf. Der Mann fällt auf den Boden hinterm Verkaufstresen. Gerald geht zum Zigarettenregal, entnimmt eine Stange Roth–Händle und legt fünfzig Euro auf den Tresen. *Zum Essen habe ich ja auch nichts* und greift sich zwei Tüten Chips und zwei Schokoladenriegel.

Der brutale Mörder verlässt den Verkaufsraum mit dem Revolver in der Hand und steigt ins Auto. Ein älterer Mann beim Tanken erschrickt, als er den Wolfsmaskenmann mit einer Waffe in der Hand, einer Stange Zigarette unterm Arm und den Chips sieht. Er alarmiert per Handy den Notruf. Es ist 17.45 Uhr.

Gerald fährt nach Hause. Die Videoüberwachung der Tankstelle hat gute Aufnahmen gemacht. Auf dem kurzen Weg zum Haus hört Gerald lustige Kinderlieder in seinem Kopf.

Dornröschen war ein schönes Kind,
schönes Kind, schönes Kind,
Dornröschen war ein schönes Kind,
schönes Kind.

Dornröschen, nimm dich ja in acht
ja in acht, ja in acht,
Dornröschen, nimm dich ja in acht,
vor einer bösen Fee.

Da kam die böse Fee herein,
Fee herein, Fee herein,
da kam die böse Fee herein,
und rief ihr zu.

Dornröschen schlafe hundert Jahr,
hundert Jahr, hundert Jahr,
Dornröschen schlafe hundert Jahr,
und alle mit.

Und eine Hecke riesengroß,
riesengroß, riesengroß,
und eine Hecke riesengroß,
umgab das Schloß.

Da kam ein junger Königssohn,
Königssohn, Königssohn,
da kam ein junger Königssohn,
und sprach zu ihr.

Dornröschen holdes Mägdelein
Mägdelein, Mägdelein,
Dornröschen holdes Mägdelein,
nun wache auf.

Dornröschen wachte wieder auf,
wieder auf, wieder auf,
der ganze Hofstaat wachte auf,
wachte auf.

Dornröschen ward nun Königin,
Königin, Königin,
beglückte hoch den Königssohn,
beglückte ihn.

Sie feierten ein großes Fest,
großes Fest, großes Fest,
Sie feierten ein großes Fest,
das Hochzeitsfest.

Da jubelte das ganze Volk,
ganze Volk, ganze Volk,
das jubelte das ganze Volk,
ganze Volk.

Der Mörder blickt gedankenversunken in die neue Zeit. Bald wohnt das Dornröschen mit dem Königssohn und der Oma im Haus. *Die Veranda muss er noch in Ordnung bringen.* Selbstzufrieden knabbert er Chips und trinkt Weißbier. Anerkennend nickt er zu seinem guten Schießergebnis. »Zwei Treffer in die Nuss!« Danach holt er Gerdas Kopf aus dem Plastikeimer und legt ihn auf den Küchentisch. *Das Ding pack ich morgen ordentlich in Geschenkpapier.* IN EINEN GROSSEN GEFRIERBEUTEL, SONST TROPFT DER SAFT AUF DIE BRAUT. Gerald bedankt sich bei der dunklen Stimme für den Ratschlag. Endlich raucht er seine filterlosen Zigaretten. Der rote Tod schmeckt ihm gut. Die toten Frauen singen keine fröhlichen Lieder mehr. Nein, sie erwachen aus ihrem Dornröschenschlaf. In den Ohren piept es, die Füße kribbeln und er kriegt diese Kopfschmerzen.

»Da kam die böse Fee herein, Fee herein ...« brüllt die Oma. »Du bist kein Königssohn, du bist ein Hurensohn!« Und als wäre das nicht schon genug, kommt der ganze heruntergekommene dreckige Hofstaat in die Küche. Die Toten gucken ihn an und setzen sich ohne Aufforderung an den Küchentisch. Eine Schweigeminute und dann lachen die entstellten Leichen, bis die Spucke fliegt. *Die lachen mich aus!* Gerald kommt in Rage und brüllt.

Und dann, als wollten sie ihren Peiniger auf ihr Leid aufmerksam machen und verhöhnen, stellen sie sich der Reihe nach persönlich vor. Gerald zittert und verschüttet Wodka, als er die Flasche zum Mund führt, rinnt der Schnaps ins Unterhemd. »Guck dir diesen Verlierer an! Der blutige Metzger, zu blöd, um die Fleischerlehre abzuschließen. Ein kleiner stinkender Hilfsarbeiter!« Ein bösartiges hässliches Lachen in der Küche. »Was für ein Loser!«

Gerald schreit ohne Erfolg, dass sie aufhören sollen! Die Toten stehen jetzt direkt vor ihm und schauen ihn mahnend an und Gerald kriegt es mit der Angst zu tun.

Gerald rümpft die Nase und ekelt sich. Dieser strenge stechende Geruch tut fast schon weh. Die Gäste am Küchentisch lachen und stinken weiter vor sich hin. Die Kraft ihres hässlichen Aussehens und des ausströmenden Geruchs ist einfach unglaublich. *Da hat das Rattenfass ja angenehmer gerochen.* Gerald zittert und denkt an faule Eier, Kot und eine gebrauchte Toilette. *Was mache ich denn, wenn die alle zu Besuch kommen und die Alice sehen wollen?*

Der Schizophrene versucht, aufzustehen, um dem Horror und dem ausströmenden süßem Geruch zu entkommen. Doch Oma hält ihn auf, sie hält ihn mit ihrer verbliebenen Hand fest und befiehlt ihm, sitzen zu bleiben. »Du bist der Gastgeber und so behandelt man seine Gäste nicht!« Gerald reißt sich los, steht auf und brüllt, dass die Scheißgespenster endlich abhauen sollen. Ein Raunen geht durch die Küche und alle schauen ihn böse an.

Sie wollen raus aus ihrem Schattendasein, und im Chor singen die entstellten und entmenschlichten Toten leichenbleich und übelriechend zur Leichenfeier »Wir wollen Hochzeit feiern!«. Sie beharren auf ihrem Recht, mit der Braut die erste Nacht im Haus zu verbringen und den sogenannten Leichenschmaus einzunehmen. »Wo ist dein Anstand, Gerald?« Er versteht die Frage nicht. »Was soll ich tun?« »Da hat mir die Doris aber eine zurückgebliebene Kreatur in die Wiege gelegt!«, sagt die Oma, und Gerald weint. Oma weist ihn an, dass zuvor der »Leichen-Schmücker« die Gäste schön macht. »Du musst den Bestatter bestellen, das Geld von deinem Vater nimmst du aus dem Schuhkarton im Küchenschrank.«

Woher weiß die Alte, dass ich meinen Vater umgebracht habe? Gerald döst am Küchentisch vor sich hin, denkt an seine Mutter, die so ein Scheißkerl geschwängert hat. Um sich für einen Moment vor den Geistern zu schützen, wickelt sich der stark betrunkene Mann eine ganze Rolle Alufolie ums Haupt, legt seinen Kopf auf den Tisch und guckt auf Gerdas eklige Fratze und zwei leere Wodkaflaschen.

Mordkommission, Tag 20 Später Nachmittag

Der Polizist ruft das Polizeirevier an, erklärt das Versäumnis und bittet einen Kollegen, dass er sofort die Kollegin Stech wegen einer Zeugenaussage anruft. Die Telefonnummer hat er auf der Schreibtischunterlage notiert. Um 17.30 Uhr erreicht die Nachricht die Mordkommission mit zwölf Stunden Verspätung. *Mann, bin ich aufgeregt.* Ein Herr Bauer meldet sich und nach kurzer Zeit kennt die Kriminalbeamtin den Namen vom »Mann mit Hund«. Gerald Winter, geboren 1975 und wohnhaft in Offenbach-Bieber, Grabengasse. Der Zeuge erzählt, dass er vom Aufruf in der Pressekonferenz erst in der Zeitung gelesen hat und es sofort bei ihm Klick gemacht hat.

Der verstorbene Willi, sein Bruder, hat in den Jahren 1992 bis 1996 viel Zeit mit Gerald verbracht. Dabei hätte sich Willi zunehmend negativ und asozial verändert, er sei sogar regelrecht verroht. Der Bruder war Hobbyfotograf und beim Sichten des Nachlasses entdeckte er in einem Schuhkarton Fotos. So grauselige Aufnahmen: Fleisch von Maden befallen, ein auf ein Holzbrett aufgenagelter Frosch, mit Wäscheklammern aufgehängte Nacktschnecken und vieles mehr. Auf einem Foto ein Mann im Tarnanzug mit Wolfsmaske auf dem Kopf, und neben ihm sitzt ein großer schwarzer Dobermann. Auf der Rückseite des Fotos hat der Bruder notiert: »1993 – Gerald und Monster nach der Schreckaktion an der Wald – Gaststätte – Zum Auerhahn«. Außerdem weist der Zeuge darauf hin, dass der Gerald Mitglied in einem Schützenverein war und der Bruder von den exzellenten Schießfähigkeiten des Freundes geschwärmt hat. Der Winter konnte einen Apfel auf fünfzig Meter vom Baum knallen. Alice bedankt sich bei Herrn Bauer für die große Hilfe, informiert ihren Kollegen und recherchiert die Auskunft im Einwohnermelderegister: Gerald Winter lebt mit Erika Winter in einem Haus.

Um 17.40 Uhr leitet Peter Vogel die notwendigen Maßnahmen zur Ergreifung Gerald Winters ein, als um 17.46 Uhr die Nachricht vom Tankstellenmord eingeht. Im Verkaufsraum einer Offenbacher Tankstelle liegt ein toter Mann hinterm Verkaufstresen. Ein Augenzeuge berichtet von mindestens zwei Schüssen und hat ein Kfz-Kennzeichen mitgeteilt. Die Überprüfung des amtlichen Kennzeichens: OF-GW 666, des vermeintlich vom Täter geführten Kfz hat ergeben, dass das Fahrzeug, ein VW Passat Kombi, auf einen Gerald Winter, wohnhaft in Offenbach-Bieber, Grabengasse zugelassen ist. Wie der Zeuge weiterhin mitteilt, wäre aus der Tankstelle ein großer Mann mit einer Wolfsmaske auf dem Kopf und mit einer Schusswaffe in der Hand in den VW Passat Kombi eingestiegen und weggefahren. Die Überwachungskamera der Tankstelle hat ein ebensolches Auto dokumentiert und aufgezeichnet.

»Was für eine Oberscheiße!«, sagt Peter Vogel. »Der hat schon wieder zugeschlagen!« »Ja, aber jetzt kriegen wir das Monster!«, ruft Alice.

Die Mordkommission steht unmittelbar vor der Ergreifung des gefährlichen Mannes. Name und Wohnort des Mörders sind bekannt. Vogel erlaubt der Kollegin, in die Grabenstraße zu fahren, und nachdem das Sondereinsatzkommando der Polizei die Wohnung aufgemacht und gesichert hat, also nach der Festnahme des psychopatischen Gewalttäters, die Ermittlungen vor Ort durchzuführen.

Das hat die Kleine verdient! Aufgrund ihrer brillanten Ermittlungsarbeit und ihrer Durchsetzungsfähigkeit ist die Mordkommission überhaupt so weit vorgedrungen. Und sie hat recht gehabt mit ihrer Überlegung, die Cold Cases in den Mordfall Hubertus A. Heil einzubeziehen.

Er selbst führt die Tatortaufnahme und Ermittlung beim Tankstellenmord durch und später fügen sie die Puzzlesteine zusammen. Die Festnahme von Gerald Winter ist jetzt nur noch eine Sache weniger Minuten. Die Polizei sperrt die Durchfahrtsstraße in Bieber. Mit Maschinenpistolen bewaffnete Polizisten stoppen den Verkehr und sichern die Straße. Das Wohnhaus der Winters ist großräumig abgesperrt. Aus Frankfurt rücken Beamte des Spezialeinsatzkommandos SEK in drei BMW 7er-Fahrzeugen und einem VW-Bus an. Die Beamten versammeln sich in ausreichender Entfernung vom Winterhaus. Sie tragen ihre ballistischen Schutzwesten, setzen ihre Titanhelme auf und greifen beschusshemmende Schilder aus dem VW-Bus. Neben ihren Glock 17 Pistolen mit Laserlampen am Magazin sind zwei Präzisionsschützen mit einem Heckler & Koch Gewehr bewaffnet. Während sich die schwer bewaffneten SEK-Polizisten anschleichen und lautlos die Lage sichern, sitzt Alice im Kommandofahrzeug des SEK und beobachtet die zielgerichtete Festnahmeaktion. Es ist 18.30 Uhr. Das Hoftor des Hauses ist nicht verschlossen, einige Beamte schleichen sich auf den Hof.

Hinterm Tor steht der gesuchte VW Passat Kombi. Mit einer auf einem Teleskoprohr montierten Kamera blicken die Beamten durch das zur Straßenseite liegende Fenster in ein Wohnzimmer.

Die Zielperson ist nicht zu sehen. Die Haustür befindet sich linksseitig eines großen Fensters. Das Kameraauge zeigt einen Treffer. Auf einem Stuhl sitzt ein großer Mann, sein Kopf ist mit Aluminiumfolie eingewickelt und liegt auf dem Tisch.

»Das sieht außerirdisch aus!«, spricht der Teamleiter ins Funkgerät. »Aber das ist nicht der einzige Kopf. Auf dem Tisch liegt noch ein abgeschnittener menschlicher Kopf. Und zwei Wodkaflaschen.«

Alice zittert bei dem Gedanken an den bösen Mann, der sich ernsthaft vorgenommen hat, sie in diesem Haus einzusperren. *Der will mein Schutzengel sein.* Das Böse wohnt in diesem Haus.

»Dann wollen wir mal!«, sagt der SEK-Kommandoführer, PHK Brecheisen, zur LKA-Beamtin. »Zugriff in drei, zwei, eins – jetzt!« Mit einem Knall wird die Eingangstür mit einer Schrotflinte beschossen und mit einem Rammbock aufgemacht. Das SEK stürmt das Haus und wirft eine Blendgranate in die Küche. Draußen stehen zwei Beamte auf einer Leiter und visieren die Zielperson mit ihrer Waffe an. Der finale Rettungseinsatz ist nicht nötig. Gerald Winter liegt betrunken mit dem Kopf auf dem Tisch und blinzelt in den starken Laserschein. Winter kriegt eine Ladung Pfefferspray in die Augen gesprüht und die Spezialkräfte visieren die Zielperson an. Er wird überwältigt, zu Boden geworfen und entwaffnet. Nach zehn Minuten ist Raum für Raum des Hauses gesichert. Die Aktion des SEK ist beendet.

»Zielperson widerstandslos festgenommen, entwaffnet, eine Waffe sichergestellt.« *Das tut gut* und die Ermittlerin ist erleichtert.

Kurz darauf erfährt die Kriminalpolizistin, dass der sichtlich verwirrte Mann fixiert und mit tränenden Augen auf dem Boden liegt. Man hat ihm das Aluminium vom Kopf gezogen.

Das Haus wurde durchsucht und es sind keine anderen Personen anwesend, im Wohnzimmer sitzt ein bellender junger Hund auf der Couch. Auf dem Küchentisch liegt ein verfaulter und verwester menschlicher Kopf und es stinkt bestialisch überall. Wahrscheinlich hat die alkoholisierte Zielperson tief und fest geschlafen und die Türöffnung gar nicht mitgekriegt.

Die Kriminalpolizistin bedankt sich beim SEK-Kommandoführer für die erfolgreiche Operation und verhält einen Moment vor dem renovierungsbedürftigen alten Haus, das stark durch wilden Wein bewachsen ist, und rührt sich nicht vom Fleck.

»Los geht's«, sagt KOK Eddy Schäfer und Alice steigt die Treppenstufen hinauf. Sie spürt die Vibration, als sie in den Keller gehen. *Aber das weiß Eddy nicht.* Die alte Eichenholztür ist zertrümmert und steht offen. Eine bedrückende Stille liegt in dem Haus. »Los, Alice, machen wir unseren Job!« Alice erwacht aus der gruseligen Sphäre, in die sie aber noch dutzende Male eintauchen wird. In der Küche steht ein SEK-Beamter hinter der am Stuhl fixierten männlichen Person und begrüßt die LKA-Beamtin freundlich. Alice bedankt sich. »Sie können den Mann in fünf Minuten abführen und ins Polizeigewahrsam verbringen.« Der SEK-Kollege nickt. »Wir übernehmen jetzt die Ermittlungen vor Ort. Die Spurensicherung und die Kriminaltechniker sind auf dem Weg.«

»Guten Tag, Herr Winter. Sie sind wegen Mordverdacht vorläufig festgenommen.« Gerald Winter schaut die Kriminalpolizistin durch die durchs Pfefferspray gereizten Augen an und freut sich, seine Frau zu sehen. »Wir werden Ihnen jetzt eine Mund-Nasen-Schutzmaske aufsetzen.« Er lächelt. Der wie Wackelpudding aussehende Kopf sieht grauselig aus. Das ganze Szenario wirkt unwirklich und macht Angst. Der Mörder wird von zwei SEK-Kollegen abgeführt und ins Polizeipräsidium Offenbach verbracht. Alice versucht, sich etwas zu beruhigen.

Der Kopf auf dem Tisch scheint sie anzugucken und ihr wird es übel. Neben dem Kopf liegen zwei Fotos von ihr selbst, ein aus der Zeitung ausgeschnittenes Bild von der Pressekonferenz und ein DIN A4 Foto, wo sie auf der Jagdkanzel steht. *Dieser Drecksack!* Ihr wird schlecht und sie muss aus dem Haus. Eddy Schäfer bleibt mit dem abgetrennten Kopf in der Küche zurück. *Das Haus ist die dunkle Verdammnis.*

Es schaudert sie. Sie atmet frische Luft im verwilderten Garten. Der Rasen und die Sträucher machen trotz des verwilderten Zustands einen anheimelnden Eindruck. Ein verwunschener Ort. Und als sie das Haus erneut betritt, geht sie davon aus, dass das etwas heruntergekommene Winterhaus eine komfortable Unterkunft für den Psychopathen und Mörder gewesen ist.

»Man dringt in ein Haus ein und erwartet, einem aggressiven Mörder gegenüberzustehen. Stattdessen blickt man auf einen verweichlichten Tatverdächtigen, der nichts anderes macht als zu grinsen! Insgesamt ein Haufen Elend!«

Eddy Schäfer korrigiert sie und spricht von einem Haufen stinkender Scheiße! Die Spurensicherung trifft ein. Zuerst wird der auf dem Küchentisch liegende Kopf fotografiert und in ein auslaufsicheres Transportbehältnis gepackt. Alice weist an, dass die Spurensuche im Erdgeschoss beginnt und dann treppauf bis ins Dachgeschoß durchgeführt wird. Den Keller will sie sich zuerst selbst anschauen. Mittlerweile hat ihr Kollege einen auf Leichensuche spezialisierten Hund angefordert. »So ein Vieh riecht auch noch nach zwanzig Jahren einen Toten!«, betont der Kollege. Sie sieht Vogels Nummer auf ihrem Display und freut sich. Peter will in ein paar Minuten im Winterhaus eintreffen.

Die Ermittlungen an der Tankstelle werden von einem erfahrenen Kollegen übernommen.

»Wir haben den Tankstellenmörder und Wolfsmaskenmann ja dingfest gemacht und sind in seinem Haus!«

Alice freut sich, dass Peter zu ihr kommt. Dann gibt sie sich einen Ruck und geht zur Kellertür.

Über der Tür hängt ein Kreuz und am inneren Türstock vier Kreuze. Sie fühlt sich taub und hat für einen Moment keine

Kontrolle mehr über sich, das Herz rast. Sie erkennt die steile Kellertreppe, wo sie dieser Psychopath mit der Sackkarre Stufe für Stufe herunterschob. Schritt für Schritt steigt sie die steile Treppe hinab und will es nicht wahrhaben, dass da etwas Fürchterliches, ganz Böses ist. Im Keller ist Endstation. Sie ist entsetzt. Etwas macht ihr Angst. *Wie ist es möglich, dass man von einem Ort träumt und alle Details genauso existieren?* Das macht ihr Angst. Eine Eisenkette hängt über der Lehne eines alten Holzstuhls, davor liegt ein billiger Teppich, darauf steht ein Eimer. An der Wand steht ein blaues Fass und daneben eine alte Holzkommode. Auf dem Fass eine Kerze und Kabelbinder. Auf der Kommode eine Bonbondose, eine Karaffe, weiße Socken und Unterhosen. Auf einem Gestell liegt ein Umhang. Die Fenster im Keller sind mit Styroporplatten verbaut und von der Decke baumelt eine Glühbirne mit schwachem Licht. *Wie krank ist das?* »Hier wolltest du mich gefangen halten, du Monster?«

Auf der Treppe hört sie Schritte kommen und zieht die Waffe. Ihr Puls rast, doch es ist glücklicherweise Peter Vogel, der sie ganz fest in den Arm nimmt und auf die Stirn küsst.

»Dieser Ort wird durch etwas heimgesucht.« Er nickt. »Eine grausame und perverse Bestie hat hier gewohnt, beseelt von Gewaltfantasien im Kopf!« In dem stickigen Kellerraum bekommen sie nur schwer Luft. Alice zeigt auf das blaue verschweißte Fass an der Wand. Von oben hört man Hundebellen. Der gestohlene Dackel verteidigt sein neues Revier. PHK Axel Riechmann ist mit dem Cold-Case-Finder im Flur und wartet auf seinen Einsatz im Horrorhaus, nichtsahnend, auf wie viele Treffer Hasso in den nächsten Tagen stoßen wird. Hasso läuft die Treppe hinab und im Keller direkt zum Fass, dort setzt er sich und bellt. PHK Riechmann nickt. »Da ist was drin!«

Ein Kriminaltechniker öffnet mit einem Trennschleifer den Deckel vom Fass und ein fürchterlicher Gestank entweicht und steht wie eine giftige Wolke im Raum.

»Ich fühle mich wie in einem beschissenen Albtraum, Peter!«

Der nickt, geht zum Fass und Alice kommt zu ihm. Es ist, als blicke man zu einem Geist, der im Fass wohnte. Eine verwachste Frauenleiche, die aussieht, als hätte man altes Leder eingeseift. Alice weint und denkt an ihren Albtraum, als aus dem Fass eine Frau zu ihr gesprochen hat. *Hilf mir!* Ihr Kollege nimmt sie bei der Hand und überzeugt sie, dass das fürs Erste genug ist. Peter Vogel erhält die Information, dass der Herr Winter aus ärztlicher Sicht zurzeit nicht vernehmungsfähig ist. Ein Bluttest wurde neben Speichel- und Haarprobe veranlasst. Die Spurensuche wird auf Anordnung Vogels auf den Folgetag gelegt. Man will die notwendige technische Gerätschaft zum Leichen Ausgraben einsetzen und das Tageslicht ausnutzen. Grundstück und Haus bleiben durch die Polizei weiträumig abgesperrt.

Die Nachrichten berichten über die Festnahme eines gesuchten Mannes, der vermeintlich auch der Tankstellenmörder von Offenbach ist. Bei der Festnahme des Mannes durch das SEK in Offenbach-Bieber entdeckte die Polizei einen abgetrennten menschlichen Kopf, der auf einem Küchentisch lag. Der Festgenommene hatte am späten Nachmittag mit einer Wolfsmaske auf dem Kopf einen Tankstellenmitarbeiter erschossen. Die Polizei geht nach Auswertung der Videoüberwachung davon aus, dass der Verkäufer den Kunden auf die Maskenpflicht angesprochen hat und der uneinsichtige Kunde kurze Zeit später zurückgekommen ist und den Mitarbeiter tötete.

Die Mordkommission hat eine Eilt-Teambesprechung einberufen und alle sind anwesend. Die Spurensuche auf dem Winterareal wird aufwendig, da voraussichtlich Grabarbeiten anstehen und jeder Quadratzentimeter im Haus und Garten akribisch durchsucht werden muss.

Die bevorstehende Vernehmung des unter Mordverdacht stehenden Gerald Winter wird von KOK Stech und dem Leiter der Mordkommission durchgeführt. Gegen 23 Uhr sitzt Alice bei Peter im Büro. Ein doppelter doppelter Wodka aus einem Wasserglas auf die lückenlose Aufarbeitung der Kriminalfälle: Danuta Kaminski, Gerda Schuler, Erika Winter, Hubertus Anton Heil, Dr. Steffen Cramer, die kopflosen Leiche und die des erschossenen Verkäufers von der Tankstelle, Peter Kraus, der morgen siebenundzwanzig Jahre alt geworden wäre. So wie es aussieht, hat Winter, der »Mann mit Maske und Hund«, auch seine Oma ermordet und in ein Fass gesteckt. Die Gerichtsmedizin wird feststellen, wann und wie Frau Winter ums Leben gekommen ist. Der kleine Hund wurde zwischenzeitlich an Samanta Meister übergeben und ist ein Indiz und Beweislast genug, um den Jagdpächtermord bald aufzuklären. Dr. Speckstein hat schon seinen außerordentlichen Glückwunsch an die MOKO ausgerichtet, dass der kleine Hund endlich aufgefunden worden ist. Außerdem teilt er mit, dass er Samanta Meister morgen besuchen will. Peter Vogel lacht über Dr. Speckstein – ein wahrer Held! – und fährt Alice ins Hotel. Die bestehende polizeiliche Schutzmaßnahme bleibt bestehen. In der Lobby sitzt ein Polizist. Sie haben sich um 7 Uhr verabredet, um die Vernehmung durchzusprechen.

Gerald

Im Polizeigewahrsam eingesperrt hockt der sechsfache Mörder in einem hell beleuchteten und komplett gefliesten Raum. Er hält die Augen geschlossen, tausend Gedankenfäden rasen durch seinen Kopf und er denkt an Alice. Er vernimmt ein Geräusch an der Stahltür und sieht, wie das kleine Fenster geöffnet wird. Ein Polizist schaut nach dem Rechten. Gerald schließt die Augen und vermisst seine gewohnte dunkle Umgebung. Er darf nicht rauchen und hat keinen Wodka. Die Entzugserscheinungen machen sich bemerkbar, aber er bleibt ruhig und wartet, dass die Stimme in seinem Kopf ihm hilft.

Er wartet die ganze Nacht und kann nicht einschlafen, obwohl um 22 Uhr das Licht automatisch ausgeht. Gerald zittert, hat Magenkrämpfe und Schluckauf. Irgendwie holt ihn am frühen Morgen doch der Schlaf ein und der Albtraum besucht ihn im Polizeigewahrsam. »Guten Morgen, lieber Gerald!« Er erschrickt. »Wir wollen dich besuchen.« Plötzlich sitzen Danuta und Gerda auf der unbequemen Liege und gratulieren ihm, dass er endlich weggesperrt ist. »Endlich bist du angekommen!« Dann pinkeln die Frauen auf die Pritsche und sind weg. Sein Kopf rauscht und schmerzt. Er will rauchen. Stattdessen sitzt die alte Wachsleiche auf der Gefängnistoilette und hat sechs filterlose Zigaretten im Maul. *Man sieht die eingeschlagene Fresse kaum vor Rauch.* Gerald hat Angst. »Möchtest du eine haben? Eine für jeden, den du umgebracht hast!« Gerald reagiert nicht. Aus dem sabbernden Maul und aus der verwachsten seifenähnlichen Fratze nimmt er keine Zigarette.

Dann wird es ganz hell und der Albtraum ist vorbei. Durch das kleine Fenster sagt jemand: »Guten Morgen, Herr Winter, es ist sechs Uhr, Ihr Frühstück kommt!« Klack und ein Tablett wird durch die Türklappe geschoben. »Und sie müssen nicht in die Hose pinkeln, sie können ihr eigenes Klo benutzen!« Gerald hat Durst auf Schnaps und will rauchen. Das Frühstück nimmt er nicht an. Trinkt aber einen Becher Wasser. Ein Beamter öffnet das kleine Fenster und bittet Gerald, sich zu waschen. Das grelle Licht stört ihn, er schließt die Augen und legt sich mit der nassen Hose auf die harte Pritsche. Um 8 Uhr ist es endgültig vorbei mit der Nachtruhe und Gerald wird von zwei Polizeibeamten mit Schutzhandschuhen in den Vernehmungsraum geführt. Dass er so stinkt, ist ihm scheißegal, aber die Fußfessel macht ihm das Laufen schwer und die Handfessel liegt sehr eng an. Während des Fußweges summt Gerald wie eine Biene und die Polizisten schauen sich an. Gerald hört die dunkle Stimme im Kopf und befolgt den Ratschlag: DIE BULLEN SIND SCHLAU UND GEMEIN GEFÄHRLICH!

Er bleibt abrupt stehen und macht den Mund auf und zu, auf und wieder zu. »Ja denkt der Idiot, er sei ein Fisch?« Die Polizisten lachen und können den großen gedrungenen Mann nicht überzeugen, weiterzulaufen. Gerald macht sich steif, rülpst und brummt dann wie ein Wolf. »Du hast jetzt genug auf dich aufmerksam gemacht, Gerald!« Gerald summt und denkt an den Killerbienenangriff auf seine Oma, bis er in den Vernehmungsraum überführt ist. Dass er tatsächlich berühmt wird, davon weiß er noch nichts.

Die Presse überschlägt sich mit Meldungen vom Horrorhaus in Offenbach-Bieber und die Spurensicherung ermittelt ohne Pause. Die genaue Zahl der Opfer ist nicht bekannt. In dem Haus wurde eine Leiche im Fass und ein menschlicher Kopf auf dem Tisch liegend entdeckt. Die Polizei teilt mit, dass das ganze Grundstück umgegraben und das Haus auf den Kopf gestellt wird.

Mordkommission, Tag 21 – Gerald

Im Vernehmungsraum sitzt der erfahrene Kriminalbeamte Vogel und begrüßt den Tatverdächtigen. »Guten Morgen Herr Winter, ich hoffe, Sie haben gut geschlafen!« Gerald rülpst und Vogel denkt an die Indizien und Beweise gegen Gerald Winter. Man muss etwas jonglieren und zielorientiert die Torte anschneiden. Dem Beschuldigten wird die Handfessel geöffnet, der linke Arm wird an der Stuhllehne fixiert. Seine Füße bleiben gefesselt.

Gerald kratzt sich mit der freien Hand am Kopf und beginnt zu summen, als würde eine Biene im Kreis fliegen. Vogel belehrt Winter und erklärt ihm, dass er im Laufe der Vernehmung zur Sache vernommen wird. Der Leiter der Mordkommission hat sich mit Alice gut abgesprochen, um die Gewinnung vieler unverfälschter Informationen zur Person und zu den begangenen

Handlungen zu gewinnen, damit genügend Informationen für ein gerichtliches Strafverfahren erlangt werden.

In Anbetracht der Tatsache, dass die Kollegin Stech vom Tatverdächtigen entführt und in einem Kellerraum eingesperrt werden sollte, ist ein hohes Maß an Fingerspitzengefühl bei der Vernehmung notwendig. Vogel und Stech teilen sich die Vernehmung auf. Böser Polizist, liebe Polizistin, um daraus resultierend eine erfolgsorientierte Reaktion des Beschuldigten zu erzeugen.

»Wollen Sie ein Glas Wasser, Herr Winter?«

Gerald summt lauter und die Stimme in seinem Kopf sagt, dass er mit dem schlauen Mann kein Wort reden soll. »Lieber sollst du verdursten!« Gerald nickt und der Erste Kriminalhauptkommissar sieht ihm in die Augen. »Ah, Sie wollen doch etwas trinken?« Gerald summt jetzt wie ein ganzer Bienenschwarm, der wegfliegt, doch eine Honigbiene summt weiter, denn sie ist in ein Glas Limonade gefallen.

Vogel beginnt mit dem Mord an der Tankstelle. »Haben Sie sich gestern Zigaretten in der Tankstelle gekauft?«

Gerald kribbelt es und dann zittert er vor Verlangen nach einer filterlosen Zigarette.

Vogel holt eine geschlossene Packung Roth Händle aus dem Sakko und hält sie in die Luft. »Ist das Ihre Zigarettenmarke, Herr Winter?«

Gerald stoppt das Summen und die dunkle Stimme spricht aus seinem Mund: »Halt dein dummes Maul, du stinkendes Arschloch!« Vogel guckt irritiert und Gerald summt. Der Ermittler führt dem Beschuldigten detailliert die Tatzeit vor Augen.

»Sehen Sie, Herr Winter, das war doch gerade die Zeit, wo sie Ihre Zigaretten kaufen wollten und den Tankstellenmitarbeiter mit zwei gezielten Schüssen in den Kopf getötet haben.« Gerald summt und Vogel wirft die Zigarettenschachtel demonstrativ in den Papierkorb. Gerald hält das Verlangen, eine zu rauchen, kaum noch aus und stöhnt vor Lust nach einer Zigarette.

»Da gibt es übrigens ein hübsches Foto von Ihnen, als Sie die Tankstelle mit den Zigaretten und der Waffe in der Hand verlassen, und auch eines von Ihrem Auto.«

Der Vernehmer geht von der Tankstelle ins Winterhaus und erklärt Gerald, dass er dort mit der Tatwaffe am Gürtel durch die Polizei überwältigt und festgenommen worden ist. »Übrigens, Herr Winter, haben Sie die Mordwaffe aus dem Gürtelholster des Herrn Heil entnommen, nachdem Sie den Jagdpächter mit einem Fleischklopfer im Wald erschlagen haben!« Gerald stoppt mit dem Summen und öffnet wie zuvor seinen Mund. Auf und zu und auf und zu.

»Sind Sie ein Fisch oder fühlen sich wie ein Fisch?« Gerald rülpst, bevor er sogleich wieder monoton vor sich hin summt!

Alice hört aus dem Nebenraum der Vernehmung zu, auch Dr. Fürst, der Staatsanwalt, sitzt im Raum und lächelt sie an. *Du blöder arroganter Typ,* denkt Alice und erinnert sich an seine deplatzierte Zurechtweisung wegen fehlendem Ermittlungserfolg.

Der EKHK fragt Gerald Winter, ob er sich erklären kann, wie der Kopf auf den Küchentisch gekommen ist. »Haben Sie den Kopf dort hingelegt?«

Das Summen wird leiser und es sieht so aus, als wollte Gerald etwas sagen, er schüttelt heftig mit dem Kopf. »Du sollst mit dem schlauen Mann nicht reden, der ist geimpft!«, schimpft Oma. Gerald nickt, schaut böse zum Vernehmer und denkt an den Chip, den man einem Menschen mit der Covidimpfung einsetzt. *Der Chip ist winzig klein! Aber drei Augen hat der Kommissar nicht.*

»Herr Winter, können Sie mir sagen, von wem der Kopf ist und wo sie den Kopf so lange aufbewahrt haben? Bestimmt haben Sie den selbst konserviert? Ist das richtig?«

Gerald grinst, bevor das monotone Summen weitergeht. Gerald macht Schluckbewegungen und trinkt in Gedanken Wodka, dann macht er seltsame Geräusche und brummt wie ein Wolf. Vogel beobachtet ihn und kriegt eine Gänsehaut, als aus dem Brummen ein Wolfsgeheul wird.

Alice weiß, dass der Mörder ein gefährlicher Psychopath ist. *Der ist auch noch sehr schlau!*

Dr. Fürst schüttelt den Kopf und fordert sie auf, den bösen Mann redewillig zu machen! Sie lacht. *Wenn das so leicht wäre.*

Vogel wartet, bis Winter mit dem Heulen aufhört, und schließt eine weitere Frage an: »Herr Winter, in Ihrem Keller haben wir ein verschweißtes Fass entdeckt.«

Gerald lacht und summt. *Gut, dass das Fass zu ist!*

»Wissen Sie, was da drin war?«

Gerald zittert und schwitzt. Schweißperlen rollen über seine Stirn. *Die haben Oma gefunden, hoffentlich erzählt die nicht, dass ich sie ermordet habe!*, denkt Gerald und trinkt das Wasser mit einem Zug leer. Oma kichert wie blöd herum! »Jetzt kriegst du Nichtsnutz deine gerechte Strafe!«

»Wissen Sie, was in dem Fass war?« Gerald grinst. »Haben Sie das Fass zugeschweißt, Herr Winter?« Gerald starrt Vogel an, der Kriminalpolizist unterbricht die Vernehmung des Tatverdächtigen um 9.35 Uhr. »Das wird nicht einfach«, sagt er kurz danach zum Staatsanwalt. Dr. Fürst nickt und verweist auf die forensische Beweislage, die dem Beschuldigten das Genick bricht.

Peter trinkt mit Alice einen Kaffee und sie spricht über den Mann mit Hund, der, so wie Zeugen ausgesagt haben, wie ein Hund gebellt hat. Und hier bellt er eben auch.

Pia Dornhöfer klopft an die Tür und berichtet von einem DNA-Treffer. Winters Blut- und Speichelprobe entspricht zu hundert Prozent der des am Tatort der ermordeten Danuta Kaminski und in ihrem T-Shirt aufgefundenen Haares.

Peter drückt Alices Hand und gratuliert. »Cold-Case-Nummer I ist aufgeklärt.« Sie nickt betroffen.

Der visionäre Traum und die paranormale Zusammenkunft mit der toten Frau. »Das ist echt super, Alice, so ein Glück muss man erst einmal haben!« Die weitere Vernehmung ist für 10.30 Uhr geplant. Der Beschuldigte soll zappeln. Die Spurensicherer schicken Fotos von diversen Funden und Informationen zu aufgefundenen Beweismitteln im Winterhaus.

Jetzt sitzt Dr. Fürst mit am Tisch und kriegt Gänsehaut vom Anschauen. »Das ist widerwärtig.« So haben die Kollegen in der Tiefkühltruhe eine männliche Hand mit Siegelring und einen Frauenkopf entdeckt. So wie es ohne gerichtsmedizinische Expertise aussieht, stammt der Kopf von einer älteren Frau. Das Haupt könnte zur kopflosen Leiche aus dem Mühlheimer Altkleidercontainer und die abgetrennte Hand mit dem Siegelring zum ermordeten Jagdpächter gehören. Die abgetrennte Hand war bereits stark verwest, bevor sie eingefroren worden ist. Außerdem fand man eine eingefrorene Ratte und jede Menge Wildfleisch, passend zu den Gammelfleisch-Paketen der Impfgegner. Hasso, der Leichenspürhund, hat vor dem Kühlschrank angeschlagen. Die Kriminaltechniker haben Blut und diverse Verwesungsflüssigkeiten im Gerät festgestellt. Auf dem Küchenboden wurden mittels des Einsatzes von Luminat jede Menge kleinster Blutspritzer auf dem Boden und am und unter dem Tisch bis an die Wand festgestellt. Das Opfer wurde mit massiver Gewalt auf den Kopf geschlagen.

Der DNA-Abgleich hat ergeben, dass dieselbe DNA auf dem als Beweismittel sichergestellten Fleischklopfer beim Mord des Hubertus A. Heil gefunden worden ist. Vogel bedankt sich für die Information von der Spurensicherung und die Ergebnisse der ersten Ermittlungen. Hiermit steht fest, dass Winter seine biologische Großmutter tötete!

Um 10.30 Uhr betritt Alice das Vernehmungszimmer, und wie zuvor steht ein Schutzpolizist zur Absicherung im Raum. Gerald Winter liegt mit dem Kopf auf dem Tisch und lässt sich nicht stören.

»Hallo, Herr Winter, mein Name ist Alice Stech!« Als er die Kriminalbeamtin hört, ist er hellwach und erlebt dieses Raketenstartgefühl. Adrenalin pur, es kribbelt und brennt. Er schaut sie einfach nur glücklich an. So nah hat er sie noch niemals zuvor bei sich gehabt. *Was für eine süße Braut!* WAS FÜR EINE GEILE SAU!, sagt die Stimme.

»Ich führe jetzt die Vernehmung fort, haben Sie das verstanden?« Gerald summt und weiß nicht, ob er mit der Braut sprechen darf und was die Stimmen dazu sagen. Er stoppt das Summen, lächelt die Braut, seine Alice, einfach nur ganz lieb an.

»Herr Winter, verstehen Sie mich?«

Jetzt kann er sich nicht mehr halten und will sie in den Arm nehmen. Winter versucht, aufzustehen, doch der Schutzpolizist drückt ihn unsanft mit dem Stuhl auf den Boden. Alice reagiert verunsichert und bedankt sich beim Kollegen. Winter brüllt wie ein Affe und schlägt mit der freien Hand auf den Tisch. »Wenn du dreckiger Hund noch einmal meiner Frau zu nahekommst, schneide ich dir die Uniform und Hoden vom Leib und bringe dich um!« Dann brummt er wie ein Wolf vor sich hin.

Alice spricht den Beschuldigten eindringlich an, dass er sich hier zu benehmen hat, keine Gewalt ausübt und Fragen beantwortet. »Herr Winter, haben Sie das verstanden?«

Gerald stoppt das Brummen und summt ganz leise vor sich hin, dabei nickt er mit dem Kopf auf und ab. Die Oma flüstert ihm ins Ohr, dass er nicht so blind sein soll, diese Schlampe liebt ihn überhaupt nicht. Gerald glaubt das nicht und lächelt Alice an. »Sie sind gerne im Wald unterwegs und an der frischen Luft, nicht wahr?« Gerald summt wie eine Biene. »Da haben Sie ein schönes Foto von mir geschossen!« Gerald ist sich sicher, dass die Frau, die ihm gegenübersitzt, nicht lügt, ihm diese Fesseln abnimmt und mit ihm nach Hause fährt. Oma sagt, dass die Schlampe geimpft ist und ihn nur ausfragt, damit er ins Loch kommt. Gerald schüttelt energisch mit dem Kopf. Oma lässt kein gutes Wort an der hübschen Polizistin. »Die hat bestimmt schon mit allen Kollegen herumgemacht, so eine schmutzige Frau kommt mir nicht ins Haus!« Gerald schwitzt und macht wieder diese Schluckbewegungen, Mund auf und zu, Mund auf und zu. *Das ist die Atmung eines Fisches!* Alice zittert. Da ist etwas an der Art, wie er sie ansieht, als spieße er sie mit seinem Blick auf. Sie fragt, ob er noch ein Glas Wasser trinken möchte, und er nickt. Oma schimpft, dass er nicht auf die falsche Frau hört, sich scheinheilig verführen lässt. Sie spricht von gedankenlesenden Robotern, die das Gehirn der Menschen aussaugen. »Vielleicht ist das Wasser mit Fingerhutsirup vergiftet!« Er schüttelt energisch mit dem Kopf. »Und wenn die voll gefressen sind, segeln die mit Fledermausflügeln davon!« Gerald kriegt es mit der Angst zu tun und blickt auf den Tisch, doch das gute Gefühl überwiegt und er erwartet den Moment, wo er Alice genüsslich die Käsefüße hält und die schönen weißen Socken anzieht.

»Herr Winter, wissen Sie, wo Ihre Oma ist?«

Gerald summt wie eine fleißige Honigbiene kurz vor der Bestäubung. Er ist erregt und es kribbelt in den Lenden. Dann lässt er es raus und stöhnt voller Freude. Alice ekelt sich vor dem aufgesetzten Lächeln des Mörders, von dessen Erektion hat sie keinen Schimmer. *Ein gemeingefährlicher Psychopath schaut sie verliebt an.*

In seinem Kopf singen die toten Frauen traurige Lieder und der Mörder zittert und friert. Oma weist ihn an, dass er doch einfach erzählt, wie er sie umgebracht hat. Stille. Selbst das Summen unterlässt er. Alice schaut etwas verwundert drein, und dann kreischt Oma bösartig und ganz hässlich aus seinem Mund: »Huren, alle Weiber sind Huren und die Polizeischlampe ist die allergrößte Nutte!« Die Vernehmerin erschrickt, als er mit einer Frauenstimme spricht. Als wäre das nicht genug, erzählt die dunkle Stimme in seinem Kopf, dass die Oma ihn reinlegt und sich freut, dass er ins Loch gesperrt wird, gefolgt von bösem Lachen. »Lasst mich in Ruhe!«

Alice spürt, dass der kranke Mann aufgrund seines gesundheitlichen Zustandes überfordert ist, mit ihr zu sprechen, und unterbricht die Vernehmung um 11.20 Uhr.

Vogel und Dornhöfer sitzen im Nebenraum und schütteln den Kopf, die neuen Informationen der Spurensicherer sind brandheiß und schrecklich. In einem Zimmer im Dachgeschoss des Hauses, das wohl einmal ein Kinderzimmer war, wurden in einem Karton, der mit Geschenkpapier eingeschlagen ist, menschliche Haare und in einer Streichholzschachtel zwei Vorderzähne gefunden. Auf dem Kartondeckel steht der Name Gerda. Die blonden Haare wurden mit der DNA von der vermissten Gerda Schuler verglichen. Schon wieder ein Volltreffer. Alice weint und hat den Kopf auf dem Tisch mit eingeschlagenem Mund vor Augen. *Da haben Zähne gefehlt.* Jetzt hat man endlich den Mörder der Studentin gefangen. Die junge Frau, die vor siebenundzwanzig Jahren von einer Ausflugsgaststätte nicht mehr nach Hause zurückgekommen ist und deren Angehörige jetzt endlich Abschied nehmen können.

Alice ruft Thomas Müller an und berichtet vom anlaufenden Erfolg, einem Hauptverdächtigen und davon, die alten Fälle endlich aufzuklären. Thomas reagiert enthusiastisch und dankt ihr herzlich. Sie verspricht ihm, dass es bald eine Einladung zur Apfeltorte mit Sahne und eiskaltem Wodka im KK11 gibt.

Der EKHK weist an, dass das ganze Winter-Grundstück umgegraben wird und nach der Leiche der vermissten Gerda Schuler gesucht wird. Die Arbeiten werden ab 12 Uhr durch einen beauftragten Baggerführer durchgeführt. Der Leichenspürhund hat im Garten mehrmals angeschlagen. »Das ist alles so grauselig!«, sagt Klaus Walter, der leitende Kriminaldirektor, und lobt die Arbeit der Mordkommission. Vogel veranlasst, dass die weitere Vernehmung des Beschuldigten auf 15.30 Uhr verschoben und Winter in seine Arrestzelle zurückgeführt wird.

Der Kriminaldirektor bestellt Pizza fürs ganze Team und dankt noch einmal der jungen LKA-Beamtin für ihre Unterstützung und herausragende Ermittlungsarbeit in der Mordkommission.

Die Spurensicherer melden sich über Handy und informieren über den Zwischenstand der Beweissicherung im Winterhaus. In einem dem Haus vorgebauten Raum, der als Werkzeugraum ausgelegt ist, haben die Ermittler weitere Spuren sichergestellt. So wurde eine Motorsäge mit schmutzigem Sägeblatt aufgefunden, darauf konnten Blut-, Fleisch- und Hautreste gesichert werden. Ebenfalls steckte ein blutverschmiertes altes Schweizer Taschenmesser in einer Schublade, und in einem Karton eine in Zeitungspapier eingewickelte Knochensäge. Diese Fundstücke wurden zur weiteren Untersuchung der Kriminaltechnik übergeben, die einen DNA-Abgleich veranlassen wird. Eine aufgefundene Schaufensterpuppe weist deutliche Bissspuren auf. Es muss sich dabei um einen großen Hund gehandelt haben. Außerdem konnte getrockneter Harn auf der Puppe festgestellt werden. Aus dem auf dem Grundstück liegenden Teich wurde eine Wasserprobe entnommen und an die Gerichtsmedizin geschickt. Im Küchenschrank hat man in einem Schuhkarton mehrere tausend Euro Bargeld entdeckt und den Bundespersonalausweis einer Erna Meier, der Nachbarin der Winters, gefunden. Das Alter der Frau passt zur Leiche ohne Kopf, die im Altkleidercontainer in Mühlheim am Main entsorgt worden ist. Außerdem einen Schlüsselbund, der zum Nachbarhaus passt. Im Wohnzimmer des Winterhauses hängt eines der originalen, durch die Polizei verteilten Fahndungsfotos von 1993 nach der vermissten Gerda Schuler in einem Holzrahmen. Außerdem ein altes Schwarz-Weiß-Foto von einer Mutter mit kleinem Kind, die sich vor irgendetwas erschreckt haben. Die Reifen des VW Passat Syncro, zugelassen auf Gerald Winter, passen zum Gipsabdruck, der im Offenbacher Stadtwald gesichert wurde. In einem Waffentresor wurde ein Kleinkalibergewehr, Munition und eine WBK auf Gerald Winter ausgestellt aufgefunden. Die Waffe und die Munition entsprechen mit hoher Wahrscheinlichkeit der Mordwaffe und Munition des Impfzentrum-Mordanschlags.

Das Gewehr und die Munition sind wie zuvor der Revolver Colt King Cobra zur ballistischen Untersuchung ins BKA geschickt worden. An der Grundstücksgrenze wurde ein Damenfahrrad der Marke Herkules aufgefunden. Das Fahrrad ist ein sehr altes Modell und passt zum Vermisstenfall der Gerda Schuler 1993.

Die Mordermittler sind fassungslos, dass man mit einem Zugriff so viele Straftaten zuordnen kann. Auch wenn die finalen Ergebnisse der DNA-Spurenauswertung noch nicht auf dem Tisch liegen, sprechen die echten Beweise ihre eigene Sprache. »Dieser psychopathische Dreckskerl ist überführt!«, freut sich Peter Vogel und fährt mit der erfolgreichen Kollegin zum Horrorhaus. Über Handy kommt die Information, dass bei den Ausgrabungsarbeiten etwas entdeckt worden ist und man auf den Leiter der Mordkommission wartet. Die Spurensicherung hat um die Grabungsstelle eine Trennwand aufgestellt, dass die Nachbarn nicht alles mitkriegen, die zuvor überhaupt nichts mitgekriegt haben.

Alice hat wieder dieses schreckliche Gefühl im Bauch und denkt an ihre Albträume und das Versprechen an die toten Frauen, den Mörder wegzusperren. *Das kann ich einhalten!*

Hasso, der Leichenspürhund, wird jetzt ins Polizeiauto des Hundeführers gebracht. Der Hund explodiert fast vor Energie beim Zugucken und seine Nase war goldrichtig. Die letzten Zentimeter graben zwei Kriminalbeamte das Erdreich auf und stoßen schließlich auf ein Skelet ohne Kopf. Alice ist hin- und hergerissen, freud- und leidvolle Momente wechseln sich ab, fest steht aber, dass siebenundzwanzig Jahre nach dem Verschwinden der jungen BWL-Studentin Gerda Schuler der Fall gelöst ist, das Mädchen gefunden ist und die Eltern und Geschwister endlich Abschied nehmen dürfen.

Neben den sterblichen Überresten eines Menschen ohne Kopf liegt ein großer zotteliger Hund begraben.

Der Beschuldigte wird um 16.30 Uhr in den Vernehmungsraum überführt. Der EKHK Vogel sitzt dem Mörder mit einem eiskalten Blick gegenüber. Diese Brutalität und die grausamen Morde. Gerald summt und erwidert den direkten Augenkontakt. »Herr Winter, erinnern Sie sich an mich?« Der Beschuldigte rülpst und summt. Es macht den Eindruck, als würde der Mörder keine Fragen zur Sache beantworten. Vogel macht ihm unmissverständlich und gezielt deutlich, dass er sich in einer ausweglosen Situation befindet. *Man muss das Monster davon überzeugen!*

»Herr Winter, leiden Sie an Schizophrenie?«

Gerald grinst und blickt Vogel in die Augen, als wollte er in seinen Kopf schauen, und macht diese irren Schluckbewegungen wie ein Fisch. »Brauchen Sie Ihre Medikamente, Herr Winter?« Gerald stoppt das Summen. »Diese Psychopharmaka!« Gerald lächelt und aus seinem Mund spricht eine entstellte Frauenstimme: »Ihr Scheißbullen, lasst ihn in Ruhe. Der hat euch nichts getan!« Gerald kichert und summt. Vogel fröstelt es, der Typ ist wahnsinnig!

»Herr Winter, wissen Sie, wo Sie gerade sind?« Oma spricht ihm leise ins Ohr, dass die ihn reinlegen wollen und dann impfen! Gerald stutzt. Vogel nutzt die Gelegenheit und spricht Winter bewusst als Frau Winter an. »Frau Winter, hat Sie der Gerald, Ihr Enkel, ermordet?« Gerald ist verunsichert und sieht die Wachsleiche nicht im Vernehmungsraum. *Die hockt doch im Fass.* Aber irgendwie liest sie seine Gedanken und spricht in seinem Kopf. »Fräulein. Wer den Weg nicht mitgeht, muss weg!« Gerald kann mit dieser Weisheit nichts anfangen. »Was soll ich tun, Oma?« Peter Vogel lächelt.

Das Kitzeln hat die Bestie aufgeweckt. »Nein, Oma!« Winter schüttelt energisch mit dem Kopf und schreit seine Oma an.

»Der Alice tue ich kein Leid an, niemals! Die gehört jetzt zu uns, zu unserer Familie!« Wie aus dem Nichts kreischt eine böse alte Frau aus seinem Mund. »Du musst die Nutte wegschaffen!«

Aus dem Nebenraum beobachtet die studierte Kriminalpsychologin das technisch professionelle Verhör durch ihren Kollegen. Aber sie ist entsetzt, der Winter ist eiskalt und berechnend. Der manipuliert und will die Kontrolle. Ein geistig abnormer und sehr gefährlicher Mörder.

Derweil befiehlt Erika Winter ihrem Enkel, dass er überhaupt nichts mehr sagt. »Oma, ja!« Vogel bricht die Vernehmung um 19 Uhr ab und der summende Winter wird in seine Arrestzelle überführt. Kurze Besprechung in der Mordkommission. Man hat es hier mit einem paranormalen Phänomen zu tun hat. Alice geht davon aus, dass die Stimmen in Winters Kopf ihn anleiten. »Bei dem weiß man nicht, auf was er noch gekommen wäre!« Sie erklärt ihrem Chef, dass das eine Art psychologische Gedankenkontrolle ist. Vogel nickt. »Weißt du, Peter, Gedankenkontrolle, wie man mit Gedanken töten kann!« Auch geht sie davon aus, dass diese Finsternis, die den Beschuldigten umgibt, das Böse schützt. Die Ermittler haben von den Nachbarn erfahren, dass der Winter kaum Kontakt mit den Leuten gehabt hat. Nachbarn haben berichtet, dass die Fensterläden am Winterhaus meistens geschlossen waren.

Die Nerven von Vogel und Stech sind strapaziert und für heute ist Schluss. Winter soll in seinem eigenen Saft schmoren!

In den Medien wird über den Fall ausführlich berichtet.

Junge Frau nach siebenundzwanzig Jahren ausgegraben! Seit 27 Jahren ist Gerda Schuler aus Offenbach verschwunden. Als gestern ein mutmaßlicher Mörder in Offenbach verhaftet wurde, flammte Hoffnung auf, dass die junge Frau gefunden wird. Die Suche auf dem Grundstück des Verdächtigen verlief erfolgreich! Die junge Frau wurde ausgegraben und ihr Fahrrad im Garten des Verdächtigen gefunden.

Die Offenbacher Polizei hat verstärkt sogenannte Cold Cases in die Ermittlungen eines laufenden Mordverfahrens eingebunden. Es gab Zusammenhänge, die die Ermittler auf die richtige Spur geführt haben. Die aktuelle DNA-Technik überführt den Mörder der Gerda Schuler nach siebenundzwanzig Jahren. Der Mann geriet mehr und mehr ins Visier der Ermittler. Nach mühsamen Nachforschungen konnte die Polizei den Täter, der vermeintlich mehrere Straftaten begangen hat, festnehmen.

Gerald Winter sitzt auf dem festmontierten Plastikstuhl in

der Arrestzelle und summt. Das Abendessen wird durch die Türklappe geschoben und er isst eine Wurst und ein Käsebrot. Er trinkt aus einem Plastikbecher Tee. Er stellt sich vor, dass er Schnaps trinkt, und als er die halbe Flasche Wodka getrunken hat, meldet sich die dunkle Stimme in seinem Kopf. Endlich, denn er braucht Anleitung. HALLO GERALD, SEI STOLZ UND SCHAU AN, WAS DU SO ALLES GETRIEBEN HAST! Gerald lacht. UND KEINER HAT DICH ERWISCHT, NAJA BIS JETZT! Gerald fühlt sich trotzdem gut, denn er steht im Rampenlicht.»Du hast zum Schluss ein paar kleine Fehler begangen, aber das ist zu verkraften bei so vielen schönen Morden!« Gerald lacht.»Also sei doch endlich stolz und zeig es den bösen Menschen, die dich ausfragen!«

»Ja«, sagt Gerald. IMMER WIEDER HAST DU GEMACHT, WAS DU WOLLTEST UND WARST SIEBENUNDZWANZIG LANGE JAHRE FREI. DAS IST EINE STARKE LEISTUNG UND WEISST DU, DU BIST EISKALT, WENN DIE HÖLLE ZUFRIERT! DU BIST MITTE VIERZIG UND DAS HAT VOR-TEILE, DENN DU BIST VORHER NICHT GESTORBEN! Gerald lacht mit der Stimme in seinem Kopf.»Herr Winter, stellen Sie bitte das Tablett vor die Klappe.« Gerald befolgt den Befehl. Um 22 Uhr geht das Licht aus und er liegt auf der Pritsche und geht davon aus, dass er unbesiegbar ist. Das neue Zuhause gefällt ihm. Irgendwie ist er sogar erleichtert, dass er nicht mehr die viele Arbeit mit dem Haus hat. *Nur der Garten und sein Hund fehlen ihm!* Und er hofft, dass er die Alice heiratet, sie den Job bei den Bullen aufgibt und Vanillepudding kocht.

Mordkommission, Tag 22 – Gerald

Eine Tasse Kaffee in Vogels Büro und nach kurzer Nacht steht die weitere Vernehmung des wahnsinnigen Winters an. Die Öffentlichkeitsfahndung hat den entscheidenden Hinweis gebracht.

Jetzt spricht die Kriminalpsychologin und Peter hört gebannt zu. »Irgendetwas Tiefgreifendes ist in seine Persönlichkeit gefahren. Vom Schrecken Verbreiten bis zum Morden. Der wollte seine Grenzen austesten. Um Kontrolle zu erlangen, hat er die jungen Frauen ermordet und schließlich seine Großmutter. Winter ist ein narzisstischer Mensch und duldet keine Zurückweisung.«

Um 9.30 Uhr wird die Vernehmung des Beschuldigten fortgesetzt. »Guten Morgen, Herr Winter!« Gerald summt und in seinen Gedanken zieht Nebel ins Vernehmungszimmer hinein. Er grinst. Die Oma nimmt Kontakt zu ihrem Enkel auf und erklärt ihm, dass der Polizist doch alles weiß. Gerald summt lauter. »Herr Winter, haben Sie Ihre Oma getötet?«

Sag, was du willst, Arschloch! Der Kriminalbeamte vernimmt den Beschuldigten zu den verschiedensten Vorfällen und Sachverhalten. Winter summt oder brummt nur und imitiert einen stummen Fisch. Auskunft gibt er keine.

Um 12.30 Uhr wird die Vernehmung unterbrochen. Die Fortsetzung durch Stech ist für 16.30 Uhr angesetzt. Der erschöpfte Beschuldigte legt seinen Kopf auf den Tisch, schließt die Augen und empfindet Macht und Freude, dass er dem Mann gegenüber die Kontrolle übernommen hat. Er vermisst die starken filterlosen Zigaretten, den Wodka und die Möglichkeit, sich seinen Kopf gegen die Gespenster mit Aluminiumfolie zu umwickeln.

In der MOKO »Hand« genießt man den Erfolg. Der große Aufwand und die Ermittlungen in die Cold Cases hinein haben sich mehr als gelohnt und Peter Vogel ist stolz darauf, die Kleine laufen gelassen zu haben. Die Spurensicherung meldet sich und teilt mit, dass das gesamte Grundstück durchsucht und an einigen Stellen umgegraben worden wurde. Unter einer Hecke hat man einen verrosteten Eimer mit dem Konservierungsmittel Formalin gefunden. Jetzt weiß man, dass Winter die abgetrennten Körperteile selbst konserviert hat. Die Gerichtsmedizin teilt mit, dass das Wasser in der Lunge der kopflosen Leiche der Wasserprobe entspricht. Im Dachgeschoss haben die Ermittler eine Kiste mit selbst gebasteltem Schmuck aus Knochenteilen entdeckt. Diese wurde an die Gerichtsmedizin entsandt. Alice schüttelt den Kopf. Wie konnte es so weit kommen? Peter Vogel nickt betroffen.

»Und wer hat den zum Coronaleugner instrumentalisiert?«

Die Auswertung der Festplatte auf seinem Laptop hat Eddy Schäfer durchgeführt und die Funde in Themen gegliedert: Corona, schmutzige Filme mit Frauen, Horror, Fachartikel zu Verwesungsprozessen bei Leichen, Schutzzauber gegen böse Mächte und heruntergeladene Artikel zum Mordfall Hubertus A. Heil im Offenbacher Stadtwald.

Alice stutzt beim Schutzzauber und Eddy druckt ihr das mit der toten Katze aus. Das polizeiliche Durchleuchten von Winters Leben zeigt psychologische Erkenntnisse auf. So ist der junge Winter bereits in der Schule aufgefallen, war gewalttätig und hinterhältig gegenüber anderen. Der Bub hat viel Zeit im Kinderheim und bei Pflegeeltern verbracht, auf der Straße gelebt.

Um 16.30 Uhr wird Winter ins Vernehmungszimmer überführt. »Hallo, Herr Winter.« Gerald lächelt sie an, dabei wird es ihm heiß.

»Ich muss Ihnen noch einige Fragen stellen, geht das in Ordnung?« In seinem Kopf bläst die Oma Luft, die sich zum Sturm entwickelt. »Du Hurensohn sagst jetzt kein Wort mehr oder die töten dich in der Zelle!« Gerald kriegt Angst. »Da kommt so ein Geimpfter mit dem Messer und schneidet dich auf. Die holen dein Herz raus!« Gerald denkt ans Kinderheim, wo die Herzsammler aus der Wand gekrochen sind.

Alice merkt, dass Winter mit irgendjemandem Kontakt hält. Gerald schaut ihr in die Augen und sagt zu seiner Oma, dass er die Polizistin liebt. Die Ermittlerin schaudert es, behält aber die notwendige Beherrschung und fragt ihn, ob alles in Ordnung sei. Aus Geralds Mund spricht Oma mit einer furchterregenden hässlichen Frauenstimme und Alice ist verstörend nah dran. Der Schutzpolizist wartet auf den Befehl, einzuschreiten, doch Alice ist tapfer. »Dreckige Fotze, lass meinen Enkel in Ruhe. Du trainierte Polizeihure hast ihn verführt. Der arme Bub will sich doch keine Krankheit holen. Ich bin der Botschafter aus der Dunkelheit, ihr habt mich aus meinem Fass geholt und kriegt mich nicht mehr los. Hast du das verstanden, du Dreckstück?«

Alice ist schockiert, dem Polizeikollegen graut es, als er die böse Zunge wie eine Reitpeitsche gehört hat.

»Soll ich das Monster in die Zelle überführen?« Alice nickt und unterbricht die Vernehmung um 17.10 Uhr. Als Gerald aus dem Raum geführt wird, sagt er zur Alice: »Ich bin dein Schutzengel!«

»Stopp!«, ruft die Kriminalpolizistin und Gerald guckt irritiert zu der energisch auftretenden und böse aussehenden Kriminalpolizistin.

Peter Vogel nimmt die junge Ermittlerin in den Arm und gießt ihr ein Glas Wodka ein. Das tut gut. *Dieser wahnsinnige Mensch wollte die Kleine entführen!*

Winter wird in eine geschlossene psychiatrische Anstalt überstellt. In den vorausgegangenen Vernehmungen wurde klar, dass der Beschuldigte keine Fragen beantwortet. Winter, der paranoide Psychopath und mehrfache Mörder. Den Mord an Erna Meier wird man ihm nicht zur Last legen können, wohl aber die Leichenschändung.

Um 19 Uhr treffen der Leiter der Mordkommission und die Kriminalpsychologin am Horrorhaus ein. Bis auf zwei Beamte der Schutzpolizei, die zum Wachdienst eingeteilt sind, ist nur noch KOK Bayer auf dem Anwesen. Der Gang in den Keller fällt

Alice erneut schwer, aber sie will sich das Mysterium selbst anschauen. Im aufgegrabenen Lehmboden liegt eine halb mumifizierte Katze neben einem kleinen Drudenfuß. Horst Bayer wird in den Feierabend versetzt und Peter Vogel läuft zum Auto und holt zwei Flaschen kaltes Bier aus der Kühltasche. Mehrere Mordfälle sind fast lückenlos aufgeklärt. Die Beweislast gegen Winter ist enorm groß und der schizophrene und eiskalte Mörder ist gefasst.»Wen sieht man wirklich, wenn man ihn anschaut?« Peter hat keine Antwort, denn im Endeffekt hängt die Verantwortung an jedem selbst, ob er zum Mörder wird.

Aber es bleibt die Frage nach dem Warum. Alice bringt es auf den Punkt:»Wenn der Winter uns angrunzt, brummt, summt oder den Fisch imitiert, ist das ein psychopatisches Grundverhalten. Dabei hat er düstere Gedanken.

Ich denke, der leidet schon länger unter extremen Gefühlsschwankungen, wächst völlig isoliert ohne Mutter und Vater auf. Hat schon in der Schule Stress, weil er vielleicht gemobbt wird, entwickelt Gewaltfantasien und der Zustand verschlechtert sich.

Der lebte mit dem Gefühl von Angst und Wut. Hat Wahnvorstellungen im Kopf, halluziniert und hört Geräusche und Stimmen, wo keine sind. *Mit wem spielt er?*

Winter plant grauenvolle Dinge, der ist schizophren und emotional hilflos. Die Stimmen in seinem Kopf werden lauter und sein Kopf spielt verrückt. Beim Schrecken, Verletzen und Töten fühlt der sich orgastisch. Der spielt mit der Angst, die er verbreitet, und fühlt sich ernst genommen. Der zeigt keine Reue, und Mitgefühl kennt er nicht. Gewalt ist sein wahres Gesicht. Das Opfer hat bei ihm keine Chance. Der Mörder war einfach da. Winter hat der armen Frau beim lebendigen Leib einen Finger abgetrennt, der hat Leichen geschändet und Körperteile konserviert. Das ist schrecklich! Wir wussten, dass da etwas Schreckliches im Haus ist, und die ganze grausame Wahrheit ist ans Licht gekommen.

Man darf nicht so schnell abstumpfen, muss an das Gute glauben und das Böse bekämpfen. Wir haben gemeinsam die Wahrheit aufgeklärt.«

Ein Schluck aus der Bierflasche und plötzlich überfällt sie so ein Gefühl, so eine innere Unruhe. Ein leichter Sommerwind zieht auf und im Apfelbaum bimmelt es zum Abschluss der Ermittlungen. An einer skelettierten menschlichen Hand hängen zwei mit einem Bindedraht befestigte kleine Glöckchen.

Wie ein böser letzter Gruß des Mörders, der herzlos, durchtrieben und niederträchtig, die Menschen geschreckt und gemordet hat!

Ende

Zwei Wochen später hockt Gerald in einem Zimmer mit vergittertem Fenster in der Psychiatrischen Anstalt »Haus Gabriel«. Seine Zwangsunterbringung wegen einer akuten Gefahrenlage für die Bevölkerung muss im Gerichtsverfahren für den Mörder Gerald Winter noch angeordnet werden. Aber das ist ihm egal.

Wie in der Arrestzelle im polizeilichen Gewahrsam sind alle Möbel auf dem Boden festgeschraubt. Er hat geduscht und trägt einen grauen Hausanzug. Darauf steht sogar sein Name! »Gerald Winter/Z 66« *Z steht für Zimmer*, lacht Gerald.

Der Pfleger vom Nachtdienst heißt Gunther Maus. *Das passt zur Kleidung!* Gerald lacht. Er ist jetzt immer gut gelaunt.

Das Zimmer ist schön, das Essen ist gut. Er träumt von Alice, denkt an Alice, spricht mit Alice, liebt Alice, und wenn er mit ihr spazieren geht, überlegt er sich, ob er ihr eines Tages sagt, dass er rechts von ihr läuft. *Das habe ich ihr versprochen!*

Der Pfleger klopft an der Tür und gibt Gerald Winter die Medizin für die Nacht zur Beruhigung. Gerald raucht und trinkt nicht mehr, dafür ist er vollgepumpt mit starken Psychopharmaka und duscht zweimal in der Woche.

Er blickt aus dem vergitterten Fenster der Psychiatrie auf die Sterne am Firmament. Eine psychiatrische Klinik wurde früher auch als Irrenanstalt bezeichnet und der Herr Maus hat ihm erklärt, dass er hier im Haus Gabriel »der Engel Gottes« zur Behandlung seiner Krankheit wohnt.

Alice. Ich bin dein Schutzengel!

Liebe Leserinnen und Leser,
danke, dass Sie mein Buch gekauft und gelesen haben!
Über Ihre Rezension würde ich mich freuen!
Ich möchte mich hiermit auch ganz herzlich bei meiner
Lektorin bedanken (Books on Demand GmbH).

Stephan-Harald Voigt
8.5.2022